हमारे शहरों का रूपांतरण

हमारे शहरों का रूपांतरण

बढ़ते शहरीकरण की चुनौतियाँ

ईशर जज आहलूवालिया

हिन्दी अनुवाद : भारती पंडित

MANJUL
मंजुल पब्लिशिंग हाउस

THE EXPRESS GROUP | EXPRESS BOOK SERIES™

MANJUL

मंजुल पब्लिशिंग हाउस

कॉरपोरेट एवं संपादकीय कार्यालय

द्वितीय तल, उषा प्रीत कॉम्प्लेक्स, 42 मालवीय नगर, भोपाल-462003

विक्रय एवं विपणन कार्यालय

7/32, अंसारी रोड, दरियागंज, नई दिल्ली-110002

वेबसाइट : www.manjulindia.com

वितरण केन्द्र

अहमदाबाद, बेंगलुरू, भोपाल, कोलकाता, चेन्नई,
हैदराबाद, मुम्बई, नई दिल्ली, पुणे

ईशर जज आहलूवालिया द्वारा लिखित मूल अंग्रेजी पुस्तक
ट्रांसफ़ॉर्मिंग अवर सिटीज़ – पोस्टकार्डस् ऑफ़ चेंज का हिन्दी अनुवाद

चित्रांकन : द *फ़ाइनैन्शियल एक्सप्रेस* के रोहनित फोरे द्वारा

 द इंडियन एक्सप्रेस (प्रा.) लिमिटेड के समाचार पत्रों :
द इंडियन एक्सप्रेस तथा द *फ़ाइनैन्शियल एक्सप्रेस* में प्रकाशित स्तंभों का अनुवाद

मंजुल पब्लिशिंग हाउस प्रा. लि. द्वारा 2017 में पहली बार हिन्दी अनुवाद प्रकाशित
तृतीय आवृत्ति 2017

ISBN 978-81-8322-803-9

हिन्दी अनुवाद : भारती पंडित
संपादन : प्रमोद जोशी

मुद्रण व जिल्दसाज़ी : रेप्रो इंडिया लिमिटेड

ईशर जज आहलूवालिया इस पुस्तक
की लेखिका होने की नैतिक ज़िम्मेदारी वहन करती हैं

वीर, अर्जुन, अंगद और मेहर ऐन के लिए

हजारों मील लम्बा सफ़र पहले क़दम से शुरू होता है

–चीनी दार्शनिक लाओ त्ज़ु (604-531 ईसा पूर्व)

विषय सूची

II. सार्वजनिक सेवाओं में ई-गवर्नेंस की भूमिका

III. शहरों की जीवन रेखा - पानी

IV. गंदा पानी और बाक़ी सब...

V. कचरे का निस्तारण और पुनरुपयोग

VI. अपने शहर में आवागमन

प्रस्तावना

डॉ. ईशर जज आहलूवालिया को मैं चालीस साल से ज़्यादा समय से जानता हूँ और पॉलिसी से जुड़े उनके रिसर्च को दिलचस्पी से पढ़ता रहा हूँ। ईशर देश के जाने-माने व्यावहारिक अर्थशास्त्रियों (एप्लाइड इकोनॉमिस्ट्स) में से एक हैं। उनके काम से साबित होता है कि इस दौर के जटिल मसलों को समझने में आर्थिक विश्लेषण के साधनों का इस्तेमाल करने में उन्हें महारत हासिल है।

डॉ. आहलूवालिया ने शहरीकरण की समस्याओं पर ज़बर्दस्त काम किया है। वे भारत सरकार द्वारा 2008 में शहरी आधार संरचना और सेवा (अर्बन इन्फ्रास्ट्रक्चर एंड सर्विस) के क्षेत्र में गठित उच्चाधिकार प्राप्त विशेषज्ञ समिति (हाई पावर्ड एक्सपर्ट कमेटी) की अध्यक्ष भी रही थीं। मार्च 2011 में समिति की रिपोर्ट दाखिल करने के बाद भी शहरीकरण से जुड़े मसलों पर उन्होंने अपना शोध जारी रखा और शहरों और कस्बों में यात्रा करके ज़मीनी हक़ीक़त को देखकर यह समझने का प्रयास करती रहीं कि किस तरह भारत के शहर और कस्बे सार्वजनिक सेवाओं की ज़रूरत से रूबरू हैं। इस पुस्तक में उन्होंने भारत के विविध शहरों और कस्बों में सार्वजनिक सेवाओं में सुधार के लिए की गई स्थानीय कोशिशों का गैर-तकनीकी विवरण दिया है, जो पढ़ने लायक़ है। वे इन्हें 'आँखों देखी' कहानियाँ कहती हैं।

इस पुस्तक के तक़रीबन चालीस आलेखों में सार्वजनिक सेवाएँ उपलब्ध कराने के उन इनोवेटिव यानी नए और अनोखे तौर-तरीक़ों का विवरण दिया गया है, जो दोनों लिहाजों से सफल यानी किफ़ायतशार (कम-ख़र्च) और पर्यावरण-मित्र साबित हुए। ये आलेख पिछले चार साल में *इंडियन एक्सप्रेस* और फ़ाइनेंशियल एक्सप्रेस समाचार पत्रों में छपी सीरीज 'पोस्टकार्ड्स ऑफ़ चेंज' पर आधारित हैं। पर ये केवल रिप्रिंट नहीं हैं। लेखिका ने हरेक प्रसंग की फिर से पड़ताल की है, ताकि सही तस्वीर उभरे और पक्के तौर पर कहा जा सके कि जो सफलता शुरुआती दौर में दिखाई पड़ी थी वह वास्तव में जारी रही। हालांकि कुछ मामलों में नाकामयाबी भी मिली, पर ज़्यादातर सफल साबित हुए हैं। इन मामलों से सीखे गए सबक़ क्या हैं और उनका इस्तेमाल शहरीकरण की भावी रणनीतियों में किस तरह किया जा सकेगा, इस बात को सुगढ़ तरीक़े से किताब के परिचय वाले हिस्से में लिखा गया है। यह

किताब लेखिका के तकनीकी कौशल की बहुमूल्य उपलब्धि है। इसमें उन नागरिकों को खासतौर से दिलचस्पी लेनी चाहिए जो हमारे शहरों को पुर-सेहत बनाए रखने की कोशिशों की कमी से खासे परेशान और भविष्य के लिए चिंतित हैं।

चार दाने देखकर पूरे बोरे की गेहूं का पता नहीं लगता। इसी प्रकार कुछ सफलताओं से सारे देश की स्थिति का आंकलन निश्चित रूप से नहीं किया जा सकता। पर कई भारतीय शहरों की सफलता का इस पुस्तक में वर्णन एक खास महत्त्व रखता है। ये कहानियाँ जनता को और नीति निर्माताओं को आश्वासन दिलाती हैं कि हमारे शहरों में नागरिकों को चौबीस घंटे साफ़ पानी उपलब्ध कराना, सॉलिड वेस्ट का कुशल प्रबंधन, सार्वजनिक परिवहन को बेहतर बनाना और यहाँ तक कि शहरी विकास के लिए रजामंदी के साथ ज़मीन हासिल करना, सब कुछ संभव है। पुस्तक में देश भर के उदाहरणों से पता चलता है कि अलग-अलग स्थितियों में भी काम सफलतापूर्वक किए जा सकते हैं। कारगर क्या होगा यानी 'क्या कहाँ क़ायम होगा' को लेकर डॉ. आहलूवालिया की इनसाइट यानी अंतर्दृष्टि राज्यों और शहरी स्तर के नीति निर्माताओं और नागरिकों के लिए लाभदायक सिद्ध होगी।

जैसा कि लेखिका ने किताब के परिचय में लिखा है, हमने हाल के वर्षों में शहरीकरण के महत्त्व और उससे पैदा होने वाली चुनौतियों पर विचार करना आरंभ किया है। एक दौर तक तो शहरों को कम महत्त्व देना मायने रखता था। तब कुल आबादी और जीडीपी में शहरों का हिस्सा बहुत थोड़ा था। समय के साथ बदलाव आता है और जैसे-जैसे हम तेज विकास की ओर बढ़ रहे हैं, स्थिति और तेजी से बदलेगी। सन 2011 की जनगणना से पता चला कि शहरी जनसंख्या का हिस्सा बढ़कर 31 प्रतिशत हो गया है जो सन 2031 तक बढ़कर 40 प्रतिशत तक पहुँच जाएगा। तब भी ग्रामीण जनसंख्या ही ज़्यादा बड़ी होगी। ऐसे में ग्रामीण क्षेत्रों को ज़रूरी सेवाएं मुहैया करवाना सरकार की प्राथमिकताओं में शामिल रहना चाहिए। पर शहरीकरण की दर और गति जिस तरह से बढ़ रही है, उस पर बीते जमाने की तुलना में अब ज़्यादा ध्यान देने की ज़रूरत है। साथ ही, जैसे कि यह किताब बता रही है, अर्थव्यवस्था में रूपांतरण के इस महत्त्वपूर्ण और नाजुक मोड़ पर हमें इंफ्रास्ट्रक्चर और लॉजिस्टिक्स पर निवेश की मदद से गाँव और शहर के बीच सहक्रिया यानी सिनर्जी क़ायम करनी होगी।

इसी ज़रूरत को समझते हुए भारत सरकार ने दिसंबर 2005 में सात साल के लिए जवाहर लाल नेहरू नेशनल अर्बन रिन्यूअल मिशन (JNNURM) की शुरुआत की। इस मिशन को दो साल और बढ़ाया गया और मार्च 2014 में इसकी समाप्ति की गई। इसके अंतर्गत स्वीकृत परियोजनाओं के लिए आवश्यक लागत का बहुत छोटा सा हिस्सा केंद्र द्वारा दिया जाता था। यह स्वाभाविक था क्योंकि इन परियोजनाओं के लिए लागत राशि की व्यवस्था करना राज्य सरकार और स्वयं शहरों की ज़िम्मेदारी

भी है। हमें पब्लिक-प्राइवेट पार्टनरशिप की ताकत को भी पहचानना चाहिए। इसके कुछ उदाहरण इस पुस्तक में दिए गए हैं। कई क्षेत्रों में यदि निवेश सतत रूप में (सस्टेनेबल फाइनेंशियल मॉडल) सोचा गया हो तो पूंजी की व्यवस्था बाज़ार से भी की जा सकती है। बची हुई राशि की व्यवस्था राज्य और स्थानीय बजट द्वारा और केंद्र के सहयोग से की जा सकती है।

इन समस्याओं का हल खोजना और आसान होता यदि वित्तीय संसाधन स्थानीय प्रशासन को उसी तरह हस्तांतरित किए जाते जैसा कि संविधान का संकेत था। पर संविधान के 74वें संशोधन में उसे क़ानूनी रूप नहीं दिया गया। आशा थी कि राज्यों के वित्त निगम स्थानीय निकायों को राज्य से वित्तीय हस्तांतरण कराएंगे, पर ज़्यादातर राज्यों में ऐसा हुआ नहीं।

JNNURM के अनुभव से एक सीख यह भी मिलती है कि रुकावट केवल संसाधन के कारण नहीं हैं। सार्वजनिक सेवाओं की वैज्ञानिक तरीक़े से योजना बनाने के सामर्थ्य की स्थानीय स्तर पर बेहद कमी नज़र आती है। राज्य के नगरीय संवर्ग (म्युनिसिपल काडर) का यह दायित्व बनता है कि वह नगर-सम्बद्ध समस्याओं का हल खोजने के लिए तकनीकी रूप से दक्ष कर्मचारियों का कोर उपलब्ध कराए। शहर नवनिर्माण के नए चरण में क्षमता बढ़ाने यानी कैपेसिटी बिल्डिंग पर अधिक जोर दिया जाना चाहिए।

युवा आबादी की बढ़ती आमदनी शहरी क्षेत्रों में रोज़गार की बेहतर गुणवत्ता और शहरी इलाक़ों में बेहतर लोक सेवाओं की आकांक्षा को भी जन्म देती है। जैसाकि यह पुस्तक बताती है तेज, समावेशी और सतत विकास में शहरीकरण महत्त्वपूर्ण भूमिका निभाता है। इस बात पर सही जोर दिया गया है कि शहरीकरण की चुनौतियों के महत्त्व को समझा जाए। हमें केंद्र से JNNURM जैसे मिशनों के माध्यम से नीतिगत नेतृत्व प्रदान करना चाहिए और ऐसा माहौल बनाना चाहिए जिसमें राज्य सरकारें स्थानीय प्रशासन को उन दायित्वों को पूरा करने में मदद करें, जिसकी ज़िम्मेदारी उन्हें संविधान ने सौंपी है। तभी इलाके के लोगों को साथ लेकर शहरी स्थानीय प्रशासन इन चुनौतियों के हल खोज सकेंगे। इस पुस्तक में दी गई कई शहरों की सफलता की कहानियाँ हमें रास्ता दिखाती हैं। वे उम्मीद जगाती हैं कि सतत और समावेशी (सस्टेनेबल एंड इनक्ल्यूसिव) शहरीकरण संभव है।

डॉ. मनमोहन सिंह

पूर्व प्रधानमंत्री, भारत

संपादक की ओर से

भारत को विवादों और विरोधाभासों का देश कहना पुराना और घिसा-पिटा जुमला है। पर गुजरे कुछ वर्षों में तो हद ही हो गई है। क्या कहेंगे इस हाल को जब देश का मन तो आशावादी और महत्त्वाकांक्षी है, पर बौद्धिक विमर्श नकारात्मक, नाउम्मीद और कड़वाहट से भरपूर है। विकास हुआ, संपदा बढ़ी, मोबाइल कनेक्शनों की धूम है, मोटरगाड़ियों के मालिकों की तादाद बढ़ी, हाउसिंग लोन बढ़े और आधार जैसे कार्यक्रम को सफलता मिली। फिर भी हमारा मन निराश और हताश है। जैसे कि अब तक न तो कुछ अच्छा हुआ और न कुछ होगा। कई बार तो ऐसा लगता है कि राजनीति, नौकरशाही और सभी तंत्र इतने भ्रष्ट हो चुके हैं कि इनसे कोई भी उम्मीद रखना बेकार है।

हमें व्यवस्था में परिवर्तन लाना ही पड़ेगा। संविधान को भले ही फिर से न लिखा जाए, पर राजनीति और प्रशासन के तौर-तरीक़ों को फिर से लिखने की सख्त ज़रूरत है। हमारे एक नियमित और समझदार पाठक ने झुंझलाहट के साथ हाल में मुझे लिखा, "कोई कर भी क्या सकता है जब बहस में एक कहता है, 'नेशन वांट्स टु नो' (देश जानना चाहता है) और दूसरा कहता है 'आस्क द पीपुल डायरेक्टली बिफोर डिसाइडिंग एनीथिंग' यानी कुछ भी करने के पहले जनता से पूछो।

मैं नहीं कहता कि यह गुस्सा, खीझ और बेचैनी सब बेवजह है। मैं अक्सर कहता रहा हूँ कि हमारी राजनीति लंबे समय से निष्क्रिय पड़ी है। राजनीतिक परिदृश्य दो ऐसे विरोधियों के बीच चल रहे अनिर्णीत, अंतहीन युद्ध में बदल गया है जो अपनी काहिली, विशेषाधिकारों और असुरक्षा की वजह से इस हाल में पहुँचे हैं। दोनों तलवार की धार पर हैं। दिल्ली में हुए भारी राजनीतिक परिवर्तन का संदेश केवल यही नहीं कि लोग अब भ्रष्टाचार से तंग आ चुके हैं। बल्कि यह भी कि अब हमारे शहरों ने सोचना और अपनी आवाज़ बुलंद करना शुरू कर दिया है। अपने हाकिमों से उनकी उम्मीदें बढ़ी हैं। पार्टियाँ अब उन्हें ग्रामीण वोट बैंक के हाशिए पर रख कर काम नहीं कर सकतीं। जब लोग गाँव से निकल कर शहरों में रहने लगते हैं, तो उनकी उम्मीदों और धीरज का स्तर बदल जाता है। शहर अपने लोगों की व्यक्तिगत पहचान को कम और एक-दूसरे पर निर्भरता को बढ़ा देते हैं। उनके जीवन में

व्यक्तिगत पहचान का महत्त्व कम होता जाता है और यह बात उनके वोटिंग व्यवहार (बिहेवियर) में भी झलकती है। यह सच नहीं होता तो आज हम एक नए राजनीतिक दल को उभरते हुए नहीं देखते, जिसकी अगुवाई में ज़्यादातर उच्च जातीय, मध्य वर्ग एक्टिविस्ट और बुद्धिजीवी हैं। यदि आम आदमी पार्टी बड़े दल के रूप में बढ़ी तो यह भारत के राजनीतिक इतिहास में पहला मौक़ा होगा जब किसी पार्टी के पीछे शहर का हाथ था। बल्कि ऐसा शहर जो सबसे बड़ा और सबसे उन्नत भी है।

मैं आंकड़ों और रिपोर्टों के सहारे यह बताने का प्रयास करूँ कि किस तरह भारत का शहरीकरण हो रहा है, तब ईशर और इस किताब के पाठकों के साथ अन्याय होगा। वे सभी इस बारे में मुझसे ज़्यादा जानते हैं। मेरी यात्राएं, जो खासतौर से चुनावों के दौरान हुईं, दिखाती हैं कि भारत किस तरह शहरों में तब्दील हो रहा है। हम योजनाबद्ध तरीक़े से शहरों को तैयार करना नहीं चाहते क्योंकि हम मुफलिसी से घिरे गाँवों की सरलता और सादगी के कायल हैं और मानते हैं कि शहरों में इसका उलट होगा। हमने यह मान लिया है कि शहर अनैतिक, लालची, विशेषाधिकार प्राप्त और राजनीतिक लिहाज से नाकारा हैं। बहरहाल यह सब अब बदला है। बल्कि मैं तो कहूँगा कि शहरों ने शेष भारत के राजनीतिक ट्रेंड और गति को सेट कर दिया है। पुराने समीकरण बदल चुके हैं हालांकि हमारे ज़्यादातर राजनीतिक दलों के नेता इस बात को मानना नहीं चाहते।

भरोसा कीजिए, एक अर्थशास्त्री ने उस ट्रेंड को समझा जिसे समझने में राजनेता विफल रहे। मैं पिछले कई वर्षों से अपने अख़बार के लिए कॉलम लिखने का ईशर जज आहलूवालिया से इसरार करता रहा। वे मुझे यह कहकर टालती रहीं कि कुछ नया सूझेगा तो लिखूँगी। एक और अख़बारी टिप्पणी से होगा क्या? समय बीतने के साथ अपने शोध और यात्राओं के मार्फ़त उन्होंने बदलाव को देखा। देश भर के शहरों में सकारात्मक, गुणात्मक बदलाव को देखते हुए वे 'पोस्टकार्ड्स ऑफ़ चेंज' के विचार के साथ आईं। यह पूरी तरह उनका मौलिक विचार है, उनकी अपनी परिकल्पना है। इसे उन्होंने अपने वास्तविक और भौतिक अनुभवों से सींचा है। वे कहती हैं, माना कि हमारे शासन तंत्र में सब कुछ ख़राब हो चुका है, फिर भी उनका अनुभव यह बताता है कि यदि हम सही लोगों, सही विचारों और सही इरादों को एक साथ ला खड़ा करें तो छोटे-छोटे चमत्कार हमारे सामने हैं जो बाकी देश के लिए उदाहरण बन सकते हैं।

इंडियन एक्सप्रेस और फाइनेंशियल एक्सप्रेस समाचार पत्रों में प्रकाशित ईशर के आलेखों का यह संग्रह हमें निगेटिविटी यानी नकारात्मकता से बाहर आने में मदद करता है। यह हमें सिर्फ इतना ही नहीं बताता कि क्या कुछ हो सकता है, बल्कि यह भी बताता है कि क्या किया जा चुका है और उसे किस तरह दूसरी जगहों पर लागू किया जा सकता है। उनकी कहानियाँ भौगोलिक और राजनीतिक सीमाओं से परे

जाती हैं, क्योंकि उन्होंने बड़ी ही कुशलता और तटस्थता के साथ अपने पोस्टकार्डों की डेटलाइनें चुनी हैं। वे हमें बताती है कि सब कुछ ख़त्म नहीं हुआ है, अभी तो बहुत कुछ करने के लिए बाकी है। इन्हीं वजहों से यह पुस्तक बहुत महत्त्वपूर्ण है।

शेखर गुप्ता
प्रधान संपादक, इंडियन एक्सप्रेस समूह

भूमिका

शहरीकरण में मेरी दिलचस्पी 2008 से जागी जब मुझे भारत सरकार के शहरी विकास मंत्रालय और आवास एवं शहरी ग़रीबी उपशमन मंत्रालय ने शहरी इंफ्रास्ट्रक्चर और सेवाओं के क्षेत्र में गठित की गई उच्चाधिकार प्राप्त विशेषज्ञ समिति (हाई पावर्ड एक्सपर्ट कमेटी) के अध्यक्ष का पद ग्रहण करने के लिए आमंत्रित किया। जो कुछ मैंने देखा, उससे मैं बहुत परेशान हो गई। हमारे पास विभिन्न राज्यों में सार्वजनिक सेवाओं के बारे में बहुत कम जानकारी थी। शहरीकरण योजना के महत्त्व को साबित करने के लिए शोध की कमी थी। शहरों और कस्बों के स्थानीय निकायों को नीति-निर्माताओं का समर्थन न के बराबर था।

मुझे बार-बार वही सब बताया जा रहा था जो अपने अनुभवों के आधार पर मैं पहले से जानती थी कि शहरों और कस्बों में सार्वजनिक सेवाओं और शहरी इंफ्रास्ट्रक्चर की हालत सुधारने के लिए खासा काम करना होगा। बहरहाल माहौल में JNNURM (जवाहर लाल नेहरू नेशनल अर्बन रिन्यूअल मिशन) की सुगबुगाहट भी थी जिसे दिसंबर 2005 में लांच किया गया था, पर जिसका सही तरह से आरंभ 2007-08 तक ही हो पाया। उसी वक्त हमारी कमेटी ने काम शुरू किया। JNNURM के बारे में जितना उत्साह था, उतने ही भ्रम भी थे। हमने मार्च 2011 में भारत सरकार को अपनी रिपोर्ट दी, पर मुझे लगा कि यह समझने के लिए कि क्या हालात सुधर रहे हैं और क्या JNNURM ज़मीनी सतह पर कोई बदलाव लाने में मददगार हो रहा है, इन क्षेत्रों के बारे में और जानकारी जुटाए जाने की ज़रूरत है।

मैंने शहरी बदलाव के क्षेत्र में की जा रही अच्छी कोशिशों (बेस्ट प्रैक्टिसेज) को दर्ज करने के इरादे से जनवरी 2010 से *इंडियन एक्सप्रेस और फ़ाइनेंशियल एक्सप्रेस* में 'पोस्टकार्ड्स ऑफ़ चेंज' नाम से कॉलम लिखने शुरू किए। पिछले चार साल में मैंने बड़े, छोटे और मध्यम शहरों और कस्बों का सघन दौरा करके यह जानने की कोशिश की कि सार्वजनिक सेवाओं की स्थिति सुधारने के काम में किस तरह की सफलता मिल रही है। अब तक चालीस से अधिक कॉलम प्रकाशित हो चुके हैं। इनमें से दस मैंने समिति के सलाहकार रनेश नायर के साथ मिलकर लिखे। इस पुस्तक का हर अध्याय इन्हीं कॉलम्स का अपडेटेड रूप है। यह पुस्तक विविध

शहरों की सफलता के पीछे खड़े लोगों और उनके द्वारा अपनाई गई कार्यप्रणाली का फर्स्ट हैंड खाका पेश करती है। साथ ही यह भारत में शहरीकरण की चुनौतियों का भी विवरण देते हुए खास क्षेत्रों में विशेष मुद्दों को रेखांकित करती है जैसे पीने का पानी, सॉलिड वेस्ट (कचरा) मैनेजमेंट वगैरह।

चाहे पानी की सप्लाई हो, अपशिष्ट (वेस्ट वॉटर) की निकासी और ट्रीटमेंट, कचरे का प्रबंधन (सॉलिड वेस्ट मैनेजमेंट), सार्वजनिक परिवहन तंत्र हो या शहरी प्लानिंग, इस किताब में दी गई केस स्टडीज शहरों के कायाकल्प और इस बदलाव के पीछे की बातों को बताती हैं। मैंने खास शहरों की उन कहानियों को दर्ज किया है जहाँ इनोवेटिव तरीक़ों और कोशिशों के सहारे इन शहरों में जिन्दगी को बेहतर बनाया गया है। हरेक मामले में इंसानी नेतृत्व का बहुत योगदान रहा है, पर कुछ केस स्टडीज में माहौल की बड़ी भूमिका रही। राज्य सरकारों द्वारा बनाए गए उचित माहौल, भारत सरकार के नेतृत्व और खासतौर से JNNURM की भूमिका महत्त्वपूर्ण रही।

मैं जानती हूँ कि सफलता की ये कहानियाँ बहुत थोड़ी सी हैं और भारत के 8,000 शहरों और कस्बों में अभी बहुत कुछ किया जाना बाकी है। पर वास्तव में इस किताब में जिन कोशिशों का जिक्र है, वे ऐसे माहौल में कामयाब हुईं, जो गवर्नेंस के लिहाज से चुनौतियों भरा था। यही बात दूसरे इलाक़ों के मन में उम्मीद जगाती है। इसमें कोई शक नहीं कि गवर्नेंस से जुड़ी संस्थाओं और नीतियों में सुधार की सख्त ज़रूरत है, पर इनोवेशन और चतुराई के साथ-साथ धन की बेहतर व्यवस्था और स्थानीय स्तर पर मानव संसाधन (ह्यूमन रिसोर्स) के कौशल में सुधार लाकर मौजूदा हालात को बहुत बदला जा सकता है।

सबसे पहले मुझे शेखर गुप्ता का धन्यवाद करना चाहिए, जो कई साल से मेरे अच्छे मित्र हैं। उन्होंने मुझे इंडियन एक्सप्रेस और फाइनेंशियल एक्सप्रेस में कॉलम लिखने के लिए प्रेरित किया। मैं सुनील जैन के प्रति भी आभार व्यक्त करती हूँ जो समय सीमा के अंतिम क्षणों तक भेजे गए आलेखों को व्यवस्थित करते रहे। ऐसी कोशिशों को तब तक सफलता नहीं मिलती जब तक उन्हें विविध वर्गों का समर्थन न मिले (जिन्होंने इस बदलाव में हिस्सा लिया और इसे सफल होते देखा)। इनमें रिसर्चर्स, सभी स्तरों के अधिकारी और शहरी स्थानीय निकाय शामिल हैं। इन केस स्टडीज को लिखने में बहुत लोगों ने मेरी मदद की। इन मसलों और नीतियों को बेहतर समझने के लिए मैं उनसे बार-बार मशवरा करती रही। इक्रीयर की शहरी टीम की कनक तिवारी के अर्बन डिजाइन और प्लानिंग के डोमेन के ज्ञान का इस किताब को तैयार करने में अमूल्य योगदान है। रिसर्च में क़ाबिल असिस्टेंस के लिए मैं अर्बन टीम की तनुश्री भान की भी आभारी हूँ। लेखों को तैयार करने, किताब के अध्यायों को तैयार करने और अपडेट करने में उन्होंने रिसर्च सामग्री उपलब्ध कराकर

मेरी मदद की। चूक को पकड़ने के लिए यह बेहद महत्त्वपूर्ण इनपुट था। काम के आख़िरी दौर में टीम के अन्य सदस्यों ने भी मेरी भरपूर मदद की।

इस पुस्तक के मूल अंग्रेज़ी संस्करण को अंतिम रूप देने में हार्पर कॉलिन्स के कृष्ण चोपड़ा की भूमिका कम नहीं है, जो मुझे अलग-अलग चरणों में मिलते रहे। मैं उत्कृष्ट संपादकीय सहयोग के लिए सिद्धेश इनामदार को भी धन्यवाद देना चाहूँगी। अम्बरीन खान और विधि चोपड़ा ने इंडियन एक्सप्रेस और हार्पर कॉलिन्स के बीच सामग्री के समन्वयन में मदद की। रोहनित फोरे ने पुस्तक के सार को सुन्दर और रचनात्मक इलस्ट्रेशंस में समेटा।

विशेष धन्यवाद देना चाहती हूँ प्रो.शिवानन्द स्वामी, डॉ.पी.के.मोहंती, डॉ. कस्तूरीरंगन, डॉ. रामचंद्रन, श्री गजेन्द्र हल्दिया, श्री अरबिंद मोदी, प्रो. चेतन वैद्य, सुश्री सुनीता कक्कड़ और श्री पैट्रिक रूसो को जिनके साथ कई आलेखों के बारे में सलाह लेने और चर्चा करने का मौक़ा मुझे मिला। इसके पहले ड्राफ़्ट पर माधव धर और सरवर लतीफ ने अच्छी और उपयोगी टिप्पणियाँ कीं। इन सबसे मुझे इन केस स्टडीज को बेहतर तरीक़े से प्रस्तुत करने में मदद मिली। राकेश रंजन ने अंतिम ड्राफ़्ट पढ़कर उस पर सुझाव दिए और उसे और बेहतर बनाने में मदद की।

मैं वास्तव में आभारी हूँ अपने पति मोंटेक की जिन्होंने परफेक्ट इंटलेक्चुअल के रूप में मेरा मार्गदर्शन किया। उनके साथ चर्चाओं से न केवल मेरा ज्ञान-वर्धन हुआ, बल्कि जिन विषयों पर मुझे लगता था कि वे ज़्यादा नहीं जानते, मेरी धारणा बार-बार ग़लत साबित हुई। बगैर किसी शिकवे के उन्होंने देर रात तक मेरा कम्प्यूटर पर काम करना भी स्वीकार किया। मैं अपने तीन पोतों - चार साल के वीर, दो साल के अंगद, और चार महीने के अर्जुन की भूमिका को कैसे नज़रंदाज कर सकती हूँ। उनके साथ उनकी शर्तों पर खेलने के इसरार भर से पुस्तक के आलेखों को सही शक्ल देने की सारी थकान पल भर में छू मंतर हो जाती थी। उनके साथ बिताए गए समय ने मेरे मन को एकाग्र होकर सोचने में मदद की कि हम आने वाले वर्षों में इस नई पीढ़ी के लिए बेहतर हालात बनाने की दिशा में क्या कर सकते हैं। पुस्तक के हिन्दी अनुवाद में मेरी सबसे छोटी पोती, मेहर ऐन ने भी मुझे उत्साहित किया।

अंग्रेजी में यह पुस्तक पहली बार मार्च 2014 में प्रकाशित हुई थी। इसका हिन्दी संस्करण प्रेस में जाते समय दो साल और गुजर चुके हैं। हालांकि तबसे अब तक तमाम बातें हुईं हैं, पर कमोबेश स्थिति जहाँ की तहाँ है। मई 2014 में केंद्र में नई सरकार ने काम सँभाला है और वह शहरों के महत्व को लेकर काफी कुछ कह रही है। शहरों के रूपांतरण के लिए पिछले दो साल में कई कार्यक्रमों को शुरू किया गया है- जैसे कि स्वच्छ भारत, अमृत, स्मार्ट सिटी मिशन और सबके लिए आवास वगैरह। ये सब मूलतः सन 2005 से सन 2014 तक चले जवाहरलाल नेहरू नेशनल अर्बन रिन्यूअल मिशन (JNNURM) के कदमों पर ही हैं।

JNNURM का फोकस भारतीय शहरों में इंफ्रास्ट्रक्चर की कमियों को दूर करने के लिए राज्य सरकारों को वित्तीय सहयोग देने और शहरी स्थानीय निकायों को सुधार करने के लिए प्रेरित करने पर था ताकि बेहतर आधार ढाँचे की मदद से शहरों का कायाकल्प किया जा सके। सुधार का काम आमतौर पर काफी सुस्त रहा। JNNURM का सकारात्मक प्रभाव उन शहरों तक सीमित था, जहाँ की राज्य सरकारों ने नीतियों और संस्थाओं में सुधार किए, कानून बनाकर उचित माहौल बनाया, वित्तीय हस्तांतरण के मार्फत शहरी स्थानीय निकायों को सशक्त किया और उन्हें शहरी नियोजन तथा प्रबंधन के काम में पारंगत किया। JNNURM की एक महत्वपूर्ण सीख यह थी कि यदि भारतीय शहरों का कायाकल्प होना है तो पैसा, तकनीक और इंफ्रास्ट्रक्चर समाधान का सिर्फ एक पहलू है। दूसरा ज्यादा महत्वपूर्ण पहलू है गवर्नेंस से जुड़ी संस्थाओं को दुरुस्त रखना और शहरी स्थानीय निकायों के स्तर पर शहरी नियोजन और प्रबंधन की सामर्थ्य को विकसित करना। इस सीख को आगे आने वाले कार्यक्रमों में शामिल करना होगा।

इस सीख के सबसे अच्छे प्रमाण इस किताब में दी गई केस स्टडीज में मिलते हैं। ये केस स्टडीज शहरी प्रशासनिक संरचना में बुनियादी सुधारों की जरूरत के अलावा मानवीय नेतृत्व और तकनीक की ज़रूरत को भी रेखांकित करती हैं। इनसे यह भी ज़ाहिर होता है कि भारत सरकार नीतिगत नेतृत्व और कुछ धनराशि दे सकती है, पर शहरों को सशक्त बनाने और इस प्रक्रिया में समुदायों को जोड़ने में राज्य सरकारों को सकारात्मक भूमिका निभानी होगी।

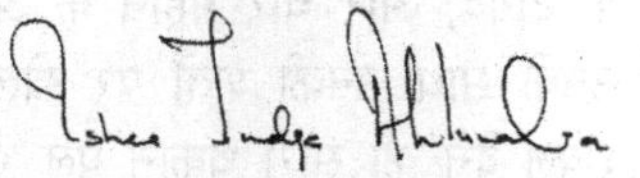

ईशर जज आहलूवालिया
अध्यक्ष, गवर्निंग बोर्ड, इंडियन काउंसिल फॉर
रिसर्च ऑन इंटरनेशनल इकोनॉमिक रिलेशंस (ICRIER)
अध्यक्ष, प्रोग्राम ऑन अर्बनाइजेशन ICRIER

परिचय

भारतीय शहरों को रूपांतरण की सख्त ज़रूरत है। चाहे वे पब्लिक पार्क हों, बच्चों के खेल के मैदान, सहज और किफ़ायती पब्लिक ट्रांसपोर्ट, चौड़े फुटपाथ या पानी और सफ़ाई के बुनियादी इंतज़ाम। सभी मामलों में हमारे शहर और कस्बों की दशा दयनीय है। खासतौर से पीने के पानी, सीवेज ट्रीटमेंट और कचरे की निकासी के बारे में जितना भी कहें, कम होगा। हमारे शहरों में पीने के पानी और सफ़ाई का इतना बुरा हाल है कि लोगों की सेहत हमेशा जोखिम में रहती है। इन शहरों को देखकर लगता नहीं कि वे किसी योजना के तहत बनाए गए होंगे। ठसाठस अटी सड़कें, अस्तव्यस्त ट्रैफिक, भीड़ भरे कॉमर्शियल एरिया और तंग आवासों को देखकर जाहिर होता है कि ये शहर बिना किसी योजना का सहारा लिए उठ खड़े हुए होंगे। झुग्गी-झोपड़ियों का विस्तार भी योजना के अभाव का प्रतीक है। सस्ता और किफ़ायती आवास न होने के कारण ग़रीब ही नहीं निम्न मध्यम वर्ग के लोग भी झुग्गियों में बसने को विवश होते हैं। इन बस्तियों में पीने का पानी और सफ़ाई की बेसिक सुविधाएं तक प्राप्त नहीं हैं। भारत में औसतन 25 फ़ीसदी शहरी आबादी झुग्गी-झोपड़ियों में रहती है। मुम्बई में यह औसत 50 फ़ीसदी से ज़्यादा है।

ऐसा लगता है कि समय के बीतते-बीतते हमने जो सामने आया उसे मंजूर करना सीख लिया है। यह भी मान लिया है कि इस दयनीय दशा से सामंजस्य बिठाना ही एकमात्र रास्ता है। यह किताब जागरूक नागरिकों और विभिन्न सरकारी स्तरों पर बैठे नीति-निर्माताओं के लिए लिखी गई है, जो मेरे विचार में इस स्थिति को बदल सकते हैं। इस पुस्तक में दिखाया गया है कि किस तरह हालात बद से बदतर होते गए हैं। शहरों का हाल बेहाल है और आने वाले वक्त में हालात और भी बिगड़ेंगे। अलबत्ता एक उजला पहलू भी है। यह किताब कुछ ऐसे शहरों की झलकियाँ पेश करती है, जिन्होंने समस्याओं के हल खुद ढूँढ़ निकाले हैं और अपने निवासियों के जीवन के सुधार में विशेष योगदान किया है। दुर्दशा के इस दौर के बीच, जिसे हम आर्थिक और राजनीतिक वास्तविकता मान बैठे हैं, कुछ शहरों ने अपने कायाकल्प के लिए कमर कस ली है।

सबसे पहले करें यादों की सैर। मेरे मन में मध्य प्रदेश के इंदौर शहर की बड़ी खूबसूरत यादें बसी हुई हैं। मेरा जन्म यहीं हुआ और बचपन के कुछ साल वहीं गुजरे। मेरे बचपन की मनभावन यादों में बसा है नौलखा बाग (नौ लाख पेड़ों वाला बाग) जहाँ हम परिवार के साथ शाम की सैर पर जाया करते थे। माता-पिता टहलते और हम बच्चों को खेलते हुए देखते। यह कई परिवारों की दैनिक चर्या थी। इमली और आम के सैकड़ों पेड़ और कुलाँचें भरते बंदरों के झुण्ड आज भी मेरे मन में ज्यों के त्यों उकेरे हुए हैं। जब मैं पाँच साल की थी हमारे परिवार ने इंदौर छोड़ा। चूंकि इंदौर में हमारे कोई रिश्तेदार नहीं थे इसलिए वहाँ दुबारा जाना तभी हो पाया जब कई दशक बाद मेरे पति को भोपाल में एक व्याख्यान के लिए बुलाया गया। हमेशा की तरह इस बार भी उनका अनुरोध था कि मैं उनके साथ चलूँ। इसके लिए उन्होंने मुझे मांडू में, जो कि नर्मदा की घाटी के दक्षिण में बसा ऐतिहासिक नगर है, दो दिन की छुट्टी बिताने का प्रलोभन भी दिया। मैं उस समय एक पुस्तक की पाण्डुलिपि को अंतिम रूप दे रही थी और उनका अंदाज़ा सही था कि मुझे उन हालात में ब्रेक लेने के लिए विशेष प्रलोभन की ज़रूरत है। मैं राजी हो गई, इस शर्त पर कि मांडू जाते समय हम आधा दिन इंदौर में बिताएंगे, जो मेरी जन्मभूमि है और जहाँ मैं वापस नहीं जा सकी थी। बदले में मैं भोपाल में भारतीय अर्थव्यवस्था पर अपने पति का व्याख्यान सुनने के लिए राजी हो गई। आश्चर्य की बात है कि शादी के चालीस साल बाद भी मैं उनके भाषण को सुनना पसंद करती हूँ।

इंदौर-यात्रा ने मेरा दिल तोड़ दिया। एक इंदौरवासी मित्र को जब खबर मिली कि हम आ रहे हैं, तो उन्होंने फ़ोन करके पूछा कि हम कौन-कौन सी जगह घूमना चाहेंगे। जब मैंने उन्हें बताया कि मुझे नौलखा बाग खासतौर से जाना है तो यह सुनते ही फ़ोन के दूसरी ओर खामोशी छा गई। फिर थोड़ी सी सामान्य बातचीत के बाद उन्होंने कहा कि वे फिर फ़ोन करेंगे। दो दिन बाद उन्होंने फ़ोन पर स्वीकार किया कि उन्हें नौलखा बाग के बारे में मालूम नहीं था। हाँ, पूछताछ करने पर पता चला कि एक बाग है जिसमें आम और इमली के तक़रीबन पचास पुराने पेड़ हैं। बाग के इलाके को रोज़मर्रा की चीजें बेचने वाले बाज़ार में बदल दिया गया है। बाज़ार में आम इस्तेमाल की चीजों से लेकर मार्बल, लकड़ी जैसा इमारती सामान भी मिलता है। अलबत्ता उन्होंने बताया कि यह बाग अब भी अपने आलीशान गुजरे दौर का अहसास देता है। हमने नौलखा बाग, या जो कुछ उसके नाम पर वहाँ बचा था, देखा। पर वहाँ जाकर ऐसा महसूस हुआ कि मुझे बुरी तरह ठगा गया है।

दूसरी याददाश्त मेरे कलकत्ता में (जैसा कि कोलकाता का पुराना नाम था) बिताए कुछ वर्षों से जुड़ी है, जहाँ हम 1950 के दशक में, इंदौर छोड़ने के बाद जा बसे थे। यहाँ बड़े सार्वजनिक बाग के नाम पर केवल विक्टोरिया मेमोरियल बगीचा था। कलकत्ता के रिहायशी इलाक़ों में खुले सार्वजनिक बगीचों का नाम ही नहीं था।

उस जमाने में भी इंच-इंच जगह पर निर्माण हो चुका था। हम पूर्णो सिनेमा के निकट कालीघाट में रहते थे, जहाँ पुराने फैशन की तंग इमारतों की बस्तियाँ यानी पाड़ा होते थे। इनके बीच बने चौक में आसपास के मध्यवर्गीय निवासियों का शाम को अड्डा लगता था। वे लोग आमतौर पर राजनीति पर बहस करते और कंक्रीट के फ़र्श पर, जो कभी घास से हरा-भरा होता होगा, बच्चों को क्रिकेट और सितौलिया (सेवन टाइल्स) खेलते देखा करते थे।

मेरे परिवार ने बगीचे में जाने का रिवाज यहाँ भी जारी रखा। हम सब अपनी छोटी सी मोटर गाड़ी में पैक होकर विक्टोरिया मेमोरियल गार्डन में पहुँचते। मेरे पिताजी बगीचे के सामने बने *मैदान* में अपनी दरी बिछाते और उस पर आराम की मुद्रा में लेटकर *प्रताप* और *मिलाप* अख़बारों को पढ़ा करते थे। ये दोनों उनके मन पसंद उर्दू अख़बार थे जो उनके लिए पंजाब की दोनों सीमाओं के पार की खबरें लाते थे। चौरंगी के एक अख़बार विक्रेता से ख़रीद कर लाए गए अख़बारों में वे अगले डेढ़ घंटे तक हम सबसे बेख़बर होकर खो जाते थे। विक्टोरिया मैदान बहुत से परिवारों के लिए खुली जगह और ताजा हवा पाने के लिए विशेष आकर्षण का केंद्र था। हम बच्चे मैदान में ख़ूब दौड़-भाग करते। इस मैदान में नौलखा बाग की तरह सुन्दर पेड़ नहीं थे मगर चारों ओर फैली हरियाली के बीच शानदार अंग्रेज़ी आर्किटेक्चर (वास्तुकला) देखकर हम बहुत खुश होते थे। कुछ ही साल बाद 1960 के मध्य दशक तक यह मैदान राजनीतिक विरोध प्रदर्शन का केंद्र बन गया। भले ही वह लोकतंत्र की जीवंतता का प्रतीक था, पर उसके बदले में कलकत्ता के निवासियों से उस मैदान में जमा होकर विक्टोरिया मेमोरियल के सुन्दर दृश्य का आनन्द लेने का सुख छीना जा रहा था।

जब मैं सन 1965 में दिल्ली स्कूल ऑफ़ इकोनॉमिक्स में अपनी पढ़ाई करने दिल्ली आई तब हम पश्चिमी दिल्ली में रहा करते थे। विश्वविद्यालय तक मेरा सफर एक विशेष बस 'यूनिवर्सिटी स्पेशल' से होता था। हरी भरी दिल्ली ताजगी और सुकून देती थी। केवल इंडिया गेट का मैदान ही नहीं, सारी दिल्ली बहुत से बगीचों और आकर्षक ऐतिहासिक बागों से भरी थी। दिल्ली वाले भाग्यशाली हैं कि उन्हें इतनी हरियाली नसीब है। अलबत्ता समय के बीतते-बीतते यह शहर पैदल चलने वालों के बजाय गाड़ी वालों का शहर बनता जा रहा है। उन दिनों कला और संस्कृति के क्षेत्र में कलकत्ता के मुकाबले में दिल्ली शहर बहुत पीछे था। पर इतिहास से दिल्ली का रिश्ता इस कमी को दूर करने के लिए काफ़ी था। देश की राजधानी होने के नाते सरकार और सिविल सोसाइटी दोनों ने दिल्ली की ऐतिहासिक सम्पदा के संरक्षण के लिए जुड़कर काम किया है। फिर भी बहुत कुछ बाकी है। हमने यमुना या जिसे दिल्ली में रहने वाले पंजाबियों की बोली में कहें तो जमना नदी, का बेहद बुरा हाल कर दिया है। जो नदी शहर को प्रकृति से विशेष उपहार के रूप में मिली थी, उसे

देश की राजधानी के मुकुट में एक नगीने का स्तर देना चाहिए था। जिन शहरों को यमुना जैसी बड़ी नदी का सौभाग्य प्राप्त हो, वहाँ वॉटरफ्रंट या नदी के तट को शहर के आकर्षण का विशेष केंद्र बनाया जाता है। सोचिए लन्दन, पेरिस, न्यूयॉर्क के बारे में या कलकत्ता क्यों नहीं? जिन्हें प्राकृतिक और स्थापत्य सम्पदा से भरपूर शहर मिले हैं, उनकी ज़िम्मेदारी बनती है कि वे इसका आनंद लेने के साथ इस विरासत को अगली पीढ़ी के लिए सुरक्षित रखें। उसका पोषण करते हुए।

मैं दावे से कह सकती हूँ कि मेरी ही तरह शहरों में रहने वाले ज़्यादातर लोगों की मधुर यादें ऐसे ही पब्लिक स्पेस यानी सार्वजनिक स्थलों के इर्द-गिर्द बुनी हैं। गुवाहाटी में ब्रह्मपुत्र के किनारे टहलना, बेंगलुरु के लालबाग या कबन पार्क में चहलक़दमी, भोपाल के ताल में नौका विहार, लखनऊ के हजरतगंज में 'गंजिंग', जोधपुर की रंगीन सड़कों और चौराहों के बीच इतिहास में खो जाना, हैदराबाद के गोलकुंडा किले में खुले रंगमंच का मजा लेना या दिल्ली में नेहरू पार्क में पतंगें उड़ाना। आपका घर कितना ही आलीशान क्यों न हो, आपका बगीचा कितना ही सुन्दर क्यों न हो यदि आपके घर के आसपास का इलाक़ा प्रदूषित, तंग और बिना हरियाली के है तो आप इस मामले में ग़रीब ही हैं।

हमारे बचपन में हमारे माता-पिता तय करते हैं, कि हम किस शहर में रहेंगे। बड़े होने के बाद हम अपने लिए शहर का चुनाव खुद करते हैं। यह चुनाव हमारी उच्च शिक्षा, नौकरी या किसी व्यवसाय के अवसर के आधार पर किया जाता है। ऐसा भी हो सकता है कि हम जिस शहर में पले-बढ़े होते हैं वहाँ से बाहर जाने की कोई वजह नज़र नहीं आती। हालाँकि आज की तेजी से आगे बढ़ती दुनिया में एक ही शहर में बने रहना कम ही देखने को मिलता है।

रहने के लिए किसी शहर को चुनने के पीछे कारण चाहे जो भी हो, हमारा उन लोगों से उम्मीद रखना जायज है, जिनकी ज़िम्मेदारी हमारे शहरों में बुनियादी सुविधाएं उपलब्ध कराने की है। जब हम सड़कों पर गड्ढे, खुले कूड़ेदानों में बिखरे कचरे के ढेर या पहली बारिश के बाद ही सड़कों को पानी से भरा हुआ देखते हैं या खुले नालों से घरों की अशोधित गंदगी को नदियों में गिरते देखते हैं, तब हमें झटका लगता है। हमारा गुस्सा उस समय फूट पड़ता है जब सार्वजनिक परिवहन व्यवस्था या तो भरोसे लायक़ नहीं होती या होती ही नहीं। बच्चों के खेल के मैदानों की कमी से भी हम दुःखी रहते हैं। जैसे-जैसे हमारी आय बढ़ती है अच्छे जीवन की इच्छाएं भी बढ़ती हैं। हममें से कुछ लोग पब्लिक पार्क, पब्लिक लाइब्रेरी और म्यूजियमों की तलाश करते हैं। दूसरे, कला, संगीत और नाटक वगैरह देखना चाहते हैं। सब चाहते हैं खुली सड़कें, सुव्यवस्थित ट्रैफिक और साफ़ हवा।

हमें यह सुनिश्चित करना होगा कि सरकारें शहरों को इस तरह से नियोजित और प्रबंधित करें कि वे हमारी उम्मीदों पर खरे उतरें। ऐसा नहीं होने पर हम आवाज़

उठाएं और इन व्यवस्थाओं को बदलने के लिए मदद करें। अच्छी ख़बर यह है कि शहरी भारत में बदलाव की शुरुआत हो चुकी है। कुछ शहरों और कस्बों में बदलाव आया है। बाकी शहरवासियों को भी इस बदलाव का हिस्सा बनना होगा और इस धारा को मज़बूती देनी होगी। और जो लोग हमारे शहरों की योजनाएं बनाने और उनके प्रबंधन के लिए ज़िम्मेदार हैं उनकी मदद करनी होगी ताकि यह आवाज़ शहरी भारत के हर हिस्से तक पहुँचे।

चलिए इस बात की शुरुआत आसपास के हालात पर नज़र डालते हुए करें। देश के ज़्यादातर शहरों में सार्वजनिक सेवा को लेकर खतरे की घंटी बज रही है। क्या आपको पता है कि अब से कुछ समय पहले तक दिल्ली के गंदे पानी (मल-मूत्र और गंदगी) का 70 प्रतिशत हिस्सा बिना उपचार (ट्रीटमेंट) के ही सीधे यमुना में डाला जाता था? सरकारी कोशिशों के बाद अब 50 प्रतिशत को शोधित किया जाने लगा है। भारत में मुट्ठीभर शहर ही गंदगी का उपचार करते हैं। चंडीगढ़ एकमात्र ऐसा शहर है जहाँ 100 प्रतिशत गंदगी का उपचार किया जाता है और नवी मुम्बई, पिंपरी-चिंचवड और सूरत में 90 प्रतिशत से अधिक सीवेज का उपचार होता है।

सीधी सी बात है कि नदियों और प्राकृतिक जल स्रोतों (वॉटर बॉडीज) में शहरों का पानी गिराने के पहले उसे सीवेज ट्रीटमेंट प्लांटों से शोधित किया जाए। ताकि इन स्रोतों में साफ़ पानी जाए। भारत के कई शहर ऐसे हैं जहाँ पानी के पर्याप्त भंडार हैं, पर शहरवासियों को पीने का साफ़ पानी बहुत कम मिलता है। महाराष्ट्र के एक या दो शहरों को छोड़ दिया जाए तो भारत का एक भी शहर ऐसा नहीं जहाँ सप्ताह के सातों दिन चौबीस घंटे पानी आता हो। पाइपों का संजाल सभी उपभोक्ताओं तक नहीं पहुँचता। जिन उपभोक्ताओं तक यह नहीं पहुँचता, उनमें से ज़्यादातर लोग ग़रीब ही होते हैं। वे पीने के पानी के लिए हैंडपंप या टैंकरों पर निर्भर रहते हैं। जिन शहरों के आसपास नदी या दूसरे स्रोत नहीं हैं, उन्हें वर्षा जल के संरक्षण (हार्वेस्टिंग) और भूजल पुनर्भरण (ग्राउंड वॉटर रिचार्ज) के दूसरे तरीक़ों का उपयोग करना चाहिए। दुःख की बात है कि ऐसा होता नहीं।

ऐसा भी एक समय था जब चिलचिलाती गर्मी से राहत के लिए मॉनसून का बेसब्री से इंतज़ार होता था। अब हम मॉनसून का नाम सुनते ही पानी भरी सड़कों की कल्पना करके दहशत से भर जाते हैं, क्योंकि इस पानी की निकासी के लिए बने नाले या तो खत्म हो चुके हैं या खस्ताहाल हैं। पानी भरी सड़कों के नीचे बने गड्ढे जीवन के लिए ख़तरा बन गए हैं। बढ़ती हुई आय, बदलती हुई जीवन शैली और पैकेजिंग के लिए प्लास्टिक का बेहद इस्तेमाल और उससे पैदा हुआ कचरा परेशानी को और आगे बढ़ाता है। उसमें बायोडिग्रेडेबल (जैव-निम्नीकरणीय यानी प्राकृतिक रूप से ज़मीन के साथ मिल जाने वाले) पदार्थों की मात्रा तेजी से घटती जा रही है। ऐसे कचरे के निपटारे के लिए वैज्ञानिक उपचार विधियों की ज़रूरत लगातार

बढ़ती जा रही है। जबकि म्युनिसिपल सॉलिड वेस्ट नियम-2000 का पालन कम और उल्लंघन ज़्यादा होता है।

साफ़ पानी और सफ़ाई की मूल बातों पर ध्यान न देने के कारण शहरों में सार्वजनिक स्वास्थ्य की हालत बिगड़ते-बिगड़ते खतरनाक होती जा रही है। हम अपने शहरों में स्वच्छ और सुरक्षित माहौल नहीं बनाएंगे तो शहरी भारत डेंगू, स्वाइन फ्लू, टॉयफाइड, डायरिया, मलेरिया और एंसेफलाइटिस जैसी भयानक बीमारियों की चपेट में आ जाएगा। अच्छी खबर तो यह है कि इनका सामना करने की प्रेरणा पाने के लिए कहीं दूर जाने की ज़रूरत नहीं है। भारत के ही कुछ शहरों और कस्बों ने रास्ता दिखाया है।

सन 2008 में मैंने भारत सरकार द्वारा देश के शहरों की दशा की पड़ताल के लिए गठित की गई हाई पावर्ड एक्सपर्ट कमेटी के अध्यक्ष का दायित्व उठाया। यह समिति भारतीय शहरों की व्यवस्था के विश्लेषण के लिए बनाई गई थी। इस कमेटी ने मार्च 2011 में सरकार को अपनी रिपोर्ट और सलाह सौंपी। पहले मैं इस दायित्व से झिझक रही थी क्योंकि मुझे लगता था कि एक अर्थशास्त्री होने के नाते मैं शहरी भारत के विकास के बारे में जानती ही कितना हूँ। पर समिति में काम करने पर मैंने जाना कि औद्योगीकरण का अर्थशास्त्र शहरीकरण को समझे बिना अपूर्ण है। शहरीकरण की योजना और औद्योगीकरण तथा संरचनात्मक बदलाव साथ-साथ चलते हैं।

इसके पहले एक अर्थशास्त्री होने के नाते भारतीय अर्थशास्त्र की नीतियों पर किए गए मेरे शोध औद्योगिक संवृद्धि (ग्रोथ) और उत्पादकता पर केन्द्रित थे। निवेश के माहौल पर असर डालने वाली बातों के रूप में हम अर्थशास्त्री आमतौर पर कारोबार चलाने की आसानी पर ही ध्यान देते है। पर वास्तव में अर्थ व्यवस्था या किसी उद्योग का लाभकारी या प्रतियोगी (कम्पीटीटिव) होना कारोबार को आसान बनाने या लागत को घटाने से ही तय नहीं होता, बल्कि इससे भी तय होता है कि शहर में रहने की सुविधा कैसी है। लेन-देन की लागत उन नियम-क़ानूनों और बोझिल सरकारी झमेलों पर निर्भर करती है, जिनसे उद्यमी को जूझना होता है। इन प्रक्रियाओं को बेहतर बनाकर व्यापार की संभावनाओं को आसान किया जा सकता है, फिर भी निवेश का माहौल बनाने के लिए कुछ और बातों की ज़रूरत होती है। निवेश का स्वस्थ वातावरण तभी निर्मित हो सकता है जब शहरों में वे सारी सुविधाएँ मौजूद हो जिन्हें सहज-सुलभ जीवन के लिए आधारभूत माना जाता है। जैसे साफ़, स्वस्थ और सुरक्षित माहौल, संचार के आधुनिक साधन, अच्छे स्कूल, स्वास्थ्य और चिकित्सा की बेहतर सुविधाएँ हों। तभी उद्यमी, कुशल कर्मचारी और नई सोच रखने वाले (इनोवेटर्स) काम-काज की तलाश में वहाँ आएंगे या निवेश करेंगे। इससे वहाँ रहन-सहन के अच्छे अवसर बनेंगे और अर्थव्यवस्था का पहिया आगे बढ़ेगा।

समिति का काम करते हुए शहरीकरण में मेरी प्रोफ़ेशनल दिलचस्पी भी जागी। रिपोर्ट जमा करने के बाद मैंने व्यक्तिगत तौर पर इस बात पर खोज करनी आरंभ की कि शहरीकरण के मोर्चे पर आख़िर ज़मीनी स्तर पर क्या चल रहा है। पिछले पाँच सालों में मैंने भारत के कई शहरों और कस्बों का सघन दौरा किया और इन दौरों से मुझे इस बात के प्रति आश्वासन मिला कि भारत के शहरों का रूपांतरण उतना मुश्किल नहीं, जितना नज़र आता है। इस पुस्तक में उन आलेखों का संग्रह हैं जिन्हें मैंने इंडियन एक्सप्रेस और फ़ाइनेंशियल एक्सप्रेस समाचार पत्रों के लिए लिखा था। इनमें भारतीय शहरों के कायाकल्प की आँखों देखी और अंकों जाँची सफल कथाओं का विवरण है।

इन आलेखों में विविध क्षेत्रों में सार्वजनिक वितरण सुविधाओं जैसे पीने का साफ़ पानी, सीवरेज, मल-जल उपचार, कचरा प्रबंधन, सार्वजनिक परिवहन और स्थानीय निकाय के साथ नागरिकों के रिश्तों के उदाहरण दिए गए हैं, जैसे जन्म और मृत्यु प्रमाणपत्र बनाना, भवन निर्माण की अनुमति लेना या संपत्ति कर और अन्य बिल जमा करना वगैरह। शहरी नियोजन के अच्छे उदाहरण भी मौजूद हैं। ये प्रेरक कथाएँ बताती हैं कि हाल के वर्षों में भारत के कुछ हिस्सों में ही सही, शहरी माहौल बदल रहा है। चुनौती है कि किस तरह इस काम को बड़े पैमाने पर किया जाए ताकि हम उस पार पहुँचें जहाँ शहरीकरण और तेज संवृद्धि (रैपिड ग्रोथ) एक-दूसरे को सहारा दें।

मेरे कहने का लब्बो-लुबाव यह है कि ऐसे शहरों को बनाना ज़रूरी है जो हमें बेहतरीन जीवन की बुनियादी सुविधाएँ उपलब्ध कराएँ और अपने परिवेश पर हमें गर्व महसूस करने का मौक़ा दें। मेरी यात्राएं और मेरा शोध बताता है कि ऐसा करना उतना मुश्किल नहीं। तमाम आर्थिक और राजनीतिक अड़ंगों के बावजूद इन शहरों को कहीं बेहतर बनाया जा सकता है। पर इन शहरों को विश्व स्तरीय बनाने के लिए हमें अपने राजनीतिक माहौल को बदलना होगा।

भारतीय अर्थव्यवस्था का संरचनात्मक परिवर्तन

भारत के राजनीतिक विमर्श से शहरीकरण के मुद्दे को हमेशा बाहर रहने की एक बड़ी वजह यह है कि हम इस ग़लतफहमी में फँसे हैं कि शहर का मतलब संपन्नता और विशेषाधिकार है। भारत के जन मानस में और राजनेताओं के दिमाग में गाँधी जी का यह कहना कि 'असली भारत गाँवों में ही बसता है' बैठ सा गया है, भले ही हर तरह के भारतवासी गाँवों से शहरों की ओर आना चाहते हैं। राजनेता अब भी नहीं समझ पा रहे कि शहरीकरण भारतीय अर्थव्यवस्था में संरचनात्मक परिवर्तन के लिए आवश्यक है। और इसमें ग़रीबों के लिए असंख्य संभावनाएँ छिपी हुई हैं।

भारतीय जनगणना के अनुसार देश के शहरों की आबादी सन 1991 में 26 प्रतिशत (21.7 करोड़) से बढ़कर सन 2011 में 31 प्रतिशत (37.7 करोड़) हो गई। अंतरराष्ट्रीय मानकों की तुलना में आबादी का यह प्रतिशत अब भी कम है। इंडोनेशिया में 53 प्रतिशत, चीन में 56 प्रतिशत, मैक्सिको में 78 प्रतिशत और ब्राजील में 87 प्रतिशत लोग शहरों में रहते हैं। भारत में यह दर कम होने का एक बड़ा कारण है हमारी प्रति व्यक्ति आय का बहुत कम होना। साथ ही हमारे यहाँ हुए शहरीकरण के कुछ हिस्सों को इस परिभाषा में नहीं रखा जाता, जिसके कारण हमारी शहरी आबादी वास्तविकता से कुछ कम लगती है। इसके बारे में हम आगे बात करेंगे।

पिछले दो दशकों में भारत का सकल घरेलू उत्पादन (जीडीपी) 7 प्रतिशत सालाना चक्रवृद्धि दर से बढ़ा है। यदि 2011-12 में यह दर गिरी तो उसके पीछे कुछ हद तक वैश्विक मंदी और कुछ ग़लत घरेलू नीतियों का हाथ रहा जिसके कारण घरेलू और विदेशी निवेश पर खासा असर पड़ा। हालाँकि अब हालत में सुधार दिखाई दे रहे हैं और निवेश बढ़ने के संकेत मिल रहे हैं।

देश में सन 1991 से सन 2011 तक की तेज ग्रोथ का प्रमुख श्रेय सेवा क्षेत्र को और कुछ हद तक औद्योगिक क्षेत्र को जाता है। मेरे एक मित्र ने, जो अर्थशास्त्र से ताल्लुक नहीं रखते थे, पूछा, क्या नीतियों को तय करने का यह मसला नहीं हो सकता कि हम तेज विकास के लिए सेवा क्षेत्र और उद्योगों के बजाय कृषि को ज़्यादा प्रधानता दें? मुझे उन्हें समझाना पड़ा कि तेज आर्थिक वृद्धि केवल सेवा और उद्योगों के मार्फ़त ही हो सकती है क्योंकि कृषि के क्षेत्र में ज़्यादा से ज़्यादा वृद्धि का सालाना प्रतिशत 4 से 4.5 रहता है। हम धीमी गति से आर्थिक वृद्धि की रणनीति अपना सकते हैं, पर तब ग़रीबी दूर करने में ज़्यादा समय लगेगा। यदि हम जल्द से जल्द ग़रीबी का उन्मूलन करना चाहते हैं तो इसके लिए संरचनात्मक बदलाव और उद्योगों और सेवा क्षेत्र को बढ़ावा देना बेहद ज़रूरी होगा। अलबत्ता यह भी पर्याप्त नहीं होगा। जवाहर लाल नेहरू ने इस तथ्य को समझ लिया था इसलिए वे बड़े उद्योगों को 'आधुनिक मंदिर' कहते थे और उन्हें तेज आर्थिक प्रगति का आधार मानते थे।

इस बात की ओर अक्सर किसी का ध्यान नहीं जाता कि कृषि में प्रति व्यक्ति आय तभी बढ़ेगी जब ज़्यादा से ज़्यादा व्यक्ति इस क्षेत्र से बाहर निकलें और उद्योगों और सेवा क्षेत्र के ज़्यादा उत्पादकता वाले काम में शामिल हो जाएँ। लोग दूसरे देशों में किसानों के ऊँचे जीवन-स्तर की बात करते हैं, पर वहाँ ऐसा इसलिए है क्योंकि ज़मीन की तुलना में कम लोग कृषि से जुड़े हैं। अमेरिका में प्रति हजार हेक्टेयर यह अनुपात 15 है, इसराइल में 160, फ्रांस में 30, लेकिन भारत में यह अनुपात 1700 किसान प्रति हजार हेक्टेयर का है। जब अमेरिका या यूरोप में अधिक कृषि भूमि पर

कम लोग काम करते हैं और वह भी उन्नत तकनीक के सहारे तो उनकी उत्पादकता ज़्यादा होती है और वे ज़्यादा पैसा कमाते हैं। भारत में बहुत बड़ी संख्या में लोग छोटे-छोटे खेतों में मेहनत पर आश्रित खेती करते हैं। इसलिए उनकी उत्पादकता कम है और वे अच्छा जीवन जीने लायक़ नहीं कमा पाते। यहाँ तक कि आधुनिक तकनीक, सिंचाई और जल प्रबंधन पर ज़्यादा धन निवेश करने के बाद भी कृषि के क्षेत्र में वृद्धि, उद्योग और सेवा क्षेत्र की तुलना में काफ़ी सीमित होती है। इसलिए विकास के दौर में लगभग सभी देशों में अधिकतर लोग कृषि क्षेत्र से गैर कृषि के क्षेत्रों में जाते हैं। यह हर अर्थव्यवस्था के संरचनात्मक परिवर्तन की एक कड़ी है जिसमें उत्पादन और रोज़गार दोनों मामलों में सेवा क्षेत्र और उद्योगों का महत्त्व बढ़ता है।

भारत में हमारी परेशानी यह है कि हमारे उत्पादन (आउटपुट) में तो संरचनात्मक बदलाव हुआ है, पर रोज़गार में नहीं। बड़ी तादाद में लोग जीवन निर्वाह के लिए पूरी तरह से खेती पर निर्भर हैं, जबकि उनकी मेहनत का मूल्य बहुत कम है। हमारे सकल घरेलू उत्पादन (जीडीपी) का केवल 15 प्रतिशत हिस्सा कृषि से आता है, पर 50 प्रतिशत लोग उसपर निर्भर हैं। ऐसा इसलिए क्योंकि औद्योगिक विकास की दर आमतौर पर और विनिर्माण (मैन्युफैक्चरिंग) की दर खासतौर से धीमी है। औद्योगिक वृद्धि की दर बढ़ी भी तो उन क्षेत्रों में नहीं जो रोज़गार-मुखी हैं।

यदि हमारे लोग अपना जीवन स्तर सुधारना खुद की कमाई से चाहते हैं तो यह गाँव में रहकर नहीं हो सकता। उन्हें इसके लिए शहरों में आना होगा। और शहरों में हमें संरचनात्मक इंफ्रास्ट्रक्चर, नौकरियों और आजीविका के साधनों को तैयार रखना होगा ताकि कृषि क्षेत्र से निकलकर शहरों में आ रही भारी जनसंख्या का स्वागत किया जा सके। सामाजिक सुरक्षा और संरक्षण का ताना-बाना इस सिद्ध ांत के इर्द-गिर्द बुनना होगा।

मौजूदा जानकारी के अनुसार जैसे-जैसे आय बढ़ेगी, भारत में शहरी आबादी सन 2031 तक 40 प्रतिशत हो जाएगी। पर यह किस तरह का शहरीकरण होगा? क्या यह मुम्बई जैसा होगा जहाँ जनसंख्या दो करोड़ है, जिनमें से आधे लोग झुग्गी-झोपड़ियों में रहते हैं? क्या यह बेंगलुरु की तरह होगा जहाँ एक जगह से दूसरी जगह जाना लोगों के लिए भयानक सपने जैसा है। क्योंकि कार, बस, रिक्शा, स्कूटर, व्यावसायिक वाहन, साइकिल, पैदल चलने वालों की भारी भीड़ के बीच आप अपना रास्ता तलाशते हैं जहाँ फुटपाथ का नामोनिशान नहीं। या यह कोलकाता जैसा होगा जहाँ बारिश के मौसम में पानी से लबालब सड़कों, भरे हुए गटरों और बड़े-बड़े गड्ढों के कारण यातायात थम जाता है? जहाँ रही अनट्रीटेड पानी की बात, वह हर रोज़ हुगली नदी में बहाया जाता है। इसलिए भारत के सामने दो विकल्प हैं, योजनाबद्ध शहरीकरण या बेतरतीब शहरीकरण।

गाँव-शहर का तालमेल

हाल के कुछ वर्षों में भारत के कुछ राज्यों ने इस बात को समझा है कि भारत के आर्थिक विकास के लिए शहरीकरण को योजनाबद्ध तरीक़े से लागू करना चाहिए। पर अब भी उन्हें पूरा अहसास नहीं कि गाँवों की खुशहाली भी इस बात से जुड़ी है कि शहरीकरण किस प्रकार होता है। गाँव बनाम शहर के नाम पर चले राजनीतिक विमर्श ने इस मामले में खासी नकारात्मकता फैलाई है। इस बारे में चर्चा अगले अध्याय में। जैसा कि उच्च शक्ति प्राप्त विशेषज्ञ समिति (एचपीईसी) रिपोर्ट कहती है 'भारत अपनी शहरी रणनीतियों के ग़लत होने का जोखिम नहीं उठा सकता, पर ऐसा तब तक नहीं होगा जब तक शहरों को गाँवों से अलग करके देखने वालों की मानसिकता में बुनियादी बदलाव न हो।'

गाँवों और शहरों में तालमेल न करने का क्या परिणाम हो सकता है, इसका उदाहरण हमें पंजाब राज्य से मिलता है। शहरीकरण के काम में सुस्ती का अच्छा उदाहरण है पंजाब। 1970 की हरित क्रांति के बाद तैयार हुए मज़बूत कृषि-आधार के सहारे शहरीकरण की संरचना में निवेश करके और औद्योगिक रणनीति से तालमेल बैठा कर पंजाब खेती और उद्योग के बीच दोतरफ़ा रिश्ता क़ायम कर सकता था। पर ऐसा हुआ नहीं। इसके कारण पंजाब में न केवल औद्योगिक विकास की दर धीमी हो गई, साथ ही कृषि विकास भी थम गया, क्योंकि जनसंख्या के लगातार बढ़ने से संसाधनों का दोहन हुआ जिसके कारण ज़मीन के नीचे पानी का स्तर घटता गया और मिट्टी की गुणवत्ता भी प्रभावित हुई। इससे पंजाब की प्रति व्यक्ति आय लगातार घटती गई। प्रति व्यक्ति आय के मामले में 1970-71, 1980-81 और 1990-91 में देश का पहले नम्बर का राज्य 2014-15 में 15वीं पायदान पर आ गिरा।

गाँव और शहरों के बीच तालमेल (सिनर्जी) बनाने के लिए नीतियों और संस्थाओं को सुधारना होगा जिससे शहरों के बुनियादी ढाँचे और आर्थिक वृद्धि का चक्र जो गाँव-शहर के आपसी संपर्क से ताकत पाता है, लगातार गतिमान रहे। इससे क्षेत्रीय योजनाओं को उन्नत बनाने में भी मदद मिलेगी जिनके द्वारा शहरों, कस्बों और गाँवों के बीच के संपर्क को गठीला बनाया जा सकेगा। वर्तमान में देश का केवल 3 प्रतिशत क्षेत्रफल शहरी जनता के पास है। उसपर भी शहरीकरण के लिए भूमि अधिग्रहीत करना राजनीतिक रूप से बड़ा विवादास्पद मुद्दा बनता जा रहा है। इधर सन 2013 में संसद से भूमि अधिग्रहण क़ानून को मंजूरी मिलने के बाद इसके नियमों की अधिसूचना प्रक्रिया चल रही है। उधर महाराष्ट्र, गुजरात और आंध्र प्रदेश के कुछ शहरों के लिए ज़मीन हासिल करने के अभिनव (इनोवेटिव) प्रयास किए जा रहे हैं।

ईस्टर्न और वेस्टर्न डेडिकेटेड फ्रेट कॉरिडोर परियोजनाओं ने मालगाड़ियों के लिए नए रास्ते खोले हैं, जिससे देश के दूर ग्रामीण इलाक़ों का विकास भी जुड़ा है।

इन कॉरिडोर के साथ-साथ नए शहरों की योजना बन रही है। खुदरा व्यापार के आधुनिकीकरण और मल्टी ब्रांड रिटेल में प्रत्यक्ष विदेशी निवेश के कारण लॉजिस्टिक्स और बैक-एंड इंफ्रास्ट्रक्चर (परिवहन और भंडारण वगैरह) पर निवेश भी गेम चेंजर साबित होगा। इससे खेती में गुणवत्ता सुधार और फ़सलों का विविधीकरण (क्रॉप डायवर्सिफिकेशन) होगा, जो गाँव-शहर भेद के बजाय दोनों के विकास को बढ़ाएगा।

शहरीकरण की राजनीति

गाँवों से शहरों की और बढ़ते रूपांतरण के राजनीतिक निहितार्थ को अभी तक भारतीय राजनीति-व्यवस्था ने पहचाना नहीं है। हमारे शहरीकरण की योजनाओं का अराजक और अनियोजित होना इसी का परिणाम है। संसदीय और विधानसभा क्षेत्रों का इस तरह से सीमांकन हुआ है कि शहरी वोटरों को पर्याप्त प्रतिनिधित्व नहीं मिल पाता। पिछली बार सन 2008 में चुनाव क्षेत्रों का पुनर्गठन हुआ था जब परिसीमन आयोग (जिसकी स्थापना सन 2002 में हुई थी) के आदेश को लागू किया गया था। आयोग ने सन 1971 से सन 2001 के बीच शहरी जनसंख्या की वृद्धि को ध्यान में रखते हुए चुनाव क्षेत्रों का पुनर्गठन किया था, पर ज़मीनी हक़ीक़त उसके बाद भी लगातार बदलती रही।

सन 2001 की जनगणना के अनुसार भारत की शहरी जनसंख्या का प्रतिशत 28 था जो सन 2011 में बढ़कर 31 हो गया। यानी पिछले दस सालों में 910 लाख लोग शहरी जनसंख्या में जुड़े हैं। उसके बाद हर साल यह संख्या बढ़ती जा रही है। सन 2014 के चुनावों में भी चुनाव क्षेत्रों का निर्धारण इसी धारणा के तहत किया गया कि शहरी जनसंख्या 28 प्रतिशत है न कि 33 प्रतिशत। चूंकि सन 2002 में संविधान में हुए संशोधन में स्पष्ट लिखा गया है कि परिसीमन का कार्य 2026 की जनगणना के बाद ही होगा, इसलिए शहरों का प्रतिनिधित्व हमारी विधायिका में नहीं बढ़ेगा, जबकि शहरी आबादी का आँकड़ा बढ़ते-बढ़ते 2030-31 में 40 प्रतिशत हो जाएगा।

विधायिका में शहरी आबादी के प्रतिनिधित्व को स्वीकार करने में जहाँ हमारे राजनीतिज्ञ अनिच्छुक दिखाई देते हैं, वहीं स्थानीय प्रशासन के स्तर पर भी इसके प्रति खासा विरोध दिखाई देता है। कई ग्राम पंचायतें, नगर पंचायत या नगर पालिका के रूप में उन्नत होने का विरोध करती हैं, भले ही वे गाँव से शहर में रूपांतरित होने के लिए सभी आवश्यक मानकों को पूरा करती हों। उन्हें लगता है कि ग्रामीण क्षेत्र में बने रहने से उन्हें सरकारी अनुदान और अन्य लाभ शहरों के मुकाबले में अधिक मिलेंगे। शहरी क्षेत्रों की कर व्यवस्था की दरें अधिक व कम अनुकूल होने के कारण भी गाँव शहरों में बदलना नहीं चाहते। साथ ही बड़े शहरों के आसपास की ज़मीन को रियल एस्टेट के क्षेत्र के लोग अपने फायदे के लिए ग्रामीण से शहरी में बदलने में जान बूझकर देरी करवाते हैं।

शहरीकरण की राजनीति को प्रेशर कुकर के उदाहरण से बेहतर समझा जा सकता है। ऐसा प्रेशर कुकर जिसमें भाप तेजी से बन रही है, उसपर राजनीतिक अर्थव्यवस्था ने ढक्कन कस दिया है, जबकि उसकी सीटी लगातार तेज होती जा रही है। अब हमें उस आवाज़ को सुनना होगा। राजनीतिक सच्चाई यह है कि सन 2001 की जनगणना में शहरों की संख्या 1362 से बढ़कर 2000 हो गई थी जो सन 2011 में 3894 हो चुकी है। लेकिन शहरी स्थानीय निकायों की संख्या में 250 का इजाफा ही हुआ। इसका मतलब है कि सन 2011 की जनगणना ने शहरोंध्कस्बों की गिनती में 2000 से अधिक ऐसे शहरों को जोड़ा है जो लावारिस हैं। अर्थात क़ानूनन उनका कोई स्थानीय प्रशासन नहीं है मगर वे जनगणना के मानकों के अनुरूप शहरी क्षेत्र की परिभाषा में आते हैं। उनके पास अपना कोई चुनावी प्रतिनिधित्व नहीं है जो उनकी लगातार बढ़ती अर्थव्यवस्था की बढ़ती हुई ज़रूरतों का ध्यान रख सके।

जनगणना नगर या 'सेंसस टाउन्स' प्रशासन की अनुपस्थित कड़ी हैं। इन शहरों/कस्बों में कोई स्थानीय प्रशासन नहीं होता जो इनके लिए आधारभूत सुविधाएँ जैसे पानी और सफ़ाई की व्यवस्था करे। परिवहन और भूमि के उपयोग की तो बात ही छोड़ दीजिए। इन शहरों के इंफ्रास्ट्रक्चर का विकास इस प्रकार होना चाहिए कि इनके योगदान से पारस्परिक अर्थ-व्यवस्था (एग्लोमरेशन इकोनॉमी) उभर कर शहरीकरण का एक जगमगाता प्रतीक खड़ा करे। पर इसके विपरीत बेतरतीब विकास हो रहा है, बगैर किसी योजना या इंफ्रास्ट्रक्चर के। हमने इसके पहले भारत के शहरों की बदहाल सेवाओं का उल्लेख किया है, जिनके कारण निराशा है और बेहतर गवर्नेंस की माँग बढ़ रही है। कुछ शहरों में इन व्यवस्थाओं की जवाबदेही ई-गवर्नेंस या शिकायतें दूर करने की दूसरी व्यवस्थाओं के जिम्मे की गई है। लावारिस शहरों में इस तरह के उपाय नहीं है, क्योंकि वहाँ ऐसा कोई वैध अधिकारी नहीं जो इनके विकास के लिए जवाबदेह हो।

भारत की शहरी जनसंख्या सन 2011 में 37.7 करोड़ थी, और सन 2031 तक इसके 60 करोड़ हो जाने की संभावना है। इस दौरान 10 लाख से ज़्यादा आबादी वाले शहरों की संख्या 53 से बढ़कर 87 होने की संभावना है। शहरी आबादी में यह बढ़ोत्तरी लावारिस शहरों में भी फैलेगी। इसलिए यह बहुत ज़रूरी है कि इन्हें क़ानूनन शहरी क्षेत्र घोषित करके इनमें स्थानीय प्रशासन की व्यवस्था की जाए। इसके लिए (1) सत्ता का विकेंद्रीकरण और धन का हस्तांतरण करना होगा ताकि स्थानीय प्रशासन जवाबदेही के साथ शहरों/कस्बों को आधारभूत सुविधाएँ मुहैया करा सकें, और (2) क़ानूनन शासन और जवाबदेही से जुड़ी संस्थाओं की स्थापना करके लावारिस शहरों को गवर्नेंस की छतरी के नीचे लाना होगा। इसके बाद ही हमारे शहर शहरी संरचना के मायनों पर खरे उतर सकेंगे और इनसे अच्छे शहरी जीवन के लिए ज़रूरी सुविधाओं की उपलब्धि के साथ-साथ समावेशी आर्थिक विकास की

कल्पना की जा सकेगी। विकेंद्रीकरण को रोकने के लिए अक्सर दलील दी जाती है कि स्थानीय स्तर पर अच्छी प्लानिंग का कौशल नहीं होता और भ्रष्टाचार का अंदेशा होता है। पर दूसरी तरफ़ स्थानीय स्तर के अधिकारियों का जनता के समीप होने के कारण जवाबदेही का दबाव बना रहता है और बेहतर गवर्नेंस की सम्भावना की जा सकती है। यदि हम देश के दूरगामी आर्थिक और राजनीतिक हित की सोचें, तो ये बातें ध्येयानुकूल हैं, हालांकि हमारा देश अपने को गाँवों में ही बसा मानने का अभ्यस्त हो चुका है।

रोज़गार के क्षेत्र में कमज़ोर विकास भारतीय अर्थव्यवस्था के लिए एक खास चिंता का विषय है। कहीं उत्पादकता में वृद्धि दिखाई भी दी है तो वह रोज़गार में वृद्धि से नहीं जुड़ी है। यदि अर्थव्यवस्था को उद्योग और सेवा क्षेत्र में उच्च उत्पादकता वाले रोज़गारों को बनाना है तो भारत को अपने श्रम क़ानूनों का आधुनिकीकरण करना होगा ताकि विनिर्माण के क्षेत्र में ज़्यादा से ज़्यादा श्रम-आधारित तकनीकों का इस्तेमाल हो। इसी के साथ उन लोगों को जो रोज़गार पाने में असफल रहते हैं, सामाजिक सुरक्षा भी दी जानी चाहिए। इस सामाजिक सुरक्षा के कारण पड़ने वाला भार समय के साथ-साथ कम होता जाएगा, क्योंकि अधिकतर लोग मुख्य धारा की आर्थिक गतिविधियों में शामिल होते जाएंगे।

जवाहर लाल नेहरू राष्ट्रीय शहरी नवीकरण मिशन (JNNURM)

भारतीय संविधान के अनुसार शहरों के विकास की संपूर्ण ज़िम्मेदारी राज्य सरकार की थी। सन 1992 में हुए संविधान संशोधन के बाद इस ज़िम्मेदारी का कुछ हिस्सा स्थानीय प्रशासन को दे दिया गया है। लंबे समय से अपेक्षित पहल के रूप में भारत सरकार ने दिसंबर 2005 में जवाहर लाल नेहरू राष्ट्रीय शहरी नवीकरण मिशन (JNNURM) की शुरुआत की जिसका उद्देश्य राज्य और नगर निकाय को शहरीकरण की ज़िम्मेदारी को पूरा करने में मदद देना था। इस मिशन के लिए मूल रूप से सात साल की समयावधि तय की गई थी, जिसे बाद में दो साल और बढ़ाकर सन 2014 तक कर दिया गया। 12 वी पंचवर्षीय योजना में इस शहरी नवीकरण मिशन के नए रूप को शुरू करने की सिफारिश की गई जिसमें JNNURM के सबक को शामिल करते हुए फॉलोअप मिशन के लिए बजट का प्रावधान भी रखा गया।

जवाहर लाल नेहरू राष्ट्रीय शहरी नवीकरण मिशन शहरी इंफ्रास्ट्रक्चर निवेश के लिए धन उपलब्ध कराता है और राज्य सरकारों के मार्फ़त नगर प्रशासनों तक धन के हस्तांतरण की व्यवस्था करता है। इस योजना में हिस्सेदारी करने और अनुदान प्राप्त करने के लिए राज्य और शहरों को अपनी योजनाओं, प्रशासन और वित्त के क्षेत्र में कुछ सुधार करना आवश्यक है। भारत सरकार ने इस मिशन के लिए प्रस्तावित एक लाख करोड़ की धनराशि में से 66,000 करोड़ रुपये अपने

हिस्से के रूप में दिया। इसकी प्रगति मिली-जुली रही। धनराशि का वितरण अपेक्षा से कम व धीमा था। कुछ तो शहरी स्तर पर प्रशासन के प्लानिंग कौशल में कमी थी और दूसरा, कुछ सुधारों की शर्तें हमेशा पूरी नहीं हो पाईं। मिशन के साढ़े आठ साल के बाद (जून 2013 के अंत में) भारत सरकार ने 1,19,509 करोड़ रुपये की राशि की कुल लागत के स्वीकृत प्रोजेक्टों के लिए 64,290 करोड़ रुपये की राशि में से 45,686 करोड़ रुपये का वितरण किया। इसमें से 50 प्रतिशत से अधिक रक़म पेयजल, सैनीटेशन, ड्रेनेज, और सॉलिड वेस्ट मैनेजमेंट के लिए दी गई।

मिशन को शहरी सुधार की योजनाओं के सुधार के काम में सीमित सफलता मिली। चूंकि ज़्यादातर नगर निकाय ऐसे सुधार नहीं कर पाए जो विश्वसनीय राजस्व मॉडल बना पाते। इसलिए पब्लिक-प्राइवेट पार्टनरशिप और म्युनिसिपल बॉण्ड बाज़ार से धन पाने में खास सफलता नहीं मिली।

यह कहना सही होगा कि संघीय ढाँचे के मद्देनज़र JNNURM जैसे मिशन जो केंद्र सरकार द्वारा संचालित हैं, वे देश में शहरी दृश्य को बदलने में केवल उत्प्रेरक (कैटेलिस्ट) सिद्ध हो सकते हैं। वास्तविक प्रगति राज्यों और स्थानीय शहरी निकायों के कामकाज पर निर्भर करती है। इस पुस्तक में दी गई केस स्टडीज (जिनमें से बहुत सी जवाहर लाल नेहरू राष्ट्रीय शहरी नवीकरण मिशन की हैं) बताती हैं कि इस योजना द्वारा बनाया गया माहौल उन राज्यों में ज़मीनी स्तर पर उन्नति में सहायक हुआ जो शहरों के स्तर पर ज़मीनी सुधारों और इनोवेशन का उचित वातावरण बनाने में सफल रहे, जिनके पास योजना को प्लान करने, लागू करने और मैनेज करने की क्षमता थी (कभी-कभी ऐसा इसलिए हुआ, क्योंकि मज़बूत अधिकारी मिल गए) और जहाँ शहरों की वित्तीय व्यवस्था अच्छी थी।

शायद जवाहर लाल नेहरू राष्ट्रीय शहरी नवीकरण मिशन का सबसे बड़ा योगदान शहरी एजेंडा को आगे लाने में और राज्यों तथा शहरों का ध्यान शहरीकरण की चुनौतियों की और खींचने में रहा। यह कहना बिलकुल ठीक होगा कि JNNURM ने भारतीय शहरों की आकांक्षाएं बढ़ा दी हैं और तमाम जगह यह बात साबित हुई कि भारतीय शहरों में हालात बदले जा सकते हैं। बहरहाल इस पुस्तक में पेश की गई सफलता की कहानियों को और बड़े रूप में दोहराया जाना चाहिए। इसके लिए शहरों के पास स्थानीय स्तर पर प्लान करने की क्षमता, प्रोजेक्ट की तैयारी और उन्हें लागू करने की क्षमता होना ज़रूरी है। सिर्फ पैसा दे देना काफ़ी नहीं। यदि सार्वजनिक सेवाओं को तय मानकों के अनुरूप विकसित करना है और निवासियों को उनका लाभ देना है तो पैसे के साथ-साथ अच्छी गवर्नेंस का होना भी ज़रूरी है। खासतौर से शहरी ग़रीबों को अच्छी सार्वजनिक सुविधाओं से केवल इज़्ज़तदार जिंदगी ही नहीं मिलेगी बल्कि उनकी उत्पादकता बढ़ेगी और भारतीय शहरों की आर्थिक प्रतिस्पर्धा बढ़ेगी।

सार्वजनिक सेवाओं के सार्वभौमिक वितरण के तहत झुग्गियों में रहने वाले शहरियों को आवास और दूसरी ज़रूरी सुविधाएँ मिलनी चाहिए। जैसा कि पहले भी बताया है इन झुग्गियों में केवल ग़रीब लोग ही नहीं रहते वरना निम्न वर्ग के दूसरे लोग भी हाउसिंग बाज़ार की ख़राब हालत के कारण इनमें रहते हैं। राजनीति के गलियारों में झुग्गियों के पुनर्वास पर चर्चा बहुत होती है, पर किफ़ायती आवास उपलब्ध कराने के लिए किए गए काम नाकामयाब रहे हैं। इसके लिए समाधान 'टॉप-डाउन' रीति से ही सोचे गए यानी ऊपर वाले ने सोचा और लागू कर दिया, ज़मीनी हक़ीक़त को जाने बगैर। यह समस्या बहुत बड़ी है। झुग्गियों के पुनर्वास के लिए कुल 1.9 करोड़ घरों की ज़रूरत है! इसका समाधान भारतीय शहरी आवास और ज़मीन के बाज़ार की विकृतियों का इलाज किए बगैर नहीं हो सकता।

उपसंहार

भारत के शहरों की दशा और शहरीकरण के इस विहंगावलोकन के बाद मैं इस नतीजे पर पहुँची हूँ कि शहरीकरण को ठीक नहीं किया गया तो भारत में विकास की गति को बनाए रखना सम्भव नहीं। इसके लिए शहरों में बड़े निवेश की और स्थानीय प्रशासन को सशक्त बनाने की आवश्यकता है जिससे वे अपने शहर की बेहतरी के लिए रास्ते खोजें। साथ ही नए शहर बसाने और लोकतांत्रिक शासन व्यवस्था में शहरों के निवासियों को उचित प्रतिनिधित्व देने की भी ज़रूरत है।

अंत में मैं खुद को यह कहने से नहीं रोक पाऊँगी कि दिल्ली जहाँ मैंने अपने बच्चों को बड़ा किया और जिसे मैं अपना शहर कहती हूँ, मेरे पोतों और पोती को बड़ा करने के लिहाज से कैसा शहर है। मुझे रामलीला की याद आती है जिसे दशहरे के दिनों में श्रीराम भारतीय कला केंद्र की ओर से फिरोज़ शाह कोटला मैदान में पेश किया जाता था। हम हर साल रामलीला देखने जाते क्योंकि मेरे बेटे त्योहार के उस उमंग भरे वातावरण में नृत्य और नाट्य द्वारा दिखाई जा रही उस महाकाव्य की कहानी में खो जाते थे। मैदान के बाहर धनुष वाला रामलीला की स्मृति बनाए रखने के लिए धनुष-बाण बेचता था, जिसे ख़रीदने के बाद मेरा बेटा हफ्तों बाद तक राम का अभिनय करते हुए अपनी नज़रों में आने वाली हर चीज पर बाण चलाता था। इस भरोसे से कि वह रावण को मार रहा है।

तीस साल बाद 'शो' अब भी चालू है। पर रामलीला का प्रदर्शन फिरोज़ शाह कोटला के भले ही अव्यवस्थित, पर विशाल मैदान से हटकर श्रीराम भारतीय कला केंद्र के पीछे के छोटे से बगीचे में होता है। फिरोज़ शाह कोटला मैदान के खुले वातावरण और आसपास की चहल-पहल यहाँ न होने की वजह से इसका रूप पहले जैसा नहीं है। सार्वजनिक पार्क नहीं होने के कारण इसके खुलेपन और समावेशन में कमी आ गई है। बहरहाल यह रामलीला आउटडोर और एक हद तक एक्सक्लूसिव

प्रदर्शन है। मेरे तीन साल के पोते ने रामलीला के तीन घंटे के इस प्रदर्शन को दो बार शांति से बैठकर देखा और हम चकित हो उठे।

सन 1980 के दशक में मॉल नहीं थे अतः बच्चों के पास वातानुकूलित आराम के साथ पसंदीदा आइसक्रीम चुनने की सहूलियत नहीं थी। आइसक्रीम ख़रीदने के लिए हम इंडिया गेट के पार्क तक पैदल जाते (हम लोग इंडिया गेट के निकट ही रहते थे) और वहाँ खड़े आइसक्रीम विक्रेताओं से कप या चॉको बार ख़रीदते। आज भी आसपास रहने वालों के लिए इंडिया गेट तक चहलक़दमी संभव है, पर सड़क पर रेंगती हजारों कारों से होने वाला प्रदूषण भयंकर है।

निःसंदेह 'दिल्ली मेट्रो' शहर के लिए वरदान साबित हुई है, जिसने दस साल की छोटी सी अवधि में सार्वजनिक परिवहन व्यवस्था का दृश्य बदल डाला है। हजारों दिल्ली वासी अब गरमियों की शाम या सर्दियों की दोपहर में इंडिया गेट के आसपास के विशाल हरे-भरे परिसर में टहल सकते हैं और वहाँ खड़े विक्रेताओं से अपनी पसंद की आइसक्रीम और अन्य खाद्य सामग्री ख़रीदकर उनका म़जा ले सकते हैं, पर आख़िरी मील तक कनेक्टिविटी न होने से मेट्रो का पूरा लाभ नहीं मिल पाता। किसी शहर में ऐसी कनेक्टिविटी तभी मिल सकती है जब हर व्यक्ति को उसके घर से इच्छित स्थान तक जाने के लिए सार्वजनिक परिवहन सेवा का लाभ मिल सके। यह सेवा इतनी ही दूर हो कि वहाँ तक चलकर या साइकिल, ऑटो, कार वगैरह से आसानी से और सुरक्षित रूप से पहुँचा जा सके।

हमें ज़मीन का उपयोग ऐसे योजनाबद्ध तरीक़े से करना होगा जहाँ वाहनों का अनावश्यक आवागमन कम करके सड़कों की भीड़-भाड़ और अनावश्यक कार्बन का उत्सर्जन रोका जा सके। हालाँकि मेट्रो ने दिल्लीवासियों को खासी राहत पहुँचाई है, पर तीस साल पहले के मुकाबले में आज सड़कों पर कारें और ऑटो रिक्शा बहुत बड़ी संख्या में दिखाई देते हैं। शहर की आबादी बढ़ी है और लोगों की आय भी। ऐसे में प्रदूषण नियंत्रण के उच्चतम मानकों के बावजूद प्रदूषित हवा चिंता का कारण बनती जा रही है।

पिछले दो दशकों में कई स्थानों पर खेल परिसर शुरू किए जाने से दिल्ली में सकारात्मक बदलाव हुआ है। इन खेल परिसरों ने अलग-अलग वर्गों के युवाओं को खेलों के साझा मंच पर ला खड़ा कर दिया है और सामाजिक समरूपता को बनाए रखने में बड़ा योगदान दिया है। वे 'पे एंड प्ले' के आधार पर खेल सकते हैं। इसके विपरीत प्राइवेट खेल क्लबों की सदस्यता के लिए भारी धनराशि शुल्क के रूप में चुकानी पड़ती है, जिनमें बहुत कम लोग स्क्वैश, बैडमिंटन, टेनिस जैसे खेलों का आनंद ले सकते हैं।

हरियाली की रक्षा में भी दिल्ली में बढ़िया काम किया गया है। हालाँकि अतिक्रमण और अवैध निर्माण की चुनौतियाँ मौजूद हैं। दूसरे शहरों की तुलना में दिल्ली सार्वजनिक बगीचों और उनके रखरखाव के मामले में बहुत आगे है। डीयर पार्क, जहाँपनाह फॉरेस्ट, बुद्ध गार्डन, लोधी गार्डन और गार्डन ऑफ़ फाइव सेंस कुछ उदाहरण हैं। दिल्ली प्रशासन के द्वारा नेहरू पार्क, कुतुब गार्डन और अन्य बगीचों में आयोजित होने वाले संगीत के लिए दिल्ली वासी शरद ऋतु की आतुरता से प्रतीक्षा करते हैं।

इस हरियाली के खजाने में नया नाम अरावली बायो डायवर्सिटी पार्क के रूप में जुड़ा है जो लगभग 700 एकड़ क्षेत्र में फैला है। इसे दक्षिण मध्य रिज की लहरदार मिट्टी की खदानों पर बनाया गया है। दूसरा पार्क पूर्व में यमुना बायो डायवर्सिटी पार्क है जो 450 एकड़ के क्षेत्र में फैला है। दोनों ही पार्क नम दलदल और घास में पलने वाली जैविक प्रजातियों के आवास हैं।

दिल्ली ने यहाँ स्थित वास्तुकला की धरोहरों को, संजोने का काम बड़ी कुशलता से किया है, जो इसके सात अवतारों के प्रतीक हैं। इसके लिए उन सभी संस्थाओं और नागरिकों को धन्यवाद देना चाहिए जो दिल्ली सरकार के साथ धरोहरों के संरक्षण के इस अभियान में शामिल हुए। लाल किला, पुराना किला और हुमायूँ का मकबरा तीस साल पहले की तुलना में अब बेहतर हालत में है। अलबत्ता दिल्ली के आसपास इतने स्मारक हैं कि उनके रखरखाव के लिए बहुत कुछ किया जाना शेष है।

दिल्ली के दामन पर सबसे बड़ा धब्बा है यमुना नदी के साथ किया गया दुर्व्यवहार। इस नदी को शहर की जीवन रेखा के समान समझा जाना चाहिए था और इसकी सुंदरता व भव्यता की रक्षा की जानी चाहिए थी। लेकिन वास्तव में यमुना बुरी तरह से प्रदूषित की गई है। दिल्ली में उत्पन्न ज़्यादातर जल-मल इसमें बिना उपचार किए प्रवाहित कर दिया जाता है। यमुना के किनारे सुन्दर इमारतें यह सोचकर बनाई गईं थीं कि यहाँ से यमुना की सुंदरता का आनंद लिया जा सकेगा, पर जब तक यह सुनिश्चित नहीं किया जाता कि यमुना में मिलाया जाने वाला जल-मल ट्रीटमेंट के बाद ही इसमें बहाया जाए तब तक यमुना को दिल्ली शहर के जीवन में वह गौरव नहीं मिल सकता, जिसकी वह अधिकारी है। मुझे विश्वास है, जब आप इस पुस्तक में दी गई केस स्टडीज को पढ़ेंगे, तो मेरी तरह आपको भी यह विश्वास हो जाएगा कि हमारे मन में तीव्र आकांक्षा हो तो हम नदी को साफ़-सुथरा कर सकते हैं और उसके पुराने भौगोलिक रूप को पुनः प्राप्त कर सकते हैं। मुझे यक़ीन है कि हमारे युवाओं की ऊर्जा और उद्यम के बल पर यह संभव होगा।

भारत की आधी जनसंख्या 25 वर्ष से कम आयु की है। युवाओं ने अपना जीवन सन 1980 के दशक में शुरू किया था जब हमारी अर्थव्यवस्था 5.5 प्रति वर्ष

की दर से वृद्धि कर रही थी। इन्होंने इस दर को लगातार बढ़ते हुए देखा है। वे अधिकाधिक पाने के लिए बेचौन है, कम में संतुष्ट नहीं हो सकते। सन 1991 के आर्थिक सुधारों के बाद के क़रीब बीस वर्षों में कई तरह की आशंकाओं को ग़लत साबित करते हुए भारत की धीमी गति से बढ़ती अर्थव्यवस्था ने तेज गति हासिल की। हाल में अर्थव्यवस्था सुस्ती के दौर से गुजर रही है और इस बारे में काफ़ी बहसें, चर्चाएँ हो रही है कि किस तरह इसकी पूरी क्षमता का दोहन किया जाए और हालात को बदला जाए। अपेक्षाएं बढ़ती जा रही हैं। युवा आबादी न केवल अधिक आय अर्जित करना चाहती हैं वरना बेहतर जीवन शैली और अच्छा वातावरण भी चाहती है। इस बात को लगातार रेखांकित किया जा रहा है कि समावेशन (इन्क्लूजन) को हमारी विकास की रणनीतियों में प्रमुख स्थान दिया जाना चाहिए। अर्थात विकास के साथ-साथ अच्छे स्तर के रोज़गार के अवसर भी निर्मित किए जाने चाहिए। साथ ही इस बात को भी सुनिश्चित किया जाना चाहिए कि जो लोग मुख्य धारा में शामिल होने में पिछड़ रहे हैं उन्हें भी इस वृद्धि का लाभ मिले।

भारत आज डेमोग्राफिक ट्रांजीशन के दौर में है। यानी इसके जन-बल में बदलाव आ रहा है। सन 2013 में हमारे देश की 60 प्रतिशत से अधिक जनसंख्या ऐसी उम्र के लोगों की थी जो काम या उत्पादन से जुड़े होते हैं। यह अनुपात सन 2040 तक बढ़ता रहेगा। चीन में सन 2010 में इस अनुपात में गिरावट शुरू हो गई थी, ब्राजील में सन 2020 तक ऐसी स्थिति आएगी। भारत में सन 2040 के बाद भी चीन और ब्राजील के मुकाबले में काम करने लायक़ लोगों की संख्या में गिरावट कम होगी। ऐसी स्थिति जो हर देश के जीवन काल में एक बार आती है, उसे डेमोग्राफिक डिविडेंड कहा जाता है। पर इस लाभांश का भरपूर लाभ तभी लिया जा सकता है जब हमारे देश की युवा जनसंख्या ज़रूरी कौशल युक्त हो और रोज़गार के अवसर उसी मुकाबले में बढ़ते जाएँ।

जब कोई समाज संरचनात्मक रूपांतरण की ऐसी अवस्था से गुजरता है, जिसका भारत ने पिछले बीस साल में अनुभव किया है, तो उसकी संस्थाओं को हालात के साथ सामंजस्य बिठाने में समय लगता है। परिणामतः अस्त-व्यस्तता आती है, जैसी भारत जैसे लोकतांत्रिक देश में ऊपर उठ कर नज़र आई है। कुछ लोग इसे 'गवर्नेंस का ढह जाना' कहते हैं। पर हमारे तंत्र की जाँच और संतुलन बनाने की ताकत का कमाल है जो हम एक खुले और पारदर्शी खाके के अन्दर अपनी संस्थाओं में सुधार करते हैं। आने वाले वर्षों में शहरीकरण की योजना बनाना और उनका क्रियान्वयन तथा शहरों को भारत के संरचनात्मक रूपांतरण हेतु उनकी भूमिका निभाने योग्य बनाना भारत के लिए सबसे बड़ी चुनौती है।

इस पुस्तक में दी गई केस स्टडीज उम्मीद पैदा करती हैं। पर मैं पाठकों को अपने पूर्वाग्रह के प्रति सचेत करना चाहूँगी। मैं शहरों और कस्बों में यह देख रही

थी कि किस क्षेत्र में अच्छा काम हो रहा है। उसी भावना के साथ मैंने इन शहरों की कुछ प्रभावशाली पहलों को दर्ज किया। इसमें गहराई से यह समझने का प्रयास किया गया है कि इन शहरों ने ऐसी कौन सी युक्ति या प्रेरणा से काम किया जबकि कई अन्य शहरों में यह विज्ञान (या कला) विकसित नहीं हो पाई। यहाँ एक सवाल आर्थिक और पर्यावरणीय सततता का भी उठता है। क्या इस पुस्तक में दी गईं केस स्टडीज पूरी तरह से उन ख़ास मगर गिने-चुने व्यक्तियों पर केन्द्रित हैं जिनके कारण यह सब संभव हुआ या कुछ संस्थागत परिवर्तन ऐसे हुए जिन्होंने सार्वजनिक सेवा से जुड़ी एजेंसियों को लगातार सफलता के लिए प्रोत्साहन दिया?

इन सवालों के जवाब पाने के लिए इस पुस्तक की परिधि से बाहर जाकर और शोध करने होंगे। मेरा उद्देश्य बड़ा साधारण सा है। मैं उल्लेखनीय प्रयासों को उजागर करते हुए शंकालु लोगों को यह बताना चाहती हूँ कि सही माहौल बनाया जाए तो सब कुछ संभव है। क्या मैं यह मान लेने का दुस्साहस कर सकती हूँ कि ये उदाहरण दूसरे समर्थ तबदीली के कारिंदों (चेंज एजेंटों) को भी इसी तरह की कोशिशें करने की प्रेरणा देंगे? सबसे महत्त्वपूर्ण यह है कि यह पुस्तक शोधकर्ताओं को इस बात पर शोध करने को उत्साहित करे कि आख़िर 'सही' परिस्थितियाँ क्या हैं और इन्हें दोहराने के लिए क्या करना होगा।

इस पुस्तक में दी गई केस स्टडीज में कुछ समानताएं हैं जिनके कारण इनमें सफलता हासिल करना संभव हो सका है। पहली और सबसे महत्त्वपूर्ण भूमिका है JNNURM की जिसने राज्य सरकारों और शहरी स्थानीय सरकारों के लिए उत्प्रेरक यानी कैटेलिस्ट का काम किया। दूसरा, सभी सफल किस्सों में लीडरशिप महत्त्वपूर्ण कारक थी, जो राज्य सरकारों के मज़बूत समर्थन के कारण संभव हुई। वहाँ म्युनिसिपल सीमा के बाहर अन्तर्विभागीय समन्वय क़ायम करना एक और महत्त्वपूर्ण काम था। सूचना प्रौद्योगिकी (इनफॉर्मेशन टेक्नोलॉजी) के रचनात्मक उपयोग ने पारदर्शिता और जवाबदेही को सुनिश्चित करने के साथ सार्वजनिक सेवाओं में नागरिकों का सहयोग लेना भी संभव बनाया। किसी भी सफल रूपांतरण के मूल में स्थानीय प्रशासन की कैपेसिटी बिल्डिंग का काम प्रमुख होता ही है। आर्थिक और मानवीय संसाधनों की आवश्यकताओं के आधार पर सोचना और ऐसे तरीक़े अपनाना महत्त्वपूर्ण होता है, जिनमें ज़्यादातर संसाधनों की उपलब्धि बनी रहे। इसके लिए उचित रिवेन्यू मॉडल, सार्वजनिक भूमि की बढ़ी क़ीमतों को कम करना और पब्लिक-प्राइवेट पार्टनरशिप की ज़रूरत होती है, जो पारदर्शी हो और नवोन्मेषी यानी इनोवेटिव भी हो। शहर और गाँव के बीच के रिश्तों को मज़बूत करने से सफलता का आर्थिक आधार भी मजबूर होता है। भले ही सफलता के लिए आवश्यक ये कुछ विशेष बातें हैं, पर जो ताकत इन अलग-अलग तत्वों को एक जगह लाकर सफलता को संभव बनाती है, उसे भी समझने की ज़रूरत है।

मेरे विचार से सफलता के लिए जवाबदेह सिस्टम का होना बहुत महत्त्वपूर्ण है जो नागरिकों की अच्छी सेवाओं की माँग को पूरा करते हुए सेवा देने वाली एजेंसियों से जोड़ता है। नागरिकों की ये माँगें बैलेट बॉक्स, मीडिया और नागरिकों तथा सिविल सोसायटी की सक्रियता के सहारे सामने आती हैं। नागरिकों की उदासीनता नाकामी का बड़ा कारण होता है। एक तरीक़ा यह होता है कि लोगों को यह जानकारी दी जाए कि दूसरे शहरों की सार्वजनिक सेवाओं में क्या काम अच्छा हो रहा है। इस तरह वे अपने इलाके की नगर पालिका में बेहतर व्यवस्था की माँग को उठाएं।

यह किताब जब प्रेस में छपने के लिए जा रही थी तभी दिल्ली ने आम आदमी पार्टी की अभूतपूर्व सफलता देखी। इस नए राजनीतिक दल ने दो जमे-जमाए दलों कांग्रेस और भारतीय जनता पार्टी को दिसंबर 2013 के चुनावों में अपने शानदार प्रदर्शन से हैरत में डाल दिया। 'आप' ने इस वादे के साथ वोट हासिल किए कि दिल्ली से भ्रष्टाचार का सफाया करेंगे और सार्वजनिक सेवाओं को बेहतर और सस्ता बनाएंगे। कांग्रेस के बाहरी सहयोग से सरकार बनाने के तुरंत बाद ही उसने उन दिल्लीवासियों को जिनके पास नल का वैध कनेक्शन है, प्रति परिवार प्रति माह 20 किलोलीटर पानी मुफ़्त में देने की घोषणा कर दी। इसके अलावा उसने बिजली वितरण करने वाली निजी कम्पनियों का सार्वजनिक ऑडिट होने तक, हर महीने 400 यूनिट तक की बिजली की खपत पर हर परिवार को पहले स्लैब पर 50 प्रतिशत सब्सिडी की भी घोषणा की। इससे बिजली की सब्सिडी बहुत बढ़ गई। इन निर्णयों के साथ नई समस्याएं भी खड़ी हुई हैं जैसे, पानी के मामले में चूंकि 40 प्रतिशत जनता के पास वैध कनेक्शन ही नहीं हैं, इसलिए उन्हें इस मुफ़्त सप्लाई का कोई लाभ नहीं।

जनता पर बोझ कम करना फौरी तौर पर लोक-लुभावन तरीक़ा है, पर इसके बाद काहिली रोकने और भ्रष्टाचार को क़ाबू में करने की ज़रूरत होती है। इस किताब में दिए गए उदाहरण बताते हैं कि सार्वजनिक सेवाएं अच्छी हों तो लोग उसके लिए ज़्यादा दाम चुकाने के लिए तैयार हैं। शहरी प्लानिंग और मैनेजमेंट को ठीक क़ायम रखने के लिए उसकी आर्थिक मज़बूती यानी फाइनेंशियल वायबिलिटी ज़रूरी है। आम आदमी की आवाज़ को 'आप' ने राजनीतिक जगह दी है। उसकी सफलता इस बात पर निर्भर करेगी कि वे जवाबदेही के साथ सब तक सेवाएं पहुँचाएं और सब्सिडी का फ़ायदा उन्हें दें, जिन्हें उसकी ज़रूरत है।

भाग I

शहरीकरण के लिए योजना

परिचय

भारत के लिए ज़रूरी हो गया है कि हम मौजूदा शहरों का कायाकल्प करें और व्यवस्थित योजना और नई तकनीक की मदद से नए शहर भी बसाएं। भारत के आर्थिक विकास की तीव्र गति की गाथा में बेंगलुरु और हैदराबाद जैसे शहरों ने ज्ञान और इनोवेशन के केन्द्र होने के नाते बहुत बड़ी भूमिका निभाई है। पर इन शहरों की बुनियादी संरचनाएँ जर्जर हैं। मुम्बई को भारत की आर्थिक राजधानी कहते हैं, पर शहरी ढाँचे के कायाकल्प के लिहाज से यह शहर नाकामयाब है। चेन्नई, पुणे, अहमदाबाद, इंदौर और ऐसे ही कई और शहर औद्योगीकरण, के साथ आवास, सार्वजनिक परिवहन और शहरीकरण की दूसरी ज़रूरतों को पूरा करने की वजह से अपने क्षेत्र को लगातार फैलाते गए। दिल्ली और चंडीगढ़ शहर 'सिटी स्टेट्स' के रूप में शहरीकरण की चुनौतियों का सामना कर रहे हैं। दूसरी ओर विशाखापत्तनम, सूरत, कल्याण-डोम्बीवली, पिंपरी-चिंचवड और कोयम्बत्तूर जैसे मध्यम और छोटे शहरों की पूरी श्रृंखला आगे बढ़ रही है, कुछ हद तक योजनाओं के बल पर। भारत की विकास दर को यदि 7 से 8 फ़ीसदी सालाना पर टिकाए रखना है तो अनेक शहरों को विकसित होने और अपने कायाकल्प के लिए सही माहौल बनाना होगा। शहरीकरण की योजनाएँ केवल आर्थिक विकास की गति को क़ायम रखने के उद्देश्य से ही नहीं बनानी, इनके निवासियों को अच्छी जीवन शैली मिल पाए, इसका भी ध्यान रखना होगा।

शहरीकरण की योजना में उपयोग की भूमि, परिवहन, आधारभूत संरचना के प्रावधान और झुग्गियों का पुनर्वास शामिल होना चाहिए। इसमें ध्यान रखा जाना चाहिए कि इन शहरों में रहने वालों के लिए तय मानकों के अनुरूप सार्वजनिक सेवाओं में बेहतरी हो। भारत के विकास की वर्तमान स्थिति को देखें तो शहरीकरण से नए अवसरों की प्रकृति, साधनों की गतिशीलता, जन सांख्यिकी (डेमोग्राफी) में बदलाव और युवा वर्ग की बढ़ती आकांक्षाओं की झलक दिखनी चाहिए। ग्रामीण से शहरी क्षेत्रों में पलायन फ़िलहाल धीमा है, पर आने वाले समय में इसमें तेजी आएगी। इस वजह से शहरीकरण को बेहतर बनाना ज़रूरी होगा। गाँवों से शहरों की ओर आने वाले लोग रोज़गारों और नागरिक सुविधाओं की उम्मीद लेकर आएंगे। नगर नियोजन या अर्बन प्लानिंग को कई चुनौतियों से निबटना होगा। कई तरह

की सांस्कृतिक पृष्ठभूमि और आर्थिक गतिविधियों से जुड़ी शहरी आबादी की इसमें लचीले तरीक़े से सक्रिय भागीदारी की ज़रूरत होगी।

भारत आज विकास के जिस स्तर पर है, वहाँ शहरी नियोजन से जुड़ी कुछ बातों पर बहुत ज़्यादा ध्यान देने की ज़रूरत है। इनमें भूमि के उपयोग और परिवहन की योजना, शहरी डिजाइन और आधारभूत संरचना दोनों के संदर्भ में जनसंख्या-घनत्व के प्रबंधन के लिए फ्लोर स्पेस इंडेक्स (एफएसआई) का इस्तेमाल, शहरी संरचना के वित्त पोषण के लिए ज़मीन हासिल करने में आसानी, भूमि को साझा करने (लैंड पूलिंग) के लिए इनोवेटिव और समावेशी तरीक़े खोजना, झुग्गियों के पुनर्वास और पुनर्विकास को शहरी योजना का हिस्सा बनाना, महानगरों और क्षेत्रीय विकास की सीमाओं पर उन्हें एक-दूसरे से जोड़ना आदि मुख्य आयाम हैं। जहाँ वर्तमान शहरों को व्यवस्थित करना आवश्यक है, वही पूरी तरह नए शहरों को बसाने की योजना पर भी काम किया जाना चाहिए ताकि ये आने वाले वर्षों में उदीयमान भारत के लिए अपनी भूमिकाएँ अच्छी तरह से निभा सकें। चूँकि इस किताब में इस बात से जुड़े दस्तावेजों का संकलन है कि किस तरह भारत के कुछ शहर अपने आप को अच्छी योजना और प्रबंधन के द्वारा रूपांतरित कर रहे हैं, हम अपनी बातचीत को मौजूदा शहरों और कस्बों तक ही सीमित रखेंगे।

JNNURM ने शहरीकरण की योजनाओं के बुनियादी ढाँचे में उपस्थित खामियों को संबोधित करना शुरू किया था मगर अभी काफ़ी काम बाकी है। इसके अलावा शहरीकरण को अच्छी योजना और सार्वजनिक सेवाओं के बेहतर वितरण की आवश्यकता है। JNNURM ने शहरों के लिए शहरी विकास की योजना (सीडीपी) बनाना अनिवार्य किया था और इसके आधार पर परियोजनाओं और उनके लिए धन की व्यवस्था का प्रयोजन किया था। पर हुआ कुछ और। परियोजना को स्वीकृत कराने की जल्दबाजी और योजना बनाने की क्षमता के अभाव में सीडीपी सार्वभौमिक नीतिगत दस्तावेज बनने के बजाय शहरों के लिए प्रस्तावित कुछ परियोजनाओं की सूची भर बनकर रह गया। यह बहुत आवश्यक है कि सीडीपी, मास्टर प्लान और विकास योजना को एक साथ जाँचा जाए और आर्थिक योजना इनके आधार पर बने।

भारतीय शहरों में कुछ बातों की कमी दिखाई देती है- 1. सुसंचालित भूमि बाज़ार 2. व्यवस्थित परिभाषित सम्पत्ति के अधिकार 3. विकसित सम्पत्ति की ख़रीद-फरोख्त के लिए अनुबंधों का प्रभावी प्रवर्तन और 4. किसी भूमि/सम्पत्ति को विकसित करने के लिए पारदर्शी नियम और क़ानून का होना। भारत सरकार ने हाल ही में भूमि अधिग्रहण क़ानून (2013) पारित किया है और इसके नियमों को अधिसूचित किया जा रहा है। हमें उम्मीद है कि यह क़ानून राज्यों को सार्वजनिक प्रयोजन के लिए ज़मीन अधिग्रहण के क्षेत्र में निर्णय करने में मदद करेगा। कुछ ऐसे प्रेरणादायक उदाहरण सामने आए हैं जो बताते हैं कि शहरी विकास के लिए किस

तरह भूमि को हासिल किया जाए और उसका विकास किया जाए। JNNURM के द्वारा धन उपलब्ध कराने से ये प्रयोग सम्भव हो सके, साथ ही महाराष्ट्र, गुजरात और आंध्र प्रदेश में राज्य स्तर पर क़ानूनी प्रावधानों ने भी शहरों के विस्तार की योजना और उनकी सीमाओं के विकास में सहायता की।

मगरपट्टा, विजयवाड़ा, अहमदाबाद, सूरत और हैदराबाद की केस स्टडीज जिन्हें इस पुस्तक में प्रस्तुत किया गया है दिखाती हैं कि किस तरह शहरीकरण की योजना बनाने के पुराने तरीक़ों को बदलकर देश में शहरीकरण के परिदृश्य को बदला जा सकता है। मगरपट्टा शहर में किसानों ने एकजुट होकर अपनी ज़मीनें शासन को सौंप दीं, ताकि सारे क्षेत्र को योजनाबद्ध तरीक़े से विकसित किया जा सके और नए शहर में सड़कों, सार्वजनिक सेवाओं, सुविधाओं और व्यावसायिक, संस्थागत और आवासीय क्षेत्रों का विकास किया जा सके। विजयवाड़ा में नगर पालिका ने किसानों को भूमि सौंपने के लिए तैयार कर लिया और इसमें से 40 प्रतिशत भूमि झुग्गियों के पुनर्वास के लिए उपयोग में लाई गई, जिन्हें शहर के बीच ही पुनर्वासित किया गया और इसके बदले में किसानों को उनके क्षेत्र में योजनाबद्ध तरीक़े से सड़क, पानी और जल-मल निकासी की सुविधाएँ दी गईं।

गुजरात में व्यवस्थित नगर-नियोजन के कारण मौजूदा शहरों के विस्तार और ढोलेरा जैसे नए शहरों को विकसित करने के लिए आसानी से भूमि अधिग्रहण किया गया। उल्लेखनीय बात यह कि इसके लिए कम से कम लोगों का विस्थापन हुआ, भूमि स्वामियों को भी शहरीकरण की योजना में शामिल किया गया और सरकारी खजाने पर कोई अतिरिक्त भार नहीं पड़ा। समावेशन और स्व-वित्तपोषण इस योजना की खूबियाँ रहीं, हालाँकि यह प्रक्रिया अधिक समय खपाने वाली थी। भूमि की क़ीमत कम करने और इसका उपयोग आंशिक रूप से ढाँचागत विकास के लिए करने की प्रक्रिया को अहमदाबाद में रिंग रोड निर्माण की योजना बनाने में भी किया गया। हैदराबाद की बाहरी रिंग रोड भी यह दिखाती है कि किस तरह कोई शहर क्षेत्रीय संपर्क व्यवस्था की योजना को तो बेहतर बना ही सकता है, साथ ही महानगरीय क्षेत्रों से भी जुड़ने की योजना को आकार दे सकता है। स्थानीय स्तर पर कार्य करने के तरीक़ों को जल संसाधन और ठोस अपशिष्ट पदार्थों के प्रबंधन के क्षेत्रों के लिए भी विकसित किया जाना चाहिए।

नए शहरों के विकास की योजनाओं में कुछ बातों जैसे विशेषतः भारत में विकसित हो रहे फ्रेट कॉरिडोर (माल ढुलाई के गलियारों) के साथ योजना बनाने पर अब तक बल नहीं दिया जा सका है। चूँकि इन केस स्टडीज में सार्वजनिक सेवाओं के वितरण के क्षेत्र में बेहतरी से काम कर रहे शहरों का ही उल्लेख किया गया है, नए शहर इस दायरे से बाहर हैं। जो भी हो, यहाँ उल्लेख करना आवश्यक है कि दिल्ली-मुम्बई औद्योगिक कॉरिडोर (DMIC) सात ग्रीन फील्ड (नव

सृजित) शहर विकसित कर रहा है। इन शहरों के लिए योजना बन चुकी हैं। इस योजना में प्रकृति से छेड़छाड़ (इकोलॉजिकल फुटप्रिंट) को कम करने के लिए सघन और सटे हुए शहरी क्षेत्र, सार्वजनिक परिवहन-उन्मुखी विकास (ट्रांजिट ओरिएंटेड डेवलपमेंट) और पानी और कचरे की रीसाइक्लिंग को प्रमुख लक्ष्य के रूप में रखा गया है। समस्त भौगोलिक योजना को स्मार्ट और इंटेलिजेंट शहर की अवधारणा के साथ जोड़ने से डीएमआईसी (DMIC) को भरोसा है कि ऐसे शहर विकसित होंगे जो विनिर्माण और निवेश के श्रेष्ठ केन्द्र साबित होंगे। नई तकनीक और नवोन्मेषी उपकरण जैसे जियोग्रैफिक इनफॉर्मेशन सिस्टम (जीआईएस) भारत को शहरीकरण की प्रक्रिया में लम्बी छलांग लगाने लायक़ बनाएँगे। दो नए शहर-ढोलेरा और शेन्द्रा नए शहरीकरण के लिए मानक स्थापित करें, ताकि उनका अनुसरण दूसरे शहर कर सकें। जो भी हो, इन उपक्रमों की सफलता पूरी तरह से शहरीकरण की योजनाओं के निर्माताओं और प्रबंधकों की योग्यता पर निर्भर करती है, जिन्होंने विराट दृष्टि (ग्रैंड-विजन) को ज़मीनी स्तर पर आर्थिक और पर्यावरणीय स्थिरता को ध्यान में रखते हुए वास्तविकता में बदला।

सतत शहरीकरण के अंतर्गत हमारी प्राकृतिक और सांस्कृतिक सम्पदा के संरक्षण और मानव क्षमताओं के संवर्धन को शामिल मानना चाहिए। उदाहरण के लिए शहरों के बीच या आसपास की नदियाँ, झीलें और तालाब हमारे प्राकृतिक परिवेश की रक्षा में महत्त्वपूर्ण योगदान निभाते हैं। पुणे की पाषाण झील इस बात का सशक्त उदाहरण है कि प्रदूषित और कंकड़-मिट्टी से भरी झील को भी साफ़-सुथरा करना और उस स्थान की जैव विविधता को क़ायम रखना कठिन काम नहीं है। भुवनेश्वर में बिन्दुसागर के पुनरुद्धार की परियोजना भी बताती है कि किस तरह से योजनाबद्ध तरीक़े से काम करने से शहर के किसी अंदरूनी और उपेक्षित पड़ी शहर की विरासत को जो पर्यटन की दृष्टि से महत्त्वपूर्ण है, नया जीवन प्रदान किया जा सकता है। ये मामले इच्छित शहरीकरण के प्रारूप को मूर्त रूप में लाने के लिए विविध सरकारों और शासकीय विभागों के आपसी सहयोग और समन्वयन का अच्छा उदाहरण हैं। दिल्ली के हुमायूँ के मकबरे का जो संरक्षण, आगा खान ट्रस्ट, दोराबजी टाटा ट्रस्ट, इंडियन नेशनल ट्रस्ट फॉर आर्ट्स एंड कल्चरल हैरिटेज (INTACH), भारतीय पुरातात्विक सर्वेक्षण विभाग, और केन्द्रीय सार्वजनिक निर्माण विभाग के सहयोग से किया गया, इस प्रयास का उल्लेखनीय उदाहरण है। दिल्ली में बने खेल परिसर भी समझदारी से बनाई गई योजनाओं के उदाहरण हैं। सीरी फोर्ट स्पोर्ट्स परिसर की कहानी भारत के हर शहर और कस्बे में दोहराई जानी चाहिए। ऐसे परिसर स्वस्थ शहरी जीवन के लिए कई अवसर उपलब्ध कराते हैं और नागरिकों को शारीरिक स्वास्थ्य को ठीक रखने के लिए प्रोत्साहित करते हैं।

1 गुजरात में शहरों के विस्तार की योजनाएँ

हम अपने शहरों के बेतरतीब विकास के इतने आदी हो चुके हैं कि हमें लगता है कि शहरों का योजनाबद्ध विकास तो शायद हमारी प्राचीन कला का हिस्सा था, जैसे कि तक्षशिला के अवशेषों में देखा जा सकता है। हमारे शहर जनसंख्या के बोझ तले दबे जा रहे हैं और उन्हें अभी आने वाले 15 वर्षों में 10 करोड़ और लोगों को स्थान देना है। इसमें से कुछ को तो शहरी क्षेत्रों में जनसंख्या का घनत्व बढ़ाकर जगह दी जा सकती है, पर ज़्यादातर यह ज़रूरी होगा कि शहरों की सीमाओं में आस-पास के गाँवों को शामिल किया जाए और नए शहरों का निर्माण किया जाए।

दूसरे देशों की तरह भारत में भी शहरीकरण के लिए खेती की ज़मीन का अधिग्रहण टाला नहीं जा सकता। भारत में जब इस काम का जिम्मा शहरी विकास प्राधिकरणों को सौंपा गया तो, जैसाकि दिल्ली में हुआ, उन्होंने अपने एकाधिकार का लाभ उठाते हुए अक्षमता और भ्रष्टाचार को फलने-फूलने का मौक़ा दिया। जब इस कार्य को निजी क्षेत्रों को दिया गया तो वे शहरी इंफ्रास्ट्रक्चर के बाबत अपने वादों को निभाने में अक्सर नाकामयाब रहे। जिन लोगों की ज़मीन का अधिग्रहण किया गया, उन्हें भी असंतोष रहा। वे न केवल अपनी भूमि से विस्थापित हो गए, उन्हें मुआवजे में जो रक़म मिली वह काफ़ी कम थी, खासतौर से जब उन्होंने अपनी भूमि पर निर्माण कार्य होने के बाद उसकी क़ीमतों में वृद्धि को देखा तो उनका दर्द और बढ़ गया। इसके अलावा आवश्यक आधार-ढाँचे का निर्माण करने के लिए धन की व्यवस्था भी बड़ी चुनौती है।

JNNURM ने ऐसे कई आयाम खोले हैं जिनके द्वारा योजनाओं के क्रियान्वयन में तेजी आ सकती है जैसे कि गुजरात में शहरीकरण की योजनाओं के मामले में हुआ। इन योजनाओं में शहरों का विकास कम से कम जनता के विस्थापन के साथ किया जा सका और इन योजनाओं में भूमि मालिकों ने भी बढ़-चढ़कर हिस्सा लिया। साथ ही उन्होंने संरचना विकास के लिए भी यथा सम्भव सहयोग किया।

वास्तविक नगर-नियोजन के सूत्र बंबई शहरी नगर-नियोजन अधिनियम 1915 में खोजे जा सकते हैं। इस योजना को महाराष्ट्र, गुजरात और तमिलनाडु और केरल के कुछ हिस्सों में इस्तेमाल किया गया था, पर समय के साथ इसे भुला दिया गया। हाल के दिनों में अहमदाबाद और सूरत में शहरी विकास की बेहतर योजनाएं हैं, जिनका आधार गुजरात शहरी योजना और विकास अधिनियम 1976 रहा है, जिसमें 1999 में संशोधन हुआ। इस अधिनियम को भलीभाँति परखा-जाँचा जा चुका है।

गुजरात में 665 नगर-नियोजन कार्यक्रम हैं जो 890 वर्ग किलोमीटर के क्षेत्र में फैले हैं। अहमदाबाद और सूरत में भी ऐसे 380 कार्यक्रम योजना और विकास के विविध स्तरों पर हैं। अहमदाबाद में नगर-नियोजन के एक कार्यक्रम में औसतन लगभग 2 वर्ग किलोमीटर क्षेत्र को शामिल किया गया है। इसमें 14 प्रतिशत जगह का इस्तेमाल सड़कों और तक़रीबन 12 प्रतिशत पार्क, सामुदायिक केंद्र, और ग़रीबों के आवास के लिए हैं। सूरत में क़रीब 155 वर्ग किलोमीटर क्षेत्र को इन योजनाओं के अंतर्गत लिया गया है। इसमें से 25 से 40 प्रतिशत क्षेत्र को, लोक सुविधाओं के लिए जिनमें सड़कें आदि शामिल हैं, रखा गया है। इन कार्यक्रमों को भुज के पुनर्विकास के लिए भी इस्तेमाल किया गया, जिसे 2001 के भूकंप में काफ़ी नुकसान हुआ था।

किसी भी शहर या कस्बे की योजना बनाने में सबसे पहले विकास प्राधिकरण अगले दशक की विकास की रणनीति तैयार करते हैं। उस क्षेत्र की पहचान करते हैं, जहाँ तक शहर विस्तारित किया जाना है, इसमें सड़कों और परिवहन की संरचना का खाका बनाया जाता है। इसके बाद विस्तार किए जाने वाले क्षेत्र को 1 से 2 वर्ग किलोमीटर के छोटे-छोटे क्षेत्रों में विभाजित किया जाता है। शहरी विस्तार की योजनाएँ मूल सहभागितापूर्ण नियोजन के ढाँचे के अन्दर इन छोटे-छोटे क्षेत्रों के विकास पर ध्यान देती है।

इन क्षेत्रों का विकास करते समय मूल प्लॉट आधारभूत नक्शों पर दर्ज किए जाते हैं। इस बेस मैप में योजना क्षेत्र से गुजरने वाली प्रमुख शहरी सड़कों को भी अंकित किया जाता है। इसके बाद सार्वजनिक निर्माण कार्यों जैसे सहायक सड़कों, बगीचों, स्कूलों, अस्पतालों और आर्थिक रूप से कमज़ोर वर्ग के लिए आवास आदि की योजना बनाई जाती है। आजकल विकास प्राधिकरणों द्वारा कुछ ज़मीन संरचनात्मक विकास के लिए धन जुटाने के इरादे से अलग रखी जाने लगी है। इस बात के गम्भीर प्रयास भी हो रहे हैं कि भू-स्वामियों की सहमति से एक खास अनुपात में ज़मीन सार्वजनिक इस्तेमाल के लिए भी रखी जाए। जैसा कि नगर-नियोजन कार्यक्रमों के पीछे एक महत्त्वपूर्ण बौद्धिक ताकत नगर-नियोजक बिमल पटेल का कहना है, "यदि शहरीकरण की योजना के बीच से गुजरने वाली सड़क बनाई जानी है, तो इलाके से जुड़े प्रत्येक भू-स्वामी को अपनी ज़मीन का एक हिस्सा छोड़ना होगा। सड़क के साथ लगा प्लॉट मूल स्वामी का ही रहेगा, पर वह उसी अनुपात में

कुछ छोटा हो जाएगा, जिस अनुपात में दूसरे प्लॉट छोटे होंगे।

शहरीकरण की योजना की कुल लागत में आधारभूत संरचना की क़ीमत, भूमि मालिकों को दिया जाने वाला मुआवज़ा, योजना बनाने और क्रियान्वित करने का क़ानूनी शुल्क आदि शामिल होता है। भूमि मालिकों पर लगाया जाने वाला विकास शुल्क इस आधार पर तय होता है कि भूमि मूल्य में वृद्धि का आधा हिस्सा विकास प्राधिकरण द्वारा आधारभूत संरचना के विकास हेतु धन लगाने के लिए दिया जाएगा। इस तरह से वास्तविक भूमि मालिक शहरी विकसित भूमि के मालिक बना दिए जाते हैं जो कि उनकी वास्तविक भूमि से छोटी होती है मगर उसकी क़ीमत तुलनात्मक रूप से अधिक होती है।

भूमि मालिकों को समाचार पत्रों, सार्वजनिक सभाओं और अन्य सूचना साधनों द्वारा इस योजना के बारे में व्यवस्थित सूचना दी जाती है। जब योजना का मसौदा अंतिम रूप ले लेता है तब राज्य सरकार नगर-नियोजन अधिकारी की नियुक्ति करती है जो सार्वजनिक सभाओं में भूमि मालिकों की शिकायतों/समस्याओं को सुनता है और उनके सुझावों को शामिल करते हुए योजना के मसौदे को संशोधित करता है। हरेक भूमि मालिक को सुनवाई के तीन मौके मिलते हैं - दो मौके भौतिक मुद्दों पर और एक आर्थिक मुद्दों पर। राज्य सरकार की अनुमति मिलने के बाद अंतिम योजना को समाचार पत्र में प्रकाशित करवाया जाता है जिसके खिलाफ सरकार द्वारा गठित किए गए अपील आयोग में अपील की जा सकती है। इस तरह की सहभागी प्रक्रिया से पारंपरिक भूमि अधिग्रहण विधियों की सभी शिकायतों को दूर करके इस प्रक्रिया को आसान बनाया जाता है। उदाहरण के लिए अहमदाबाद के पास सरदार पटेल रिंग रोड के लिए 60 मी चौड़ी 76 किमी लम्बी सड़क में से 63 किमी लम्बी सड़क के लिए ज़मीन नगर-नियोजन कार्यक्रम के माध्यम से और 13 किमी पारम्परिक विधियों से ली गई।

इस अधिनियम के वैधानिक प्रावधान शहरी योजना के प्रारूप की स्वीकृति होते ही शहरी स्थानीय निकायों को शहरीकरण की योजना के लिए आवश्यक सड़कों के अधिग्रहण का अधिकार देते हैं। पहले इंफ्रास्ट्रक्चर निवेश तभी शुरू हो पाता था जब विकास प्रभार (बैटरमेंट चार्जेस) प्राप्त हो जाते थे। इसमें कई साल लग जाते थे। चूँकि योजना में भूमि का राजस्व मूल्य बदला नहीं जा सकता अतः पुराने भूखंड से जुड़े सभी नाम और वैधानिक मामले नए भूखंड से भी जुड़े रहते थे। इस नए अधिनियम ने इन सभी कठिनाइयों को दरकिनार करते हुए सभी पक्षों को आमने-सामने लाकर निर्माण कार्य में होने वाले विलंब को दूर किया। इसके लिए JNNURM को धन्यवाद देना चाहिए जिसके कारण अब शहरीकरण की योजनाएँ तेजी से लागू हो पा रही हैं।

अब यह स्पष्ट हो चुका है कि राज्य सरकारों द्वारा मौजूदा क़ानून में आवश्यक परिवर्तन किए जाना शहरीकरण की योजनाओं के क्रियान्वयन की गति में तेजी आने का बड़ा कारण है। इसके साथ ही सभी हितग्राहियों (स्टेकहोल्डर्स) की सार्वजनिक सभाओं में सक्रिय सहभागिता और निर्णय लेने में सहयोग भी इन योजनाओं के सफल क्रियान्वयन में सहायक बना है। योजना, सहभागिता और पारदर्शिता से ही यह परिवर्तन सम्भव हो सका है।

2 शहरी और ग्रामीण साझेदारी से मगरपट्टा शहर का निर्माण

मगरपट्टा शहर इस बात का उत्कृष्ट उदाहरण है कि किस तरह बिना डर या दबाव का इस्तेमाल किए और ग्रामीण भूमि मालिकों को बिना नुकसान पहुँचाए शहरी विस्तार की योजना को आकार दिया जा सकता है। मगरपट्टा शहर पुणे शहर के, जो स्वयं 60,000 एकड़ में फैला हुआ है, बाहरी इलाके में 430 एकड़ के क्षेत्र में बसाया गया है। हालाँकि यह क्षेत्र कृषि जोन में था, फिर भी यह 1960 से पुणे नगर निगम के अधिकार क्षेत्र में आता था। इस शहर को 2013-14 में पुणे के महानगरीय क्षेत्र में ही एक आधुनिक सतत शहरी आवासी क्षेत्र के रूप में विकसित किया गया और यह काम वहाँ के मूल निवासियों के द्वारा किया गया जो अपने पूर्वजों की भूमि पर कृषि कार्य कर रहे थे। इसके निर्माण के समय से ही इसे पर्यावरण-मित्र बनाने की योजना थी अतः इसमें उच्च स्तरीय शहरी सेवाएँ, शिक्षा और स्वास्थ्य की सभी आधुनिक सुविधाएँ और काम करने की बेहतर परिस्थितियाँ आवश्यक शर्त के रूप में शामिल की गईं। यह शहर अब 40,000 लोगों का निवास स्थान है और इसकी कामक़ाज़ी आबादी 70,000 हैं। इस शहर में तीन बैंक हैं जिनमें 28,000 अकाउंट हैं और 111 कंपनियाँ इस शहर में कार्यरत हैं।

मगर कबीला 120 किसानों का एक समुदाय है जो पुणे के बाहरी हिस्से में रहता था, उनकी ज़मीन बीते वर्षों में खंडित होती जा रही थी। नब्बे के दशक में उन्होंने महसूस किया कि शहरीकरण के दबाव में पुणे शहर के उपनगरीय इलाक़ों में काफ़ी निर्माण हो रहा है। इस गतिविधि का जवाब था अपनी खेतिहर-भूमि की सही क़ीमत हासिल करते हुए शहरी-ग्रामीण तालमेल से प्रदर्शन करते हुए मगरपट्टा जैसे शहर की स्थापना करना।

मगर समुदाय का सबसे महत्त्वपूर्ण निर्णय था स्वयं संगठित होकर मगरपट्टा टाउनशिप डेवलपमेंट एंड कंस्ट्रक्शन कम्पनी की स्थापना करना जिसने मगरपट्टा शहर के विकास की योजना तैयार की। इस तरह की योजना तैयार करना भूमि उपयोग (लैंड यूज) में बदलाव के लिए आवश्यक होता है। यह काम सामान्यतः बिल्डर या

विकास अधिकारी किसानों से भूमि अधिग्रहण करने के बाद करते हैं। मगर समुदाय के किसानों ने अपनी ज़मीन को पूल किया, जिसके तहत हरेक किसान अपनी ज़मीन की क़ीमत के अनुपात में कम्पनी का शेयर धारक बना। इस भूमि की क़ीमत का निर्धारण इसकी बिक्री की क़ीमत के प्रतिशत के आधार पर होता गया। इस टाउनशिप की सम्पूर्ण योजना का प्रारूप (मास्टर प्लान) पुणे महानगर पालिका तथा महाराष्ट्र सरकार के पास 1993 में जमा किया गया और सन 2000 में इसे मंजूरी मिली।

मैंने इस कम्पनी के 50 वर्षीय ऊर्जावान अध्यक्ष सतीश मगर के साथ इस टाउनशिप का भ्रमण किया। उस भू-स्वामी के परिवार के प्रगतिशील दृष्टिकोण के कारण उन्हें अच्छी स्कूली शिक्षा मिली और पुणे के कृषि महाविद्यालय से कृषि में स्नातक की उपाधि भी। मैं उस प्रदूषण मुक्त और साफ़-सुथरे शहरी वातावरण को देखकर अभिभूत थी और जिस तरह से इस शहरीकरण की योजना को अंजाम दिया गया था, उसे देखकर बहुत प्रभावित थी। शहर का 30 प्रतिशत क्षेत्र हरियाली के लिए सुरक्षित रखा गया था। मगरपट्टा शहर का अदिति गार्डन पुणे शहर का सबसे बड़ा बगीचा है जो 25 एकड़ में फैला हुआ है। शहर को इस तरह बसाया गया है कि हर क्षेत्र तक पहुँच आसान हो और पैदल चलकर दफ्तर जाया जा सके, ख़रीदारी की जा सके, स्कूल जाया जा सके जिससे शहरी परिवहन पर दबाव कम किया जा सके।

भारत में शहरीकरण में बड़ी चुनौती होती है ठोस अपशिष्ट या कचरे का प्रबंधन। मगरपट्टा शहर में हर माह 350 टन कचरा घर और व्यावसायिक स्थानों से इकट्ठा किया जाता है और उसे अलग-अलग किया जाता है। इसमें से 230 टन कचरा बायोडिग्रेडेबल यानी विघटन योग्य होता है जिसे वर्मीकल्चर और कम्पोस्ट खाद बनाने के काम में लाया जाता है। बाकी 100 टन जो विघटन योग्य नहीं है मगर जो रिसाइकिल करके उपयोग में लाया जा सकता है, उसे रिसाइकिल किया जाता है। सारी बस्ती के जल-मल के प्रबंधन की व्यवस्था को सुचारु बनाने के लिए एक संयंत्र बनाया गया है जिसकी क्षमता 5 करोड़ लीटर प्रति दिन की है। फुटपाथ के नीचे लगे पाइपों की सहायता से वर्षा जल के संचयन की व्यवस्था की गई है। पानी गरम करने के लिए 8000 सोलर वॉटर कनेक्टर लगाए गए हैं जो प्रतिदिन 9 लाख लीटर पानी गरम करते हैं और इससे प्रतिवर्ष 1.78 करोड़ यूनिट बिजली की बचत होती है। सन 2008 में मगरपट्टा शहर को भारत के सबसे बड़े सोलर वॉटर हीटर संयंत्र के रूप में लिम्का बुक ऑफ़ रिकार्ड में स्थान मिला। सड़कों की बत्तियों के रूप में एलईडी का इस्तेमाल करने और एस्केलेटर्स के लिए मोशन सेन्सर्स के इस्तेमाल से प्रतिवर्ष 3.4 लाख यूनिट बिजली की बचत होती है। इस शहर में लगभग 2000 बच्चे और 20,000 नागरिक पैदल चलकर स्कूल और दफ्तर जाते हैं अर्थात रोज़ 4000 वाहनों को सड़कों पर चलने से बचाया जाता हैं, जिससे प्रतिवर्ष 7-8 लाख लीटर ईंधन की बचत होती है।

मगरपट्टा नगर परिषद में 112 निर्वाचित सदस्य हैं जिनमें से 33 प्रतिशत महिलाएँ हैं। यह परिषद नागरिकों की समस्याओं को सामने रखती है, पर फैसले कम्पनी करती है। पुणे के तत्कालीन महानगर पालिका अध्यक्ष महेश जगड़े इस बात को लेकर प्रसन्न थे कि यह बस्ती विकास के किसी भी मुद्दे को लेकर महानगर पालिका पर बोझ नहीं बनती, बल्कि हर तरह के कर अदा करके राजस्व में सहायता ही देती है।

इसमें आश्चर्य नहीं होना चाहिए कि मगरपट्टा आईटी पार्क ने, जो साइबर सिटी का रूप ले चुका है, एक्सेंचर, जॉन डीरे, अवीवा, पाटनी, बेंटले और एम्फेसिस जैसे बड़े आईटी दिग्गजों को अपनी ओर आकर्षित किया है। 75 लाख वर्ग फुट के आईटी परिसर के साथ इस शहर ने 60,000 लोगों को प्रत्यक्ष और 20,000 लोगों को परोक्ष रोज़गार उपलब्ध कराया है। मगरपट्टा सिटी हाउस पुणे का तेजी से वृद्धि करता व्यापारिक स्थल बन चुका है जो 85 एकड़ के क्षेत्र में फैला हुआ है। यहाँ के निवासियों के लिए खेल-कूद और जिम की उत्कृष्ट सुविधाएँ है। एक स्कूल है, पुणे विश्वविद्यालय से मान्यता प्राप्त एक मैनेजमेंट कॉलेज है जो डठ े का पाठ्यक्रम चलाता है। ऐसे परिवार जहाँ माता-पिता दोनों ही कामक़ाज़ी हैं, बच्चों के लिए 17 प्लेस्कूल और डे-केयर सेंटर हैं। मगरपट्टा शहर में 250 बिस्तरों की सुविधा वाला अत्याधुनिक अस्पताल है जो यहाँ के निवासियों के साथ-साथ हड़पसर शहर के निवासियों को भी स्वास्थ्य सुविधाएँ प्रदान करता है। सतीश मगर ने स्व. बीजी देशमुख की भूमिका की बहुत प्रशंसा की, वे क्रमशः महाराष्ट्र के भूतपूर्व प्रमुख सचिव, कैबिनेट सचिव और राजीव गाँधी के निजी सचिव रहे। श्री देशमुख मगरपट्टा के इस प्रयास के मार्गदर्शक और संरक्षक थे। सतीश मगर ने जो नहीं बताया और जिसकी जानकारी मुझे बाद में हुई, कि उस क्षेत्र के किसानों को संगठित करने में सतीश मगर की बड़ी भूमिका थी। 1982 में शहरी विकास की योजना का मसौदा मगरपट्टा के निवासियों के सामने भविष्य के शहर के रूप में रखा गया था जिसका अर्थ था कि सरकार उनकी ज़मीन को किसी भी समय अधिग्रहीत कर सकती है। 1987 के बाद जब मगरपट्टा क्षेत्र का पुनर्निर्धारण हुआ, श्री मगर और कुछ अन्य लोगों ने मिलकर विकास कम्पनी शुरू की और भूमि विकास के लिए अनुमति माँगी। और उसका परिणाम आज हम सबके सामने हैं।

मगरपट्टा के भूतपूर्व कृषक आज विकास में सम्पूर्ण भागीदार हैं। इस भूमि से मिले धन को परिसम्पत्ति (एसेट्स) पर खर्चा गया है, जिससे आने वाली पीढ़ी के लिए सेफ्टी नेट बनेगा। सभी किसानों ने अपनी धनराशि का एक हिस्सा शहर में फ्लैट और दुकानें ख़रीदने के लिए लगाया है जिसका किराया उन्हें मिलता रहेगा। नए व्यापार के लिए धन बैंकों ने दिया। मगर समुदाय के 250 उद्यमी ऐसे हैं, जो गैर-कृषि कार्य कर रहे हैं। इसका श्रेय मगरपट्टा विकास कम्पनी के मार्गदर्शन और सहयोग को जाता है। ये पहली पीढ़ी के उद्यमी आज वार्षिक आय के रूप में 150 करोड़ से 200 करोड़ की राशि अर्जित कर रहे हैं। इस कम्पनी को 70 से 80 लाख

प्रतिवर्ष की आय इस स्थान पर की जाने वाली फ़िल्मों की शूटिंग और उनके निर्माण से प्राप्त होती है। कम्पनी की कुशल व्यापार रणनीति के कारण एक किसान को, जिसने शहर के विकास के समय अपनी एक एकड़ की भूमि दी थी, लाभांश के रूप में वर्ष 2013 में 15 से 16 लाख रुपये मिले।

इस शहर में सामान्य निवासियों के साथ कृषक परिवारों के समावेशन को भी कुशलता से योजना का हिस्सा बनाया गया है। कृषक परिवारों के घर भी टाउनशिप में अलग-अलग स्थानों पर हैं। कुछ समय बाद कृषक परिवार और सामान्य परिवारों में अंतर करना कठिन होगा और यही इस समावेशन का उद्देश्य है।

मगरपट्टा टाउनशिप डेवलपमेंट एंड कंस्ट्रक्शन कम्पनी मगरपट्टा से बाहर भी अपने पंख पसार रही है और इस प्रकार की परियोजनाओं को लागू कराने का काम कर रही है। वह मगरपट्टा से 17 किमी दूर प्राकृतिक सुन्दरता से भरपूर सिंहगढ़ मार्ग के पास 700 एकड़ में बसे नांदेड शहर के निर्माण में सहयोग कर रही है। इस नई कम्पनी में मगरपट्टा समूह की 51 प्रतिशत भागीदारी है। नांदेड के भू-स्वामियों की भागीदारी 49 प्रतिशत की है।

मगरपट्टा शहर भारत की पहली ऐसी बस्ती है, जिसे आईएसओ 9001 का प्रमाणपत्र मिला है। महाराष्ट्र विकास परिषद ने इसे राज्य की पहली 10 सफल गाथाओं में शामिल किया है। इस कम्पनी को 2008 में सिडनी वर्ल्ड कॉंग्रेस ऑफ़ मेट्रोपोलिस में प्रशंसा मिली। 2002 के इन्फ्रास्ट्रक्चर समिट में इस शहर के अवधारण पत्र (कांसेप्ट नोट) को प्रतिष्ठित परियोजना का दर्जा दिया गया। इसे डिस्कवरी चौनल पर भी दिखाया गया और यह शहर कई सफल फ़िल्मों जैसे शिवाजी, *अजब प्रेम की गजब कहानी* के दृश्यों की पृष्ठभूमि के रूप में और मारुती सुजुकी स्विफ्ट के टीवी विज्ञापन में दिखाया जा चुका है।

मगरपट्टा शहर की सफलता के महत्त्वपूर्ण कारण हमारे सामने स्पष्ट हैं। सबसे पहला कारण तो सतीश मगर का नेतृत्व जिसने इस रूपांतरण की आधारशिला रखी। दूसरी भूमिका जो स्पष्ट रूप से सामने न होते हुए भी बहुत महत्त्वपूर्ण थी, वह थी बीजी देशमुख की। चूँकि देशमुख महाराष्ट्र सरकार और केन्द्र सरकार में महत्त्वपूर्ण पदों पर रहे थे, इस परियोजना को उनके मार्गदर्शन और सहयोग का लाभ मिला, अन्यथा आवेदन, परियोजना को जमा करना और पारित करवाना इतना सहज नहीं हो पाता। तीसरा कारण यह कि मगरपट्टा का निर्माण पुणे के बिलकुल नजदीक किया गया। और पुणे विकासशील औद्योगिक शहर है, जिससे बड़ी आईटी कंपनियों का मगरपट्टा की ओर आकर्षित होना बिलकुल स्वाभाविक था। यदि पुणे की जगह पर कोई सामान्य शहर होता तो शायद यह इतना आसान न हो पाता।

यदि हमें ऐसे शहरीकरण की दिशा में क़दम बढ़ाना है जो आर्थिक वृद्धि को भी बढ़ावा दे तो हमें मगरपट्टा जैसे कई अन्य शहर बसाने होंगे।

3 विजयवाड़ा : समावेशन के साथ भूमि की साझेदारी

त्वरित आर्थिक वृद्धि का तात्पर्य है शहरों का विस्तार और यह इतनी आसान बात नहीं है क्योंकि इसमें बहुत सी चुनौतियाँ हैं। विशेषतः शहरों के योजनाबद्ध विस्तार के लिए भूमि की उपलब्धता होना। आंध्र प्रदेश की व्यावसायिक राजधानी होने के नाते विजयवाड़ा भी तेजी से विस्तारित हो रहा है और अनेक चुनौतियों का सामना कर रहा है। पिछले तीन दशकों में पूर्वी जिलों से बड़ी संख्या में लोग काम की तलाश में विजयवाड़ा आए हैं जिसके परिणामस्वरूप विजयवाड़ा के शहरी क्षेत्र की जनसंख्या राज्य के अन्य क्षेत्रों की अपेक्षा तेजी से बढ़ी है।

सन 2011 में विजयवाड़ा नगर निगम के कार्य क्षेत्र में आने वाले क्षेत्र की जनसंख्या 10.5 लाख थी जिनमें से 25 प्रतिशत की आबादी झुग्गियों में रहती थी। सन 2021 तक इस जनसंख्या का बढ़कर 16.4 लाख हो जाने का अनुमान है। यहाँ नहरों के किनारों पर और रेलवे लाइन के आसपास की ज़मीन का अतिक्रमण करके झुग्गियाँ बना ली गई है जिनकी संख्या 100 से ज़्यादा है। दक्षिण की तरफ़ कृष्णा नदी और उत्तर की ओर पहाडी इलाक़ा होने से शहर को सीधी रेखा (लीनियर) के दायरे में ही विकसित होना पड़ रहा है।

झुग्गियों के पुनर्वास के लिए विजयवाड़ा के नगर निगम ने भूमि हिस्सेदारी के एक नवाचारी मॉडल का उपयोग किया। उन्होंने जक्कमपुडी और गोलापुडी गाँवों में भूमि मालिकों के साथ ज़मीन साझा करके झुग्गियों के पुनर्वास और समावेशन का प्रयास किया। समावेशन के इस साहसिक प्रयास के लिए JNNURM के अंतर्गत बेसिक सर्विसेज फॉर द अर्बन पुअर (बीएसयूपी) परियोजना दो चरणों में शुरू की गई। पहले चरण में 226 एकड़ क्षेत्र और दूसरे में 787 एकड़ क्षेत्र को शामिल किया गया। बीएसयूपी ने शहर में 28,152 घर बनाने में सहयोग दिया। इनमें से 9,000 से अधिक घर जक्कमपुडी और गोलापुडी में हैं। इनमें से 5,000 घर बन चुके हैं और 2700 घरों में परिवार रहने लगे हैं।

पहले विजयवाड़ा नगर निगम ने झुग्गियों के पुनर्वास के लिए पारंपरिक तरीक़े से भूमि अधिग्रहीत करने का प्रयास किया था। जब उसमें सफलता नहीं मिली, तब निगम ने सीधे किसानों से उनकी भूमि के अधिग्रहण की बातचीत करने की ठानी। किसान अपनी भूमि का 40 प्रतिशत हिस्सा ग़रीबों के पुनर्वास के लिए देने को तैयार हो गए। बदले में उनके पास बची 60 प्रतिशत भूमि को निगम ने विकसित करके उन्हें देने की सहमति दी। इसमें से 40 प्रतिशत हिस्सा फिर सामाजिक और आर्थिक संरचना के निर्माण हेतु दिया जाएगा। इस तरह किसानों ने अपने पास केवल 36 प्रतिशत भूमि रखना स्वीकार किया। हाँ, लैंड यूज बदलने और इंफ्रास्ट्रक्चर के विकास के कारण उनकी ज़मीन की क़ीमत काफ़ी बढ़ गई।

राज्य सरकार ने इस क्षेत्र के विकास में 25 करोड़ रुपये ख़र्च किए। निगम ने इस भूमि पर सड़कें, खुले या बंद गटर, भूमिगत जल-मल निकासी तंत्र, पीने के पानी के संग्रह आदि की व्यवस्था की। पीने के पानी की आपूर्ति हैड वॉटर वर्क्स के सहयोग से निगम के 4000 लीटर की क्षमता वाले 4 टैंकरों द्वारा की जा रही है। उपयोग के लिए पानी की व्यवस्था के लिए 6 बोरवैल खोदे गए। नलों द्वारा पानी देने के लिए भूमिगत पाइप लाइन डाली जा चुकी है मगर इसे जल वितरण के मुख्य तंत्र से जोड़ने के लिए रेलवे की अनुमति चाहिए चूँकि यह पाइप रेल की पटरी के नीचे से डाली जानी थी। यह काम 2013 में रेलवे की अनुमति मिलने पर पूरा हुआ। सड़कों और जल-मल निकासी का कार्य 90 प्रतिशत पूर्ण हो चुका है। हाँ, वर्षा जल के निकास की व्यवस्था के लिए अभी काम किया जा रहा है। जिन घरों में लोगों ने रहना शुरू कर दिया है, उन्हें क्षेत्र में ही लगे 33.11 किलोवॉट के बिजली संयंत्र के द्वारा बिजली उपलब्ध कराई जा रही है। सड़कों पर भी प्रकाश की व्यवस्था के लिए स्ट्रीट लाइट लगाई गई हैं जिनमें से 25 सौर ऊर्जा से चलती हैं।

यहाँ एक प्राथमिक विद्याशाला संचालित हो रही है और आने वाले समय में उच्चतर माध्यमिक शाला स्थापित करने की संभावना है। लोक स्वास्थ्य केंद्र स्थापित हो गया है मगर अभी यह प्राथमिक शाला के परिसर में शाम के समय चलता है। निगम ने रेलवे लाइन के आर-पार आंतरिक रिंग रोड और एक फ्लाईओवर बनाया है, साथ ही इस क्षेत्र को नेशनल हाइवे से जोड़ने का काम चल रहा है। लोक परिवहन के लिए JNNURM के अंतर्गत बस उपलब्ध कराई गई हैं। बस के मार्ग में परिवर्तन करके इन दोनों गाँवों को भी शामिल किया गया है और हर 15 मिनट के अंतराल में बसें चल रही है। शहर और गाँव को जोड़ने और सरकारी-निजी सहभागिता से आर्थिक रूप से अक्षम लोगों को घर उपलब्ध कराने हेतु विजयवाड़ा नगर निगम के इस प्रयांस के लिए उन्हें JNNURM के लिए चुने गए 65 शहरों में से सर्वश्रेष्ठ शहर का पुरस्कार मिला। इस परियोजना की सफलता के पीछे सरकार के हर स्तर यानी केंद्र, राज्य और स्थानीय प्रशासन की राजनीतिक इच्छा का होना था। इसके

अभाव में आर्थिक रूप से अक्षम लोगों के लिए इतनी सुविधाएँ देना सम्भव नहीं हो पाता। साथ ही इस परियोजना में समावेशन की आर्थिक सततता को अभी देखा जाना बाकी है। एक बार यदि किसानों को यह विश्वास हो गया कि वे भी विकास की इस प्रक्रिया में सहभागी हैं तो अन्य शहरों के विस्तार के लिए भूमि मिलना कठिन नहीं होगा। इस तरह के प्रयोगों के सफल क्रियान्वयन के लिए आवश्यक है कि शहरी स्थानीय प्रशासन द्वारा आधारभूत निर्माण और समावेशन के लिए किए गए वादों को अनिवार्यतः पूरा किया जाए। साथ ही किसानों के लिए कमाई के सारे विकल्प खुले हों, जिससे वे खेती और अन्य कार्यों के बीच चुनाव कर सके।

4 हैदराबाद का रास्ता : भविष्य की ओर

हैदराबाद का बाहरी राजमार्ग शहर की भीड़-भाड़ कम करने और शहर को बाहरी बड़े क्षेत्र से जोड़ने के लिए किया गया एक साहसी प्रयास है। यह देश की इकलौती सड़क परियोजना है, जो राष्ट्रीय राजमार्ग विकास कार्यक्रम के अंतर्गत नहीं आती।

नेहरू आउटर रिंग रोड को हैदराबाद के विकास कॉरिडोर के नाम से जाना जाता है, 158 किमी लम्बा राजमार्ग है जो 3000 वर्ग मीटर के क्षेत्र में फैला है। इसकी परिधि में 83 गाँव आते हैं और इसके आसपास विकास के लिए विस्तृत भू क्षेत्र मौजूद हैं। रेडियल रास्तों के माध्यम से यह शहर के दूर दराज के इलाक़ों को शहर के प्रमुख हिस्से से जोड़ता है। इस रिंग रोड द्वारा घेरा गया क्षेत्र ग्रेटर हैदराबाद नगर निगम (GHMC) की परिधि में आने वाले क्षेत्र से छह गुना अधिक है। इस रास्ते को हैदराबाद के उप नगरीय इलाक़ों की दूरी को कम करने के लिए और इसके आसपास नए औद्योगिक केन्द्रों के विकास के माध्यम से आर्थिक वृद्धि को ध्यान में रखते हुए बनाया गया है। 2001 से 2011 के बीच के दस वर्षों की छोटी सी अवधि में हैदराबाद उच्च शिक्षा और व्यावसायिक शिक्षा के संस्थानों जैसे इंडियन स्कूल ऑफ़ बिज़नेस, नेशनल लॉ स्कूल और इंजीनियरिंग कॉलेज आदि का प्रमुख केंद्र बनने के साथ-साथ आईटी और इससे संबंधित सेवाओं, जैव तकनीकी, दवा उद्योग और स्वास्थ्य सेवाओं का भी बड़ा केंद्र बन गया है। इसके कारण व्यावसायिक, औद्योगिक, संस्थागत, मनोरंजन उद्योग और आवासीय क्षेत्र की माँग तेजी से बढ़ी है।

इन बढ़ती हुई ज़रूरतों को शहरीकरण की योजना में शामिल करने के लिए परिवहन और सड़क मार्ग पर त्वरित ध्यान देना आवश्यक होता है। बीते सालों में आंतरिक रिंग रोड शहर का ही हिस्सा बन चुका है। अब शहर को एक बाहरी रिंग रोड या बाईपास की आवश्यकता थी जो शहर के अंदर न आने वाले वाहनों को बाहर से ही अन्य मार्गों की ओर मोड़ सके और यातायात का दबाव कम कर सके। अन्यथा वाहनों का लगातार बढ़ता आवागमन निवेश और वृद्धि की राह के

लिए बड़ी बाधा साबित होता। आउटर रिंग रोड परियोजना ने इसी भीड़ को कम करने का काम किया। आउटर रिंग रोड द्वारा घेरे गए क्षेत्र में तैंतीस ऐसी सड़कें योजना के अंतर्गत पहचानी गईं हैं जो शहर के किसी हिस्से से सीधे जुड़ती है। इनमें से सात सड़कों का निर्माण कार्य पूरा हो चुका है, पाँच सड़कें जो राष्ट्रीय राजमार्ग से मिलती है, उनको सुधारा गया है और पाँच को निर्माण कार्य या चौड़ा करने के लिए लिया गया है। बची हुई सोलह सड़कें ऐसी हैं जिनसे हवाई अड्डे, आईटी पार्क, विशिष्ट आर्थिक क्षेत्रों और हैदराबाद के आसपास विकसित हो रहे अन्य क्षेत्रों तक पहुँचना आसान होगा। इनके निर्माण के लिए राज्य सरकार ने राशि देना मंजूर किया है। सड़कों के निर्माण की योजना राष्ट्रीय और राज्य राजमार्ग के समन्वयन के साथ बनाई गई है जिससे काफ़ी बड़े क्षेत्र से इनके जुड़ाव को सुनिश्चित किया जा सके। इसका परिणाम यह हुआ है कि मुम्बई, हैदराबाद के रास्ते बेंगलुरु से जोड़े हैं और विजयवाड़ा भी हैदराबाद के रास्ते मुम्बई से जुड़ गया है।

रिंग रोड के आसपास के क्षेत्र में बिज़नेस पार्क और तकनीकी संकुलों (क्लस्टर्स) को आकर्षित करने के लिए सड़क के आसपास एक किलोमीटर के क्षेत्र में टाउनशिप बसाने की योजना बनाई गई है। इनसे मिलने वाले उचित कराधान से बाकी बचे हुए हिस्से के निर्माण कार्य की लागत निकालने में सहायता मिलेगी। इस क्षेत्र के लिए नियमन का मसौदा हैदराबाद महानगरीय विकास प्राधिकरण (एचएमडीए) के अनुरूप ही बनाया गया था, फिर भी यह ध्यान रखा गया कि नियमावली वस्तुपरक, पारदर्शी और स्पष्टता से लागू की जा सकने वाली हो। हैदराबाद महानगरीय विकास प्राधिकरण का गठन हैदराबाद शहरी विकास प्राधिकरण, सायबराबाद विकास प्राधिकरण और हैदराबाद विमानपत्तन विकास प्राधिकरण के संविलयन द्वारा किया गया था। इसके अधिकार क्षेत्र में 7100 वर्ग मीटर का क्षेत्र आता है।

बाहरी रिंग रोड को आठ लेन के राजमार्ग के रूप में विकसित किया गया है जिसमें अधिकाधिक वाहनों को 120 किमी प्रति घंटे की गति से आवागमन के लिए स्थान दिया जा सकता है। रास्तों की शोभा बढ़ाने के लिए इनके आसपास पेड़ लगाए गए हैं। तेज गति से चलाने वाले वाहनों के प्रबंधन हेतु यातायात और टोल प्रबंधन के केंद्र बनाए गए हैं। राजमार्ग के दोनों ओर टोल मुक्त रास्तों की भी व्यवस्था की गई है। इस मार्ग पर उपयोगिता नलिकाओं (यूटिलिटी डक्ट) का प्रावधान किया गया है जिनसे भविष्य में सड़कें खुदेंगी या ख़राब नहीं होंगी।

इस मार्ग का गाचीबावली से शमशाबाद के बीच का 24 किमी का पहला चरण जुलाई 2010 में उपयोग के लिए खोला गया। मार्च 2011 में 63 किमी के हिस्से पर काम पूरा किया गया और इसे अगस्त में वाहनों के आवागमन के लिए खोल दिया गया। बचे हुए 71 किमी हिस्से में से 38 किमी का भाग दिसंबर 2012 में उपयोग के लिए खोला गया। इस राजमार्ग पर बने मोड़ संकरे होने की बजाय दोहरी चौड़ाई

वाले हैं। डिजाइन में यह नवाचार लागत कम करने में सहायक हुआ है।

बाहरी राजमार्ग पाँच राष्ट्रीय राजमार्गों, पाँच राज्य मार्गों और पाँच प्रमुख जिलों को पार करता है और हैदराबाद के बाहर के नए शहरी हिस्से जिसमें हाईटेक सिटी, राष्ट्रीय खेल गाँव, नैनो पार्क, इंडियन स्कूल ऑफ़ बिज़नेस, आईआईटी हैदराबाद और अंतरराष्ट्रीय हवाई अड्डे से जोड़ता है। हैदराबाद महानगरीय विकास प्राधिकरण और ग्रेटर हैदराबाद विकास प्राधिकरण को इस मार्ग के दोनों ओर नियोजित किए गए दो विशेष विकास क्षेत्रों से प्रभाव शुल्क के रूप में खासा धन मिलता है और इस स्थान की भूमि की क़ीमत में भी पहले के मुकाबले में पाँच से आठ प्रतिशत तक की वृद्धि हुई है।

अब हैदराबाद महानगरीय इलाके की पूर्वी और पश्चिमी रेलवे लाइन को वर्तमान उत्तरी और दक्षिणी रेलवे लाइन्स से जोड़ने की योजना बनाई जा चुकी है। टर्मिनल्स और ट्रकों के लिए पार्किंग स्थल रिंग रोड और राष्ट्रीयध्राज्य राजमार्ग के इंटरसेक्शंस (चौराहों) पर बनाए जाएँगे। बाहरी रिंग रोड के 25 मीटर के हिस्से को मेट्रो ट्रेन और बसों के एकीकृत नेटवर्क के लिए रखा गया है। यह रास्ता आंध्र प्रदेश सरकार की क्षेत्रीय (रीजनल) योजना का अच्छा उदाहरण है।

इस परियोजना के क्रियान्वयन के लिए विशेष कार्यकारी संस्था के रूप में हैदराबाद ग्रोथ कॉरिडोर लिमिटेड को गठित किया गया था। यह पूरी तरह से सार्वजनिक साझेदारी की कम्पनी है जिसमें 74 प्रतिशत शेयर एचएमडीए के पास हैं और 26 प्रतिशत शेयर आन्ध्र प्रदेश इंफ्रास्ट्रक्चर विकास प्राधिकरण के पास हैं। हैदराबाद ग्रोथ कॉरिडोर के अध्यक्ष एचएमडीए के मेट्रोपोलिटन कमिश्नर हैं। इस कम्पनी का एक कार्यकारी निदेशक है जो भूमि अधिग्रहण के मामलों में कलेक्टर का दायित्व निभाता है और उसके नीचे भूमि अधिग्रहण अधिकारी मातहत रूप में काम करते हैं।

यह प्रकल्प कुल 6696 करोड़ की लागत का था जिसमें से पहले चरण में 699 करोड़ का ऋण बैंक ऑफ़ बडौदा के व्यावसायिक संघ द्वारा दिया गया। पहले हिस्से के दूसरे चरण के लिए 2439 करोड़ की राशि की व्यवस्था निजी और सार्वजनिक साझेदारी द्वारा की गई और इसके अंतर्गत लम्बी अवधि तक इस मार्ग के संचालन और रख-रखाव की ज़िम्मेदारी निजी भागीदारों को सौंप दी गई। इससे राजमार्ग के निर्माण की गुणवत्ता और रख-रखाव को लम्बे समय तक क़ायम रखा जाना सुनिश्चित हो सका जबकि सार्वजनिक साझेदार इसकी सेवाओं की गुणवत्ता पर ध्यान दे सकते हैं।

वैश्विक निविदाओं को आमंत्रित करने के बाद इस राजमार्ग का ठेका पाँच कम्पनियों को दिया गया। इसके लिए बिल्ड ऑपरेट ट्रांसफर (बीओटी) मॉडल का

इस्तेमाल किया गया जिसमें साढ़े बारह साल की रियायती अवधि के साथ प्रकल्प की 20 प्रतिशत लागत एचएमडीए द्वारा प्रदान की गई। दूसरे चरण का दूसरा हिस्सा पूरा करने के लिए जापान अंतर्राष्ट्रीय एजेंसी द्वारा 1.2 प्रतिशत प्रति वर्ष की ब्याज दर पर लम्बी अवधि (30 वर्ष) के लिए ऋण दिया गया जिसमें 10 साल के ऋण स्थगन समय और संप्रभु गारंटी की शर्त रखी गई। 3123 करोड़ रुपये के इस ऋण में इस चरण के लिए आवश्यक 3558 करोड़ की राशि में से अधिकतम राशि वित्तपोषित की गई।

भारत राष्ट्रीय राजमार्ग प्राधिकरण की तय दरों के अनुरूप भारत सरकार ने इस राजमार्ग के टोल टैक्स की दरों को संशोधित किया और सितंबर 2012 से 86 किमी निर्मित हिस्से पर टोल टैक्स लेने की व्यवस्था शुरू हो गई। राजमार्ग के आसपास की भूमि पर निर्माण और विकास के लिए प्रभाव शुल्क से राजस्व उत्पत्ति में मदद मिलेगी और इससे इस ऋण को जल्दी चुकाने और प्रकल्प को आगे बढ़ाने के लिए वित्तपोषण में मदद मिलेगी।

भूमि अधिग्रहण की बात करें तो जिन लोगों ने इस प्रकल्प के लिए भूमि दी थी उन्हें उनकी भूमि के मूल्य से दो या तीन गुना मूल्य भूमि की एवज में नकद चुकाया गया या 75 प्रतिशत भूमि के बराबर का प्लॉट दिया गया। भूमि अधिग्रहण के कुछ मामले अभी हाई कोर्ट और सुप्रीम कोर्ट में चल रहे हैं।

बाहरी रिंग रोड प्रकल्प हाथ में लेने से पहले शहर के आंतरिक हिस्सों में पिछले बीस सालों में विकास के लिए आवश्यक स्थितियाँ व्यवस्थित रूप से निर्मित कर ली गईं थी। हाई टेक सिटी, राष्ट्रीय खेल गाँव, आई टी पार्क और ऐसे ही बाकी केंद्र न होते तो स्थानीय क्षेत्रों को राजमार्ग से जोड़ने के लिए निवेश की व्यवस्था में खासा समय लगता हालाँकि यह सब भी एक दिन में नहीं हुआ। इस प्रकल्प के वित्तपोषण के लिए व्यवस्थित योजना बनाना जिसमें खुले भूमि मूल्य का भरपूर दोहन करना भी इसकी सफलता का एक कारण रहा। जैसे-जैसे शहरीकरण की माँग और इसकी गति देश भर में बढ़ती जाएगी, इसके लिए स्थानीय स्तर पर व्यवस्थित योजना बनाना और स्थानीय क्षेत्रों के भीतर और सम्पूर्ण क्षेत्र के बीच संलग्नता (कनेक्टिविटी) को ध्यान में रखा जाना आवश्यक है। हैदराबाद ग्रोथ कॉरिडोर इसकी राह दिखाता है।

5 पुणे : पाषाण झील की सफ़ाई और जैव विविधता को वापस लाना

शहरों के अन्दर और आसपास स्थित झीलें शहरवासियों के आकर्षण का प्रमुख केंद्र होनी चाहिए। चाहे सुबह की सैर करने वालों से लेकर नौका विहार करते प्रेमी युगल हो, या वो वयस्क जो केवल किनारे पर बैठकर सुन्दर नजारा देखना चाहते हों, झीलें सभी की ज़रूरतों को पूरा करती हैं। साथ ही ये झीलें यदि उनमें कुछ पानी के पौधे, जीव आदि भी हों तो वे हमारे बच्चों और नाती-पोतों को शौकिया प्रकृति विज्ञानी बनने का मौक़ा भी देती हैं। पर हम सब नहीं जानते कि ये तालाब (वॉटर बॉडीज) हमारे पर्यावरण की सुरक्षा में बड़ी भूमिका निभाते हैं।

भारत के शहरों में स्थित तालाब (वॉटर बॉडीज) के ख़त्म होने का ख़तरा लगातार बना रहता है क्योंकि इनमें केवल बारिश का पानी संग्रहीत होने की बजाय इन्हें जल-मल से दूषित पानी और अपशिष्ट पदार्थों से पाट दिया जाता है। हमारे शहरों में कचरे और अपशिष्ट पदार्थों के उत्सर्जन की दर को नियंत्रित करने की बजाय हम झीलों और तालाबों को कचरा, जल-मल और अपशिष्ट पदार्थों के बोझ को ढोता हुआ पाते हैं, साथ ही इस भूमि पर क़ानून के खिलाफ क़ब्ज़ा भी देखने को मिलता है।

क्या हम इसे नहीं बदल सकते? इसके लिए पुणे ने रास्ता दिखाया है। पुणे नगर निगम और भारती विद्यापीठ विश्वविद्यालय के पर्यावरण शिक्षा और अनुसंधान केंद्र ने इको-रिस्टोरेशन प्रकल्प शुरू किया है जिसके अंतर्गत पाषाण झील और इसके आसपास के तालाब (वॉटर बॉडीज) व जलीय पौधों को पुनर्जीवित किया गया है ताकि वे अपनी पुरानी खूबसूरती को फिर से हासिल कर सकें। मैं डॉ. इरच भरुचा की प्रसन्नता को आप सबसे साझा करना चाहूँगी जिन्होंने मुस्कराते हुए मुझे सूचित किया था कि बहुत लम्बे समय बाद 2012-13 की सर्दियों में पाषाण झील में धूसर बगुलों (ग्रे हेरोंस) ने अपना घोंसला बनाया है। डॉ. भरुचा पेशे से शल्य चिकित्सक हैं, और पर्यावरण-रक्षा के बारे में बड़े ही चिंतित रहते हैं। उन्होंने दूसरे पेशे के रूप में बीवीआईईईआर के निर्देशक के पद को स्वीकार किया। उन्होंने और उनके दल

ने पुणे नगर निगम के साथ बहुत सघन काम किया और इस क्षेत्र की जैव विविधता को फिर से वापस लाने में कामयाबी हासिल की।

पाषाण झील और इसके आसपास के तालाब (वॉटर बॉडीज) बर्ड वॉचर के लिए बड़ा आकर्षण हुआ करते थे। विख्यात पक्षी विज्ञानी डॉ. सालिम अली यहाँ लगातार आते थे। वर्ल्ड वाइल्ड लाइफ फंड और पुणे पारिस्थितिक समिति द्वारा यहाँ आने वाले पक्षियों की संख्या पर लगातार निगाह रखी जाती थी। 1950 के दशक में इस झील में राजहंस, सारस, नकटा बतख और कई प्रकार के बगुलों की आवाज़ाही रहती थी। सर्दियों की सुबह ये पक्षी पाषाण झील में आते और शाम को मुला-मुथा नदी (बंद गार्डन और कोरेगाँव पार्क के बीच का 1 किमी लम्बा खंड) की ओर पारंपरिक मछुआरों द्वारा बनाए गए द्वीप और चट्टानों की मेड़ों पर बसेरा करने चले जाते। यह झील मुला नदी की सहायक रामनदी पर बने बाँध द्वारा निर्मित की गई थी। यहाँ स्थापित पारिस्थितिकी तंत्र जलीय पक्षियों और शिकारी पक्षियों जैसे शिकारी उकाब (बोनेलीज ईगल) और मार्श हैरियर आदि के लिए अबाधित आवास का काम करता था। यहाँ पानी आसपास के जंगलों और पहाड़ियों से, जो बबूल के पेड़ों और पथरीले इलाक़ों से बनी थी, बहकर आता था। पथरीले इलाक़ों को अक्सर बंजर क्षेत्र के रूप में देखा जाता है। यहाँ न तो फ़सलें उगती हैं, न ही यहाँ से किसी तरह का राजस्व मिलता है। पर इसका तात्पर्य यह नहीं कि ये भूमि बेकार है। स्थलीय

बबूल के काँटेदार जंगल और पथरीले क्षेत्र (स्क्रबलैंड) पक्षियों और कीटों के लिए महत्त्वपूर्ण भूमिका निभाते हैं।

यह झील पाषाण गाँव के लिए भी पानी के स्रोत का कार्य करती थी। पर इससे भी महत्त्वपूर्ण यह कि ये जलीय क्षेत्र सूखे के समय पानी को जमा करके रखते, जिससे इस स्थान पर पानी का स्तर उच्च और स्थिर बना रहता। बाढ़ के समय ये बाढ़ के पानी को नीचे की ओर भेजकर उसमें मौजूद ठोस कणों और पोषक तत्वों को अपने में संग्रहीत कर लेते हैं और इस तरह जैव विविधता को पनपने का मौक़ा देते हैं। अस्सी के दशक तक पाषाण झील सर्दियों में पक्षियों का प्रिय प्रवास-स्थल बनी हुई थी।

सन 1989 और सन 1994 के बीच इस झील पर आने वाले पक्षियों की संख्या में तेजी से गिरावट आई। इस झील के अन्दर और आसपास बढ़ती हुई मानवीय गतिविधियों जैसे जानवरों को नहलाना, कपड़े धोना आदि ने वातावरण को दूषित करने में अपनी भूमिका निभाई। 1992-93 में हुए मुम्बई विस्फ़ोटों के बाद पुणे के दक्षिणी हिस्से में निवेश की बाढ़ आ गई। लगातार होते निर्माण कार्य का मलबा रामा नाला (पहले की राम नदी) में जो झील से 11 किमी दूर है, डाला जाने लगा जिससे बबूल के जंगल नष्ट होने लगे। इससे मिट्टी का तेजी से क्षरण होने लगा और झील में गाद (सिल्ट) की मात्रा बढ़ने लगी जिससे झील की गहराई कम होने लगी और जल धारण क्षमता तेजी से घटने लगी। जैसे-जैसे झील उथली होने लगी, आसपास उगते सरकंडों की सतह ने बेशरम के पौधों को उगने का स्थान दिया जो कि घनी झाड़ियों के रूप में उग आए और उन्होंने सारे जलीय पौधों का, जो पहले एक तिहाई हिस्से में फैले हुए थे, खात्मा कर दिया।

सन 1990 की दूसरी छमाही में हिंजेनवाड़ी में आईटी पार्क की स्थापना से पुणे में निवेश के दर में भारी उछाल आया। 1997 में पाषाण झील के पश्चिम में स्थित 6 वर्ग किलोमीटर के बावधां खंडन और पूर्वी क्षेत्र में 8.4 वर्ग मीटर के क्षेत्र में फैले बानेर को पुणे नगर निगम की सीमा में शामिल किया गया। घरों और अन्य निर्माण कार्यों में उछाल आया जबकि पानी और जल-मल निकासी की संरचनाएँ अभी निर्माण की अवस्था में ही थीं। पाषाण झील और उसके आसपास के तालाब (वॉटर बॉडीज) का इन संरचनाओं के निकट होने से निर्माण कार्य से निकली गाद इन्हीं में डाली जाने लगी।

झील की हालत ख़राब होते जाने से यहाँ आने वाले स्थानीय पक्षियों की संख्या में भी गिरावट आने लगी और यह स्थान केवल कुछ प्रवासी पक्षियों के रुकने या रहने का स्थान बनता गया। मार्श हैरियर जैसे शिकारी पक्षी जो पहले पाषाण में साधारणतः देखे जाते थे, अब कभी-कभार ही आने लगे। जैसे-जैसे किनारों के कीचड़ का खात्मा होने लगा, परिधि के पानी पर आश्रित बगुलों ने भी यहाँ आना छोड़ दिया।

इन्हीं दिनों जब पुणे महानगर पालिका का ध्यान पाषाण की ओर गया और उसने पाषाण झील के हुए नुकसान को भरने का प्रयास शुरू किया। मई 2005 में इस झील को पूरा खाली किया गया जिससे इसमें जमी हुई गाद को निकाला जा सके। इसके लिए वैज्ञानिक जानकारी हासिल करने के लिए सन 2006 में बीवीआईईईआर से पाषाण में पर्यावरण की बहाली के लिए एक सम्पूर्ण परियोजना तैयार करने का निवेदन किया गया। कुल 16.7 करोड़ की लागत वाली इस परियोजना को JNNURM के अंतर्गत 2006 में स्वीकार किया गया। इस प्रकल्प के क्रियान्वयन का काम प्रतिस्पर्धी बोली लगाने के बाद एक निजी कम्पनी NERIL को दिया गया। इसकी लागत की 50 प्रतिशत राशि भारत सरकार ने, 20 प्रतिशत महाराष्ट्र सरकार ने और 30 प्रतिशत राशि पुणे महानगर पालिका ने प्रदान की। यह प्रकल्प पुणे महानगर पालिका और बीवीआईईईआर द्वारा साथ-साथ सघन रूप से काम करते हुए और प्रगति की लगातार मॉनिटरिंग करते हुए छह साल में पूरा किया गया।

पुणे महानगर पालिका के महेश पाठक के अनुसार यह प्रकल्प नगर पालिका और विशेषज्ञों के बीच की सहभागिता का बढ़िया उदाहरण है। पर्यावरण बहाली के इस प्रकल्प की योजना और डिजाइन में पर्यावरण विशेषज्ञों के सुझावों के अलावा एक और कारक था जिसने इसकी सफलता में महत्त्वपूर्ण भूमिका निभाई। और वह था इस प्रकल्प से जुड़े सभी लोगों का धीरज और दृढ़ता, जिसके चलते हर समस्या के सही समाधान निकाले गए और योजना को क्रियान्वित करते समय कई बातों को बार-बार दोहराया गया।

पर्यावरण बहाली के इस प्रकल्प का मुख्य उद्देश्य था राम नाला और पाषाण झील के मिलन स्थल पर दलदल तैयार करना। इसके लिए पानी की गहराई को नियंत्रित करना आवश्यक था। इस इच्छित स्तर को प्राप्त करने के लिए पाषाण झील को दूसरी बार खाली करने की आवश्यकता थी। झील को गाद से मुक्त करने और पुनर्जीवित करने के इस कार्य को इस तरह डिजाइन किया गया था जिससे झील में बहता पानी रहे, तट रेखा उथली और जल मग्न रहे और जिस पर जलीय वनस्पति तैरती रहे। साथ ही किनारों पर खर-पतवार (टाइफा) उगाई जा सके। पानी से बाहरी गंदगी को छानने के लिए बाँस के झुरमुट लगाए गए। पर्यावरण संतुलन के लिए तटबंधों पर 1200 पेड़ लगाए गए ताकि पूर्व स्थिति को प्राप्त किया जा सके। इसी के साथ झील के चारों ओर तथा इसके बीच बने 17 एकड़ के द्वीप पर 350 देशी फलों के पेड़ लगाए गए।

द्वीप का निर्माण गाद के इस्तेमाल से किया गया था। जब झील में पानी भरपूर रहता है तो इसमें से 10 एकड़ का हिस्सा झील में डूबा हुआ रहता है। इसने पक्षियों को गर्मियों में बसेरे और भोजन के लिए स्थान प्रदान किया जिससे वे झील की ओर आकर्षित हुए। अब यह द्वीप सारस, बगुलों, जलकाग और प्रवासी बत्तखों का पसंदीदा

स्थान बना हुआ है। इस झील में मछलियों, केकड़ों, घोंघों आदि ने पुनः आवास बना लिया है जो इस बात का सूचक है कि झील का पारिस्थितिक तंत्र तीव्रता से बहाल होने की राह पर है।

बाँध और उत्प्लव मार्ग (स्पिलवे) को सशक्त बनाया गया, झील की गहराई को 1.5 मीटर बढ़ाया गया और इसमें एक द्वीप बनाने के साथ ही इस प्रकल्प में 3 किमी लम्बी एक दीवार और पैदल रास्ता बनाया गया। यहाँ आने वाले दर्शकों के लिए पर्यावरण व्याख्या केंद्र की स्थापना की गई। झील में एक पौध-शाला भी बनाई गई है, जिसमें स्थानीय पौधे बेचे जाते हैं मगर इसका उद्देश्य किसी तरह का राजस्व उत्पन्न करना नहीं है। झील के संचालन और रखरखाव पर आने वाला वार्षिक ख़र्च 25 लाख रुपये अनुमानित है जिसे पुणे महानगर पालिका द्वारा दिया जाना है, ताकि इसे लम्बे समय तक क़ायम रखा जा सके।

राम नाला और उसके आसपास के क्षेत्र से निकलने वाले जल-मल और गाद के सही प्रबंधन और पारिस्थितिकी तंत्र की पुनर्सूथापना की आवश्यकता अब भी बनी हुई है। यहाँ खड़े तटबंध बने हुए हैं मगर यहाँ की वनस्पति बदलाव का समर्थन करती नज़र आती है। दो दशकों के लम्बे अंतराल के बाद पाषाण के नियमित पक्षी जैसे सारस, आइबिस, स्पूनबिल्स, जलकागों के बड़े झुण्ड और बत्तख जैसे शोवलर्स, पिनटेल, पोकार्ड आदि पाषाण में वापस आ गए हैं। लम्बी गर्दन वाले सारस, धूसर बगुले और बत्तखों ने पहली बार झील में अपने घोंसले भी बनाने शुरू कर दिए हैं।

6 भुवनेश्वर : प्राचीन भारत का शहरी नवीनीकरण

हम भारतीयों को अपनी अध्यात्मिक, सांस्कृतिक और स्थापत्य सम्पदा पर गर्व है। पर शहरों में जल्दबाजी और अस्त-व्यस्त तरीक़ों से हो रहे विकास के चलते हम इन विरासतों को सहेजने के लिए शायद ही कुछ कर पाते हैं। चंडीगढ़ के बाद भुवनेश्वर ऐसा शहर है जिसे योजनाबद्ध तरीके से विकसित किया गया है। इसका कुल क्षेत्रफल 135 वर्ग मीटर है जिसमें 25 वर्ग किमी पुराने शहर का है जो 1000 वर्ष पुराना है और जहाँ पुराने सुन्दर मन्दिर बने हुए हैं जो इस क्षेत्र की पहचान थे, आज भी उनमें से कई मन्दिर यहाँ की पहचान बने हुए हैं।

सन 2007 तक भुवनेश्वर का पुराना शहर भारत के ऐसे दूसरे प्राचीन शहरों से भिन्न नहीं था जहाँ तीर्थ यात्रियों और पर्यटकों के झुण्ड के झुण्ड आते हैं। वहाँ आमतौर पर संकरी सड़कें, भीड़ भरे बाज़ार और प्रदूषित जल निकाय हैं, जो सीवरेज और नालों से वंचित हैं। ऐतिहासिक स्थलों के आसपास कचरे के बड़े-बड़े ढेर लगे हैं। धार्मिक स्थल और मंदिर छिप से गए हैं, क्योंकि यहाँ बीते वर्षों में बगैर योजना के बड़ी-बड़ी इमारतें नई और पुरानी संरचना के बीच सामंजस्य के बगैर बना दी गईं।

भुवनेश्वर में पुराने शहर के नवीकरण की योजना के अंतर्गत इस दृश्य को बदला जा रहा है और अंतर दिखाई देने लगा है। इस प्रकल्प में स्थापत्य का जीर्णोद्धार, पर्यावरण की स्वच्छता और शहर का पुनर्निर्माण इस प्रकार किया है जिससे पुराने मंदिरों तक पहुँचना आसान बने और उनके वैभव का सुन्दर अनुभव किया जा सके। यह प्रकल्प पुराने शहर के पुनर्जीवन को भी राह देगा जिसके अंतर्गत बिंदु सागर और लिंगराज हाट के दक्षिणी किनारे से दक्षिण में स्थित मंदिरों के परिसर के बीच सुन्दर बगीचे का निर्माण किया जा रहा है। इसका लाभ शहर के निवासियों और पर्यटकों दोनों को मिलेगा।

बिंदु सागर, लिंगराज मंदिर से कुछ ही दूरी पर स्थित है। यह पवित्र तालाब के रूप में जाना जाता है। इसका उल्लेख पुराणों में भी मिलता है। ऐसा कहा जाता है

कि जब बिंदु सागर का निर्माण हुआ तो सभी नदियों की देवियों का आह्वान किया गया कि वे बिंदु सागर को आशीर्वाद दें। नदियों ने आशीर्वाद स्वरूप अपने-अपने पानी की कुछ बूँदें बिंदु सागर में डालीं। यही वह स्थान है जहाँ पार्वती गोपिका के रूप में शिव से मिली थी और इसी स्थान पर एकाम्रक्षेत्र (आम के वन) में विशाल आम के पेड़ के नीचे शिव ध्यान मग्न हुए थे। अभी 2008 तक बिन्दुसागर न तो भौतिक रूप से लिंगराज मंदिर से जुड़ा था, न ही इसे वहाँ से देखा जा सकता था (सिवाय मुख्य मार्ग पर स्थित कुछ स्थानों के) क्योंकि इनके बीच कई इमारतें खड़ी कर दी गई थी और अपनी प्राकृतिक शोभा खो देने के बाद इस स्थान पर देखने लायक़ कुछ रहा नहीं। बिंदु सागर के चारों और बनी दीवार भी जर्जर हालत में थी। यहाँ का पानी जल-मल के प्रवाहन, तीर्थयात्रियों द्वारा अंधाधुंध अनुष्ठान, नहाने, कपड़े धोने आदि के द्वारा प्रदूषित हो गया था।

JNNURM के तहत पुराने शहरों के पुनर्जीवन की योजना में पहली परियोजना बिंदु सागर परिधि विकास की थी। इस प्रकल्प के अंतर्गत बिंदु सागर के दक्षिणी तट पर स्थित औषधि वन एकाम्रवन का पुनर्संग्रहण भी शामिल था। वन विभाग ने एक विरासत संग्रहण कम्पनी अनुपम हैरिटेज लैब के सहयोग से इस प्रकल्प को पूरा करने का दायित्व लिया। इस कम्पनी ने शिल्पियों को डिजाइन संबंधी सुझाव, प्रशिक्षण और निर्देशन देने का काम किया।

इस प्रकल्प का प्रमुख उद्देश्य इस प्रकल्प से जुड़े लोगों का क्षमतावर्धन करना भी था। इसके लिए अनुपम साह के अनुभवों का लाभ मिला, जिन्होंने विरासत संरक्षण परियोजना में काम किया था, जिसमें रघुराजपुर और पुराने शहर के शिल्पी शामिल थे। बिंदु सागर के चारों ओर की दीवार स्थानीय शिल्पियों और मूर्तिकार बना रहे हैं, जिन्हें आगे और भी प्रशिक्षित किया जा रहा है। अनुपम साह गर्व से कहते हैं, "इससे न केवल आगे के कामों के लिए संसाधन और कुशल लोगों का समूह तैयार हुआ बल्कि शिल्पियों, मूर्तिकारों और उनके बच्चों के जीवन पर इसका सकारात्मक प्रभाव भी पड़ा।"

प्राचीन शास्त्रों में एकाम्रवन का उल्लेख शिव और पार्वती के रासलीलाक्षेत्र के रूप में आया है, उसी से प्रेरणा लेकर इस बगीचे का विस्तार किया गया। इस बगीचे में तीन सुन्दर पिंडियाँ (प्लेटफ़ॉर्म) हैं जिन्हें लेटेराइट और बलुआ पत्थरों से बनाया गया है। ये तीन पिंडियाँ क्रमशः शिव, पार्वती और उनके पुत्र गणेश के लिए हैं। हर पिंडी के केंद्र में क्रमशः आम, आँवला और बेल के पेड़ लगे हैं। इस बगीचे में 200 से अधिक औषधीय पौधे हैं। एकाम्रवन मेडिसिनल प्लांट गार्डन सोसाइटी इस बगीचे का रख-रखाव करती है और शैक्षणिक कार्यक्रम आयोजित करती है, साथ ही इस बगीचे में प्रवेश के लिए सामान्य सा शुल्क लेती है। यह अपनी पौधशाला में दवाओं के पौधे भी बेचती है।

बिंदु सागर के आसपास बनी दीवारें और बाकी संरचनाएँ छैनी से बारीकी से अंदरूनी नक्काशी के साथ तराशी गई हैं। वे प्राचीन विरासत का माहौल बनाती हैं साथ ही बिंदु सागर का दुरुपयोग होने से बचाती हैं। आसपास के घरों से निकलने वाले दूषित पानी और जल-मल को दूसरी तरफ़ मोड़ा गया है। झील के पानी से कपड़े और बर्तन धोने पर रोक है। इसके लिए अन्य साधनों की व्यवस्था की गई है। साथ ही खुले में शौच को रोकने के लिए सार्वजनिक शौचालयों की व्यवस्था की गई है। बिंदु सागर के पानी को साफ़ करने के लिए कोई समाधान खोजना अब भी कठिन कार्य बना हुआ है। अलबत्ता पानी की जाँच की जा रही है और इस की गुणवत्ता बढ़ाने के लिए उपायों पर बातचीत की जा रही है। इस बीच पानी की बंद नाली खोल दी गई है और उसे नया स्वरूप दिया जा रहा है जिससे पानी का प्रवाह बना रहे। तालाब में जमी सिल्ट हटाई जा रही है। और साफ़ पानी के स्रोत खोजे जा रहे हैं।

जैसे ही बिंदु सागर की परिधि की दीवार का एक तिहाई हिस्सा वन विभाग द्वारा बनाकर तैयार किया गया, भुवनेश्वर नगर निगम हरकत में आ गया और तय समय के मुताबिक़ बची हुई दीवार का निर्माण कार्य पूरा कराया। यहाँ पर्यावरण रूपांतरण के पर्याप्त उदाहरण मिलते हैं। इस बगीचे का इस्तेमाल पुराने शहर में रहने वाले लोग कर रहे हैं, जिनमें महिलाएं और बच्चे, सुबह सैर करने वाले और मंदिर के परिसर में शांति पाने के इच्छुक लोग शामिल हैं। दीवार की सम्पूर्ण परिधि पर बिजली के खंभे लगाए गए हैं। अब कोई भी व्यक्ति बिना किसी बाधा के बिंदु सागर की सम्पूर्ण परिक्रमा कर सकता है। घाटों के आसपास उनके वास्तविक प्राचीन रूप व आकृति को क़ायम रखा गया है जिससे ऐतिहासिक रूप ज्यों का त्यों बने रहे।

बिंदु सागर और लिंगराज मंदिर को पैदल यात्रियों और पर्यटकों की दृष्टि की हद में लाने के लिए शंकरानंद मठ और गोपालतीर्थ मठ के बीच एक पैदल पथ बनाया गया। इस पथ के साथ-साथ लिंगराज भगवान के अनुष्ठान पटल को जनता के लिए खोल दिया गया है। उसी तरह मारकंडेश्वर मंदिर को भी अब लिंगराज मंदिर से सीधे देखा जा सकता है क्योंकि इसके बीच बनी हुई सामुदायिक पाकशाला को जनता की सहमति से अन्यत्र बसाया गया है। एकाम्रेश्वर मंदिर के मामले में, जो लिंगराज मंदिर के ठीक सामने बना हुआ था, मंदिर समिति ने प्राचीन विरासत के पुनर्जीवन को ध्यान में रखते हुए खुद ही एक इमारत को वहाँ से हटा लिया। बिंदु सागर के समीप बनी एक और विशाल और बेमेल संरचना को भी आकर्षक तरीक़े से आकार में छोटा किया गया। जहाँ-जहाँ आवश्यकता थी, बड़ी-बड़ी इमारतों को ढँकने के लिए पुराने और विशाल वृक्ष तथा झाड़ियाँ लगाईं गईं।

लिंगराज मंदिर के बाहर के भीड़-भाड़ से भरे अराजक बाज़ार ने भी उड़ीसा पर्यटन विभाग के प्रयासों के फलस्वरूप बड़ा रूपांतरण देखा। भुवनेश्वर नगर निगम

ने फेरीवालों और दुकानदारों के लिए अलग स्थान आबंटित किया। लिंगराज हाट में बनी बेमेल इमारतों को वहाँ से हटाया गया और क़रीब 30,000 वर्ग फुट के क्षेत्र में वहाँ कम ऊँचाई के चबूतरे बनाए गए। यह स्थान खुला-खुला सा है। फेरीवाले और दुकानदार अपना सामान लेकर यहाँ आते हैं और चबूतरे पर दुकान लगाकर सब्जियाँ, फल, घरेलू उपयोग का सामान और पूजा की सामग्री बेचकर अपनी आजीविका चलाते हैं। ओडिशा पर्यटन विभाग द्वारा निर्मित और लिंगराज प्रबंधन समिति द्वारा प्रबंधित यह हाट उन लोगों को जीविकोपार्जन का अवसर देता है जो लोग पहले अपना सामान बेचने के लिए फुटपाथ पर दुकानें लगाया करते थे। शाम के समय यह स्थान साफ़-सुथरे खुले स्थान का रूप ले लेता है जहाँ त्योहारों के समय में प्रार्थना की जाती है और सामान्यतः भी यहाँ आना लोग पसंद करते हैं। इन चबूतरों पर स्थानीय कलाकारों के कार्यक्रम आयोजित करने की योजना है।

पुराने शहर के पुनर्जीवन के साथ समन्वय बनाने के लिए कई सरकारी विभागों ने सड़कों की मरम्मत और दुरुस्ती का काम अपने हाथों में लिया है। वाहनों के आवागमन को सुचारु बनाने और यातायात में अवरोधों को रोकने के लिए पर्यटन विभाग की एक शाखा द्वारा वाहनों के पार्किंग स्थल बनाने की योजना पर काम चल रहा है। उड़ीसा सरकार ने एक प्रकल्प के अंतर्गत विरासतों के गुणों को क़ायम रखने के लिए कुछ चुने गए क्षेत्रों में घरों के सामने वाले स्थानों की मरम्मत करने और उन्हें संशोधित करने के लिए राशि दी है और यह काम शुरू हो चुका है। भुवनेश्वर विकास प्राधिकरण अब पुराने शहर के हरेक हिस्से के पुनर्जीवन की योजना बना रहा है। विरासतों के संरक्षण को भुवनेश्वर में प्रमुख शहरी विकास के रूप में देखा जा रहा है।

ऐसे शहर जो हमारी विरासत का हिस्सा है, उन्हें भुवनेश्वर से बहुत कुछ सीखना चाहिए। पहली बात तो यह कि इसके अंतर्गत सारे क्षेत्र को रूपांतरित किया गया, न कि किसी एक स्मारक की दुरुस्ती करने का काम किया गया। दूसरा शहर की सरकार ने राज्य पर्यावरण विभाग के साथ मिलकर काम किया और पुनर्विकास की रणनीति बनाई। डिजाइन बनाने और उसे मूर्त रूप देने में प्रारंभ से ही विशेषज्ञों को शामिल किया गया जिसके अंतर्गत विशेषज्ञों जिनके कंधों पर इस कार्य को पूरा करने की ज़िम्मेदारी थी, उनके द्वारा शिल्पियों को प्रशिक्षण देना भी शामिल था।

7 दिल्ली : सीरी किले का खेल परिसर

दादी माँ होने के नाते मेरी रुचि हमेशा से बगीचों में रही है जहाँ के शांत और सुहावने वातावरण में बच्चे खेल सकें और बड़े होने पर वहीं उन्हें खेलों का प्रशिक्षण भी दिया जा सके। तीस साल पहले जब हम दिल्ली में अपने बच्चों की परवरिश कर रहे थे, ऐसे अवसर उन्हीं लोगों को उपलब्ध थे जिनके पास जिमखाना क्लब या नेशनल स्टेडियम की सदस्यता हो। ऐसा कोई भी सार्वजनिक खेल परिसर नहीं था जहाँ बच्चे अपनी इच्छा से तैर सकें, फुटबाल, स्क्वैश, बास्केटबॉल, बैडमिंटन आदि खेल सकें, उछल-कूद कर सकें।

अब दिल्ली में बहुत कुछ बदला है और जिससे दिल्ली बेहतर बनती जा रही है। जब मैं अपने पोते को सीरी फोर्ट खेल परिसर में ले जाती हूँ तो वहाँ हर तबके और हर उम्र के व्यक्ति उस परिसर के ऐतिहासिक परिवेश में खेल गतिविधियों का मजा लेने के लिए आते हैं। यह खेल परिसर 32 एकड़ के क्षेत्र में दक्षिणी दिल्ली के मध्य स्थल सीरी के ऊपरी हिस्से में स्थित है। सीरी को दिल्ली के दूसरे शहर के नाम से भी जाना जाता है और इसे अलाउद्दीन खिलजी ने 1303 में अपने नागरिकों को मंगोलों के होने वाले लगातार आक्रमणों से बचाने के लिए दृढ़ दीवारों वाले शहर के रूप में बसाया था। इस किले की दीवार को भारतीय पुरातत्व शोध विभाग द्वारा संरक्षित किया जा रहा है, इसके एक हिस्से को खेल परिसर के मैदान

से देखा जा सकता है। इस क्षेत्र को दिल्ली के मास्टर प्लान में हरित क्षेत्र के रूप में रेखांकित किया गया था। इस तरह से यह खेल परिसर दिल्ली में पुरातन और नवीन के मिलन स्थल पर बसा हुआ है और यह संरक्षण और मनोरंजन दोनों ही उद्देश्यों की पूर्ति कर रहा है।

सीरी खेल परिसर का औपचारिक शुभारम्भ दिल्ली विकास प्राधिकरण द्वारा 1989 में किया गया। इसे अक्सर 1982 में दिल्ली में हुए एशियन खेलों के उपहार के रूप में देखा जाता है और यह एक ऐसा सर्व सुविधायुक्त संस्थान है जिस पर दिल्ली गर्व का अनुभव कर सकती है। इसका प्रारम्भ गोल्फ सिखाने वालों के लिए गोल्फ ड्राइविंग रेंज बनाने के साथ हुआ और 1991 तक 10 मीटर की एयर राइफल/पिस्टल शूटिंग रेंज, क्रिकेट का मैदान और एक जॉगिंग ट्रैक बनाया गया। कुछ साल गुजरते-गुजरते इसमें इनडोर खेलों जैसे स्क्वैश कोर्ट, टेनिस कोर्ट और जिम की तथा बाहर खेले जाने वाले खेलों जैसे स्केटिंग रिंक, बच्चों का बगीचा और कई टेनिस कोर्ट की सुविधाएँ विकसित की गईं।

सन 1994 में यहाँ एक तरणताल बनाया गया, सन 1998 में फुटबॉल का मैदान बना और इसी के ठीक बाद नौ होल वाला गोल्फ का छोटा मैदान बनाया गया। इतने से ही संतोष नहीं माना गया। अब यहाँ योग, एरोबिक्स, कराटे, ताइक्वांडो खेलने की सुविधा और एक फिटनेस सेंटर है। चूँकि सन 2010 के कॉमनवैल्थ खेलों में यह अभ्यास और प्रशिक्षण का स्थल था अतः कई खेल सुविधाओं का उच्चीकरण भी किया गया जैसे बैडमिन्टन। कॉमनवैल्थ खेलों का सबसे बड़ा उपहार था तरणताल जो ओलिम्पिक खेलों के मानक का है और हर मौसम में खुला रहता है। इस ताल में हर घंटे में घंटी बजती है, जो पहले से तैर रहे व्यक्तियों को ताल से बाहर आने और नए व्यक्तियों को तैरने का अवसर देने के लिए बजाई जाती है। यह उपाय तैराकी को केवल मजे और खेल के लिए करने से हटकर गम्भीरता से लेने के लिए प्रेरित करता है।

मेरे लिए इसमें सबसे बढ़िया हिस्सा बच्चों का बगीचा है जिसमें 2012-13 में रंगीन स्लाइड्स, जंगल जिम, झूले और बच्चों के लिए उपयोगी अन्य वस्तुओं को रखा गया जिनमें बच्चे आनन्द ले सकें। बच्चों के झुण्ड के झुण्ड जो झूलों पर ऊपर-नीचे जा रहे हो, तार से बंधे टायर रिंग्स पर एक-दूसरे को धकेलते हों या फ़िसलपट्टी (स्लाइड) पर रपटते हों, उन्हें देखना किसी आई पैड से या मॉल में ख़रीदारी करते अपने माता-पिता से चिपके बच्चों की तुलना में बहुत ही मजेदार होता है।

खेल परिसर का रखरखाव बहुत ही अच्छी तरह से किया गया है और यह कोई छोटा काम नहीं है और इसके रखरखाव के लिए धन की व्यवस्था के लिए बहुत ही इनोवेटिव तरीक़े खोजे गए हैं। सामान्य क्लबों की तरह सदस्यता शुल्क के रूप में मोटी राशि लेने के बजाय यहाँ नियमित सदस्यों के लिए मासिक सदस्यता शुल्क के

विकल्प के साथ ही कभी-कभी आने वाले लोगों के लिए 'रुपये दो और खेलो' का विकल्प भी रखा गया है। साथ ही दैनिक, मासिक, त्रैमासिक शुल्क के विकल्प भी दिए गए हैं। वरिष्ठ नागरिकों और विद्यार्थियों को लिए विशेष रियायत भी दी जाती है। खाद्य पदार्थ और ठंडे पेय की कुछ दुकानें भी परिसर में ही किराए पर दी गई हैं जो राजस्व की वृद्धि करती हैं।

खेल परिसर का वित्त खाता बताता है कि पिछले चार वर्षों में खेल परिसर ने 2.65 करोड़ रुपये अतिरिक्त राजस्व के रूप में एकत्रित किए हैं। 2010 में कॉमनवैल्थ खेलों के समय चार-छह माह में लगातार नवीकरण की प्रक्रिया के चलते खेल परिसर की गतिविधियाँ धीमी पड़ गईं थीं। लोगों की आवाज़ाही कम हो जाने से राजस्व की राशि घटकर उस वर्ष एक करोड़ से भी नीचे पहुँच गई थी मगर उसके बाद के वर्षों में स्थिति फिर उलट गई। दिल्ली विकास प्राधिकरण द्वारा दिल्ली में निर्मित अन्य खेल परिसरों में द्वारका और यमुना खेल परिसर वे परिसर हैं जो अपने रखरखाव की राशि राजस्व से हासिल कर लेते हैं मगर सीरी खेल परिसर ने इन सबसे उत्कृष्ट परिणाम दिए हैं।

सीरी खेल परिसर की सदस्य संख्या 9000 के क़रीब है और इनमें हर वर्ग के लोग शामिल हैं। और सामान्यतः यहाँ रोज़ 3000 लोग खेल सुविधाओं का उपयोग करते हैं। इसमें भारत के श्रेष्ठ खेल प्रशिक्षकों के मार्गदर्शन में 20 से अधिक प्रशिक्षण योजनाएँ चलाई जाती हैं जिनसे लोग खेल परिसर की ओर आकृष्ट हुए हैं। यहाँ विशिष्ट खेल अकादमी हैं जिसमें प्राप्त आय का 60 प्रतिशत प्रशिक्षक को और 40 प्रतिशत अकादमी को खेल सुविधाओं के निर्माण के लिए दिया जाता है। निम्न आय वर्ग के 10 प्रतिशत लोगों के लिए मुफ़्त प्रशिक्षण की भी सुविधा है।

डीके अकादमी में दोपहर के समय चलने वाले इनडोर बैडमिन्टन पाठ्यक्रम प्रसिद्ध खिलाड़ी दिनेश खन्ना चलाते हैं। उनसे मुझे मिलने का अवसर मिला। दिनेश खन्ना ने सन 1965 में एशियन चौम्पियनशिप का खिताब जीता, उसके अगले साल जमैका में हुए कॉमनवैल्थ खेलों में कांस्य पदक जीता। सन 1965 के अर्जुन अवार्ड विजेता दिनेश खन्ना बड़े ही गर्व से अपने प्रशिक्षुओं की प्रतिभा के बारे में बता रहे थे। उनका उत्साह देखते ही बनता था। उस समय कोर्ट में क़रीब साठ खिलाड़ी होंगे। कोर्ट के चारों ओर सुविकसित दर्शक दीर्घा में दादी, नानी, माताएँ और पिता बैठकर अपने बच्चों की प्रतिभा का अवलोकन कर रहे थे।

मदन लाल जो स्वयं अर्जुन अवार्ड विजेता हैं और सन 1983 में वर्ल्ड कप जीतने वाली और सन 1985 में बेंसन और हैजेस कप जीतने वाली क्रिकेट टीम के सदस्य रहे, यहाँ पिछले दस वर्षों से प्रशिक्षक के रूप में अपनी सेवाएँ दे रहे हैं। दिल्ली विकास प्राधिकरण की फुटबॉल प्रमोशन योजना के अंतर्गत यहाँ 75 लोगों के समूह को फुटबॉल का प्रशिक्षण दिया जा रहा है। इन खिलाड़ियों का चुनाव फीफा के

रेफरी रह चुके मेल्विन डिसूजा करते हैं। इन प्रशिक्षुओं को मासिक भत्ता, फुटबॉल किट, यात्रा भत्ता और स्वास्थ्य बीमा दिया जाता है। उनमें से कुछ आगे के प्रशिक्षण के लिए जाते हैं जैसे सन 2013 में मनदीप स्पेन में गए, सार्थक कुमार यूनाइटेड किंगडम गए।

मुझे लगता है कि सीरी खेल परिसर की सफलता का प्रमुख कारण है उनके पास एक राजस्व मॉडल का होना, जिसके कारण वे इस परिसर का व्यवस्थित रख रखाव कर पाते हैं और अतिरिक्त व्यय के लिए भी राशि ख़र्च पाते हैं। खेल प्रशिक्षण अकादमी की स्थापना कर और शहर में उपलब्ध प्रतिभाओं को विकसित होने का मौक़ा देकर सीरी खेल परिसर समाज के विकास में योगदान करता और राजस्व भी अर्जित करता है। एक ही स्थान पर कई खेलों की सुविधाएँ उपलब्ध करवाना भी इसकी एक जीत है, चूँकि अभिभावक भी ऐसे स्थानों की ही तलाश में रहते हैं जहाँ उनके बच्चों की विविध खेलों की रुचि को विकसित होने के अवसर मिल सके।

मैं कॉलेज के बच्चों के एक समूह के साथ आउटडोर परिसर के द्वार पर गई जहाँ एक कर्मचारी कम्प्यूटर और दैनिक प्रवेश पत्र लेकर बैठा था। ये सभी युवा दिल्ली के अलग-अलग कॉलेजों के थे मगर उनमें एक बात समान थी-वे सभी नगालैंड के थे। उनसे बात करने पर पता चला कि वे इस परिसर में सप्ताह में तीन बार मिलते हैं, 56 रुपये प्रति व्यक्ति जमा करते हैं और फुटबॉल खेलते हैं। वे फुटबॉल के अन्य उत्साही खिलाड़ियों से मिलते हैं, टीम बनाते हैं और साथ-साथ खेलते हैं। एक हँसमुख विंग कमांडर राकेश कुमार जो सीरी खेल परिसर के सचिव हैं, हमारी बात सुनकर बोले, आप स्वयं ही देख सकते हैं कि खेल किस तरह सौहार्द और सहयोग भावना को बढ़ाता है।

यह परिसर शहर के फेफड़ों का काम करते हुए, जिसे साँसों की सख्त ज़रूरत है, हर उस व्यक्ति को जो खेलों में रुचि रखता है, आला दर्जे की सुविधाएं प्रदान करता है। इसके साथ ही यह समाज के विभिन्न वर्गों के लोगों को एक साथ एक परिसर में खेलों के माध्यम से लाकर सामाजिक सौहार्द और एकता बढ़ाने का भी कार्य कर रहा है। साथ ही यह परिसर अपने रख-रखाव की राशि की व्यवस्था भी स्वयं ही करता है। कल्पना करें वह दृश्य कैसा होगा यदि सन 2010 के कॉमनवैल्थ खेलों के समय बनाए हुए सभी खेल परिसर सीरी परिसर की ही तरह कार्य करने लगे!

8 दिल्ली के पर्यावरण की बहाली

दिल्लीवासियों के लिए दक्षिण दिल्ली में जवाहर लाल नेहरू विश्वविद्यालय के क़रीब रहने का अवसर मिलना किसी खजाने से कम नहीं, क्योंकि यहाँ अरावली जैव विविधता पार्क बनाया गया है। जैव विविधता पार्क शहरों में अद्वितीय नजारा पेश करते हैं। ये प्राकृतिक धरोहर वाले स्थान हैं जो प्रकृति के अंधाधुंध दोहन के कारण नष्ट हो रहे पौधों, जानवरों और सूक्ष्मजीवों को संरक्षित रखने का काम करते हैं। इनकी शैक्षिक और सांस्कृतिक भूमिका है। वे पर्यावरण संरक्षण में भी महत्त्वपूर्ण भूमिका निभाते हैं। कार्बन डाईऑक्साइड और दूसरी गैसों को सोखने का काम करते हैं। धूल-मिट्टी को पकड़ कर रखते हैं। ज़मीन के नीचे पानी को रिचार्ज करते हैं। बादलों के निर्माण की गति को बढ़ाते हैं।

अरावली दुनिया की सबसे पुरानी पर्वत श्रृंखलाओं में है, जिसका निर्माण 15 अरब साल पहले हुआ था। दिल्ली के अन्दर और आसपास का अरावली पर्वत का हिस्सा दिल्ली का रिज कहलाता है। ऐतिहासिक समय में यमुना नदी और दिल्ली रिज इस शहर की जीवन रेखा थे, जो समय के साथ कमज़ोर होते गए और अपनी जीवंतता खोते गए।

यह रिज कभी शहर के 15 प्रतिशत हिस्से में फैला था। पर इसे दिल्ली और इसके आसपास फरीदाबाद, गुड़गाँव और नोएडा की बढ़ती हुई जनसंख्या की ज़रूरतों को पूरा करने के लिए समतल कर दिया गया। दिल्ली के अतिक्रमण-विरोधी रवैए की वजह से क़रीब 19,000 एकड़ हिस्से को क़ानूनन संरक्षित किया जा सका है। यह रिज वनों के चार अलग-अलग टुकड़ों में है। इसका दक्षिणी किनारा असोला वन्य जीव अभयारण्य कहलाता है जो 15320 एकड़ में है, दक्षिण मध्य का हिस्सा 1564 एकड़ में है, केंद्रीय हिस्सा जो राष्ट्रपति भवन के पीछे 2135 एकड़ में हैं और 215 एकड़ में फैला उत्तरी हिस्सा दिल्ली विश्वविद्यालय के समीप है जो विद्यार्थियों का पसंदीदा मनोरंजन स्थल है। यह मूल रिज का बचा छोटा सा हिस्सा भर है, पर यह

दिल्ली के पर्यावरण में महत्त्वपूर्ण भूमिका निभाता है। हालाँकि कभी एक साथ जुड़े और अब टुकड़ों में बचे ये क्षेत्र भी दबाव से मुक्त नहीं है।

साल 2005 तक दक्षिण मध्य का क्षेत्र बंजर और बर्बाद इलाके के रूप में जाना जाता था, जो अबरक, चूना पत्थर, चीनी मिट्टी, बदरपुर और बजरी आदि के अति खनन का शिकार था। जो इलाक़ा पहले घने जंगलों से ढँका था और जहाँ व्यवस्थित विकसित पारिस्थितिकी तंत्र (उष्ण कटिबंधीय नम जंगल, स्क्रब और घास के मैदान) क़ायम था, वह अब ढलवा पहाडी पथरीले और कंकरीले क्षेत्र में बदल गया है। निर्माण कार्य और अतिक्रमण ने इस प्राकृतिक खजाने की दशा बिगाड़ दी। सुप्रीम कोर्ट के जस्टिस कुलदीप सिंह के एक ऐतिहासिक फैसले के बाद 1996 में दिल्ली विकास प्राधिकरण को आदेश दिया गया, जिसके मुताबिक़ प्राधिकरण के अधीन 778 एकड़ में से 560 एकड़ क्षेत्र में किसी भी तरह का निर्माण कार्य नहीं किया जा सकता। 2004 में दिल्ली विकास प्राधिकरण ने यहाँ एक जैव विविधता पार्क बनाने का निर्णय लिया। लम्बे समय तक यहाँ की प्राकृतिक सम्पदा को नुकसान पहुँचाने के बाद यह अरावली जैव विविधता पार्क, उसकी सुरक्षा के लिए पहला क़दम था।

इस पार्क को दिल्ली विश्वविद्यालय के समर्पित वैज्ञानिकों ने सेंटर फॉर एनवायरनमेंट मैनेजमेंट ऑफ़ डिग्रेडेड इकोसिस्टम (सीईएमडीई) के प्रो.सीआर बाबू के नेतृत्व में विकसित किया है। इस परियोजना पर अब भी काम जारी है। 450 एकड़ के क्षेत्र को शहरी परिदृश्य में जैव विविधता के लिए उपयुक्त पर्यावरण के अनुरूप पुनर्जीवित कर लिया गया है।

सात साल की छोटी अवधि में इस पार्क में बीस विविध जंगली समुदायों और पौधों की लगभग 1000 प्रजातियाँ विकसित हो चुकी हैं। हर समुदाय में चार-पाँच प्रजातियाँ ऊपरी सतह पर उगने वाली हैं, पन्द्रह-बीस भूमि के नीचे उगने वाली है और इस तरह सारी भूमि विविध प्रजाति की घास और जड़ी-बूटियों से भरी हुई हैं। इनमें से कई प्रजातियाँ लकड़ी और औद्योगिक उपयोग की वस्तुएं प्रदान करती हैं। हर प्रजाति में तीन भोजन श्रृंखलाएँ हैं-पौधे (ऑटोट्रॉफ्स), शाकाहारी और मांसाहारी जीव। इस पार्क में कीटों की बहुलता है जिनसे क़रीब 190 पक्षियों की प्रजातियाँ आकर्षित होती हैं। भारतीय पित्ता जिसे इसके सुन्दर, रंगीन पंखों के कारण 'नवरत्न' के नाम से भी जाना जाता है, इस पार्क में साठ साल के अंतराल के बाद फिर से दिखाई दिया है। यहाँ की खदानों के नम जंगलों में रूपांतरण से पक्षियों के लिए उपयुक्त वातावरण बना है। इन जंगलों में चौबीस प्रकार के सरीसृप (रैप्टाइल्स) जिनमें गोह (मॉनिटर लिजर्ड) और साँप शामिल हैं, मौजूद हैं। स्तनधारी जैसे सियार, नीलगाय, साही और अन्य प्राणी भी यहाँ बहुतायत में पाए जाते हैं।

यहाँ पैदल पथ पार्क के दोनों छोरों को मिलते हुए बनाए गए हैं, ताकि यहाँ आने वाले लोग इनके बीच घूमने का आनंद ले सकते हैं। इन्हें भूमि की बनावट में

किसी भी तरह का परिवर्तन किए बिना बनाया गया है। इस पार्क का क़रीब 300 एकड़ क्षेत्रफल विविध जंगली समुदायों को पनाह देता है और यह निर्देशित भ्रमण के लिए विद्यार्थियों और अन्य लोगों के लिए खुला रखा गया है। इस पार्क में हर माह क़रीब 2000 सैलानी आते हैं।

यहाँ के देशी पेड़ों और झाडियों की प्रजातियों को पुनः उगाने का कार्य बड़े सुव्यवस्थित तरीक़े से किया गया जिसमें यहाँ उगे विलायती कीकर और अन्य खरपतवारों को हटाने का काम भी शामिल था। इस कीकर को अंग्रेज राजस्थान से लाए थे और इसे हवाई बुवाई की मदद से यहाँ लगाया गया था। प्रो. बाबू ने यह बताया कि कीकर की जड़ें बहुत ही लम्बी (ज़मीन के लगभग 20 मीटर नीचे तक) होती हैं, जो ज़मीन की निचली सतह से सारा पानी सोख लेती हैं और उस क्षेत्र में अन्य वनस्पतियों को उगने नहीं देती। इस प्रजाति को लगाने के कारण इस क्षेत्र में उगने वाले देशी पौधों की क़रीब 480 प्रजातियाँ नष्ट हो गईं। अब जैव विविधता पार्क इस नुकसान की भरपाई का प्रयास कर रहा है।

मैंने इस पार्क का भ्रमण चौड़ी पत्तियों वाले पौधों के समुदाय से शुरू किया जिसमें तीन पत्तियों वाला पेड़ ढाक या टेसू शामिल है। उसके लाल-नारंगी रंग के फूलों के कारण उसे जंगल की आग के नाम से भी जाना जाता है। ढाक का उपयोग होली के प्राकृतिक रंग बनाने के लिए किया जाता है। साही का पोषण ढाक या टेसू की जड़ों से होता है। सर्दियों में वे ढाक की छाल का उपयोग करते हैं। यहाँ एक और प्रजाति बहुतायत में मिलती है, वह है बेल जिसके फल का उपयोग गर्मियों में शरबत बनाने के लिए किया जाता है। यहाँ क़दमब के पेड़ भी पाए जाते हैं जिन्हें भगवान कृष्ण से जोड़कर देखा जाता है। साथ ही लिसोड़ा नामक झाड़ियाँ भी, जिनके फल पक्षी और बन्दर खाते हैं और जो बड़ी पत्तियों वाले पेड़ों के समुदाय का हिस्सा भी है।

ढाक समुदाय से आगे जरा नीचे की ओर मुझे छोटी और संकरी पत्तियों वाले पौधे देखने को मिले। दूधी, शीशम और खेजड़ी ने मेरा ध्यान आकर्षित किया। दूधी में सुन्दर सफेद फूल आते हैं और इसकी लकड़ी से खिलौने बनाए जाते हैं। शीशम की लकड़ी समूचे भारत में फर्नीचर बनाने के लिए काम में ली जाती है और इसकी पत्तियाँ चारे के रूप में इस्तेमाल की जाती हैं। खेजड़ी या झंड को जीवन रक्षक पौधा कहा जाता है। मुझे पता चला कि इसकी मीठी छाल से बने आटे ने 1868-69 में राजस्थान में पड़े भीषण अकाल में कई जानें बचाई थीं। शुष्क क्षेत्रों में खेजड़ी के हर हिस्से का उपयोग किया जाता है।

हमें अरलू या उलू भी मिला जो मध्यम आकार का पेड़ है। यह पेड़ अपनी विशाल संयुक्त पत्तियों और लम्बे तलवार के आकार के लटकते हुए फल के कारण प्रसिद्ध है। इन्हें बौद्ध मठों में पूजा के समय अर्पित किया जाता है। यहाँ सफेद टेकर भी है जिसमें सुगन्धित सफेद फूल आते हैं और जंगली जानवरों जैसे नीलगाय

से बचने के लिए इन फूलों के आसपास कँटीली मुकुटनुमा संरचना भी होती है। मुझे खैर का पेड़ भी देखने को मिला जिससे कत्था बनाया जाता है जिसे पान और दवाओं में प्रयोग में लाया जाता है। साथ ही आंवला भी जिसके फल को विटामिन सी का बढ़िया स्रोत माना जाता है।

और आगे जाने पर मैं 100 एकड़ के घास के मैदान में पहुँची जहाँ बड़ी संख्या में छोटे-छोटे पक्षी जैसे मुनिया और प्राइमस भी दिखाई दिए। यहाँ शाकाहारी कीट जैसे टिड्डे और पतंगे भी थे जो पक्षियों के लिए भोजन का काम करते हैं। मुझे पहाड़ी पथ पर बनी कोमल ढलान वाला क्षेत्र भी दिखा जिसे चंदवा के वन से घेरा गया है जिसमें *चिलबिल* या *कांजू* के पेड़ हैं जो चारे और हल्की लकड़ी के काम आते हैं, करीर के पेड़ हैं जो चरवाहों के लिए चारागाह का काम करते हैं और मछली पकड़ने का जाल बनाने के लिए रेशों के भी काम आते हैं।

पार्क के बीच बना शानदार ऑर्किड्स का बगीचा अप्रत्याशित आनंद का अनुभव कराने वाला है। 50 मीटर गहरी और 100 साल पुरानी बदरपुर खदान को एक ऑर्किड के बगीचे में बदल दिया गया है। आसपास की वनस्पतियों के बीच घिरी यह खदान सुन्दर वनस्पति संरक्षिका का रूप बन चुकी है। इसमें ऑर्किड्स के लिए आवश्यक प्रकाश और नमी उपलब्ध कराई गई है, साथ ही आसपास हवा में लटकने वाली जड़ों वाले पेड़ लगाए गए हैं जिन पर ऑर्किड्स फैल और बढ़ सकें। इन संरक्षिका में ऑर्किड्स की दस प्रजातियाँ उग रही हैं जिनमें सुन्दर फूल आते हैं जो तीन महीने तक खिलते हैं। दिल्ली में इस तरह की यह अकेली प्रजाति है।

ऑर्किड के बगीचे के इस निर्मल और शांत वातावरण में मुझे एक 50 फुट लम्बी, 40 फुट चौड़ी और 15 मीटर गहरी सुरंग का मुहाना दिखाई दिया जो हजारों चमगादड़ों का आवास बना हुआ था। मेरे गाइड ने इस सुरंग के पारिस्थितिकी तंत्र में दाखिल होकर एक चमगादड़ को बाहर लाते हुए मुझे बताया कि किस तरह चमगादड़ कीटों को खाते हैं और पेड़ों के परागण में मदद करते हैं।

ऑर्किड्स के बगीचे से निकलकर मैं एक तश्तरीनुमा उथली घाटी में पहुँची जहाँ सिंधिया पॉटरीज ने, जो खुदाई पर लगे प्रतिबन्ध के पहले यहाँ खुदाई का काम करते थे, एक विशाल रंगभूमि (एम्फी थिएटर) बनाई थी। इस रंगभूमि को अब तितलियों के संरक्षण गृह के रूप में परिवर्तित कर दिया गया है। यहाँ तितलियों की 100 प्रजातियाँ हैं और इसी संख्या में वे पौधे हैं जो तितलियों और उनके लार्वाओं को भोजन प्रदान करते हैं। यहाँ मैंने अंडे, लार्वा, प्यूपा और फड़फड़ाती नन्हीं तितलियाँ भी देखीं।

वह स्थान जो कभी बंजर ज़मीन के रूप में पड़ा था, अब उसे दिल्ली के सुन्दर और संपन्न जंगल में बदल दिया गया है। मुझे बताया गया कि दिल्ली उन कुछ शहरों में से है जहाँ जैव विविधता पार्क बनाए गए हैं। शहरों में बगीचे अक्सर

बनाए जाते हैं और वे प्रभावशाली भी होते हैं मगर वे जैव विविधता पार्क नहीं होते। शहरों के बगीचे मनोरंजन के उद्देश्य से बनाए जाते हैं जहाँ पैदल पथ,घास के लॉन, फूलों के बगीचे आदि बने होते हैं। प्राकृतिक संरक्षण के निमित्त बनाया गया दिल्ली का जैव विविधता पार्क इन सबसे अलग है और दिल्ली की खासियतों में शामिल है। आवश्यकता इस बात की है कि इस तरह के पार्क हर उस शहर में बनाए जाएँ जहाँ का भूगोल इसकी अनुमति देता हो।

भाग II

सार्वजनिक सेवाओं में ई-गवर्नेंस की भूमिका

परिचय

यदि आपके घर के बाहर की सड़क महीनों तक इसलिए खुदी पड़ी रहे कि ज़मीन के नीचे कुछ पाइप बिछाए जाने हैं, आप अपने दोस्त से मिलने जाने के लिए अपनी कार बाहर कैसे निकालेंगे? जाहिर है कि आपको कार लिए बिना ही जाना होगा। यदि आपके घर के सामने की सड़क की बत्तियाँ नहीं जल रहीं और आपने सम्बद्ध विभाग को इसकी शिकायत कर दी है, फिर भी आपको तब तक इंतज़ार करना होगा जब तक कोई ऐसा मिले जो समस्या का निदान करे। यदि आपके सामने की सड़क का ड्रेनेज सिस्टम काम नहीं कर रहा और मॉनसून की बारिश होने का अंदेशा है तो आपको पानी उतरने का इंतज़ार करना ही होगा।

भारतीय शहरों में सार्वजनिक सेवाओं के वितरण में ऐसी खासी कमियाँ आम देखने को मिलती हैं। चाहे वह सड़क के किनारे कई दिनों से पड़े खुले कचरे की समस्या हो या प्रदूषित पानी जो खुले गटर से नदियों या झीलों में जा मिलता हो, सार्वजनिक सेवाओं की स्थिति हमारे शहरों में बहुत ही निराशाजनक है। आधे समय तो हमें यह पता नहीं होता कि शिकायत किसे करनी है और अक्सर हम इसे ज्यों का त्यों स्वीकार कर लेते हैं।

भारत के अधिकतर शहरों में जहाँ शहरी जनसंख्या तेजी से बढ़ती जा रही है, साथ ही आय का स्तर और आकांक्षाएँ भी बढ़ती जा रही हैं। स्थानीय प्रशासन के लिए सार्वजनिक सेवाओं का वितरण बड़ी समस्या के रूप में सामने आ रहा है, भले ही वह ठोस कचरे को एकत्र करने, लाने-ले जाने और नष्ट करने का या सड़कों की बत्तियों के प्रबंधन का, जन्म प्रमाण पत्र देने का या इमारतों के निर्माण की अनुमति का, पानी और बिजली के उपयोग की राशि एकत्र करने का या सम्पत्ति कर को आसानी से जमा करने का। अब समय आ गया है कि हमारे शहरों के प्रशासन को इन व्यवस्थाओं को दुरुस्त करने के लिए कमर कसनी होगी। शहरी इंफ्रास्ट्रक्चर और सार्वजनिक वितरण सेवाओं के प्रति दशकों से किए जा रहे उपेक्षित व्यवहार और बहुत कम निवेश के साथ-साथ इस क्षेत्र में बढ़ती असमर्थता और भ्रष्टाचार के कारण हम ऐसी स्थिति में आ पहुँचे हैं कि सुधार मामूली तरीक़ों से नहीं होगा। ऐसे में सार्वजनिक सेवाओं को पारदर्शी

और जवाबदेही समाधान बनाने में सूचना-प्रौद्योगिकी यानी आईटी एक बहुत बड़ी भूमिका अदा कर सकती है।

इस भाग में उन शहरों के उदाहरणों को शामिल किया गया है, जिन्होंने सार्वजनिक सेवाओं के वितरण की स्थिति को सुधारने के लिए सूचना और प्रौद्योगिकी का सफलतापूर्वक उपयोग किया। मी-सेवा (आपकी सेवा में-तेलुगू शब्द) केंद्रों, बेंगलोर वन, अहमदाबाद और सूरत के सिटी सिविक सेंटर, कल्याण-डोंबीवली और पिंपली-चिंचवड के सिटिजन फैसिलिटेशन सेंटर सभी में सार्वजनिक सेवाओं को ऑनलाइन बनाया गया है। चाहे वह जन्म प्रमाणपत्र हो, पासपोर्ट के लिए आवेदन हो, पानी या बिजली का बिल भरना हो या सम्पत्ति कर जमा करना हो। शिकायत निवारण केन्द्र भी ऑनलाइन बनाए गए हैं। इनके कारण नई व्यवस्था की पहचान पारदर्शिता और ज़िम्मेदारी के रूप में स्थापित की जा सकती है।

ये उदाहरण बताते हैं कि सूचना-प्रौद्योगिकी ने नागरिकों को ताकत और स्वतंत्रता दी है कि वे सीधे नगरपालिका प्रशासन तक अपनी बात पहुँचा सकें। इससे नागरिकों और स्थानीय प्रशासन के बीच का संबंध मज़बूत बनता है। सूचना-प्रौद्योगिकी ने सार्वजनिक सेवाओं को सहज और सरल बनाते हुए नगरपालिकाओं को अपने संसाधनों को उन गतिविधियों में लगाने का मौक़ा दिया है जो अब तक उपेक्षित थीं। उदाहरण के लिए वरिष्ठ नागरिकों का ध्यान रखना। चूँकि सूचना-प्रौद्योगिकी समाज के हर वर्ग के नागरिकों को अवसर देती है कि वे बेहतर सार्वजनिक सेवाओं तक अपनी पहुँच बना सकें इसलिए यह शहरों को अधिक समावेशी बनाने का महत्त्वपूर्ण उपकरण है। आईटी की अपार क्षमता का इस्तेमाल शहरों को और अधिक सुरक्षित बनाने में किया जाना चाहिए, खासतौर से महिलाओं के लिए।

हालांकि ऐसा कुछ ही शहरों में सम्भव हो पा रहा है, बहुत से शहर ऐसे हैं जहाँ ई-गवर्नेंस को लागू करने के आधे-अधूरे प्रयास किए जा रहे हैं। मज़बूत नेटवर्क और कम्प्यूटिंग के बुनियादी ढाँचे के महत्त्व को अक्सर पूरी तरह से समझा नहीं जाता। यदि बुनियादी ढाँचे मज़बूत न हो तो बढ़िया से बढ़िया सॉफ़्टवेयर एप्लीकेशन भी किसी काम के नहीं रह जाते। देश के अधिकतर शहरों में इस समझ का अभाव नज़र आता है कि सूचना-प्रौद्योगिकी को बैक-एंड सॉफ़्टवेयर मॉड्यूल्स के साथ जोड़ना आवश्यक है। उदाहरण के लिए यदि किसी शहर में एक विभाग को सॉफ़्टवेयर पैकेज के साथ जोड़ने से उस विभाग की सेवाओं की दर दुगनी हो जाती है तो इस पैकेज को अन्य विभागों के साथ जोड़ने से सेवाओं की गति को दस गुना तक बढ़ाया जा सकता है। नए तरीक़े अपनाने के लिए मानसिकता में परिवर्तन होना आवश्यक है। इसके लिए व्यवस्था में ऐसे लोगों को जगह देना ज़रूरी है जो बदलाव के लिए प्रेरणा और योग्यता दोनों का ही विकास कर सकें

यानी सामान्यतः कामकाज़ी प्रक्रिया की पुनर्रचना (बिज़नेस प्रोसेस री-इंजीनियरिंग) कर सकें।

महाराष्ट्र के कल्याण-डोम्बीवली शहर में नगर प्रशासन ने 400 प्रशासनिक प्रक्रियाओं की पुनर्रचना की, ताकि कर्मचारी काम को नए तरीक़े से करना सीखें और सार्वजनिक सेवाओं को पहुँचाने में सूचना-प्रौद्योगिकी की क्षमता को समझ सकें। हर सेवा के लिए छोटी सी धनराशि की क़ीमत लगाकर लोगों में सेवा के भुगतान करने की आदत डाली जा रही है। कर्नाटक राज्य ने इससे भी एक क़दम आगे बढ़ते हुए सारे राज्य में एक सी वितरण सेवाओं को सुनिश्चित करने के लिए सूचना-प्रौद्योगिकी को प्रशासनिक सुधार से जोड़ दिया है और सेवा का स्टैंडर्ड सब शहरों के लिए नियत कर दिया है। सॉफ़्टवेयर पैकेज 'तुलना' के उपयोग से सेवाओं का जो तुलनात्मक रूप सामने आता है, उससे स्थानीय प्रशासन को इशारा किया जाता है कि वे बेंचमार्क को ध्यान में रखें। सूरत में नए-नए माता-पिताओं को बच्चों के टीकाकरण के लिए निजी रूप से एसएमएस भेजा जाता है। हैदराबाद में कैमरा लगे मोबाइल फ़ोन की मदद से सामुदायिक कूड़ेदानों की त्वरित (रियल टाइम) जवाबदेही तय करने की कोशिश की, पर इसे रोकना पड़ा। दिल्ली के कुछ हिस्सों में बिजली की चोरी रोकने के लिए जियोग्रैफिक इनफॉर्मेशन सिस्टम (जीआईएस) इस्तेमाल किया जा रहा है। बेंगलुरु में जीआईएस का इस्तेमाल सम्पत्ति कर का दायरा बढ़ाने के लिए किया जा रहा है। इसमें लोगों को अपनी सम्पत्ति का स्वयं ऑनलाइन आकलन करने की सुविधा दी जाती है ताकि सम्पत्ति कर के संग्रहण को बढ़ाया जा सके। पिंपरी-चिंचवड में एक वास्तविक इंटीग्रेटेड ई-गवर्नेंस तंत्र स्थापित किया गया है जो वित्तीय गड़बड़ियों की बहुत कम गुंजाइश छोड़ता है। ये सारी मुग्ध करने वाली कहानियाँ हैं जो हमें बताती हैं कि किस तरह पारदर्शी, सक्षम और ज़िम्मेदारी भरे तरीक़े से सार्वजनिक सेवाओं की डिलीवरी बेहतर की जा सकती है।

सफलता की ये कहानियाँ बहुत कम हैं और ऐसी बहुत कहानियाँ हैं जहाँ ई-गवर्नेंस इसलिए ठीक से काम नहीं कर सकी, क्योंकि समाधान के अलग-अलग अंश अपने उचित स्थान पर नहीं थे। फिर भी इस भाग में दी गई केस स्टडीज बताती हैं कि वितरण सेवाओं में महत्त्वपूर्ण बदलाव लाए जा सकते हैं। जहाँ नई तकनीक बदलाव का ताकतवर उपकरण बन सकती है, वहीं ये कहानियाँ दिखाती हैं कि इन सब परिवर्तनों का प्रबंधन करने और इनके लिए क्षमतावर्धन करने में मानवीय नेतृत्व का विशेष महत्त्व है।

1 सूचना-प्रौद्योगिकी की मदद से गवर्नेंस में बदलाव

हम भारतीय सूचना-प्रौद्योगिकी के क्षेत्र में सॉफ़्टवेयर विकसित करने में वैश्विक बाज़ार में और कॉरपोरेट जगत में भारत के उत्तम प्रदर्शन का गर्व महसूस करते हैं। सूचना-प्रौद्योगिकी का लाभ हमारे शहरों की सार्वजनिक सेवाओं में भी लाया जा सकता है। जिसे ई-गवर्नेंस कहते हैं, वह भारतीय शहरों और कस्बों के फोकस में नहीं रहा। किसी बिल को जमा करने के लिए सरकारी दफ्तर के सामने लम्बी लाइन खड़े रहना और दूसरी तरफ़ बैठे कर्मचारी की उदासीनता ज़्यादातर शहरों में रोज़ का अनुभव है।

बहरहाल, कुछ शहरों में इस बात के अच्छे उदाहरण देखने को मिले हैं कि सूचना-प्रौद्योगिकी का इस्तेमाल शहरी भारत की सार्वजनिक सेवाओं में किस तरह खासा अंतर ला सकता है। हैदराबाद और बेंगलुरु को यदि ई-गवर्नेंस लागू करने में उनके आईटी केन्द्र होने का लाभ मिला तो कल्याण-डोम्बीवली, अहमदाबाद और सूरत ने भी इस क्षेत्र में महत्त्वपूर्ण प्रगति की। हाल में महाराष्ट्र का पिंपरी-चिंचवड बेहतर प्रदर्शन करने वाले शहर के रूप में उभरा है। जैसे-जैसे शहर के निवासियों की आय और अच्छी सेवाओं की अपेक्षाएं बढ़ेंगी, ज़्यादा से ज़्यादा शहरों को आईटी की ओर जाना होगा। बुनियादी ढाँचे और बैक एंड इंटीग्रेशन के साथ लागू करके पारदर्शी तरीके और जवाबदेही के साथ सार्वजनिक सेवाओं को लागू करना होगा। इसी के साथ अतिरिक्त उपभोक्ता शुल्क वसूल करके ख़र्च को भी निकालना होगा ताकि वित्तीय रूप से यह भार न बने।

आंध्र प्रदेश बेहतर प्रबंधन के लिए ई-गवर्नेंस को लागू करने वाला पहला राज्य था। 1999 में हैदराबाद और सिकंदराबाद में ई-गवर्नेंस का पायलट करने के बाद ई सेवा के नाम से एक बड़ी परियोजना अगस्त 2001 में शुरू की गई। ई-सेवा के अंतर्गत सार्वजनिक सेवाओं जैसे जन्म और मृत्यु प्रमाणपत्र, वोटर आईडी, बस पास, पासपोर्ट आवेदन, धन का हस्तांतरण तथा बिजली, पानी और फ़ोन के बिल भरना,

वाहन कर अदा करना, बीमा की क़िस्त भरना जैसे काम एक ही स्थान पर ऑनलाइन किए जाते हैं। 2010 तक हैदराबाद, सिकंदराबाद और रंगा रेड्डी जिले में ऐसे 55 केन्द्र बनाए गए थे जो सारे कार्य दिवसों में सुबह 8 से शाम 8 बजे तक और छुट्टी वाले दिन सुबह 9 से दोपहर 1 बजे तक खुले रहते। राज्य में हर नगर निगम में कम से कम एक ई-सेवा केन्द्र था। सेवा की स्थिति के बारे में संदेश भेजना, शिकायतों की सुनवाई करना और क्रियान्वयन में देरी करने वाले विभागों पर जुर्माना लगाना आदि ने सेवाओं को बेहतर बनाने का काम किया।

नवम्बर 2011 में आंध्र प्रदेश सरकार ने ई-गवर्नेंस को ग्रामीण क्षेत्रों में भी लागू किया। इन केन्द्रों को और बेहतर नाम मी-सेवा (जिसका तेलुगू में अर्थ है आपकी सेवा में) दिया गया। मी-सेवा केन्द्र सरकार से लोगों तक सीधी सेवा (G2C) देते हैं जिसमें बिलों का भुगतान, ड्राइविंग लाइसेंस, पासपोर्ट आवेदन जैसी पुरानी सेवाओं के अलावा आय प्रमाणपत्र, जाति प्रमाणपत्र, भूमि अभिलेख, म्युनिसिपल और पुलिस सेवाएँ भी शामिल हैं।

सन 2012 की शुरुआत में ई-सेवा केन्द्रों को मी-सेवा केन्द्रों से जोड़ने का काम किया गया और अगस्त 2013 के अंत तक सभी केन्द्रों को मी-सेवा केन्द्रों के रूप में नई पहचान मिली। आंध्र प्रदेश के बड़े शहरी क्षेत्रों में 350 मी-सेवा केन्द्र (हर केन्द्र में 10 कम्प्यूटर हैं) और अन्य शहरी क्षेत्रों में 1600 कियॉस्क हैं। इनके

अलावा ग्रामीण क्षेत्रों में 6000 मी-सेवा केन्द्र हैं। इस परियोजना के दृष्टि पत्र के अनुसार इनका उद्देश्य प्रशासन को अधिक पारदर्शी और ज़िम्मेदार बनाना, नागरिक कल्याण सेवा को सशक्त और राज्य की आर्थिक उत्पादकता को बेहतर बनाना है। आंध्र सरकार के आईटी और संचार विभाग के सचिव संजय जाजू के अनुसार 2011 में दी जा रही 12 सेवाओं से बढ़कर सितंबर 2013 में 16 विभागों से संबंधित 175 से अधिक सेवाएँ जनता को दी जा रहीं हैं।

ये सेवा केन्द्र पब्लिक-प्राइवेट पार्टनरशिप (पीपीपी) के मॉडल पर चलाए जाते हैं। इसपर शुल्क सेवा पर लगे समय और उसकी प्रकृति पर निर्भर करता है। ऐसी सेवाएँ जो डिजिटल हस्ताक्षर के माध्यम से (यह तकनीक सन 2011 से काम कर रही है) प्रदान की जाती हैं, उनके लिए उपभोक्ता हर ट्रांजैक्शन के लिए 25 रुपये अदा करता है। ऐसी सेवाएँ जो सिटीजन चार्टर के अनुसार निर्धारित समय सीमा में पूरी की जाती हैं उनके लिए 35 रुपये प्रति ट्रांजैक्शन अदा करने होते हैं। सन 2013 में सेवाओं के शुल्क 3 से 35 रुपये तक थे। पासपोर्ट की अर्जी को प्रोसेस करने का शुल्क 100 रुपये था। हर ट्रांजैक्शन के लिए शुल्क का निर्धारण अनुबंध के वक्त की बिडिंग से तय होता है। ग्रेटर हैदराबाद इलाके में प्राइवेट पार्टनर को सेवा शुल्क का 54 प्रतिशत और अन्य जिलों में 90 प्रतिशत हिस्सा मिलता है।

सन 2006 में वर्ल्ड बैंक के एक अध्ययन से यह जाहिर हुआ कि ई-सेवा के माध्यम से सार्वजनिक सेवाओं की गुणवत्ता में महत्त्वपूर्ण सुधार आया है। ई-सेवा शुरू होने के पहले इसे 3.39 अंक (संतोषजनक से कुछ बेहतर) मिले थे, जो बढ़कर 4.66 हो गए (बेरी गुड के आसपास)। सेवाओं के प्रभाव के मूल्यांकन का अध्ययन अच्छी सेवाएँ सुनिश्चित करने के लिए ज़रूरी है और इनमें उपभोक्ताओं की प्रतिक्रिया जानना बहुत आवश्यक है। स्वतन्त्र संस्थाओं के माध्यम से ऐसे अध्ययनों को नियमित रूप से लगातार करने को बढ़ावा दिया जाना चाहिए।

ई-सेवा के समान ही मी-सेवा परियोजना भी पीपीपी मॉडल पर आधारित है और इसे अधिकृत एजेंट संचालित करते हैं। इन एजेंटों की नियुक्ति और मैनेजमेंट सेवा प्रदाता करते हैं। ग्रामीण क्षेत्रों में अधिकृत एजेंट ही कम्प्यूटर और स्थान उपलब्ध कराते है इस सिस्टम के संचालन के लिए उन्हें 65-70 प्रतिशत हिस्सा मिलता है। दूसरी ओर शहरी केन्द्रों में आधारभूत संरचना और संसाधन (स्थान, फर्नीचर और आईटी संसाधन) राज्य सरकार द्वारा प्रदान किए जाते हैं। निजी ऑपरेटर कर्मचारी प्रदान करते हैं और सेवा संचालन तथा रखरखाव करते हैं, जिसके लिए उन्हें सेवा शुल्क का 40 प्रतिशत हिस्सा दिया जाता है।

शहरी और ग्रामीण दोनों ही इलाक़ों में मी-सेवा प्रकल्प सन 2011 में 9 करोड़ रुपयों के निवेश के साथ शुरू किया गया था। सेवा शुल्क मॉडल के तहत राजस्व

को रख-रखाव, विकास और अपग्रेडेशन पर लगाने की अनुमति थी। सितंबर 2013 जब ट्रांजैक्शंस की संख्या 3 करोड़ रुपये तक पहुँच गई, यह परियोजना 90 करोड़ रुपये से ज़्यादा की राशि सेवा शुल्क के रूप में कमा चुकी थी और इसने शुरुआती निवेश के अलावा हितग्राहियों (स्टेकहोल्डर्स) के लिए उचित रिटर्न भी हासिल किया। इसमें से 20 प्रतिशत से ज़्यादा हिस्सा संबंधित विभागों को डेटाबेस और इंफ्रास्ट्रक्चर के रख रखाव तथा क्षमता वर्धन के लिए, 15 प्रतिशत हिस्सा सूचना और प्रौद्योगिकी विभाग के निदेशक को मी-सेवा इंफ्रास्ट्रक्चर-एप्लीकेशन के रखरखाव के लिए दिया गया, 10 प्रतिशत हिस्सा अधिकृत सेवा प्रदाता को (अनुश्रवण और इंफ्रास्ट्रक्चर के लिए) दिया गया और बचा हुआ हिस्सा मी-सेवा केन्द्र को दिया गया, जिसने स्थानीय स्तर पर अत्याधुनिक इंटरफेस उपलब्ध कराया। इसने इस परियोजना को अपने पैरों पर खड़ा कर दिया।

ई-गवर्नेंस की कार्यकुशलता बेहतर बनाने में इस बात का महत्त्वपूर्ण योगदान है कि हैदराबाद में बैंक एंड कम्प्यूटराइजेशन 80 फ़ीसदी तक है, जो देश के किसी भी शहर के मुकाबले में सबसे अधिक है। इसका मतलब है विभिन्न सरकारी विभाग और प्राइवेट सर्विस सेंटरों के सर्वर राज्य सरकार के पोर्टल (www.meeseva.com) से जुड़े हुए हैं। इस तरह की बैक एंड कनेक्टिविटी की अनुपस्थिति में बीच की कड़ियों को सर्विस प्रोसेस री-इंजीनियरिंग और कुछ मैनुअल (मानवीय) हस्तक्षेप से जोड़ना होता है। ख़रीद में ई-टेंडरिंग, बिल्डिंग अनुमति के लिए ई-सैंक्शन, बिल्डिंग नियमों के उल्लंघन से जुड़े ई-विजिलेंस आदि के लिए हैदराबाद में आईटी इंफ्रास्ट्रक्चर उपलब्ध है। नगर-प्रबंधन से जुड़ी इन चुनौतियों के मामले में हैदराबाद एक विशेष उदाहरण बन सकता है।

सार्वजनिक सेवाओं के लिए आईटी को अपनाने वाले शुरुआती शहरों में बेंगलुरु भी शामिल है। 'बेंगलोर वन' सेवा अप्रैल 2005 में पीपीपी मॉडल के तहत कर्नाटक के ई-गवर्नेंस विभाग और सीएमएस कम्प्यूटर लिमिटेड की पार्टनरशिप में शुरू हुई थी। यह परियोजना एक ही स्थान पर बहुत सी सार्वजनिक सेवाएं उपलब्ध कराती है। इसमें शामिल 92 सर्विस सेंटर और मिनी बस में दो मोबाइल सेवा केन्द्र जुलाई 2013 में 15 लाख लोगों को हर माह सेवा प्रदान कर रहे थे। इनमें से 20 केन्द्र चौबीस घंटे काम करते थे। इससे जुड़े वेंडरों के लिए सेवा शुल्क की दरें ऐसी रखी गई हैं, जिससे उन्हें अधिक ट्रांजैक्शंस के लिए प्रोत्साहन मिले। शुल्क की सीमा 3.75 रुपये (बिल जमा करने के लिए) से 25 रुपये (पासपोर्ट सम्बन्धी सेवा) रखी गई थी। आईआईएम बेंगलुरु द्वारा सन 2005 से सन 2009 तक की अवधि के लिए किए गए प्रभाव अध्ययन में यह बात सामने आई कि इन सेवाओं के शुरू होने के बाद भ्रष्टाचार की दर में 97.5 प्रतिशत की कमी आई है। यातायात दंड के संग्रह में भी बढ़ोतरी इस बात की ओर संकेत करती है कि लोग दंड जमा करने के लिए

कोर्ट या पुलिस स्टेशन जाने की बजाय सेवा केन्द्र में जाकर दंड जमा करना बेहतर विकल्प मानते हैं।

वृहत् बेंगलुरु महानगर पालिका ने तकनीक के बेहतर इस्तेमाल का उदाहरण देते हुए जीआईएस मैपिंग का इस्तेमाल किया और सम्पत्ति कर की व्यवस्था में सुधार किया, साथ ही इसे क़ानूनी और प्रशासनिक सुधारों से भी जोड़ा। यह इसलिए सफल हुआ क्योंकि बेंगलुरु के लोगों ने 'बेंगलोर वन' के तहत ई-ट्रांजैक्शंस को स्वीकार किया। इसके परिणाम बहुत ही बढ़िया रहे जैसा कि बेंगलुरु के सम्पत्ति कर सुधार से जुड़ी केस स्टडी में दर्ज है।

गुजरात में अहमदाबाद भी अच्छी सार्वजनिक सेवाओं के लिए ई-गवर्नेंस के रास्ते पर आगे बढ़ रहा है। सूरत ने आईटी के इस्तेमाल से शहर की ऐसी छवि बनाई है जो अपने नागरिकों का ध्यान रखता है (इस पुस्तक में इससे जुड़ा विवरण अलग से दिया गया है)। गुजरात सबसे पहला राज्य था जिसने सन 2001 में राज्य भर में ई-गवर्नेंस की आधारशिला रखने के लिए राज्य व्यापी नेटवर्क स्थापित किया। सितंबर में अहमदाबाद नगर पालिका का शहरी सेवा केन्द्र प्रारम्भ किया गया और दस सालों में ट्रांजैक्शंस की संख्या पहले से पाँच गुना हो चुकी है। सन 2004 में अहमदाबाद को ई-गवर्नेंस की बेस्ट प्रैक्टिसेज के लिए मेलबर्न में अंतर्राष्ट्रीय पुरस्कार भी मिला। सन 2001 में सम्पत्ति कर सुधार की शुरुआत होते ही सेवा केन्द्रों में सम्पत्ति कर जमा होना शुरू हुआ। सन 2002 में सम्पत्ति कर माँग के मुकाबले में 38 फ़ीसदी जमा हुआ और सन 2013 में बढ़कर 80 फ़ीसदी हो गया। सम्पत्ति कर और वाहन शुल्क केवल दस मिनट में जमा किया जा सकता है। जन्म और मृत्यु प्रमाणपत्र पचास केन्द्रों में से किसी भी केन्द्र से दो दिनों में हासिल किए जा सकते हैं। ऑनलाइन दर्ज की गई शिकायतें सीधे कमिश्नर के पास पहुँचती हैं और स्वतः संबंधित अधिकारी के पास पहुँच जाती हैं। शिकायत का स्टेटस तुरंत पता लगता है और ज़्यादातर मामलों में चौबीस घंटों के अन्दर कार्रवाई हो जाती है।

अहमदाबाद नगर निगम नवीन ई-गवर्नेंस प्लेटफ़ॉर्म को लागू कर रहा है जिसके अंतर्गत 28 विभाग शामिल होंगे जो भविष्य के 'स्मार्टर सिटी' की ज़रूरतों को पूरा करेंगे। इसमें लगी नई शिकायत निवारण प्रणाली (कम्पलेंट रीड्रेसल सिस्टम) शिकायतों को ऑटोमेटिक तरीक़े से जगह और उसके स्वरूप के अनुसार वर्गीकृत कर देती है, साथ ही जिन शिकायतों का निवारण नहीं हो सका है, उन्हें उच्च अधिकारियों तक पहुँचाती है। स्टेटस की जानकारी शिक़ायतकर्ता को तुरंत एसएमएस द्वारा दी जाती है।

भारत सरकार ने राष्ट्रीय ई-गवर्नेंस योजना के अंतर्गत राष्ट्रव्यापी ई-जिला परियोजना का आरम्भ किया है। इस परियोजना का उद्देश्य मज़बूत और मापनीय (स्केलेबल) संरचना की मदद से सार्वजनिक सेवाओं को बेहतर बनाना है। राज्य के

डेटा केन्द्रों और राज्य-व्यापी नेटवर्क की सहायता से स्थानीय निकाय इस ई-संरचना का लाभ उठाकर अंतिम छोर तक सेवा पहुँचा सकते हैं। आन्ध्र प्रदेश की मी-सेवा को G2C सेवाओं के वितरण के लिए राष्ट्रीय मॉडल के रूप में अंगीकार कर लिया गया है और इससे नागरिक सेवाओं की इलेक्ट्रॉनिक डिलीवरी का एकीकरण सुनिश्चित हो सकेगा। भारत सरकार के इलेक्ट्रॉनिक्स और सूचना-प्रौद्योगिकी विभाग ने आंध्र प्रदेश के मी-सेवा मॉडल को पाँच राज्यों में दोहराने के लिए आंध्र सरकार के लिए अनुदान राशि तय की है और इस सेवा के कम्पोनेंट्स को राष्ट्रीय ई-गवर्नेंस एप्लीकेशन स्टोर में उपलब्ध कराया है ताकि इसका व्यापक इस्तेमाल हो सके। भारत सरकार का नई पहल ई-ताल भी है जो देश भर में ई-ट्रांजैक्शंस की संख्या को मापेगा जिसके आधार पर ई-गवर्नेंस की पहुँच का आकलन हो सकेगा।

2 कल्याण-डोम्बीवली पद्धति से सेवाएँ

भारतीय शहरों में सार्वजनिक सेवाओं के वितरण को सुचारु बनाने में आईटी क्या-क्या कर सकता है, इसका उत्कृष्ट उदाहरण है ठाणे जिले के कल्याण-डोम्बीवली नगर पालिका (केडीएमसी) द्वारा ई-गवर्नेंस के क्षेत्र में की गई पहल। इस अग्रणी पहल को स्थिरता देते हुए दस सालों तक गतिमान रखा जा सका क्योंकि इसे प्रशासनिक सुधार और मानसिकता में बदलाव की व्यापक प्रक्रिया के साथ जोड़ा गया।

मुम्बई से 54 किमी बाहर कल्याण और डोम्बीवली दो शहरों में 51.9 वर्ग किमी क्षेत्रफल केडीएमसी में आता है। सन 2002 के पहले कल्याण और डोम्बीवली में सार्वजनिक सेवाओं की स्थिति भारत के अन्य शहरों से अलग नहीं थी। कई बार तो लोगों को यह भी पता नहीं होता था कि अपना काम कराने के लिए उन्हें कल्याण या डोम्बीवली में से कहाँ जाना चाहिए।

ई-गवर्नेंस परियोजना की परिकल्पना 1999 में की गई और इसे 2002 में लागू करना शुरू किया गया। पिछले कई सालों से महाराष्ट्र सरकार इस ई-म्यूनिसिपैलिटी समाधान को राज्य भर के 231 शहरी स्थानीय निकायों (यूएलबी) में लागू करने के लिए प्रयासरत है, जिनमें सभी ए,बी,सी श्रेणी की और कुछ डी श्रेणी की नगर पालिकाएँ शामिल हैं। ई-म्यूनिसिपैलिटी समाधान को अपनाना डी श्रेणी की नगर पालिकाओं के लिए अनिवार्य नहीं है, क्योंकि उनमें से काफ़ी निकाय JNNURM की ई-गवर्नेंस वित्तपोषण योजना में शामिल की जा चुकी हैं।

कल्याण-डोम्बीवली में ई-गवर्नेंस परियोजना के लागू होने के एक दशक के भीतर ही वर्ष 2013 में ही केडीएमसी द्वारा प्रस्तुत की जा रही सेवाएँ सिटिजन चार्टर के अंतर्गत कर दी गईं। नगर निगम द्वारा छह नागरिक सेवा केन्द्र (सीएफसी) स्थापित किए गए जो एक ही स्थान पर सेवाएँ उपलब्ध कराते और सभी ऑनलाइन केन्द्रीय सर्वर से जुड़े हुए थे। इन केन्द्रों पर सरल, मानकीकृत और उपभोक्ता-मित्र

फ़ॉर्म उपलब्ध हैं। इन्हें वैब से डाउनलोड भी किया जा सकता है। इन सेवाओं के लिए नाम मात्र का शुल्क लिया जाता है।

मई 2011 में जब मैं कल्याण के दो नागरिक सेवा केन्द्रों (सीएफसी) पर गई, तो बहुत ही सुखद अनुभव हुआ। इन केन्द्रों को कलात्मक तरीक़े से डिजाइन किया गया है, इनमें काम करने के लिए केडीएमसी के कर्मचारियों को विशेष रूप से प्रशिक्षित किया गया है और केन्द्र हलचल से भरपूर है। कम्प्यूटर के साथ दो टर्मिनल लगे हैं, एक उपभोक्ता की ओर व दूसरा कर्मचारी की ओर। दोनों में एक जैसी जानकारी आती है। यह काम पारदर्शिता को एक क़दम आगे ले जाता है।

मैंने एक प्रसन्न 'नए' पिता से बातचीत की (उसके पास अस्पताल का वैध दस्तावेज था) जो दो दिन पहले जन्मी अपनी बेटी का जन्म प्रमाणपत्र लेने आया था। उसे प्रमाण पत्र लेने में केवल दस मिनट लगे। चूंकि उसने अपनी बेटी के जन्म के 21 दिन के भीतर पंजीकरण कराया था, इसलिए उसे कोई शुल्क भी नहीं देना पड़ा। इसी केन्द्र में तीस साल की आयु का एक व्यक्ति भी था, जो सम्पत्ति कर जमा करने आया था और बहुत प्रसन्न दिखाई दे रहा था। उसके हाथ में नोटों का बण्डल था। जैसे ही उसने अपना रजिस्ट्रेशन नम्बर कम्प्यूटर में डाला, उसे स्क्रीन पर कर की राशि दिखाई पड़ी। सम्पत्ति के हस्तांतरण का शुल्क सम्पत्ति मूल्य के सापेक्ष होता है। सम्पत्ति कर, पानी का बिल आदि भी ऑनलाइन भरे जा सकते हैं और इसके लिए कुछ स्थापित व्यावसायिक बैंकों से अनुबंध किया गया है। ये निगम के लिए राजस्व उत्पन्न करने वाले साधन हैं।

सभी विभागों के सॉफ़्टवेयर मॉड्यूल्स एक दूसरे से और म्युनिसिपल अकाउंट्स से जुड़े हुए हैं। केडीएमसी के सभी विभागों के बैक एंड इंटीग्रेशन का लाभ यह है कि पूछताछ, अर्जी, बिल भुगतान या शिकायत आदि तत्काल संबंधित अधिकारी तक पहुँच जाते हैं। एक बार नागरिकों को सेवा पूर्ति की तारीख़ देने के बाद हर आवेदन पर हर स्तर पर निगाह रखी जाती है और जब तारीख़ नजदीक आती है, तो सब को एक रंगीन कोड लगाकर सतर्क किया जाता है। उपभोक्ता अपने आवेदन की स्थिति को ऑनलाइन जाकर अपना नामांकन क्रमांक डालकर हर स्तर पर देख सकते हैं। कम्प्यूटरीकरण के पहले 2007-08 में सम्पत्ति कर के आकलन के लिए 110 दिन का समय लगता था, 2012-13 में घटकर वह इक्कीस दिन रह गया और पानी का कनेक्शन लेने की अवधि दो माह से घटकर पंद्रह दिन रह गई। यह स्थिति व्यापक स्तर पर है। आवेदन और शिकायतों के ऑनलाइन होने से अब इन्हें हर कोई देख सकता है। ई-टेंडरिंग मूल पैकेज का हिस्सा नहीं थी। इसे हाल ही में राज्य सरकार के आदेश के अनुरूप राष्ट्रीय सूचना विज्ञान केन्द्र द्वारा बनाए गए सॉफ़्टवेयर की सहायता से लागू किया गया है। इस नए प्रबंध के बहुत लाभ हैं, खासकर भ्रष्टाचार को कम करने में।

पब्लिक-प्राइवेट पार्टनरशिप को अमल में लाने के लिए सन 1999 में महाराष्ट्र सरकार द्वारा चुनी गई चार आईटी कंपनियों से पूर्व-व्यवहार्यता (प्री-फीजीबिलिटी) रिपोर्ट मंगवाई गई। एबीएम नॉलेजवेयर को परियोजना के पहले पाँच वर्षों में टर्नकी सॉल्यूशन प्रोवाइडर के रूप में डिजाइन, विकास और परियोजना के क्रियान्वयन के लिए चुना गया। यह आज भी इन सेवाओं को प्रदान कर रहा है। नगर निगम के हर क्रियाकलाप की समीक्षा और उसे आईटी-इनेबल करने का कार्य इस परियोजना में किया जाता है।

परियोजना की शुरुआत में इसके मार्गदर्शन के लिए देश की नामचीन संस्थाओं जैसे आईआईटी मुम्बई, टाटा इंस्टीट्यूट ऑफ़ फंडामेंटल रिसर्च आदि के विशेषज्ञों की एक समिति बनाई गई थी। इसके क्रियान्वयन के लिए भी एक परिचालन समिति गठित की गई जिसमें सभी विभागों के प्रमुख शामिल थे और इसके अध्यक्ष स्वयं नगर निगम आयुक्त थे। रामनाथ सोनवणे इस परियोजना की परिकल्पना से लेकर 2002 में इसके शुरू होने तक ई-गर्वनेंस विभाग के प्रमुख रहे। ये पुनः 2011 में केडीएमसी के आयुक्त के रूप में आए। उसी वर्ष मई में जब मैं उनसे मिलने गई तो उन्होंने बताया कि इस परियोजना को लागू करने में सबसे बड़ी चुनौती थी अधिकारियों की मानसिकता को बदलना। उनके बाद आए श्रीकांत सिंह जिन्होंने इसे आगे ले जाने में महत्त्वपूर्ण भूमिका निभाई। सोनवणे ने अनुभव किया कि हर नवाचार को तीन चरणों से होकर गुजरना होता है- उपहास, आलोचना और स्वीकार। और इन पर जीत हासिल करने का उपाय है अपने लक्ष्य पर दृढ़ बने रहना।

केडीएमसी की ई गर्वनेंस परियोजना ने विधिवत रूप से पुरानी प्रक्रियाओं को समझने का प्रयास किया और ऐसी क़रीब 400 प्रक्रियाओं को पुनर्गठित करते हुए उन्हें प्रशासनिक सुधार से जोड़ने का काम किया। पुनर्गठन की यह प्रक्रिया बड़ी ही निर्णायक थी। कर्मचारियों को पुराना काम नए तरीके से करना सीखना था क्योंकि नई तकनीक उनसे कार्य क्षमता बढ़ाने की माँग कर रही थी। प्रशिक्षण से उन्हें बंद कमरे में काम करने की आदत से बाहर आकर एक सक्रिय इलेक्ट्रॉनिक कारपोरेशन का हिस्सा बनने में मदद मिली।

ई-गवर्नेंस परियोजना को आर्थिक स्थिरता सन 2011 में मिली। इस परियोजना में केडीएमसी ने प्रारंभिक स्तर पर 5.48 करोड़ रुपयों का निवेश किया। इस परियोजना की वार्षिक आवर्ती लागत 44 लाख थी। इस लागत को वसूल करने में सम्पत्ति कर के एकत्रीकरण, नागरिकों द्वारा समय पर कर अदा करने से प्राप्त लाभ और सीएफसी में नागरिक सेवा शुल्क की बेहतर आय का बड़ा हाथ रहा है। निगम ने सॉफ़्टवेयर के अधिकार सरकार को प्रदान किए जिसके एवज में निगम को राज्य सरकार की ओर से 2 करोड़ की राशि मिली। परियोजना के बौद्धिक संपदा अधिकार केडीएमसी के पास ही बने रहे।

कई पुरस्कारों के बीच दो पुरस्कार निगम के खाते में आए जिनका उल्लेख करना महत्त्वपूर्ण है- पहला पुरस्कार कॉमनवैल्थ एसोसिएशन फॉर पब्लिक एडमिनिस्ट्रेशन एंड मैनेजमेंट (सीएपीएएम) पुरस्कार था जो सन 2004 में मिला और दूसरा राष्ट्रीय ई-गवर्नेंस पुरस्कार, जो भारत सरकार की तरफ़ से सन 2007 में दिया गया।

शहरी विकास के प्रमुख सचिव मनु कुमार श्रीवास्तव ने यह सुनिश्चित करने में महत्त्वपूर्ण भूमिका निभाई कि ई-म्युनिसिपैलिटी सिस्टम पूरी तरह लागू हो जाए। केडीएमसी आयुक्त इस परियोजना के सलाहकार के रूप में नियुक्त हुए और इस परियोजना को राज्य भर में प्रसारित करने के लिए सॉफ़्टवेयर पैकेज संशोधितध्अनुकूलित करने की जिम्मेवारी एबीएम नॉलेजवेयर को दी गई। सितम्बर 2013 तक सीएफसी के जरिए 229 यूएलबी एक या अधिक सॉफ़्टवेयर मॉड्यूल्स के द्वारा सेवाएँ देना प्रारम्भ कर चुके थे। इनमें से 80 यूएलबी ऐसे थे जिन्होंने सारे मॉड्यूल्स जैसे जन्म-मृत्यु प्रमाणपत्र, सम्पत्ति कर और अन्य बिल जमा करना, वित्तीय लेखांकन, परमिट देना आदि के साथ काम करना शुरू कर दिया है। अब लोगों में इस बात के प्रति जागरूकता बढ़ने लगी है कि सेवाओं के वितरण में गुणवत्ता लाने के लिए ई-गवर्नेंस एक बेहतर और त्वरित परिणाम देने वाला जरिया है।

सार्वजनिक वितरण सेवाओं के रूपांतरण में केडीएमसी की सफलता के पीछे सबसे बड़ा कारण इन सेवाओं को बेहतर बनाने की इच्छा का होना और इसके लिए आईटी के समाधान का बेहतर तरीक़े से उपयोग किया जाना था। इस परियोजना में सभी सॉफ़्टवेयर को सभी विभागों से और अंत में निगम के सॉफ़्टवेयर से सीधे जोड़े जाने पर जोर दिया गया। इसके साथ ही उन कर्मचारियों की मानसिकता बदलने के लिए भी खासे प्रयास किए गए जो अब तक पुराने तरीक़ों से काम कर रह थे और इसके तहत उन्हें आईटी संबंधी नए तरीक़े सीखने और स्वीकार करने के लिए प्रोत्साहित और प्रशिक्षित किया गया। इसमें मानवीय नेतृत्व का भी बड़ा योगदान रहा चूँकि स्थानीय और राज्य स्तर पर भी सरकार के कई वरिष्ठ निर्णयकर्ताओं ने इस परियोजना को आगे ले जाने में खासी रुचि दिखाई और सतत प्रयास करते रहे। परियोजना के कार्यकाल में इसे सतत विशेषज्ञों के सुझाव मिलते रहे, इसके लिए विशेषज्ञों की समिति भी गठित की गई, जिसमें हर क्षेत्र के जाने-माने लोग शामिल थे। राज्य सरकार ने भी इस परियोजना को राज्य भर में विस्तारित करने के लिए सभी आवश्यक परिस्थितियाँ उपलब्ध कराईं। इस प्रकल्प की सफलता के पीछे सबसे बड़ा कारण है कि आर्थिक व्यवहार्यता इस परियोजना में गूंथी गई।

3 मानक बनाएँ, सार्वजनिक सेवाएँ सुधारें - कर्नाटक

शहरी भारत में सार्वजनिक सेवाओं के प्रति कम चिंता का प्रमुख कारण है कि लोग अपने कामकाज और अपने लिए पानी, परिवहन आदि जुटाने में व्यस्त हैं और मानते हैं कि सेवाओं के वितरण में अर्थव्यवस्था के नियंत्रण और विनियमन का बोलबाला है। जो धनवान और शक्तिशाली हैं, वे सार्वजनिक वितरण सेवाओं की अक्षमता की स्थिति में स्वयं के लिए निजी या विशिष्ट समाधान खोजने की दिशा में अग्रसर हो जाते हैं और जिसके पास धन नहीं है, वह जैसा है, उसी स्थिति को स्वीकार करने पर मजबूर हो जाता है मगर वर्तमान में बढ़ती हुई आय के साथ एक ऐसा युवा वर्ग प्रभुत्व में आ रहा है (2013 की जनगणना के अनुसार भारत की आधे से अधिक जनता 25 वर्ष से कम आयु की है) जिसकी आकांक्षाएँ बढ़ती जा रही है, साथ ही राज्य से अपेक्षाएँ और ज़िम्मेदारी महसूस करने की उम्मीद भी बढ़ती जा रही है। इस वर्ग को सार्वजनिक वितरण सेवाओं की बुरी स्थिति किसी भी तरह से स्वीकार नहीं है। इन हालात से देश की वृद्धि और विकास को भी धक्का लग रहा है। JNNURM ने पहली बार सारे राष्ट्र का ध्यान शहरी विकास की ओर आकर्षित किया। मगर इसने मुख्यतः इंफ्रास्ट्रक्चर में निवेश की कमी को दूर करने की ओर इशारा किया, सार्वजनिक सेवाओं को बेहतर करने पर कम ध्यान दिया।

इस पुस्तक में व्यक्तिगत उत्कृष्टता के उदाहरण दिए गए हैं। इससे जुड़ा एक महत्त्वपूर्ण प्रश्न यह है कि हम स्थानीय प्रशासन को सार्वजनिक सेवाओं में सुधार लाने हेतु क्या प्रोत्साहन दे सकते हैं और यह किस तरह किया जा सकता है। सबसे पहला मुद्दा तो सार्वजनिक सेवाओं के मानदंड तय करने का है। जैसे- क्या चौबीस घंटे पानी का वितरण करना एक मानदंड है? क्या जल वितरण प्रणाली के अंतर्गत सभी घरों में, जिनमें झुग्गियाँ भी शामिल हैं, जल का वितरण करना मानदंड में शामिल है? क्या इन सेवाओं को सतत बनाए रखने और रखरखाव के लिए सेवा शुल्क लेना मानदंड के अनुरूप है? इसके साथ ही दी गई सेवाओं को मापने की आवश्यकता भी है। एक बार लक्ष्य निर्धारित हो जाएँ और भौतिक प्रदर्शन को मापने

योग्य बनाया जाए, उसके बाद ही शहरी स्थानीय निकायों यानी यूएलबी की तुलना की जा सकती है और उन्हें अच्छे प्रतिपादन के लिए प्रोत्साहन दिया जा सकता है।

कर्नाटक सरकार ने राज्य भर में सेवाओं के स्तर को एक सा और उन्नत बनाने के लिए आईटी के इस्तेमाल से प्रशासनिक सुधारों को जोड़ दिया है। 2004 में यह राज्य शहरी विकास विभाग के तहत म्युनिसिपल सुधार सेल (एमआरसी) के माध्यम से सार्वजनिक सेवाओं के आकलन के लिए एक सिस्टम को स्थापित करने वाला भारत का पहला राज्य बना। राज्य भर में शहरी स्थानीय निकायों की सेवा के कुछ मानक निर्धारित किए गए।

इस ई-गवर्नेंस परियोजना का दृष्टिकोण सार्वजनिक सेवाओं की स्थिति को सुधारने और प्रशासनिक सेवाओं को कारगर बनाने के लिए प्रक्रियाओं के मानक तय करना है। हस्तलिखित दस्तावेज और रिकॉर्ड से कम्प्यूटरीकृत रिकॉर्ड में जाने की प्रक्रिया को एमआरसी के द्वारा सुगम बनाया गया। यह कर्मचारियों को तकनीकी प्रशिक्षण देने और वित्तीय लेखांकन के लिए उत्तरदायी है। हर शहरी स्थानीय निकाय (यूएलबी) में ई-गवर्नेंस मॉड्यूल्स के क्रियान्वयन, रखरखाव और उन्नयन के लिए आईटी इंजीनियरों की नियुक्ति की गई है। लेखाकारों को बही खातों में दोहरी प्रविष्टि के लिए प्रशिक्षित किया गया। हर निकाय में सम्पत्ति कर के डेटाबेस के रखरखाव के लिए जीआईएस विशेषज्ञों की नियुक्ति की गई। वित्तीय कौशल और सेवाओं की मिली-जुली झलक को दिखाने के लिए वित्तीय प्रतिपादन के संकेतक भी विकसित किए गए। राज्य स्तर पर म्युनिसिपल डेटा सेंटर बनाने का मतलब था कि नगर निकायों (यूएलबी) को अपने डेटाबेस के रोज़मर्रा रखरखाव से छूट मिली।

डेटा संकलन और मॉनिटरिंग के लिए आईटी की तैयारी के साथ ही स्थानीय प्रशासनिक अधिकारियों की नियुक्ति और सेवाओं के नियमों को आधुनिक बनाने का अभियान भी चलाया गया। उदाहरण के लिए चुंगी को सन 1979 में ही ख़त्म कर दिया गया था, पर उसकी वसूली के लिए नियुक्त मुस्तैदियों का पद सन 2002 तक चलता रहा, हालांकि उन्हें किसी और काम पर लगाया गया। निरर्थक संवर्ग में से 57 को समाप्त किया गया, 92 को पुनर्नियोजित करके 40 में बदला गया और नियमों में बदलाव करते हुए बड़ी संख्या में व्यावसायिक पदों की रचना की गई। हर निकाय में जीआईएस से जुड़ी गतिविधियों के लिए इंजीनियरों की नियुक्ति की गई। जिला शहरी नगर विकास सेल्स (Cells) का गठन किया गया, ताकि वे बदलाव के लिए उत्प्रेरक का काम करें। इन्हें आईटी विशेषज्ञों और राज्य सरकार के अधिकारियों के सहयोग से सशक्त बनाया गया।

एशियन डेवलपमेंट बैंक के सहयोग से एक मिशन-मोड कार्यक्रम पहले 49 निकायों (यूएलबी) के माध्यम से चलाया गया। बाद में विश्व बैंक के सहयोग से सभी 213 निकायों को इसमें शामिल किया गया। प्रारंभिक अवस्था में बेंगलुरु के ई-गवर्नेंस

फाउंडेशन ने सॉफ़्टवेयर सहयोग प्रदान किया। समय बीतते-बीतते इन केन्द्रों ने स्वयं ही क्षमता विकसित कर ली और ज़रूरत पड़ने पर ही बाहरी सहयोग लिया जाने लगा। इस परियोजना के अन्य भागीदार कर्नाटक अर्बन इन्फ्रास्ट्रक्चर फाइनेंस कारपोरेशन, सॉफ़्टवेयर टेक्नोलॉजी पार्क ऑफ़ इंडिया (जो भारत सरकार के संचार और सूचना-प्रौद्योगिकी मंत्रालय के अंतर्गत कम करने वाली स्वशासी संस्था है) और सर्वे ऑफ़ इंडिया हैं।

विविध सेवाओं जैसे जन्म-मृत्यु प्रमाणपत्र, शिकायतों के निवारण आदि के लिए एमआरसी में डेटा संकलन ऑनलाइन किया जाता है। इसके लिए दोहरी प्रविष्टि उपार्जन आधारित लेखांकन का उपयोग किया जाता है और जीआईएस आधारित सम्पत्ति कर सूचना तंत्र को भी बनाए रखा जाता है। यहाँ सन 1990 के पहले के रिकॉर्ड भी मौजूद हैं। हर शहरी निकाय में जन्म-मृत्यु का ऑनलाइन रजिस्ट्रेशन होता है। शिकायतों को फ़ोन पर, ऑनलाइन या लिखित रूप से दर्ज करवाया जा सकता है। शिकायतों पर नज़र रखना और उनकी निगरानी करना सिस्टम में शामिल है। सेवा केन्द्रों का प्रबंधन एनजीओ करते हैं और किसी शिकायत पर यदि उस स्तर के अधिकारी द्वारा तय समय के भीतर ध्यान नहीं दिया जाता तो वह शिकायत स्वतः ही अगले स्तर के अधिकारी के पास चली जाती है। हर शहरी निकाय के पास सक्रिय वैबसाइट हैं जिनमें उनके हितग्राहियों के लिए यूजर-फ्रेंडली यानी उपभोक्ता को आसानी से समझने वाली सूचनाएँ हैं।

इस क्षेत्र में प्रगति धीमी मगर ठोस है। वर्ष 2010-11 में राज्य के 213 शहरी स्थानीय निकायों में से 151 का और 2011-12 में 26 का परीक्षित लेखा-जोखा उपलब्ध था। 146 निकायों की जीआईएस मैपिंग पूरी हो चुकी थी और इनमें से 115 के सम्पत्ति कर के रिकॉर्ड ऑनलाइन उपलब्ध थे. अलबत्ता सम्पत्ति कर की ऑनलाइन अदायगी की व्यवस्था केवल मैसूर नगर निगम कर पाया था। जिन अन्य क्षेत्रों में डेटा संकलन और विश्लेषण का काम शुरू हो चुका है, वे हैं वॉटर सप्लाई और परियोजनाध्वॉर्ड्स का काम।

यूएलबी से तथ्य एकत्र करने के लिए एक ऑनलाइन एप्लीकेशन 'तुलना' में निर्धारित टेम्पलेट को भरने का प्रावधान है। इस डेटा की जिला विकास प्राधिकरण और नगरपालिका प्रशासन फिर से जाँच (क्रॉस वैलिडेट) करते हैं। इसके बाद इन तथ्यों से ऑनलाइन एप्लीकेशन के विशेष फ़ॉर्मूलों के आधार पर प्रतिपादन संकेतक (परफॉर्मेंस इंडीकेटर) का मूल्य (वैल्यू) निकाला जाता है, जिसकी जानकारी वैब द्वारा सभी को दी जाती है। उदाहरण के लिए जल प्रदाय सेवा के संकेतक 'कर योग्य' जल और 'बिना कर वाले' जल की सापेक्ष हिस्सेदारी को स्पष्ट उजागर करेंगे। यह तुलनात्मक तस्वीर स्थानीय प्रशासन के लिए बेहतर प्रतिपादन (परफॉर्मेंस) का आधार बनती है।

हालांकि इस मामले में डेटा की गुणवत्ता के सुधार हेतु उचित सर्वे और अन्य सुधारों को लागू करने की सख्त आवश्यकता है और प्रतिपादन के संकेतकों के विकास की पद्धति में भी सुधार की ज़रूरत है। इसके लिए आधारभूत कार्य एमआरसी कर रहा है। एक बार जब खाका पूरी तरह से लागू हो जाएगा, फिर इसके आधार पर सभी शहरी निकायों के लिए वित्तीय आबंटन का आधार तैयार हो जाएगा।

हैरत की बात नहीं कि एमआरसी को राज्य प्रशासन में आईटी के उपयोग के लिए सन 2010 का आईसीटी उत्कृष्टता पुरस्कार मिला। इसे 'तुलना' के लिए ई-वर्ल्ड फोरम का सन 2012 का ई-वर्ल्ड पुरस्कार भी मिला।

डेटा केन्द्र में जाने पर वहाँ एक अत्याधुनिक दफ्तर नज़र आता है जहाँ एक तरफ़ ऑनलाइन प्रशिक्षण के लिए एक विभाग बनाया गया है, दूसरी ओर युवा प्रोफेशनल्स बैठकर किसी एप्लीकेशन के लिए सॉफ़्टवेयर पैकेज विकसित करने के काम में लगे हैं। इसके बाद एक तरफ़ केंद्रीकृत डेटाबेस आर्किटेक्चर है। इसको वे कर्मचारी संचालित करते हैं, जिन्हें ई-गवर्नेंस के उपकरण विकसित करने और उनके क्रियान्वयन करने तथा डेटाबेस के संचालन और रखरखाव के लिए खासतौर से रखा गया है। मैंने शहरी निकायों के कुछ अधिकारियों को भी देखा जिन्हें ऑनलाइन एप्लीकेशन के उपयोग का प्रशिक्षण दिया जा रहा था।

इस परियोजना के लिए विश्व बैंक ने सहयोग की अवधि मार्च 2014 तक बढ़ा दी है। इसी बीच शहरी निकायों के सहयोग से कर्नाटक म्युनिसिपल डेटा सोसायटी की स्थापना की गई है, जो अपने संचालन के लिए साधनों की खुद व्यवस्था (सेल्फ-सस्टेनिंग रिवेन्यू जेनरेशन मिकैनिज्म) करेगी। यह सोसायटी काम प्रारम्भ कर चुकी है। यह न केवल नगर निकायों के प्रशिक्षण और जिज्ञासाओं के समाधान का काम करेगी, वरना जानकारी को साझा करने के फोरम का काम भी करेगी, जो बदलाव के अनुरूप खुद को ढालने के लिए ज़रूरी है। इस परियोजना का प्रमुख तत्व राज्य स्तर पर एक इकाई का गठन करना है जो शहरी निकायों से मिले डेटा को सामान्य सॉफ़्टवेयर की मदद से एक तुलना योग्य प्रारूप में एकत्र, प्रोसेस और स्टोर करे। भरती के नियमों का आधुनिकीकरण करे, अधिकारियों को आईटी प्रशिक्षण दे और किसी सामान्य जगह पर परीक्षित वित्तीय लेखा (ऑडिटेड फाइनेंशियल एकाउंट्स) को ट्रैक करे।

सन 2008 में भारत सरकार के शहरी विकास मंत्रालय ने सेवाओं के कुछ मानक या सर्विस लेवल बेंचमार्क निर्धारित किए। तेरहवें वित्त आयोग ने सभी राज्यों के लिए सार्वजनिक सेवाओं के वितरण को स्तरीय बनाने पर कुछ प्रोत्साहन अनुदान प्रदान करने का प्रावधान किया, बशर्ते वे सेवा के मापदंडों को लागू करें। यदि हम सार्वजनिक सेवाओं को निर्धारित मानदंडों के अनुरूप रखना चाहते हैं तो म्युनिसिपल सुधार का कर्नाटक मॉडल हमें राह दिखाता है।

4 सूरत : एक शहर जिसे आपकी परवाह है

सूरत हीरे, कपड़ों और जरी का शहर है जिसे पहले सूर्यपुर कहा जाता था। यह मुम्बई से 250 किमी दूर तापी नदी के दक्षिणी किनारे पर स्थित है। यह गुजरात का दूसरा सबसे बड़ा और भारत का आठवाँ सबसे बड़ा शहर है। सूरत में रिहायशी इलाक़ा 200 वर्ग किलोमीटर तक फैला हुआ है। (सन 2006 में नगर क्षेत्र 112.3 वर्ग किलोमीटर से बढ़ाकर 324.6 वर्ग किलोमीटर किया गया था)। इस शहर ने JNNURM का भरपूर उपयोग किया और शहरी विकास के लिए अड़तीस परियोजनाओं के माध्यम से 2609 करोड़ का अनुदान प्राप्त किया।

सूरत में मई 2003 में पहला नागरिक सेवा केन्द्र (सिविक सेंटर) प्रारम्भ किया गया। आज शहर में सोलह नागरिक सेवा केन्द्र कार्यरत हैं जो जन्म-मृत्यु प्रमाणपत्र देने, सम्पत्ति कर जमा करने, शिकायतों को दर्ज करने, दुकानों के रजिस्ट्रेशन आदि का काम करते हैं। उन उपभोक्ताओं के लिए जो कंप्यूटर से परिचित नहीं हैं, निःशुल्क ग्यारह स्थानों पर गुजराती और अंग्रेज़ी में टच स्क्रीन सुविधा मौजूद है। इसके अलावा वर्चुअल सिविक सेंटर (आभासी नागरिक सेवा केन्द्र) के नाम से वैबसाइट इलेक्ट्रॉनिक माध्यम से सेवाएँ उपलब्ध कराती है।

सूरत को भारत सरकार के शहरी विकास मंत्रालय की ओर से 2007-08 में ई-गवर्नेंस का राष्ट्रीय पुरस्कार और 2008-09 में सर्वोत्कृष्ट काम करने वाले शहर का पुरस्कार मिला। अप्रैल 2012 में शहर में सम्पत्ति कर की अदायगी के लिए ऑनलाइन सेवाएँ शुरू की गई। इसके बाद कई अन्य सेवाओं को भी ऑनलाइन किया गया। इस क्षेत्र में सन 2007 में माल और सेवाओं की ख़रीद को सुचारु बनाने वाली ई-टेंडरिंग व्यवस्था एक महत्त्वपूर्ण पहल थी, ताकि इस क्षेत्र में होने वाले भ्रष्टाचार को कम किया जा सके। इस प्रक्रिया में सितम्बर 2013 तक 4486 से अधिक ई-टेंडर मँगाए गए, उनकी कार्यवाही की गई और उन्हें जारी किया गया। मई 2013 में दुकानों और व्यावसायिक प्रतिष्ठानों के परमिट के नवीकरण को भी ऑनलाइन कर दिया गया।

सूरत में आश्चर्यजनक रूप से अलग और ताजगी देने वाली बात है कि यहाँ केवल इंफ्रास्ट्रक्चर पर ध्यान न देकर नागरिकों की जीवन शैली की गुणवत्ता को भी

बढ़ाया गया है। शहर जो आपकी परवाह करता है, यह नारा भले ही किन्हीं प्रतिकूल परिस्थितियों की देन होगा, मगर यथार्थ में यह शहर के प्रबंधकों के लिए जीने का एक तरीक़ा बन चुका है। सूरत नगर पालिका द्वारा की गई इनोवेटिव (नवाचारी) पहल के अंतर्गत एम-गवर्नेंस के द्वारा छोटे बच्चों के पालकों को टीकाकरण की सूचना देने के लिए मोबाइल फ़ोन का उपयोग किया जा रहा है। इससे शिशुओं का स्वास्थ्य अच्छा रहेगा और पालकों का बच्चों की बीमारियों पर होने वाला ख़र्च कम हो सकेगा। जो अभिभावक बच्चों के जन्म प्रमाणपत्र बनाते समय अपना मोबाइल नंबर उपलब्ध करवाते हैं, उन्हें राष्ट्रीय टीकाकरण कार्यक्रम द्वारा बीमारियों की रोकथाम के लिए आयोजित किए जाने वाले टीकाकरण कार्यक्रम की जानकारी मोबाइल अलर्ट (सचेतक) से दी जाती है। ये अलर्ट वैयक्तिक और बच्चे की आवश्यकतानुरूप होते हैं। इन्हें सामान्यतः छपे हुए और इलेक्ट्रॉनिक दोनों ही माध्यमों से भेजा जाता है और इनसे जनता में खासी जागरूकता पैदा हुई है। इसके लिए निगम को बहुत थोड़ा ख़र्च करना पड़ता है और जनता के लिए यह सेवा निःशुल्क है। इस सेवा को सन 2009 में शुरू किया गया था और अगस्त 2013 तक 3.4 लाख पालकों को, जिन्होंने इस सेवा के लिए सदस्यता ली थी, 11 लाख संदेश भेजे जा चुके थे।

दूसरी नवाचारी परियोजना में, जिसे यशोदा नाम दिया गया है, स्वस्थ माताएँ अपना दूध दान करती है और उस दूध के पाश्चुरीकरण के बाद नवजात बच्चों को, जिन्हें इस दूध की आवश्यकता होती है, दूध दिया जाता है। दिसंबर 2008 से जून 2013 तक मानव दुग्ध बैंक के पास 1315 माताओं के माध्यम से लगभग 140 लिटर दूध एकत्रित हुआ और बैंक ने 1562 नवजात शिशुओं को यह दूध उपलब्ध करवाया।

सूरत नगर निगम हर वर्ष मॉनसून के समय कम आय वर्ग के लोगों के लिए स्वास्थ्य कैम्प आयोजित करता है, जिन्हें जुलाई, अगस्त और सितम्बर में प्रति शनिवार को लगाया जाता है। अगस्त 2013 तक 140 कैम्प लगाए गए जिनमें 20,000 लोग जाँच के लिए आए और उनमें से 8000 लोगों की जाँच विशेषज्ञों ने भी की। कैम्प में आने वाले सभी लोगों को आवश्यकतानुरूप दवाएँ निःशुल्क दी गईं। कैम्प के ही साथ-साथ शिक्षित लोगों के लिए स्वास्थ्य जागरूकता प्रदर्शनी भी लगाई गई जिसमें बीमारियों से बचाव के उपाय बताए गए।

सूरत शहर ने वरिष्ठ नागरिकों की सेवा के लिए भी कई पहलकदमियाँ उठाई हैं। इसमें रिहायशी इलाक़ों में इनके लिए क़रीब तीस बगीचे विकसित किए गए हैं। इन्हें शांतिकुंज के नाम से जाना जाता है और ये खासतौर से केवल वरिष्ठ नागरिकों के लिए ही बनाए गए हैं। यहाँ हर सुबह समाचार पत्र निशुल्क दिया जाता है। 2009 में नगर निगम ने 1.3 करोड़ रुपये की लागत से एक वरिष्ठ नागरिक केन्द्र विकसित किया जिसमें ध्यान कक्ष, स्वास्थ्य जाँच कक्ष, वाचन कक्ष, सभा कक्ष और विविध गतिविधियों के लिए भी एक कक्ष की व्यवस्था की गई है। सन 2013 तक इस केन्द्र

द्वारा दी गई सुविधाओं का उपयोग 20,000 लोगों ने किया। इसी तारतम्य में वरिष्ठ नागरिकों के लिए 2007-08 में सम्पत्ति कर में पाँच प्रतिशत की छूट का भी प्रावधान रखा गया जिसे 2012-13 में बढ़ाकर दस प्रतिशत कर दिया गया।

सूरत के 'कवि नरमद केन्द्रीय पुस्तकालय' में 2,50,000 से अधिक पुस्तकों का संग्रह मौजूद है और ई-पुस्तकालय में 2333 पुस्तकें हैं। निगम ने साथ वाचनालय भी बनाए हैं जिन्हें पढ़ने की आदत के प्रयोग में लाया जाता है। दृष्टिबाधित नागरिकों के लिए गुजराती और अंग्रेज़ी में विविध विषयों की 2600 ब्रेल पुस्तकें संग्रहीत हैं। पुस्तकालय में दी जाने वाली सुविधाओं में निःशुल्क सदस्यता, ऑडियो उपकरण और निःशुल्क पुस्तकों को घर तक पहुँचाना शामिल है।

'वह शहर जिसे आपकी परवाह है', सांस्कृतिक मोर्चे पर भी खरा उतरता है। सूरत में कुछ ऐसी इमारतों का निर्माण किया जा रहा है जो इस शहर को और आकर्षक बनाती हैं। इसी तारतम्य में नवम्बर 2009 में 44 करोड़ रुपये की लागत से एक सांस्थानिक परिसर का निर्माण किया गया जिसमें एक तारा मंडल, एक संग्रहालय, एक विज्ञान दीर्घा, एक सभा कक्ष और एक रंगभूमि (एम्फीथिएटर) शामिल है। इनके लिए प्रवेश शुल्क 30 रुपये से 80 रुपये तक रखा गया है जो हर व्यक्ति के लिए समान है। इस राशि से इन भवनों के रखरखाव में मदद मिलती है। नगर निगम अब अभिनीत कलाओं (परफॉर्मिंग आर्ट्स) के लिए एक केन्द्र का निर्माण कर रहा है जिसके द्वारा कम शुल्क में नवोदित कलाकारों को अभ्यास और प्रदर्शन के लिए मंच प्रदान किया जा सके।

सन 2007 से प्रति वर्ष सूरत में 19 से 25 नवम्बर का सप्ताह विरासत सप्ताह या हेरिटेज वीक के रूप में मनाया जाता है (यह प्रथा कई अन्य देशों में भी देखने को मिलती है)। इसमें विविध गतिविधियों जैसे हेरिटेज वॉक, सेमिनार, प्रदर्शनियों आदि के माध्यम से अपने इतिहास और ऐतिहासिक धरोहरों के प्रति लोगों में जागरूकता उत्पन्न करने का प्रयास किया जाता है। सूरत नगर निगम ने अपनी सांस्कृतिक विरासत को सहेजने के लिए एक विरासत विभाग और एक विरासत संरक्षण समिति का गठन किया गया है, साथ ही इसके लिए विशिष्ट अनुदान भी संरक्षित रखा गया है। इसके तहत एक विस्तृत अध्ययन किया गया जिसमें 2800 सार्वजनिक स्थलों की सांस्कृतिक धरोहरों के रूप में पहचान की गई और उन्हें शासकीय दस्तावेजों में दर्ज किया गया। चौक बाज़ार के विकास के लिए प्रारंभिक योजना का खाका (ब्लू प्रिंट) बना लिया गया है, हालाँकि इसके क्रियान्वयन में थोड़ा समय लग सकता है। शहर के हृदय-स्थल में बसे 400 वर्ष पुराने ऐतिहासिक गोपी तालाब को भी पुनर्जीवित करने का काम किया गया है और इसे वास्तुकला और प्राकृतिक धरोहर के रूप में संरक्षित किया गया है।

शहरी प्रबंधन में नागरिकों की सहभागिता बढ़ाने के लिए कुछ नागरिक केन्द्रित पहलकदमियाँ की गईं हैं। मार्च 2008 में वार्ड समितियों का गठन किया गया था, जो महीने में एक बार मिलती हैं और अपने वार्ड के विकास के मुद्दों पर विचार करती है एवं उनके समाधान के लिए गतिविधियों पर भी विचार करती हैं। जुलाई 2009 में हर वार्ड की समस्याओंध शिकायतों का ऑनलाइन पंजीयन शुरू किया गया।

शहर की बढ़ती हुई समृद्धि के साथ ही सुरक्षा और यातायात प्रबंधन के मुद्दे भी गहरे होते जा रहे हैं। इनके निदान के लिए सूरत में सरकारी-निजी सहभागिता योजना के अंतर्गत शहर के महत्त्वपूर्ण स्थानों पर सीसीटीवी कैमरे लगाए गए हैं। इनमें अत्याधुनिक तकनीक का उपयोग किया गया है और इनका नियंत्रण कक्ष पुलिस आयुक्त के दफ्तर में बनाया गया है। पहले चरण में 10.5 करोड़ रुपयों की लागत से शहर के 23 स्थानों पर 104 कैमरे नागरिक सुरक्षा और यातायात प्रबंधन के उपयोग के लिए लगाए गए थे। इससे इन स्थानों पर यातायात नियमों के उल्लंघन और आपराधिक गतिविधियों की दर में कमी आई। इस परियोजना के प्रति विश्वास जगाने का काम किया गया जिससे इसे सरकारी और निजी क्षेत्र के सहयोग से अनुदान मिल सके। अब तक सूरत नगर निगम ने इसके लिए केवल 2 करोड़ रुपयों का निवेश किया है और शेष राशि निजी क्षेत्र से आई है।

सूरत को सन 2009 में शहरी ग़रीबों के लिए किए गए काम के लिए भारत सरकार के आवास एवं शहरी ग़रीबी उपशमन मंत्रालय की ओर से सर्वाधिक समावेशी दृष्टिकोण का पुरस्कार दिया गया। JNNURM अनुदान का उपयोग करते हुए सूरत नगर निगम ने आर्थिक रूप से विपन्न लोगों के लिए 700 करोड़ रुपये की लागत से 46,000 घर बनाने की योजना बनाई। इनमें से 40,000 घर बने और सन 2006 से सन 2012 के बीच क़रीब 31,000 झुग्गीवासियों को इनमें बसाया गया।

सूरत एक संपन्न शहर है, पर इसकी भौगोलिक स्थिति के कारण इसे बाढ़ की चपेट में आने का ख़तरा हमेशा बना रहता है। अतः शहर की अधिकांश ऊर्जा इसे पारिस्थितिक रूप से सुरक्षित रखने में लगाई जाती है। इन स्थितियों का सामना करने के लिए किस तरह की रणनीतियाँ विकसित और क्रियान्वित की जाए, इस पर काम चल रहा है मगर इसके साथ-साथ सूरत में निजी क्षेत्रों की सहभागिता और आईटी के उपयोग से अपने निवासियों की जीवन शैली को उन्नत बनाने का प्रयास भी किया है। रहने योग्य शहरों के निर्माण का तात्पर्य केवल बड़े-बड़े प्रकल्पों से ही नहीं है, सूरत ने इसे सिद्ध किया है और बताया है कि किसी शहर के विकास में छोटी-छोटी बातें भी बहुत महत्त्व रखती हैं। जैसे कि तत्कालीन नगर निगम आयुक्त एस अपर्णा का कहना है,"छोटी-छोटी बातों का ध्यान रखने की पहल करना और उन बातों को सहज-सरल बनाना जो एक व्यक्ति के जीवन में बहुत महत्त्व रखती हैं, यही रास्ता आपको नागरिकों के और क़रीब ले जाता है।"

5 हैदराबाद : सत्यवादी कैमरे के साथ प्रशासन

हालाँकि भारत में टेलीकॉम के क्षेत्र में हुए घोटालों के कारण लोगों में इसके प्रति काफ़ी गुस्सा और असंतोष है, मगर यह मानना होगा कि मोबाइल फ़ोन सुशासन के लिए बेहतर अवसर प्रदान करता है। कुछ साल पहले शिक्षकों के शाला से अनुपस्थित रहने और उनकी उपस्थिति-अनुपस्थिति को मोबाइल कैमरे के माध्यम से जाँचने का मुद्दा सुशासन पर हो रही चर्चाओं और सेमिनार का विषय था। हैदराबाद शासन ने मोबाइल कैमरे और उसके साथ अन्य तकनीकों का उपयोग शहर में स्वच्छता की व्यवस्था की जाँच के लिए नए तरीक़े से किया। यह अलग बात है कि शहर ने अपनी पहल से हाथ खींच लिया।

हैदराबाद ने ऑफ़साइट रियल टाइम मॉनिटरिंग (ओएसआरटी) प्रणाली का प्रारम्भ किया जो अपने आप में अनूठी, पर मोबाइल आधारित सरल आईटी पहल थीं जिसमें जीपीएस (ग्लोबल पोजीशनिंग सिस्टम) और जीपीआरएस (जनरल पैकेट रेडियो सर्विस) का इस्तेमाल किया गया था। इन्हें मोबाइल फ़ोन के द्वारा जोड़ा गया था जिससे नागरिक सुविधाओं का प्रबंधन पारदर्शी और कारगर तरीक़े से किया जा सके। इसमें किसी स्थान की मोबाइल फ़ोन से ली गई तस्वीरों को त्वरित केन्द्रीय सर्वर को भेजने की व्यवस्था थी ताकि म्युनिसिपल अधिकारी काम पर नज़र रख सकें। अनेक नगर निगमों में सार्वजनिक सेवाओं को बेहतर बनाने के काम में मोबाइल फोन का इस्तेमाल हो रहा है, जिसमें लिखित संदेश और बातचीत शामिल हैं। पर रियल टाइम (जीवंत) तस्वीरों की मदद से काम हो जाने (जॉब डन) का संदेश देने वाला यह पहला प्रयत्न था। कुछ समय बाद निगम ने कर्मचारियों की उपस्थिति की जानकारी के लिए बायोमेट्रिक की व्यवस्था अपनाई, पर इससे निगरानी की व्यवस्था लड़खड़ा गई। बायोमेट्रिक के लिए व्यवस्थित उपकरणों की ज़रूरत होती है जबकि पहले केवल कैमरा और मोबाइल फ़ोन का इस्तेमाल था।

सन 2010 से पहले हैदराबाद के निवासियों को निगम से संबंधित किसी भी शिकायत को दर्ज करने के लिए, जैसे सड़कों की साफ़-सफ़ाई न होना, कचरे की

पेटियों से कचरा न उठाया जाना इत्यादि, या तो फ़ोन करना होता था या ग्रेटर हैदराबाद महानगर निगम के दफ्तर में जाकर अर्जी भरवानी पड़ती थी। कचरे को स्थानांतरण स्थल स्टेशन से उठवाकर मुख्य निपटान स्थल तक ले जाने का काम निगम का था। शहर भर की 4000 कचरा पेटियों और 18,000 सफ़ाई कर्मचारियों की जानकारी और उनके कामों की जाँच शहर भर में निगम के 200 स्थानों पर तैनात स्वच्छता परिवेक्षकों द्वारा हाथों से (मैनुअली) की जाती थी। सन 1995 में निगम ने कचरे के निपटारे का ठेका निजी कम्पनी को सौंप दिया। इन संस्थाओं के कर्मचारी घर-घर से कचरा एकत्रित करके डम्पर बिन में डालते थे, जहाँ से उसे स्थानांतरण स्थल तक ले जाया जाता था।

अगस्त 2010 की शुरुआत में हैदराबाद शहर में शहर ठोस कचरे के निपटारे के लिए नए तरीक़े ओएसआरटी को अपनाने की पहल की गई। इसमें जीपीआरएस प्रणाली (निर्माण परिचलन अंतरण) की मदद से सार्वजनिक कार्य स्थल पर काम कर रहे सफ़ाई कर्मचारियों की वास्तविक काल की तस्वीरें खींचना आसान हो गया। तस्वीरों पर समय और तारीख़ अंकित होतीं और स्थान के अक्षांश और देशांतर को भी गूगल मैप के आधार पर देखा जा सकता। ये तस्वीरें निगम की वेबसाइट पर तुरंत फौरन उपलब्ध होतीं जिससे संबंधित विभागों के अधिकारियों को सार्वजनिक सेवा की स्थिति पर नज़र रखना आसान हो जाता था।

तस्वीरों को गूगल मैप जैसे ओपन सोर्स इंटरफेस की सहायता से बनाने की प्रक्रिया ने ओएसआरटी की लागत को बहुत कम कर दिया। ओएसआरटी के लिए मोबाइल एप्लीकेशन विकसित करने का काम ब्लू फ्रॉग टेक्नोलॉजीज प्राइवेट लिमिटेड को तीन साल के निर्माण-परिचालन-अंतरण (बीओटी) अनुबंध के साथ सौंपा गया जिसे मार्च 2014 तक बढ़ाया गया। निगम ने तीन वर्षों की अवधि में प्रति वर्ष सॉफ़्टवेयर पैकेज में 48.5 लाख रुपये लगाए, 15 लाख रुपये मोबाइल फ़ोन ख़रीदने पर ख़र्च किए और जीपीआरएस कनेक्टिविटी के लिए 2 लाख प्रति माह की राशि किराए के रूप में अदा की। इसके बदले में ठेकेदारों से फ़ोन के उपयोग के लिए मासिक किराया लिया गया। 2012 तक ठेकेदारों से 24 लाख रुपये किराए के रूप में प्राप्त किए जा चुके थे।

नई व्यवस्था की ओर बढ़ने के परिणाम प्रभावशाली थे। 2010-11 में कर्मचारियों की उपस्थिति 85 प्रतिशत थी जो 2011-12 में बढ़कर 90 प्रतिशत हो गई। साथ ही कचरे की पेटियों को ट्रांसफर केन्द्र तक पहुँचाने की दर 76 प्रतिशत से बढ़कर 98 प्रतिशत तक हो गई।

मैं फरवरी 2011 में हैदराबाद गई थी। उस समय मुझे ओएसआरटी को सड़कों पर ठोस अपशिष्ट का प्रबंधन करते हुए देखने का अवसर मिला। एक युवा सुपरवाइजर ने, जो उच्च्च विद्यालय तक पढ़ा हुआ था, मुझे आसपास के स्थानों

को दिखाया और एक तस्वीर लेकर यह बताया कि किस तरह ये तस्वीरें सर्वर पर अपलोड की जाती हैं और तुरंत निगम को उपलब्ध कराई जाती हैं। ऐसा करते समय उसका चेहरा गर्व और उत्साह से चमक रहा था। उसने कर्मचारियों की उपस्थिति को रिकॉर्ड किया और कचरे की पेटियों की स्थिति की तस्वीर भी ली। यही प्रक्रिया दिन के अंत में भी दोहराई गई। एम राजेश्वर राव ने, जो ग्रेटर हैदराबाद महानगर निगम तत्कालीन अपर आयुक्त (आईटी) थे, सगर्व बताया कि देश भर की सरकारी व्यवस्था में किसी भी स्तर पर यह पहला रियल टाइम अर्बन गवर्नेंस मॉनिटरिंग सिस्टम यानी जीवंत नगरीय शासन निगरानी की प्रणाली है। निगम के तत्कालीन कमिश्नर डॉ. समीर शर्मा के अनुसार ओएसआरटी आँखों पर भरोसा करता है और मोबाइल फ़ोन की छोटी सी सुविधा की मदद से रियल टाइम जवाबदेही को विकसित करने का प्रयास कर रहा है।

नियमों का उल्लंघन जैसे उपस्थिति कम होना, कचरा न उठाया जाना, सड़कों की सफ़ाई न होना या काम में विलंब होना आदि के लिए ठेकेदार को दी जाने वाली राशि में से कुछ हिस्सा जुर्माने में काट लिया जाता है। जुर्माने के डर से निजी ठेकेदार संपूर्ण दक्षता के साथ तंत्र का प्रबंधन करते हैं। सार्वजनिक क्षेत्र में जुर्माने के लिए ऐसी किसी प्रभावशाली प्रणाली को लागू करना कठिन है, जो काम में कुशलता ला सके। बहरहाल सरकार और समुदाय की निगहबानी-निगरानी की भूमिका बहुत महत्त्वपूर्ण है। 2011-12 में निगम ने 27 लाख रुपये कम उपस्थिति, कचरा न उठाए जाने और सड़कों की सफ़ाई न होने वगैरह के एवज में जुर्माने के रूप में एकत्र किए।

सन 2012-13 के बाद से सफ़ाई कर्मचारियों की उपस्थिति के लिए मोबाइल तकनीक के उपयोग में भारी कमी आई। केवल चार केन्द्र ओएसआरटी व्यवस्था से जुड़े रहे। इनमें से एक को बायोमेट्रिक उपस्थिति प्रणाली के साथ जोड़ा गया। बचे हुए चौदह केंद्रों में हाजिरी का रिकॉर्ड हाथ से दर्ज किया जाता है। सन 2013 की शुरुआत में ठेकेदारी व्यवस्था को ख़त्म कर दिया गया। सभी सफ़ाई कर्मचारियों को सात समूहों में बाँट दिया गया और उन्हें पारस्परिक सहकारी सहायता समूह के रूप में रजिस्टर किया गया। नगर निगम ने इन समूहों के साथ एक सहमति पत्र पर दस्तखत किए, जिसके अंतर्गत कर्मचारियों का वेतन निगम द्वारा समूह के खाते में जमा किया जाएगा, और वेतन वितरण समूहों के द्वारा होगा। उपस्थिति और जुर्माने के बारे में जानकारी उपलब्ध नहीं है।

हैदराबाद में ओएसआरटी का उपयोग इमारतों के निर्माण की स्वीकृति देने वाली व्यवस्था से भी जोड़ा गया था, जो कि अधिकांश शहरों में भ्रष्टाचार का केन्द्र होती है। इमारतों की स्वीकृति का कार्यक्रम नवम्बर 2010 में ओएसआरटी के अंतर्गत लाया गया। इमारत के निर्माण में नियमों का पालन हो रहा है या नहीं, इसका पता लगाने के लिए निर्माणाधीन इमारतों की तस्वीरें कई चरणों में ली गईं। इसका प्रतिरोध होगा

इसकी उम्मीद थी, फिर भी शुरुआत की गई। पंद्रह मीटर ऊँची इमारतों को (भूतल के साथ चार मंज़िलें-बहुमंज़िला इमारतों के अलावा) पंद्रह दिन में अनुमति मिलने लगी। लगभग 80 प्रतिशत आवेदन इसी श्रेणी में होते हैं।

ई-गवर्नेंस की इस पहल का चौतरफ़ा विरोध हुआ। जिस दिन मैं हैदराबाद में थी, उस दिन ग्रेटर हैदराबाद के पश्चिमी क्षेत्र के कुकुटपल्ली क्षेत्र में एक अवैध निर्माण को तोड़ने का काम किया जा रहा था। यह अवैध निर्माण कुछ माह पहले ही शुरू हुआ था और मोबाइल गवर्नेंस प्रणाली को यह निर्माण स्वीकृत योजना से भिन्न प्रतीत हुआ। इस इमारत का निर्माण कुछ निजी निर्माणकर्तृताओं द्वारा किया जा रहा था जिन्होंने आंध्र प्रदेश हाउसिंग बोर्ड कॉलोनी में कुछ भूखण्ड ख़रीदे थे। निगम ने अवैध निर्माण के पाँच प्रतिशत हिस्से को गिरा दिया था मगर उसके बाद तोड़-फोड़ रोक दी गई और इस निर्माण के लिए किसी तरह का जुर्माना लगाकर समझौता करने की बात होने लगी।

नागरिक आज भी अपनी शिकायतों को ऑनलाइन दर्ज करने के लिए मोबाइल फ़ोन का इस्तेमाल करते हैं। शिकायतों के निवारण के लिए उनको अगले स्तर पर स्वतः भेजने का कार्य भी पूर्ववत चालू है। इसका अर्थ है कि जैसे ही कोई नागरिक सफ़ाई न होने, कचरा न उठाने या सड़क पर बत्ती न होने की शिकायतें, मेल या कॉल सेंटर के द्वारा दर्ज करवाता है, उसका संदेश संबंधित अधिकारी तक पहुँच जाता है। शिकायतों के निवारण के बाद वस्तुस्थिति की जानकारी ऑनलाइन प्रकाशित हो जाती है। शिकायत दूर हो गई है, यह संदेश शिकायतकर्ता और अधिकारी दोनों तक पहुँचाया जाता है।

हैदराबाद द्वारा कैमरे वाले मोबाइल फ़ोन के रूप में की गई पहल को बड़े झटकों का सामना करना पड़ा। ओएसआरटी परियोजना का हश्र भी उन्हीं कई नवाचारी पहलकदमियों के समान हुआ जिनके प्रणेता परियोजनाओं के किसी ठोस परिणाम तक पहुँचने के पहले ही हटा दिए जाते हैं। निहित स्वार्थों के कारण लोगों ने बदलावों का जमकर विरोध किया। ओएसआरटी के खिलाफ जो तर्क रखा गया वह यह था, "हम नहीं चाहते कि कोई बाहरी व्यक्ति कचरे की पेटियाँ साफ़ करती हुई हमारी स्त्रियों की तस्वीरें उतारे।" यह सत्य है कि तकनीक विकास करती गई है और जीपीएस-युक्त सामान्य मोबाइल कोई ऊँचे दर्जे की नवीनतम तकनीक भी नहीं है। लेकिन इस तकनीक का सहारा लेकर बेहतर नतीजा दिखाना भी सम्भव नहीं हुआ।

नई तकनीक के नवाचारी उपयोग के साथ-साथ लोगों में इस बात के प्रति जागरूकता लाना भी आवश्यक है कि नई तकनीक में सुशासन को सुनिश्चित कर सकने की ताकत है। एक बार यदि सुशासन की माँग पैदा होगी, तो इनोवेशन हमारा मददगार होगा, क्योंकि सरकार ऐसा करने को बाध्य होगी।

6 दिल्ली : विद्युत वितरण में जीआईएस तकनीक का उपयोग

हममें से ज़्यादातर लोग भौगोलिक सूचना प्रणाली यानी जीआईएस और जीपीएस तकनीक के उपयोग को केवल कृषि, अंतरिक्ष या जलवायु परिवर्तन से जोड़कर देखते हैं। पर ये तकनीकें उन लोगों के लिए भी सशक्त उपकरण साबित हुई हैं, जो भारत के शहरी क्षेत्रों की नियति तय करते हैं, उनके विकास को आकार देते हैं। जैसा कि इस पुस्तक में दिए गए अध्ययनों से स्पष्ट है, ये तकनीकें कई शहरों में सार्वजनिक सेवाओं की चुनौतियों को हल करते हुए उनमें सुधार लाने में खासी प्रभावशाली रही हैं।

जीआईएस तकनीक के बल पर अब हम शहरों और कस्बों में बिजली वितरण सेवा की चुनौतियों का समाना कर सकते हैं। खासतौर से बिजली की चोरी का, जो विद्युत कर्मियों और नागरिकों की मिली भगत के कारण ही सम्भव होती है। भारत के शहरों में रहने वाला हर नागरिक विद्युत प्रदाय की मात्रा कम होने और उसकी गुणवत्ता में कमी की गवाही दे सकता है। दिल्ली में टाटा पावर दिल्ली डिस्ट्रीब्यूशन लिमिटेड (टीपीडीडीएल) जिसे पहले नई दिल्ली विद्युत निगम के नाम से जाना जाता था, एक विद्युत वितरण कम्पनी है जिसमें 51 प्रतिशत की भागीदारी टाटा पावर की और 49 प्रतिशत की भागीदारी दिल्ली प्रशासन की है। इन्होंने जीआईएस तकनीक को अन्य आईटी एप्लीकेशन के साथ जोड़कर इन चुनौतियों का सामना करने का रास्ता खोज निकाला है।

टीपीडीडीएल (TDPL) कंपनी 510 वर्ग किमी के क्षेत्र को घेरते हुए दिल्ली की एक तिहाई जनसंख्या को विद्युत प्रदान करती है। इसके अंतर्गत सिविल लाइंस, मॉडल टाउन, शक्ति नगर, पीतमपुरा, रोहिणी, शालीमार बाग, मोती नगर, नरेला, बवाना और मंगोलपुरी जैसे स्थानीय क्षेत्रों में 13 लाख मीटर लगाए गए हैं। नई तकनीक और कुशल प्रबंधन के द्वारा टीपीडीडीएल बेहतर योजना निर्माण, बेहतर क्रियान्वयन, बेहतर रख-रखाव, ऊर्जा प्रदाय का बेहतर लेखांकन और लेखा परीक्षण,

बेहतर वितरण सेवाएँ और बेहतर तरीक़े से बकाया रक़म की वसूली को सुनिश्चित करती है।

ओडिशा के बाद दिल्ली वह दूसरा राज्य था जिसने सन 2002 में बिजली के क्षेत्र में सुधारों का रास्ता प्रशस्त करते हुए वितरण का निजीकरण किया और सार्वजनिक क्षेत्र की एक एकाधिकारी संस्था की जगह तीन कम्पनियों को यह काम दिया गया। प्रतिस्पर्धी बिडिंग प्रक्रिया में टीपीडीडीएल ने इस वायदे के साथ अनुबंध हासिल किया कि बिजली की चोरीध्अकुशलता (सामान्य भाषा में तकनीकी और व्यावसायिक हानि) को कम करेगी और इसे जुलाई 2002 में दर्ज 53 प्रतिशत से घटाकर 2006-07 तक 31 प्रतिशत पर लाया गया। अलबत्ता 2006-07 में नुकसान की दर 23.7 प्रतिशत हो गई। इसके बाद 2013-14 में यह और घटकर 18.8 प्रतिशत (संपूर्ण भारत के औसत 24 प्रतिशत दर की तुलना में) रह गई। टीपीडीडीएल ने नए विद्युत कनेक्शन लेने के समय को भी घटाया। पहले इस प्रक्रिया में पंद्रह दिन लगते थे, जो घटकर दो दिन हो गए। इस तरह सेवाओं की बहाली का समय औसतन तीन घंटे से घटाकर एक घंटा कर दिया गया और यह सब नई तकनीक के समन्वित रूप से अर्थात जीआईएस मैप और आईटी एप्लीकेशंस को आपस में जोड़ने से सम्भव हुआ।

इसका प्रारम्भ नेटवर्क यानी संजाल की जीआईएस मैपिंग के साथ किया गया जिसे 2006 के अंत तक पूरा कर लिया गया। जीआईएस नक्शों को सैटेलाइट चित्रों और नेट वर्क के क्षेत्रीय सर्वेक्षण के आधार पर डिजिटाइज किया गया जिसमें उपभोक्ताओं का डेटा और ट्रांसफ़ॉर्मर तथा दूसरी सम्पत्तियों (एसेट्स) को शामिल किया गया था। सम्पत्ति के मानचित्रों की मदद से कम्पनी बिजली सप्लाई में किसी

भी ख़राबी या ग़लती के नेटवर्क रूट की पहचान करके तुरंत निदान कर सकती थी। इससे स्थान की वास्तविक दूरी का पता लगाने के साथ-साथ केबल की बचत भी हुई। इसके पहले सही आंकलन न होने की वजह से अनावश्यक केबल ख़रीदा जाता था (और कथित रूप से इस्तेमाल में लाया जाता था)। टीपीडीडीएल ने जीआईएस नक्शे पर हर झुग्गी को झुग्गी-झोंपड़ी समूह के तहत दर्ज किया और उससे जुड़े बिजली के पोल के नम्बर को जीआईएस मैप में दर्ज किया। इससे विद्युत बिलिंग 25 प्रतिशत से बढ़कर 70 प्रतिशत और बिल धनराशि 50 प्रतिशत से बढ़कर 90 प्रतिशत हो गई। ग्राहकों से रिश्ते सुधारने के लिए झुग्गी-झोंपड़ी समूह के निवासियों को जीवन बीमा, स्वास्थ्य जाँच और निःशुल्क दवाओं की सुविधाएँ भी दीं। ग्राहकों की जीआईएस मैपिंग और आईटी के इस्तेमाल से बिजली चोरी की पहचान आसान हो गई क्योंकि इससे कम्पनी को विशेष ट्रांसफ़ॉर्मर से जुड़े वास्तविक उपभोक्ता को पहचानना आसान हो गया।

किसी ट्रांसफ़ॉर्मर से बहने वाली धारा की उस घर के बिल में अंकित बिजली आपूर्ति की मात्रा से तुलना करके वास्तविक उपयोग की गई बिजली की खपत का आंकलन करना आसान हो गया था। सामान्य खपत से अधिक के संकेत मिलते ही यह पता लग जाता था कि बिजली की चोरी की जा रही है। जैसा कि टीपीडीडीएल के तकनीकी विभाग के प्रमुख अरुणाभ बसु कहते हैं, "जीआईएस ने जटिलता को सरलता में बदल दिया।"

टीपीडीडीएल कंपनी ने नए तरीक़े से जीआईएस को अपनी अन्य उद्यम प्रणालियों के साथ एकीकृत किया जो इसकी प्रमुख व्यापार प्रक्रियाओं का हिस्सा थीं। जीआईएस के नक्शों के कार्य को 2008 में विकसित और क्रियान्वित की गई जीआईएस एप्लीकेशंस द्वारा पुष्ट किया गया। जीआईएस को नेटवर्क के साथ जोड़ने से जगह-जगह जाकर डेटा संकलन के काम को भी कम किया जा सका। इस नेटवर्क में आए किसी भी परिवर्तन को (जैसे नया कनेक्शन जोड़ना, पुराने ट्रांसफ़ॉर्मर को हटाकर नया ट्रांसफ़ॉर्मर जोड़ना आदि) हर उपयोगकर्ता जैसे उपभोक्ता, लाइनमैन, मीटर रीडर, शिकायत निवारण कर्ताओं सभी के लिए समान रूप से अपडेट किए जाते हैं।

जीआईएस की सूचनाओं को टीपीडीडीएल के वित्तीय लेखांकन, मानव संसाधन, बिलिंग, प्लांट के रखरखाव, सामग्री और परियोजना की सामग्री प्रबंधन प्रणाली को उद्यम रिसोर्स पैकेज सॉफ़्टवेयर ''सैप'' के साथ जोड़ा जाता है। सभी 'सैप' मॉड्यूल्स आपस में जुड़े रहते हैं जिससे तत्क्षण रिपोर्ट करना सम्भव हो पाता है। इसके लिए टीपीडीडीएल के हरेक उपकरण (असेट) भौगोलिक स्थिति (जियो-रेफरेंस्ड लोकेशन) को 'सैप' के प्लांट मेंटीनेंस मॉड्यूल्स के साथ जोड़ा जाता है ताकि सिस्टम का निवारक रख-रखाव किया जा सके। जीआईएस के साथ आउटेज मैनेजमेंट सिस्टम

(ओएमएस) को इस तरह जोड़ा गया है कि जैसे ही शिकायत दर्ज होती है, आउटेज पर काम करने वाले कर्मचारी को इस एप्लीकेशन के जरिए यह पता लग जाता है कि किस प्रदायक (फीडर) में दिक्कत आई है और उससे कितने उपभोक्ता प्रभावित हो रहे हैं। इससे गड़बड़ी को तुरंत दूर करने, उपभोक्ताओं को सप्लाई में बाधा आने की सूचना तथा आपूर्ति फिर से शुरू होने का समय बताने की जानकारी देना सम्भव होता है।

उपभोक्ताओं की जीआईएस मैपिंग से न केवल सही बिलिंग हो पाती है साथ ही इस बात का पता लग जाता है कि क्या कोई व्यक्ति ऐसा है, जिसका बिल की राशि अदा न करने के कारण कनेक्शन काट दिया गया हो और वह उसी परिसर में नया कनेक्शन लेने का प्रयास कर रहा हो।

इस नई तकनीक की कुल लागत 4 करोड़ रुपये थी और इस निवेश को प्रबंधन ने दर सूची से अलग रखा था। मगर इस रक़म को बहुत ही कम समय में चुका दिया गया और इसकी मदद से वितरण कम्पनी को प्रति वर्ष 4.5 करोड़ रुपये की बचत हुई।

टीपीडीडीएल को अपने व्यवसाय में जीआईएस प्रणाली का नवीन तरीक़े से उपयोग करने के लिए 2008 में वाशिंगटन के थॉमस एडीसन इंस्टीट्यूट ने प्रतिष्ठित एडीसन पुरस्कार दिया। यह संस्थान पचासी वर्ष पुराना है, और प्रति वर्ष बिजली के क्षेत्र में नवाचार (इनोवेशन) करने वाली एक अमेरिकी और एक बाहर की संस्था को पुरस्कृत करता है। फरवरी 2013 में जीआईएस आधारित ओएमएस को नैस्कॉम और सीएनबीसी टीवी 18 द्वारा ऊर्जा और उसकी उपयोगिता के क्षेत्र में सर्वश्रेष्ठ आईटी प्रेरित नवाचार का पुरस्कार दिया गया।

यह जानना ज़रूरी है कि जीआईएस ने जहाँ नई तकनीक उपलब्ध कराई थी, वहीं कम्पनी की विशेषता इस तकनीक को उन सभी उद्यम प्रणालियों के साथ जोड़ना करना था जो अन्य सभी प्रमुख व्यापार प्रक्रियाओं जैसे वित्तीय लेखांकन, मानव संसाधन, संयंत्र का रखरखाव, बिलिंग आदि से संबंधित थीं। ऊर्जा के क्षेत्र में ऐसे एकीकृत एप्लीकेशंस की क्षमता विकसित करना बहुत महत्त्वपूर्ण बात है।

7 बेंगलूरु : सम्पत्ति कर की सही राह पर

हमारे शहरों की दीन वित्तीय स्थिति चिंता का विषय है। एक तरफ़ सार्वजनिक सेवाएं और उनकी गुणवत्ता इच्छित स्तर से बहुत कम है, दूसरी ओर इन सेवाओं पर लिए जाने वाले शुल्क और स्थानीय करों का संग्रह इन सेवाओं की लागत को पूरा करने के लिए अपर्याप्त है। इस समस्या ने हमें जाहिर तौर पर कठिन परिस्थिति में ला खड़ा किया है। ऐसे समय में बेंगलुरु के सम्पत्ति कर सुधार से हमें उम्मीद की नई किरण नज़र आती है।

भारत में स्थानीय नगर प्रशासन के लिए राजस्व का सबसे बड़ा सम्भावित जरिया है सम्पत्ति कर, पर व्यवहार में राजस्व में इसका योगदान बहुत ही थोड़ा होता है। बेंगलुरु महानगर पालिके (बीएमपी) ने सन 2000 में सम्पत्ति कर सुधार प्रारम्भ किया और सन 2008 में बृहत बेंगलुरु महानगर पालिके (बीबीएमपी) ने इसे आगे बढ़ाते हुए यह दिखाया कि सम्पत्ति कर की दर में उछाल लाना तभी सम्भव है जब एक ऐसा तंत्र विकसित किया जाए जो अपना दायरा बढ़ाए, जिसमें कर निर्धारण की पारदर्शी व्यवस्था हो, कर देने से बचने के तरीक़े कम किए जाएँ और नियमित अंतराल में सम्पत्ति के मूल्य निर्धारण की व्यवस्था हो। यदि जीआईएस मैपिंग ने कर के दायरे में आने वाली सम्पत्तियों की संख्या बढ़ाई तो नियमित अंतराल पर मुद्रास्फीति के अनुरूप सम्पत्ति के मूल्यांकन ने कर की दरों में वृद्धि की जिससे कर राजस्व बढ़ा।

सम्पत्ति कर की व्यवस्था में संशोधन के पूर्व किराया नियंत्रण अधिनियम में वार्षिक कर योग्य सम्पत्ति के आकलन की व्यवस्था अक्सर टकराव का मुद्दा बनती थी। जब किसी सम्पत्ति का पहली बार कर निर्धारण होता था तब सम्पत्ति कर अधिकारी सम्पत्ति का निरीक्षण करके नोटिस जारी करते थे जिसमें मिलने वाले अनुमानित किराए का आकलन करके टैक्स की रक़म निकाली जाती थी। इस तरह की व्यवस्था में अनुमान के लिए अत्यधिक संभावना थी अतः इसने भ्रष्टाचार और

मुक़दमेबाजी के लिए अनुकूल वातावरण बनाया। वार्षिक कर योग्य मूल्य निर्धारण व्यवस्था से न तो कर दाता को लाभ था और न निगम को।

अप्रैल 2000 में निगम ने स्व-आकलन योजना (एसएएस) शुरू की जो स्व-घोषणा योजना थी जिसमें कर के आकलन के लिए सरल और पारदर्शी दिशा निर्देश दिए गए थे जिनमें सम्पत्ति का स्थल, निर्मित क्षेत्रफल, निर्माण का प्रकार, उपयोग (रिहायशी या व्यापारिक), स्वयं उपयोग के लिए छूट और सम्पत्ति की आयु आदि शामिल थे। रिहायशी सम्पत्ति के लिए कर की दर 20 प्रतिशत थी और गैर रिहायशी सम्पत्ति के लिए 25 प्रतिशत। स्वयं उपयोग की जाने वाली सम्पत्ति के लिए कर में 50 प्रतिशत की छूट थी। 200 वर्ग किलोमीटर क्षेत्रफल वाले बेंगलुरु को, भू-मूल्य आकलन के लिए स्टाम्प और पंजीकरण विभाग के दिशा निर्देशों के अनुरूप छह क्षेत्रों में बाँटा गया। इन दिशा निर्देशों को हर चार साल में पुनरीक्षित किया जाना था जिससे कर की दर में परिवर्तन सुनिश्चित किया जा सके। यह व्यवस्था कैपिटल मूल्य व्यवस्था से मिलती-जुलती थी।

चूँकि कर्नाटक नगर निगम अधिनियम 1976 में संशोधित नहीं हुआ था, इसलिए सम्भावित विवादों को ध्यान में रखते हुए इसे ऐच्छिक रखा गया। इस योजना के अंतर्गत कर का आकलन पाँच वर्षों के लिए किया जाता था जिससे करदाताओं को निश्चितता बनी रहती थी। कर को चुने गए आठ बैंकों में से किसी के भी माध्यम से जमा किया जा सकता था, इसके अलावा करदाताओं को कर जमा करने में मार्गदर्शन के लिए पचास भुगतान केन्द्र खोले गए।

उस समय के नगर निगम आयुक्त के.जयराज ने बड़ी कुशलता के साथ एसएएस को लागू करने का कार्य किया। उदाहरण के लिए सम्पत्ति कर बढ़े तो उसकी सीमा मूल देय से ढाई गुना की गई और यदि कमी हो तो टैक्स 25 प्रतिशत तक कम हो सकता था। सरकार ने नागरिकों की परेशानियाँ समझने और उनके निदान के लिए बेंगलुरु एजेंडा टास्क फोर्स (बीएटीएफ) का गठन किया जिसमें निजी क्षेत्र के टेक्नोक्रेट्स और प्रख्यात नागरिकों को शामिल किया। बीएटीएफ ने एसएएस को सुशासन के महत्त्वपूर्ण उपाय के रूप में आगे बढ़ाया। इसके लिए 45 दिनों तक समाचार पत्रों के माध्यम से एक अभियान चलाया गया जिसमें एसएएस के बारे में प्रायः पूछे जाने वाले प्रश्नों के उत्तर दिए गए जिससे कर दाताओं का विश्वास जीतने में मदद मिली। रहवासी कल्याण संघ के साथ लगातार संवाद बनाकर उनका भी सहयोग हासिल किया गया।

इसके परिणाम आश्चर्यजनक थे। 2000-01 में सम्पत्ति कर संग्रह 33 प्रतिशत बढ़ गया जिससे यह स्पष्ट हुआ कि करदाता अपने और प्रशासन के बीच काम कर रहे बिचौलियों को निकाल बाहर करने के लिए आतुर थे। इससे कर संग्रह

की दर बढ़ी, कर योग्य सम्पत्तियों में इजाफा हुआ और प्रति सम्पत्ति कर भी बढ़ा। पहली बार के लिए तो यह वृद्धि अपेक्षित थी पर अगले दो सालों में यह दर क्रमशः 3.8 प्रतिशत और 2.5 प्रतिशत हो गई। चूंकि एसएएस को ऐच्छिक रखा गया था, नई सम्पत्ति ख़रीदने वालों ने इसे नहीं अपनाया। इस व्यवस्था को मज़बूत प्रवर्तन, आकस्मिक जाँच पड़ताल और कड़े वसूली के प्रावधानों की आवश्यकता थी। ऐसे प्रयास 2003-04 में और 2005-06 में किए गए तो इससे राजस्व में 15-16 प्रतिशत की वृद्धि हुई। इससे यह बात स्पष्ट हुई कि सम्पत्ति कर के सहारे राजस्व में उछाल आना तभी सम्भव है जब सम्पत्ति का मूल्यांकन नियमित अंतराल पर हो।

अब समय था फिर से सुधार का। सन 2007 तक बेंगलुरु महानगर पालिका (बीएमपी) का क्षेत्राधिकार बढ़ गया और यह बृहत बेंगलुरु महानगर पालिका (बीबीएमपी) बन गई। उसका आकार बढ़ गया, जिसमें 800 वर्ग किमी का क्षेत्रफल, 75 लाख जनसंख्या, 198 वार्ड और आठ क्षेत्र शामिल थे। बेंगलुरु के कर-दाता एसएएस के इतने आदी हो चुके थे कि उन्होंने सन 2002 में क़ानून के तहत बनाए गए कैपिटल-वैल्यू सिस्टम यानी पूँजी मूल्य प्रणाली का कड़ा विरोध किया। बीबीएमपी के तत्कालीन उपायुक्त (संसाधन) यूए वसंत राव, जिन्होंने इस क़ानून का मसौदा बनाया था, कहते हैं, एसएएस की सफलता और सैकड़ों करदाताओं और प्रख्यात नागरिकों द्वारा इसके समर्थन की वजह से एसएएस को ही इतना सशक्त बनाना सम्भव हुआ कि वह पूँजी मूल्य प्रणाली के समान ही प्रभावी हो सके।''

सन 2008 में कर्नाटक नगर निगम अधिनियम में संशोधन पारित करने का एक साहसी क़दम उठाया गया जिसके अंतर्गत बीबीएमपी के सभी क्षेत्रों में सम्पत्ति के मूल्यांकन के लिए क्षेत्रफल आधारित व्यवस्था (यूनिट एरिया वैल्यू सिस्टम) लागू करने की बात की गई और इसे वर्ष 2008-09 से लागू किया गया। इस सुधार को भी नागरिकों, मीडिया और करदाताओं का खासा समर्थन मिला। सम्पत्ति के आकलन के आधार के रूप में सन 2007 में जारी किए गए संशोधित दिशा-निर्देशों का प्रयोग किया गया। हालाँकि यह सोचा-समझा फैसला था कि जहाँ तक हो सके, पुराने बीएमपी के अंतर्गत आने वाले तीन क्षेत्रों में सम्पत्ति का मूल्य न बढ़े, पर सन 2008 में हुई पुनःक्षेत्रीकरण (री-जोनिंग) में कई सम्पत्तियों के मूल्य सन 2000 की तुलना में दो स्तर ऊपर हो गए। इस भार को कम करने के लिए सम्पत्ति को उच्चतर जोन में ले जाने के लिए उसे केवल एक जोन ऊपर ही रखा गया। इसके अलावा जल्द भुगतान करने वालों को 5 प्रतिशत की छूट दी गई जिसका लाभ 70 प्रतिशत से अधिक करदाताओं ने उठाया। करदाताओं के लिए ऑनलाइन रिटर्न फ़ाइल करने का विकल्प भी रखा गया।

नए अधिनियम में प्रति वर्ष दाखिल किए गए रिटर्न में से 15 प्रतिशत के लिए आकस्मिक जाँच को भी अनिवार्य बनाया गया और ग़लत पाए गए दावों पर

जुर्माना भी लगाया गया। सभी करदाताओं द्वारा जमा किए गए कर की जानकारी को बीबीएमपी की वेबसाइट पर अपलोड किया गया। करदाता यह देख सकते थे कि उनके पड़ोसियों की तुलना में उन्होंने कितना टैक्स भरा है। इससे भुगतान पर सकारात्मक प्रभाव पड़ा। हरेक जोन के कर संग्रह रजिस्टरों को अब कम्प्यूटरीकृत किया जा रहा है।

2008-09 में बने सम्पत्तियों के जीआईएस बेस-मानचित्र के आधार पर 2009-10 में एक क्षेत्र सर्वेक्षण किया गया और ग्यारह लाख सम्पत्तियों की पहचान की गई। उसके बाद क्षेत्र सर्वेक्षण के आधार पर डेटा-बेस को लगातार अपडेट किया जाता रहा और अगस्त 2013 तक 16 लाख सम्पत्तियों की पहचान की गई। इनमें से 14.2 लाख सम्पत्तियों को टैक्स के दायरे में लाया गया। चूँकि बीबीएमपी ने स्वयं भी ऐसे कई रिटर्न की जाँच की और जहाँ कर की राशि कम दर्शाई गई थी उन्हें संशोधित किया गया। इसके कारण कई करदाताओं ने स्वयं ही अपनी सम्पत्ति के पुराने मूल्य में संशोधन करते हुए नए रिटर्न दाखिल किए। 2007-08 में करदाताओं की संख्या 5.6 लाख थी जो 2012-13 में बढ़कर 14.1 लाख हो गई। कर संग्रह की राशि जो 2007-08 में 449 करोड़ रुपये थी, 2012-13 में बढ़कर 1358 करोड़ रुपये हो गई।

नगर निगम के राजस्व में सम्पत्ति कर के महत्त्व को समझकर और अधिकांश शहरी नगरीय निकायों में धन की शोचनीय स्थिति को ध्यान में रखते हुए इसमें सुधार लाने और सम्पत्ति कर की क्षमता का अहसास कराने के लिए बेंगलुरु एक उत्कृष्ट उदाहरण है।

जीआईएस हर सम्पत्ति का केवल सटीक नक्शा उपलब्ध कराता है। जीआईएस द्वारा उपलब्ध कराई गई सूचनाओं को दर्ज करने के लिए सम्पत्ति के मूल्यांकन की पारदर्शी व्यवस्था का होना आवश्यक है जिससे करदाता कर अदा करने के लिए प्रोत्साहित हो सकें। साथ ही सम्पत्ति के मूल्यांकन के लिए ऐसी व्यवस्था को भी लागू करना ज़रूरी है जो कर के आधार के लिए सम्पत्ति के बढ़ते हुए मूल्य के अनुरूप कर का निर्धारण कर सके। बेंगलुरु ने कर की अदायगी के लिए लोगों में जागरूकता पैदा करने वाले अभियानों में शहर के प्रख्यात नागरिकों की सहायता लेने को भी महत्त्व दिया। समय से पहले कर अदायगी के लिए छूट मिलती है, वहीं कर कम देने या न देने पर जुर्माना भी लगता है। बेंगलुरु के इस उदाहरण का बारीकी से अध्ययन करने की आवश्यकता है।

8 बेहतर प्रशासन के लिए अच्छी सोच और आई टी का इस्तेमाल : पिंपरी-चिंचवड

ई-प्रशासन के क्षेत्र में पिंपरी-चिंचवड नई पीढ़ी के स्टार परफ़ॉर्मर के रूप में उदित हुआ। भारत के कई शहरों ने ई-गवर्नेंस का प्रयोग किसी न किसी रूप में किया, मगर पिंपरी-चिंचवड नगर निगम (पीसीएमसी) इन सभी में अलग से पहचाना जाता है, क्योंकि इसने सन 2010 से स्थानीय प्रशासन को बेहतर बनाने के लिए परिष्कृत रूप से बड़े दायरे में आईटी का उपयोग किया। इसके परिणाम शहरी योजना और सार्वजनिक सेवाओं में बेहतर रूप में देखे जा सकते थे।

महाराष्ट्र के तेजी से विकसित होते शहर के रूप में और भारत में सूरत, हैदराबाद और विशाखापत्तनम के बाद चौथे विकासशील शहर के रूप में पिंपरी-चिंचवड ने जनसंख्या में जबरदस्त उछाल देखा। सन 2001 में इसकी जनसंख्या दस लाख थी जो सन 2013 तक बढ़कर 19 लाख हो गई। जनसंख्या की वृद्धि सन 2001 से सन 2011 के बीच लगभग 70 प्रतिशत थी और इसमें क़रीब 60 प्रतिशत की आबादी प्रवासियों की थी। इस शहर में लोगों का आना प्रमुखतः रोज़गार और शिक्षा के बेहतर अवसरों के कारण था और इन लोगों में प्रमुखतः नौकरीपेशा लोग और विद्यार्थी थे। बढ़ती जनसंख्या, आर्थिक वृद्धि और जनसांखिकीय (डेमोग्राफिक) बदलाव का सामना करने के लिए पीसीएमसी ने योजनाबद्ध शहरीकरण और बेहतर प्रशासन के लिए आईटी को प्रमुख उपकरण बनाया है।

सन 1970 में चार गाँवों (पिंपरी, चिंचवड, भोसरी और आकुर्डी) को पिंपरी-चिंचवड नगरपालिका परिषद के रूप में गठित किया गया। पिंपरी-चिंचवड महाराष्ट्र के दूसरे सबसे बड़े शहर पुणे के उत्तर पश्चिम में है और मूला नदी इसे पुणे से अलग करती है। इसे आज पुणे के जुड़वाँ शहर के रूप में पहचाना जाने लगा है। यह मुम्बई-पुणे एक्सप्रेस-वे (जो सन 2003 में तैयार हुआ था) पर स्थित है, जो भारत का पहला एक्सप्रेस वे है। इस शहर ने सड़कों, परिवहन, ऊर्जा और दूरसंचार आदि में निवेश करके अपनी भौगोलिक स्थिति का पूरा लाभ उठाया है। साथ ही कई

उच्च स्तरीय शिक्षण संस्थान निर्मित करके मानव पूंजी में निवेश किया है।

कई बड़ी ऑटोमोटिव कम्पनियाँ जैसे टाटा मोटर्स (टेल्को), बजाज ऑटो, काइनेटिक इंजीनियरिंग, फोर्स मोटर्स (बजाज टेम्पो) महिन्द्रा टू व्हीलर और मर्सिडीज बेंज ने पिंपरी चिंचवड को अपना गढ़ बना लिया। किर्लोस्कर, थर्मैक्स, फोर्ब्स-मार्शल, केएसबी पम्प्स, एसकेएफ आदि कई विनिर्माण कंपनियों ने भी इस शहर को अपना कार्यस्थल बनाया है। हाल ही के वर्षों में जहाँ बेंगलुरु आर्थिक क्षेत्र में भीड़-भड़क्के के ख़तरों का सामना कर रहा है, वहीं विप्रो, सत्यम (टेक महिंद्रा), टाटा टेक्नोलॉजी, कॉग्निजेंट सॉल्यूशंस जैसे आईटी दिग्गजों के लिए पिंपरी-चिंचवड निवेश का बड़ा आकर्षण बना हुआ है।

युवा नागरिकों की अपेक्षाएँ और आर्थिक सशक्तता स्थानीय प्रशासन पर सुशासन के लिए भारी दबाव बनाती है जबकि तेजी से हो रही वृद्धि मौजूदा आधारभूत संरचना और व्यवस्था पर दबाव डालती है। JNNURM के सहयोग से, जिसमें ई-गवर्नेंस को एक आवश्यक सुधार के रूप में रेखांकित किया गया था, पीसीएमसी ने शहरी योजना और प्रबंधन की रणनीति में ई-गवर्नेंस को एक महत्त्वपूर्ण उपकरण की तरह इस्तेमाल करके शहर में जीवन शैली और व्यापार करने की स्थितियों में महत्त्वपूर्ण सुधार किए।

पीसीएमसी ने आईटी इंफ्रास्ट्रक्चर (जैसे सर्वर्स, डेटा सेंटर, नेटवर्क, बैंडविड्थ, डेस्कटॉप कम्प्यूटर आदि) और एक पारदर्शी व्यवस्था के तहत सिस्टम इंटीग्रेशन वेंडर की नियुक्ति की ताकि निगम की ज़रूरत के मुताबिक़ सॉफ़्टवेयर को बनाने और उसके क्रियान्वयन का काम हो सके। इसके साथ ही नई प्रणाली के इस्तेमाल के लिए प्रशिक्षण के महत्त्व को समझते हुए पीसीएमसी ने मौजूदा पदों के साथ ई-विशेषज्ञों और सिस्टम एनालिस्ट्स की कोर टीम का गठन किया जिसे नए सॉफ़्टवेयर एप्लीकेशन को नगर निकाय में लागू करने की ज़िम्मेदारी दी गई। इनके तकनीकी सहयोग के लिए सी-डैक (सेंटर फॉर डेवलपमेंट ऑफ़ एडवांस्ड कंप्यूटिंग) का मार्गदर्शन लिया गया।

पीसीएमसी के ई-गवर्नेंस की प्रभावशीलता के पीछे विभिन्न सरकारी विभागों के बीच बैक-एंड इंटीग्रेशन का हाथ था। बैंक-एंड इंटीग्रेशन बेहतर संचालन क्षमता को सुनिश्चित करता है। उदाहरण के तौर पर यह इस बात को सुनिश्चित कर सकता है कि बिल्डिंग परमीशन मॉड्यूल उन सभी भवनों की जानकारी वॉटर कनेक्शन डेटाबेस को भी भेजे जिनसे निर्माण की अनुमति मिली है। ताकि इन सभी इमारतों का सम्पत्ति कर और जल कर आकलन भी सुनिश्चित हो। इसी तरह घर-घर से कचरा एकत्रित करने की जानकारी भी जीआईएस आधारित प्रणाली में दर्ज कर दी जाती है जिससे म्युनिसिपल प्रशासन को अद्यतन जानकारी मिल सके।

कोई शहरी स्थानीय प्रशासन कितनी अच्छी तरह से काम कर रहा है, इसकी जाँच करने का सबसे आसान तरीक़ा है यह देखना कि उसका एकाउंट्स विभाग किस तरह काम कर रहा है। यदि संग्रहीत धनराशि (नकद और डिमांड ड्राफ्ट) और व्यय (राजस्व और पूँजीगत) स्वयमेव ही सम्बन्धित रिसीप्स्ट और एक्सपेंस विभाग के एप्लीकेशन सॉफ़्टवेयर के माध्यम से आ जाते हैं तो यह समझना चाहिए कि शहरी स्थानीय प्रशासन पूरी तरह से एकीकृत ई-गवर्नेंस के तहत काम कर रहा है और इसमें किसी तरह की वित्तीय गड़बडियों के लिए स्थान नहीं है। पीसीएमसी के फाइनेंशियल एकाउंटिंग सिस्टम का दूसरे विभागों के एप्लीकेशंस के लिए इंटरफेस है, जिसे वैब सर्विस एपीआई (एप्लीकेशन प्रोग्रामिंग इंटरफेस) के इस्तेमाल करने पर आय और व्यय के सभी ट्रांजैक्शंस ऑटोमेटिकली आ जाते हैं। इसके कारण एक समग्र ई-गवर्नेंस की स्थापना सम्भव हो पाई। इस सिस्टम ने सभी विभागों को अपने बिल्स की मैनुअली जाँच करने के बजाय अकाउंट विभाग के बिल प्रवाह वर्कफ्लो के मार्फ़त मॉनिटर करने की सुविधा प्रदान की।

पीसीएमसी ने पाँच नागरिक सेवा केन्द्रों के साथ शुरुआत की थी। यह संख्या अब तक बढ़कर पैंसठ अर्थात हर चुनावी वार्ड में एक-एक हो चुकी है। अक्सर ई-गवर्नेंस प्रणाली को जल्दबाजी में लागू करने के फेर में नागरिक सेवा केन्द्रों की स्थापना तो कर दी जाती है, पर बैक-एंड सिस्टम पूरी तरह से स्थापित नहीं किया जाता। यानी इन केन्द्रों का सम्बन्धित विभागों से समन्वयन नहीं रहता, फलस्वरूप इन केन्द्रों पर आवेदन आदि तो इलेक्ट्रॉनिक रूप से स्वीकार कर लिए जाते हैं मगर सम्बन्धित विभागों में वास्तविक प्रक्रियाएँ मैनुअली पूरी होती हैं। इस तरह के सिस्टम को छद्म ई-गवर्नेंस कहा जाता है जहाँ आंतरिक प्रक्रियाएँ पुराने तरीक़े से चलती हैं और सेवाएं भगवान भरोसे।

इस तरह के प्रयासों के परिणाम स्वयं ही अपनी कहानी कहते हैं। सम्पत्ति कर के सुधार को लागू करने के बाद ऑनलाइन सम्पत्ति कर राजस्व जो 2009-10 में 2 करोड़ रुपये था, 2012-13 में ऑनलाइन संग्रह के कारण बढ़कर 27 करोड़ रुपये हो गया। वहीं सम्पत्ति कर संग्रह दोगुना से ज्यादा यानी 102 करोड़ रुपये से बढ़कर 250 करोड़ रुपये हो गया। साथ ही अन्य सेवाओं जैसे जन्म-मृत्यु प्रमाणपत्र, बिल अदायगी, शिकायत निवारण आदि में लगाने वाला समय भी अपेक्षाकृत कम हो गया।

नई एकीकृत ई-गवर्नेंस प्रणाली का सबसे बड़ा लाभ हुआ वस्तुओं और सेवाओं की ई-प्राप्ति। शहरी प्रशासन ने 2010-11, 2011-12 और 2012-13 में ख़रीद पर क्रमशः 159 करोड़, 103 करोड़ और 130 करोड़ रुपये बचाए। नीलामी की बोलियाँ भी सभी दस्तावेजों के साथ ऑनलाइन ही स्वीकार की जाती हैं, जो सुरक्षित तरीक़ा है और इसके कारण किसी भी जालसाजी और गड़बड़ी से बचा जा सकता है। बयाने

की राशि भी ऑनलाइन ही स्वीकार की जाती है और यह तुरंत ही पीसीएमसी के बैंक खाते में स्थानांतरित कर दी जाती है। इस समूचे तंत्र को मानकीकरण परीक्षण और गुणवत्ता प्रमाणन निदेशालय की जाँच के बाद पूर्णतः सुरक्षित होने का प्रमाणपत्र दिया गया है। निविदाएँ भी ऑनलाइन ही खोली जाती हैं और इसके लिए निविदा समिति के डिजिटल हस्ताक्षर आवश्यक होते हैं। इस प्रक्रिया से किसी भी तरह की गड़बड़ी या दस्तावेजों के साथ छेड़छाड़ की संभावना नहीं रहती। नीलामी बोलियों की तुलनात्मक सूची सभी प्रतिभागियों को तुरंत ऑनलाइन उपलब्ध कराई जाती है।

उपलब्धि का दूसरा महत्त्वपूर्ण क्षेत्र मानव संसाधन सूचना प्रणाली है जिसका उपयोग प्रभावी ढंग से कर्मचारियों के प्रबंधन हेतु किया जाता है। शहरी निकायों में काम करने वाले कर्मचारी अक्सर ऐसे पदों पर बने रहने का प्रयास करते हैं, जहाँ से वे क्षेत्र विशेष पर प्रभुत्व बनाए रख सकें और सेवाओं में ईमानदारी और पारदर्शिता को दरकिनार करते हुए अपने लाभ की बात सोच सकें। पीसीएमसी ने ऐसे कर्मचारियों की पहचान करके छह महीने के समय अर्थात अप्रैल 2013 से सितम्बर 2013 के बीच क़रीब 1300 कर्मचारियों की तबदीली की।

पीसीएमसी ने शहरी विकास नियोजित योजना के अनुरूप बनाए रखने के लिए नए अवैध निर्माणों को ध्वस्त करने के लिए भी कड़े क़दम उठाए। पीसीएमसी के निगम आयुक्त श्रीकर परदेशी ने गर्व से घोषित किया कि निगम की वेबसाइट पर समस्त आरक्षित भूमि की जानकारी उपलब्ध कराई जाती है साथ ही मार्च 2012 के बाद के सभी वैध और अवैध निर्माणों की सूचना भी इस वेबसाइट पर उपलब्ध रहती है।

सूचना प्राप्ति की खाई को पाटने के लिए पीसीएमसी ने एक नई पहल की, जिसके अंतर्गत 15 अगस्त 2013 को सारथी (सिस्टम ऑफ़ असिस्टिंग रेजीडेंट्स एंड टूरिस्ट: हेल्पलाइन इनफॉर्मेशन) एप्लीकेशन को लागू किया गया। यह सभी सेवाओं के बारे में प्रायः पूछे जाने वाले प्रश्नों के उत्तर के रूप में आधारभूत जानकारी प्रदान करता है। कॉल सेंटर, मुद्रित पुस्तक, वेबसाइट और मोबाइल एप्लीकेशन जैसे कई अवतारों में सारथी उपलब्ध है। दस सप्ताह के छोटे से समय में ही सारथी पर विविध जानकारी के लिए 11606 फ़ोन कॉल्स और 29245 वेबसाइट हिट्स आईं। सारथी के माध्यम से कुल 3999 शिकायतें दर्ज हुई जिनमें से 65 प्रतिशत का सफलता से निवारण किया गया।

किसी भी बड़े सुधार की सफलता के लिए सबसे महत्त्वपूर्ण है काम के तौर तरीक़ों में बदलाव (बिज़नेस प्रोसेस री-इंजीनियरिंग) और बदलाव का प्रबंधन। इसका अर्थ केवल नए सॉफ़्टवेयर का इस्तेमाल करना ही नहीं हैं। पीसीएमसी में मुख्य समूह (कोर टीम) ने इन बदलावों के प्रबंधन में महती भूमिका निभाई। पर असल बात है बारीकियाँ। वास्तव में बड़ी-बड़ी योजनाओं को बनाते समय यदि छोटी-छोटी बातों

को रेखांकित करते हुए उन पर ध्यान न दिया जाए तो योजनाएँ असफल होने का ख़तरा हमेशा बना रहता है। इसीलिए हर स्थानीय शहरी प्रशासन को अपने क्षेत्र की ज़मीनी हक़ीक़तों को ध्यान में रखते हुए बदलाव का प्रबंधन करते हुए बेहतर प्रशासन के लिए विशेष प्रयास करने होंगे।

भाग III

शहरों की जीवन रेखा - पानी

परिचय

पानी जीवन की आधारभूत आवश्यकता है। भोजन की कितनी भी मात्रा सम्पूर्ण पोषण प्रदान नहीं कर सकती। स्वच्छ पानी के अभाव में भोजन से प्राप्त सारा पोषण व्यर्थ चला जाता है। गाँवों में लोग सदियों से कुओं, तालाबों या नदियों से पानी लाते आ रहे हैं। शहरों में भी हम पानी के प्राथमिक स्रोतों के रूप में झीलों, नदियों और अन्य जल स्रोतों पर निर्भर रहते हैं, साथ ही भूमिगत जल पर निर्भरता भी दिनों-दिन बढ़ती जा रही है। घरों में पीने और उपयोग के लिए पानी उपलब्ध करवाना नगर निगम की ज़िम्मेदारी है, पर वास्तव में राज्य स्तरीय एजेंसियाँ जैसे जल मंडल या सार्वजनिक स्वास्थ्य विभाग इन सेवाओं को उपलब्ध करवाते हैं। कुछ शहरों ने सरकारी और निजी सहभागिता यानी पब्लिक-प्राइवेट पार्टनरशिप के विकल्प को भी जल वितरण सेवाओं के लिए प्रयोग में लाने की कोशिश की है।

भारतीय शहरों में जल वितरण सेवाओं की स्थिति अन्य विकासशील देशों की तुलना में कमज़ोर है। हमारी शहरी जनसंख्या के दो तिहाई से भी कम अर्थात 62 प्रतिशत हिस्से तक ही समुचित उपचार किया हुआ पानी पाइपलाइन के द्वारा पहुँचाया जाता है। चीन में यह संख्या 91 प्रतिशत दक्षिणी अफ्रीका में 86 और ब्राजील में 81 प्रतिशत है। जहाँ चीन और ब्राजील में हर घर में दिन-रात पानी आता है, वहाँ कुछ भारतीय शहरों में दो, तीन या चार दिन में कुछ घंटों के लिए एकबार और कुछ में हर रोज़ छह घंटे तक पानी आता है। अलबत्ता शहरी इलाक़ों में प्रति व्यक्ति पानी की उपलब्धता अधिक है। जितना पानी उपलब्ध कराया जाता है, उसकी गुणवत्ता भी बहुत ख़राब है। चूंकि पाइप में चौबीस घंटे पानी का प्रवाह नहीं रहता, इस वजह से गंदे पानी के प्रवेश के लिए एक रास्ता बन जाता है। जो पैसे वाले हैं, वे पानी की आवश्यकता की पूर्ति के लिए घरों में भूमिगत टंकियाँ बनाकर उसमें जल संग्रहीत कर लेते हैं या निजी टैंकरों से मँगवाते हैं। जो आर्थिक रूप से कमज़ोर हैं, वे घड़ों, टब या बाल्टियों में पानी जमा करके रखते हैं। ग़रीब लोग अक्सर पानी के लिए प्याऊ, हैंड पम्प या पानी विक्रेताओं पर निर्भर करते हैं, क्योंकि या तो उनके घरों तक पानी की पाइपलाइन बिछाई ही नहीं जाती और या वे अनियमित आपूर्ति से परेशान रहते हैं।

भारत में प्राकृतिक रूप से पानी की कमी नहीं है। हमारे आसपास पानी की जो कमी दिखाई देती है वह हमारे अव्यवस्थित प्रबंधन के कारण है। इसका एक बड़ा हिस्सा है पानी का अक्षम उपयोग। भारत में कुल पानी का 80 प्रतिशत हिस्सा कृषि में उपयोग किया जाता है। खेती में जो तरीक़े अपनाए जाते हैं उनमें पानी की बेहद बर्वादी होती है। शहरों में भी पानी के प्रबंधन के लिए एकजुट होकर कोई प्रयास नहीं किया गया। शहरों में स्वच्छ पानी लोगों तक पहुँचाने की कड़ी में तीन क़दमों का ध्यान रखना होगा - शहर के बाहर स्थित जल स्रोतों से पानी शहरों तक लाना, इस पानी को उपचारित करके इसे घर, स्कूल, अस्पताल व अन्य व्यापारिक प्रतिष्ठानों आदि तक वितरित करना ताकि उन्हें दिन भर बहता हुआ और शुद्ध पानी मिल सके, और गंदे पानी को नदियों में बहाने से पहले उपचारित करना।

शहरों में तेजी से बढ़ती जनसंख्या के कारण पानी की माँग बढ़ती जा रही है जिसके चलते शहरी स्थानीय प्रशासन को जल स्रोतों की तलाश में शहरों से दूर, यहाँ तक कि 250 किमी दूर तक जाना पड़ता है। इसके कारण पानी पम्प करने के लिए लम्बी पाइपलाइन और अतिरिक्त बिजली का ख़र्च बढ़ जाता है। कई शहरों में भूमिगत जल का स्तर भी घटता जा रहा है अतः इस स्तर को पुनः प्राप्त करने के लिए बारिश के पानी को संग्रहीत करने की आवश्यकता है। उदाहरण के लिए चेन्नई में घरों में बारिश के पानी के संग्रहण को अनिवार्य बनाए जाने से ज़मीन के नीचे पानी के स्तर में काफ़ी सुधार आया है। भारतीय शहरों में पानी के पाइप के रखरखाव न होने और पुरानी पाइपलाइन की टूट-फूट के चलते भारी मात्रा में पानी व्यर्थ बह जाता है। जहाँ तक गंदे पानी के उपचार का प्रश्न है, नवी मुम्बई, सूरत, चंडीगढ़ और कुछ मुट्ठीभर शहरों के अलावा भारत के अन्य शहर गंदे पानी के उपचार में पूरी तरह विफल रहे हैं जिसके कारण गंदे पानी को बिना उपचारित किए ही नदियों और अन्य जल स्रोतों में छोड़ दिया जाता है। पानी पहुँचाने का प्रबंध बहुत कमज़ोर होने के कारण लोग इसके लिए अधिक कर नहीं देना चाहते। दूसरी ओर जल प्रबंधन संस्थाएँ जल आपूर्ति की लागत भी नहीं निकाल पातीं।

चूंकि पानी अपनी असल क़ीमत से काफ़ी कम दाम पर मिलता है अतः इसे सोच-समझकर इस्तेमाल नहीं किया जाता। पानी पर कर लगाना एक बड़ी चुनौती के रूप में सामने आता है क्योंकि अधिकतर जनता यह सोचती है कि पानी तो प्रकृति द्वारा मानव को दिया गया उपहार है अतः उन्हें इसका मुफ़्त में उपयोग करने का अधिकार है। सच्चाई यह है कि प्रकृति तभी प्रचुर संसाधन उपलब्ध कराती है जब हम इसके नियमों का पालन करें। यदि हम पानी को व्यर्थ नष्ट करते रहें या प्रदूषित करते रहें तो इसके परिणामस्वरूप हमें पानी की कमी का सामना करना होगा, साथ ही हम दूषित पानी के जरिए घटक बीमारियों को निमंत्रण देंगे और अपने स्वास्थ्य के साथ खिलवाड़ करते रहेंगे।

इस भाग में दी गई केस स्टडीज प्रमुखतः जल वितरण सेवाओं पर ध्यान केन्द्रित करती हैं। वे बताती हैं कि केवल बड़ी संख्या में भूमिगत पाइपलाइन बिछाना या भारी निवेश करके बड़े-बड़े जल उपचार संयंत्र लगाना पर्याप्त नहीं है। ये निवेश उपयोगी हैं मगर जल परिवहन तंत्र को कारगर बनाना और जल कर संग्रहण करना भी उतना ही ज़रूरी है। कई बार टूटी-फूटी पाइपलाइन की मरम्मत करने के सहज प्रयत्न से भी जल आपूर्ति के ख़र्च को कम किया जा सकता है। शहर के नागरिकों को जल वितरित करने की चुनौतियों का सामना करने के लिए दो प्रारूप उभर कर सामने आए हैं। पहला मॉडल सार्वजनिक क्षेत्र में सुधार का है जिसका उत्कृष्ट उदाहरण महाराष्ट्र सुजल निर्मल अभियान (एमएसएनए) है। यह कार्यक्रम शहर में जल वितरण और साफ़-सफ़ाई की स्थिति की चुनौतियों से निपटने के लिए एक एकीकृत तरीक़ा सुझाता है। सुजल निर्मल अभियान किस तरह काम करता है, इसके सबसे अच्छे उदाहरण अमरावती और मलकापुर हैं। कर्नाटक और आंध्र प्रदेश में भी जल वितरण के कार्य की योजना और प्रबंधन में स्थानीय प्रशासन की मदद के लिए राज्य स्तरीय एजेंसियों का गठन किया गया है। चुनौती यही है कि संस्थागत सुधारों को सही स्थान पर इकट्ठा किया जाए और स्थानीय प्रशासन को सुधारने के लिए सचेत होकर प्रयास किया जाए।

दूसरा मॉडल सरकारी और निजी सहभागिता का है जो कर्नाटक में हुबली-धारवाड़, बेलगाम और गुलबर्गा तथा महाराष्ट्र में नागपुर में दृष्टिगोचर होता है। कर्नाटक के तीनों शहरों में किसी कम लागत वाले समाधान की प्राप्ति का प्रयास नहीं किया गया वरना जोर इस बात को सिद्ध करने पर था कि शहरों में सप्ताह के सातों दिन चौबीस घंटे पानी की सप्लाई हो सकती है। महाराष्ट्र के नागपुर में भी सरकारी और निजी सहभागिता का मॉडल अपनाया गया जिसमें एक पायलट परियोजना के अंतर्गत शहर की जनसंख्या के दस प्रतिशत को लगातार पानी सप्लाई का लक्ष्य रखा गया। हालांकि नागपुर में शत प्रतिशत पाइपलाइन को बदला नहीं गया, वितरण संजाल के केवल 30 प्रतिशत हिस्से को ही बदला गया। इसके पश्चात सरकारी-निजी सहभागिता के आधार पर पूरे नागपुर शहर के निवासियों को चौबीस घंटे पानी वितरित करने की परियोजना शुरू की गई है, जो अब भी चल रही है। जहाँ इस महत्त्वाकांक्षी परियोजना की मूल लागत को JNNURM के अनुदान से सहयोग मिला, वहीं इसकी सफलता अब भी एक ओर वितरण संजाल को ठीक करने पर लगी लागत को कम करने पर निर्भर करती है, और दूसरी ओर इसके रखरखाव और संचालन की लागत निकालने के लिए जल कर को वसूलने पर। यहाँ चुनौती यह है कि स्थानीय प्रशासन की क्षमता को तैयार किया जाए जिसके सहारे वह पब्लिक-प्राइवेट पार्टनरशिप चलाए और उस पार्टनरशिप में अपने अधिकार और जिम्मेदारियों को समझ सके। एक सुविचारित समझौते के लिए यह आवश्यक

है कि दोनों पक्ष बराबरी से जोखिम उठाएं, क्योंकि कोई भी आकस्मिक कारण इस पार्टनरशिप को खतरे में डाल सकता है। साथ ही विवाद को निपटाने वाला सिस्टम होना भी ज़रूरी है जो निष्पक्ष हो और तेजी से काम करे।

इस भाग में दर्ज किए गए प्रयास और नवाचार यह दिखाते हैं कि किस तरह कुछ शहर जल वितरण की समस्या को गम्भीरता से समझ रहे हैं। परिवर्तन की ये कहानियाँ स्पष्ट संदेश देती हैं कि जल का संरक्षण करना और चौबीस घंटे अच्छी गुणवत्ता वाला जल उचित दामों में शहरवासियों को उपलब्ध करवाना न केवल सम्भव है बल्कि इसे क्रियान्वित करके दिखाया जा रहा है। चुनौती यही है कि किस तरह इस काम को अधिकाधिक शहरों में किया जाए ताकि एक-एक बूँद लहरों में बदल जाए।

1 मलकापुर जैसी धारा बहे

मलकापुर महाराष्ट्र के सतारा जिले का एक छोटा सा कस्बा है जो कराड शहर के बाहरी इलाके में विकसित हुआ। इस नए शहरी इलाके की जनसंख्या 40,000 है। मलकापुर और कराड मिलकर महाराष्ट्र का चीनी का कटोरा कहलाते हैं। इस क्षेत्र में कई चीनी के कारखाने लगाए गए हैं। इस क्षेत्र को करड-मलकापुर या मलकापुर-करड के नाम से जाना जाता है। ये शहर कृष्णा और कोयना नदी के प्रीति संगम पर बसे हैं। कई तीर्थयात्रियों के लिए ये दोनों महाराष्ट्र के 'दक्षिण काशी' के रूप में प्रसिद्ध हैं।

मलकापुर भारत का पहला कस्बा है, जहाँ नागरिकों को प्रतिदिन चौबीस घंटे जल आपूर्ति की सुविधा दी गई और यह मलकापुर नगर पंचायत द्वारा लिए गए ठोस क़दमों की बदौलत सम्भव हुआ। इस कार्य में पंचायत को राज्य सरकार की इकाई महाराष्ट्र जीवन प्राधिकरण का सहयोग मिला और राज्य सरकार से इस कार्य हेतु अनुदान भी प्राप्त हुआ। शेष राशि की व्यवस्था व्यावहारिक आर्थिक रूपरेखा द्वारा की गई।

एशियन डेवलपमेंट बैंक द्वारा अप्रैल 2009 में आयोजित एक सेमिनार में मैंने भाग लिया। इसमें एशिया के शहरों में सार्वजनिक सेवाओं में सुधार के उत्कृष्ट उदाहरणों की कहानियाँ प्रस्तुत की गईं थीं। कम्बोडिया के नोम पेन्ह वॉटर सप्लाई की कहानी, जो कि सार्वजनिक क्षेत्र में परिवर्तन का सर्वश्रेष्ठ उदाहरण है, भी सुनी और इसे सुनाने वाले थे स्वयं इस परियोजना के निदेशक एक सोन चान। नोम पेन्ह में जल उपयोगिता विभाग के निदेशक पद पर रहते हुए नोम पेन्ह शहर में जल परिवहन की युद्ध से खसोटी, टूटी-फूटी पाइपलाइन का सुधार कर जल का अपव्यय रोकने, हर उपभोक्ता को जल वितरण सेवा से जोड़ने और चौबीस घंटे जल आपूर्ति उपलब्ध कराने के महत्त्वपूर्ण सुधार को लागू किया। इसके कुछ महीनों बाद मुझे इस प्लांट को देखने का अवसर भी मिला और मैंने जो देखा, उससे मैं और उत्साहित हुई।

भारत में भी ऐसे कुछ उदाहरण हैं जहाँ सरकारी-निजी सहभागिता द्वारा नागरिकों को सातों दिन चौबीसों घंटे जल आपूर्ति की सुविधा को उपलब्ध कराया जा रहा है और मलकापुर उन्हीं में से एक है। यह वास्तव में घर में हुई पहल हैं जिसे पंचायत द्वारा राज्य के सशक्त सहयोग से शुरू किया गया और बाद में इसमें अन्य भागीदार शामिल हुए।

दिसंबर 2002 में महाराष्ट्र सरकार ने मलकापुर में जल वितरण की नई प्रणाली को मंजूरी दी। इसकी अनुमानित लागत 9.5 करोड़ रुपये थी और इसके द्वारा सन 2030 तक 67,000 जनसंख्या को तत्कालीन 12.5 किमी के नेटवर्क क्षेत्र में 55 लीटर प्रति व्यक्ति प्रति दिन पानी सप्लाई देने का विचार था। इस परियोजना को सन 2005 में शुरू किया गया।

सन 2006 में मलकापुर में चौबीस घंटे जल आपूर्ति की उत्कट इच्छा जागी, और साथ ही एक संशोधित परियोजना की रूपरेखा बनाई गई जिसके लिए राज्य सरकार ने 12.3 करोड़ रुपये का अनुदान मंजूर किया। इस परियोजना में जल की मात्रा 70 लिटर प्रति दिन प्रति व्यक्ति के लिए नियत की गई। इसकी मूल लागत राज्य सरकार द्वारा दी गई और इसके रखरखाव और क्रियान्वयन का जिम्मा नगर पंचायत के कंधों पर रखा गया। साथ ही नागरिकों के लिए पानी के मीटर हर घर में लगाए गए। उपभोक्ता शुल्क इस तरह से तय किया गया कि उपभोक्ता पानी की एक निश्चित मात्रा के उपयोग के लिए स्थिर (फिक्स्ड) शुल्क अदा करेंगे। तय मात्रा से अधिक जल के उपभोग के लिए अधिक दर तय किए गए ताकि जितना अधिक उपभोग होगा, उतना अधिक दर लागू होगा।

सघन परामर्श के बाद मलकापुर ग्राम पंचायत ने जनवरी 2007 में चौबीस घंटे जल आपूर्ति की इस परियोजना के लिए सहमति दी। अप्रैल 2008 में ग्राम पंचायत को नगर पंचायत में यह समझते हुए बदला गया कि यह शहर और गाँव का संधि-क्षेत्र है और यहाँ के ज़्यादातर निवासी गैर कृषि कार्यों से जुड़े हुए हैं। इस परियोजना के पुरोधा मनोहर भास्कर शिंदे थे जिन्होंने 2005-08 के दौर में सरपंच रहते हुए मलकापुर को चौबीस घंटे जल आपूर्ति की ओर बढ़ाया।

सन 2008 में इको-एशिया ने मुम्बई के निकट स्थित दो लाख की जनसंख्या वाले कस्बे बदलापुर में महाराष्ट्र जीवन प्राधिकरण और मलेशिया की रणहिल यूटिलिटी के बीच एक पायलट प्रोजेक्ट शुरू करने में मदद की जिसमें कस्बे को चौबीस घंटे जल आपूर्ति करने का लक्ष्य था। इस परियोजना में उन तकनीकों का इस्तेमाल किया गया, जिनसे गैर-राजस्व जल (नॉन रिवेन्यू वॉटर) आपूर्ति में कमी आए। ताकि आर्थिक रूप से यह इंतज़ाम अपने पैरों पर खड़ा हो। इस पायलट परियोजना की सफलता ने महाराष्ट्र जीवन प्राधिकरण की इस परियोजना को प्रोत्साहन दिया। इसके आधार पर एक राज्य स्तरीय कार्यक्रम महाराष्ट्र सुजल निर्मल अभियान

मलकापुर, जलोची और अमरावती में शुरू किया गया। यह सन 2010-11 में राज्य के स्वर्ण जयंती समारोह का एक हिस्सा था।

मलकापुर परियोजना के तहत वास्तविक काम मार्च 2008 में ठेके की नीलामी के बाद शुरू हुआ। शिंदे अब नगर पंचायत के उपाध्यक्ष थे, क्योंकि अध्यक्ष का पद महिला के लिए आरक्षित किया गया था। शिंदे ने इस परियोजना के क्रियान्वयन के दौरान इसमें भरपूर सहयोग किया और जनता के सहयोग, भागीदारी और क्रियान्वयन के पारदर्शी तरीक़ों को सुनिश्चित किया।

इस परियोजना की मूल लागत 13 करोड़ रुपये थी जिसमें से 90 प्रतिशत राज्य सरकार द्वारा दिया गया और शेष राशि का बन्दोबस्त मलकापुर नगर पंचायत ने संपत्ति कर पर अधिभार लगाकर और सांसद निधि के द्वारा किया। तत्कालीन सांसद पृथ्वीराज चह्वाण जो बाद में राज्य के मुख्यमंत्री बने उनकी निधि से तथा उस इलाके की विधायक निधि द्वारा इस राशि की व्यवस्था की गई। सन 2010 के अंत तक 3500 जल कनेक्शन के साथ यह परियोजना चल निकली। सन 2013 तक यहाँ 6000 कनेक्शन हो चुके थे।

इस परियोजना में तकनीकी ने उच्च स्तरीय वितरण नेटवर्क स्थापित करने में बहुत बड़ी भूमिका निभाई है। इस नेटवर्क को डिजाइन करने में दिन के अलग-अलग समय पर पानी की खपत के ज्ञान का इस्तेमाल वॉटर जेम्स सॉफ़्टवेयर के हाइड्रॉलिक मॉडल द्वारा किया जाता है। साथ ही जीआईएस और घरेलू सर्वे द्वारा प्राप्त जानकारी का भी उपयोग किया गया है। नेटवर्क की स्थिरता बढ़ाने और रिसाव को कम करने के लिए इस्तेमाल किए गए हाई-डेंसिटी पोलीइथाइलीन (एचडीपीई) पाइप, जिनमें जोड़ कम होते हैं और इलेक्ट्रिकल फ्यूजन-वेल्डेड कप्लर्स, जिनसे रिसाव (लीकेज) बहुत कम होता है। इस परियोजना में सूक्ष्म से सूक्ष्म बातों को ध्यान में रखा गया, जैसे कि पाइप के निर्माण में काम आने वाले रेजिन का भी टेंडर में उल्लेख। शर्तों में यह भी लिखा गया था कि इसकी जाँच थर्ड पार्टी से कराई जाएगी।

हरेक उपभोक्ता की पहचान के लिए उपभोक्ता सर्वेक्षण किया गया। इस तरह के सर्वेक्षणों से अवैध कनेक्शन को वैध कनेक्शन में बदलने में और सही जगह सब्सिडी पहुँचाने में मदद मिलती है। मीटर कनेक्शन की जाँच के लिए भी तीसरे पक्ष की मदद ली गई। ऑटोमेटिक मीटर रीडिंग और बिलिंग के लिए डेटा का सीधे कम्प्यूटर पर स्थानान्तरण और विश्लेषण करने से बिल राशि निकालने की व्यवस्था की सारी प्रक्रिया बहुत पारदर्शी बन गई। ऑटोमेटिक मीटर रीडिंग के विकल्प ने वार्षिक बिल की जगह, मासिक बिलिंग के विकल्प को चुनना संभव किया। वार्षिक बिल उपभोक्ताओं पर अक्सर भारी बन पड़ते थे। कम्प्यूटर द्वारा जारी किए गए बिल और उपभोक्ता सहयोगी सेवाओं जैसे एसएमएस अलर्ट ने नगर पंचायत की क्षमता बढ़ाई और उच्च राजस्व की भी प्राप्ति की।

इस परियोजना में न केवल टेलिस्कोपिक या उपयोग-आधारित मूल्य निर्धारण प्रणाली को जल संरक्षण के उपकरण में सर्वप्रथम उपयोग में लाया गया, साथ ही ऐसे उपभोक्ताओं को, जिनकी प्रति व्यक्ति प्रति दिन जल की खपत 55 लीटर से कम थी, पंद्रह प्रतिशत की छूट भी दी गई। इस तरह मलकापुर में हर दिन हर व्यक्ति को 110 लिटर पानी उपलब्ध कराया गया। इसमें ऊर्जा की खपत भी पहले से तीस प्रतिशत कम है चूँकि पानी को बार-बार पम्प करने में लगने वाली ऊर्जा की बचत होती है। साथ ही घरों में लगे ओवरहैड टैंकों में पानी भरने के लिए पम्पों की भी अब आवश्यकता नहीं पड़ती अतः वहाँ भी ऊर्जा की बचत होती है।

महाराष्ट्र जल प्राधिकरण के अधिकारी जिनमें तत्कालीन प्रमुख अभियंता राजेन्द्र होलानी और उनकी टीम शामिल थी, मलकापुर नगर पंचायत के अधिकारी और पंचायत के चुने हुए प्रतिनिधियों ने मलकापुर के जल वितरण व्यवस्था की कहानी बदलने में प्रमुख भूमिकाएँ निभाईं। पंचायत के प्रतिनिधि पहले इसे लेकर सशंकित थे। उनकी शंकाओं को लगातार बातचीत की पारदर्शी प्रक्रिया द्वारा दूर किया गया। उन्हें बदलापुर ले जाया गया जहाँ उन्हें चौबीस घंटे वॉटर सप्लाई के पायलट प्रोजेक्ट को देखने और उसके फ़ायदों को समझने का अवसर मिला। नागरिकों, मीडिया और अन्य सिविल सोसाइटी के सदस्यों के लिए एक संवाद अभियान शुरू किया गया। नई मूल्य व्यवस्था के औचित्य और उसके लाभ को समझाने के लिए वार्ड के स्तर पर कई बैठकें आयोजित की गईं।

प्रेरणा (मोटीवेशन), परियोजना के पीछे क्या है (नॉलेज शेयरिंग) और कौशल को बढ़ाने (स्किल डेवलपमेंट) के काम ने महाराष्ट्र जल प्राधिकरण और मलकापुर नगर पंचायत के कर्मचारियों को चौबीस घंटे-सातों दिन वॉटर सप्लाई की पहल से जोड़ने में बहुत बड़ी भूमिका निभाई। इस परियोजना को 2009-10 में लोक प्रशासन की उत्कृष्टता के लिए प्रधानमंत्री से पुरस्कार मिला। साथ ही इन्हें दिसंबर 2011 में टेक्नीकल इनोवेशन के लिए अर्बन वॉटर अवार्ड भी मिला।

स्वास्थ्य और स्वच्छता के लिए चौबीस घंटे जल आपूर्ति का महत्त्व सब समझते हैं। चौबीस घंटे जल आपूर्ति के कारण बेहतर जीवन (विशेषतः महिलाओं को जिन्हें पानी की कमी का खामियाजा सबसे अधिक भुगतना पड़ता है) के बारे में काफ़ी कुछ लिखा गया है। मलकापुर का अनुभव यह बताता है कि मीटर लगाने से आर्थिक रूप से कमज़ोर लोगों के बिल में कमी आई है। मीटर लगाने से पहले उन्हें पानी की कम मात्रा का उपयोग करने पर भी एक तय रक़म चुकानी पड़ती थी

चौबीस घंटे जल आपूर्ति परियोजना की पूँजी की व्यवस्था भी अपने आप में एक कहानी है। पानी की पाइपलाइन में रिसाव होने के कारण पहले क़रीब 40 प्रतिशत पानी बह जाता था। उस पानी से राजस्व अर्जित नहीं हो पाता था। इस परियोजना के लागू होने के बाद 2012-2013 तक यह 12 प्रतिशत रह गया। पहले

क्रियान्वयन और रख-रखाव के लिए जल कर द्वारा केवल 36 प्रतिशत राशि वसूल हो पाती थी मगर इस परियोजना के बाद 100 प्रतिशत राशि एकत्रित होने लगी। इस परियोजना के लागू होने से पहले मलकापुर नगर पंचायत के जल कर राजस्व का घाटा प्रतिवर्ष 30 लाख रुपये था। परियोजना के पहले ही वर्ष में यह घाटा 4 लाख के मुनाफे में बदल गया जो 2012-13 में बढ़कर 12 लाख रुपये हो गया।

मलकापुर की इस परियोजना की सफलता के पीछे कई बातों का योगदान है। इस शहर में वॉटर सप्लाई का नेटवर्क था ही नहीं। जैसे ही नई तकनीक उपलब्ध हुई, नई परियोजना की रूपरेखा बनाना और उसका क्रियान्वयन करना आसान था, बनिस्बत किसी पुरानी पाइपलाइन को सुधारने के। इसके साथ ही जल का स्रोत मलकापुर से केवल 5 किमी होने से इसे उन चुनौतियों का सामना नहीं करना पड़ा जो अन्य शहरों को दूर से पानी ढोकर लाने के लिए करनी पड़ती है। सशक्त नेतृत्व ने भी इस परियोजना की सफलता में महत्त्वपूर्ण भूमिका निभाई। ग्राम पंचायत के सरपंच इस परियोजना में व्यक्तिगत रूप से प्रतिबद्ध थे और आगे जाकर उन्होंने परियोजना को मलकापुर नगर पंचायत के उपाध्यक्ष की हैसियत से आगे बढ़ाया। इस परियोजना के प्रति लोगों में जागरूकता जगाने से लेकर चुने गए प्रतिनिधियों के साथ बातचीत तक के उन्होंने हर सम्भव प्रयास किए और इसमें उन्हें महाराष्ट्र जल प्राधिकरण का पूरा सहयोग मिला।

2 अमरावती से एक नई लहर

महाराष्ट्र के विदर्भ क्षेत्र में स्थित अमरावती शहर का नाम औदुम्बर वृक्ष से जुड़ा है। यह गूलर-अंजीर का पेड़ औषधियों के लिए उपयोग में लाया जाता है और इसके फूलों का प्रयोग अचार बनाने के लिए होता है। माना जाता है कि इनमें अद्भुत उपचार शक्ति होती है। हिन्दू पौराणिक मान्यता के अनुसार इसे दुश्मनों का नाश करने वाला वृक्ष कहा गया है। इस मध्यम साइज के शहर के निवासी भी अब चौबीस घंटे जल आपूर्ति की राह पर क़दम बढ़ा चुके हैं। इसके सोलह में से चार क्षेत्रों में नागरिकों को सातों दिन चौबीस घंटे पानी मिलता है और इसके क्रियान्वयन और रखरखाव की पूरी लागत अमरावती नगर निगम द्वारा वसूल की जाती है।

सात लाख की जनसंख्या वाला अमरावती शहर मलकापुर की तुलना में काफ़ी बड़ा है। सन 2011 में मलकापुर को जब अर्बन वॉटर अवार्ड मिला तब अमरावती उस प्रतियोगिता में दूसरे स्थान पर था। मलकापुर की तुलना में अमरावती के सामने चौबीस घंटे जल आपूर्ति की राह में खासी चुनौतियाँ थीं। पानी का प्रमुख स्रोत अमरावती से 55 किमी की दूरी पर था जबकि मलकापुर को कृष्णा नदी से पानी मिलता है, जो केवल 5 किमी दूर है। यहाँ के पानी के मुख्य स्रोत वर्धा बांध को सन 1994 में बनाया गया जब 1992 में अमरावती में हैजे की महामारी फैली। इसके पहले पानी के लिए यह शहर भूमिगत जल स्रोतों पर ही निर्भर करता था। इस कारण पानी से होने वाली बीमारियाँ होना आम बात थी। चूंकि अमरावती में काफ़ी पुरानी पाइपलाइन मौजूद थी, इसीलिए ठीक करने से पहले यह पता करना आवश्यक था कि भूमिगत पाइपलाइन में कहाँ दिक्कत है। इसकी तुलना में मलकापुर में नई पाइपलाइन लगाना आसान था।

सन 2007 तक अमरावती में प्रतिदिन चार घंटे के क़रीब पानी आता था। शहर में प्रतिदिन 82 करोड़ लीटर पानी की सप्लाई थी, पर शहरवासियों तक केवल 39 करोड़ लीटर पानी पहुँचता था और उसी के आधार पर राजस्व की वसूली होती थी। इस वजह से पानी के आधे हिस्से पर महाराष्ट्र जीवन प्राधिकरण को किसी राजस्व की प्राप्ति नहीं हो रही थी। अमरावती की चुनौती मलकापुर से बड़ी थी, क्योंकि शहर की 74 झुग्गियों के निवासियों को 933 नलों के माध्यम से निःशुल्क जल का वितरण किया जा रहा

था। साथ ही यहाँ कई अवैध कनेक्शन और पुरानी रिसती हुई पाइप लाइनें भी थीं।

सन 2013 में अमरावती के चार क्षेत्रों, अर्जुन नगर, साईं नगर, माया नगर और एचएसआर में चौबीस घंटे पानी मिलने लगा। इससे शहर की 19 प्रतिशत जनता को लाभ मिला। इन क्षेत्रों में 55 किमी की लंबाई के पुराने पाइप बदले गए। लगातार समान दबाव के साथ पानी के प्रवाह से मीटर के रखरखाव में आसानी हुई, साथ ही इस दबाव के कारण गंदे पानी का पाइप में प्रवेश करना मुश्किल हो गया। अब पानी को संग्रह करके रखने और दूसरे दिन ताजा पानी आने पर बचा हुआ पानी फेंक देने की भी आवश्यकता नहीं रही। इन क्षेत्रों में पानी की खपत 165 लीटर प्रति व्यक्ति से घटकर 112 लीटर हो गई।

अमरावती में सन 2009 में इस परियोजना के पहले क़दम में उपभोक्ता सर्वेक्षण किया गया जिसमें 1,01,723 घरों के 65,930 कनेक्शन शामिल किए गए। इस सर्वेक्षण से अवैध कनेक्शन की पहचान और उपभोक्ताओं की श्रेणी की भी पहचान हो पाई, जैसे कनेक्शन घरेलू है या व्यावसायिक। इससे अलग-अलग दर सूची विकसित करने में भी मदद मिली। हर परिवार में सदस्यों की संख्या की भी जानकारी मिली जिससे वितरण प्रणाली के निर्धारण में सहायता मिली। कई स्टैंड पॉइंट्स हटाए गए और उनके स्थान पर ग़रीब लोगों को सामूहिक कनेक्शन के रूप में कम दरों पर वैध कनेक्शन दिए गए।

हैदराबाद की नेशनल रिमोट सेंसिंग एजेंसी के द्वारा शहर का सैटेलाइट चित्र लिया गया जिसका रिजॉल्यूशन .5 मीटर था और इसमें 137 वर्ग किमी के एरिया के रोड नेटवर्क और सम्पत्तियों का डिजिटल नक्शा लिया गया। सैटेलाइट इमेज को डिजिटल चित्र में बदला गया और एक जीआईएस मैप पर सुपरइम्पोज किया गया। इसे हाइड्रॉलिक मॉडल के पृष्ठ चित्र (बैकड्रॉप) के रूप में उपयोग में लाया गया। यह भारत का सबसे बड़ा हाइड्रॉलिक मॉडल है जिसमें 9900 नोड्स और 796 किमी पाइपलाइन शामिल है। यह हाइड्रॉलिक मॉडल इस परियोजना का केंद्र है।

हाइड्रॉलिक मॉडल के आधारभूत चित्र को बनाने के लिए सॉफ़्टवेयर वॉटर जेम्स का इस्तेमाल किया गया जिसमें जल भंडार (रिजर्वायर), टंकियाँ, पाइपलाइन और वाल्व्स की पूरी जानकारी थी। इस मॉडल का नीतिगत घटक था डिस्ट्रिक्ट मीटरिंग एरियाज (डीएमए) बनाना। 16 क्षेत्रों में से हरेक को डीएमए में बाँटा गया। हरेक में 500 से 2500 कनेक्शन हैं। हर डीएमए के प्रवेश द्वार पर एक बड़ा मीटर लगाया गया और इस क्षेत्र को पास के क्षेत्रों के जल आपूर्ति से काटा गया ताकि हरेक डीएमए अलग हो जाए। इससे पानी की मात्रा को जाँचना आसान हो गया, साथ ही पानी की बर्वादी का पता लगाना भी सम्भव हुआ।

महाराष्ट्र जीवन प्राधिकरण के इंजीनियरों को इलाके की एक्टिव टोपोलॉजी (संस्थिति विज्ञान) का प्रयोग करने और सोलह टुकड़ों का हाइड्रॉलिक मॉडल बनाने के

लिए प्रशिक्षित किया गया। इसके लिए संस्था ने यह ध्यान रखा कि जहाँ आवश्यकता हो, योजना और क्रियान्वयन को सुनिश्चित करवाया जा सके। इस मॉडल को डॉ. संजय दहसहस्र ने, जो समिति के तत्कालीन सचिव थे, एकरूप किया। जिस गर्व और जुनून से वे अपने काम और उसकी सफलता के बारे में बताते हैं, उससे पता चलता है कि हर स्तर पर प्रेरणा और क्षमता को विशेष महत्त्व दिया गया। परियोजना की चेंज मैनेजमेंट यूनिट में इंजीनियर, ड्राफ्ट्समैन, वॉल्व ऑपरेटर और मीटर रीडर जैसे ज़मीनी स्तर पर काम करने वाले लोग भी शामिल हैं। ये सब मिलकर बदलाव के लिए प्रयासरत हैं।

महाराष्ट्र जीवन प्राधिकरण द्वारा सन 2013 में तय किए गए जल-कर के अनुसार घरेलू खपत के अंतर्गत पहले 15 किलो लीटर की खपत पर 13 रुपये, 15 से 20 किलो लीटर की खपत पर 20 रुपये, 20 से 25 किलो लीटर की खपत पर 26 रुपये और इससे अधिक खपत के लिए 52 रुपये कर का प्रावधान किया गया। गैर-घरेलू उपयोग के लिए प्रति किलो लीटर पर 60 रुपये का शुल्क रखा गया और स्कूल इत्यादि संस्थाओं के लिए दर प्रति किली 25 रुपये रखी गई। इसकी तुलना दिल्ली से की जाए तो दिल्ली में सितंबर 2013 में घरेलू कनेक्शन पहले 10 किली के लिए 2.42 रुपये वॉल्यूमेट्रिक चार्ज और 60.50 रुपये सेवा कर के रूप में देते थे। 30 किली से अधिक की खपत पर कर 30.25 रुपये और सेवा कर 242 रुपये था। दिल्ली जल बोर्ड वॉल्यूमेट्रिक चार्ज के 60 प्रतिशत के बराबर राशि सीवरेज कर के रूप में भी वसूलता है।

इन तकनीकी और आर्थिक नवाचारों के कारण क्रियान्वयन और रखरखाव पर हुए ख़र्च को पूरा वसूल करना सम्भव हुआ है। पहले बढ़े हुए टैरिफ को लेकर कुछ प्रतिरोध था मगर चौबीस घंटे सप्लाई से यह प्रतिरोध समाप्त हो गया और अमरावती के निवासी नियमित रूप से जल कर की राशि अदा करने लगे। राजनीतिक वर्ग, मीडिया और सिविल सोसाइटी के प्रतिनिधियों से लगातार संवाद के कारण हितग्राहियों की भागीदारी सुनिश्चित हुई।

पानी और सफ़ाई में सुधार के लिए अमरावती में एक नई योजना स्वीकृत की गई जिसके अनुसार शहर में 252 किमी की सीवरेज लाइन बिछाने का प्रावधान किया गया और तीन सीवर जिले (यानी उस इलाके की स्थिति के अनुसार सीवरेज को जमा करने वाले जोन) बनाए गए। JNNURM के अंतर्गत 6.4 करोड़ लीटर प्रतिदिन की क्षमता वाले तीन सीवरेज ट्रीटमेंट प्लांट तथा तीन सीवेज पम्पिंग स्टेशन निर्मित किए जा रहे हैं।

अमरावती में किए गए ये सुधार महाराष्ट्र सुजल निर्मल योजना का हिस्सा थे। इस परियोजना की विशेषता थी कि सेवा के परिणाम पर बहुत ध्यान दिया गया।

3 शहरों को पीने योग्य जल उपलब्ध कराता महाराष्ट्र का सुजल निर्मल अभियान

पानी और स्वच्छता किसी भी समाज की आधारभूत आवश्यकताएँ हैं। यदि हमारे शहरों में पीने के साफ़ पानी और गंदगी के निपटारे की व्यवस्था नहीं है तो स्वास्थ्य रक्षा पर जितना भी धन ख़र्च किया जाए, वह बेकार है। भारतीय शहरों में पानी और स्वच्छता की व्यवस्था बहुत ही शोचनीय है। इस स्थिति में बदलाव के कोई संकेत भी न मिलने के कारण स्थिति अधिक विचारणीय होती जा रही है।

महाराष्ट्र सुजल निर्मल अभियान (एमएसएनए) राज्य द्वारा जल और सफ़ाई के प्रबंधन के लिए किए गए एकीकृत प्रयास का एक बढ़िया उदाहरण है। इसके अंतर्गत जल और स्वच्छता सेवाओं को स्थिर और सतत रूप से प्रदान करने के लिए महाराष्ट्र के 247 स्थानीय क्षेत्रों में लागू किया गया है। JNNURM के अंतर्गत आने वाले पाँच शहरों को छोड़ दिया गया है। महाराष्ट्र ने अपने राज्य की स्वर्ण जयन्ती के अवसर पर सन 2010 में इस परियोजना की शुरुआत की। इसका क्रियान्वयन इसके जल आपूर्ति विभाग और स्वच्छता विभाग द्वारा महाराष्ट्र जीवन प्राधिकरण और शहरी स्थानीय प्रशासन के सहयोग से किया जा रहा था। लेकिन यह अभियान समय की मार खा गया। यह भारत का पहला राज्य-व्यापी कार्यक्रम था जो जल और स्वच्छता पर आधारित है।

इस परियोजना के पहले चरण में पानी और ऊर्जा के ऑडिट के साथ-साथ क्रियान्वयन और रखरखाव पर ध्यान दिया गया। इसका प्रारम्भ उपभोक्ता सर्वेक्षण से हुआ जिसमें ग़लत मीटर और अवैध एवं बिना बिल वाले पानी के कनेक्शन की पहचान की गई और उन्हें नियमित कनेक्शन में बदला गया ताकि राजस्व प्राप्त हो सके। जो मीटर काम नहीं कर रहे थे, उन्हें बदला गया। पुरानी रिसती हुई या टूटी-फूटी पाइप लाइनों को भी बदला गया। राजस्व-विहीन पानी की सप्लाई में कमी लाना इस योजना का प्रमुख हिस्सा था। इसके लिए वितरण व्यवस्था की खामियों, रिसाव आदि को दूर किया गया और जल कर की नई दरें तय करके प्रभावी बिलिंग और वितरण की व्यवस्था को सुदृढ़ बनाया गया। स्थानीय प्रशासन के लिए जल कर और स्वच्छता कर के लिए अलग खाते बनाए गए ताकि इस योजना को आर्थिक सुरक्षा मिल सके।

परियोजना के पहले क़दम में ठीक बिलिंग और बिल राशि को एकत्रित करने के लिए घर-घर में जाकर सर्वेक्षण करने का काम शुरू हुआ जिससे पानी की आवश्यकता और अवैध कनेक्शन की जानकारी ली जा सके और उन कनेक्शनों को नियमित कनेक्शन में बदला जा सके। अलग-अलग कैटेगरी के उपभोक्ताओं जैसे घरेलू और व्यापारिक आवश्यकताओं की जानकारी एकत्र की गई जिससे दर सूची तय करने में मदद मिली और हर जिले के मीटरिंग क्षेत्रफल का पता लगाया जा सका तथा उन्हें हाइड्रॉलिक मॉडलिंग के वॉटर सप्लाई सिस्टम से जोड़े जाने में भी मदद मिली। कम्प्यूटरीकृत बिल निकालने के लिए अलग-अलग टैरिफ व्यवस्था का उपयोग किया गया और इसमें एकत्र राशि के अनुपात पर अधिक ध्यान दिया गया। इस सर्वेक्षण के लिए दस लाख की जनसंख्या वाले एक शहर के लिए छह माह का समय लगा। इसका एक लाभ यह भी हुआ कि उपभोक्ताओं में जल प्रबंधन के क्षेत्र में सुधार और उसमें समुदाय की भागीदारी के प्रति जागरूकता उत्पन्न हुई।

जल वितरण की क्षमता की जाँच के लिए बल्क मीटर उन स्थानों पर लगाए गए जहाँ से उपचारित पानी छोड़ा जाता था और वहाँ जहाँ से इस पानी को वितरण के लिए पाइपलाइन में भेजा जाता था। महाराष्ट्र में ही विकसित हाइड्रॉलिक सिस्टम ने, जिसे सबसे पहले मलकापुर और अमरावती में प्रयोग में लाया गया, जल के ऑडिट में महत्त्वपूर्ण भूमिका निभाई। वितरण नेटवर्क में डिस्ट्रिक्ट मीटरिंग एरिया बनाए गए, हरेक में 500 से 2000 मीटर्ड कनेक्शन थे। हरेक डिस्ट्रिक्ट मीटरिंग एरिया के प्रवेश द्वार पर बल्क मीटर लगाया गया ताकि उस क्षेत्र को अन्य क्षेत्रों से अलग करके हाइड्रॉलिक रूप से अलग किया जा सके। हर जिला वितरण मीटर के अन्दर बल्क मीटर से प्रवाहित पानी और उपभोक्ता के मीटर तक पहुँचने वाले पानी की मात्रा के अंतर के आधार पर राजस्व-हीन जल की मात्रा का मापन किया गया।

ऊर्जा का ऑडिट भी ज़रूरी होता है। इससे पम्प करने वाली मशीनों में ऊर्जा की खपत को कम करने और ख़राब पम्प को सुधार कर या बदलकर ऊर्जा की बचत करने पर ध्यान केन्द्रित किया जा सकता है। विद्युतीय उपकरणों की क्षमता बढ़ाकर ऊर्जा की खपत को कम किया जा सकता है।

राज्य सरकार से जल और स्वच्छता की इस परियोजना के लिए अनुदान राशि प्राप्त करने की पहली शर्त थी प्रथम चरण के अंतर्गत प्रस्तावित सुधारों को पूरा करना। एक बार पहले चरण से परियोजना की नींव रख दी जाती है, फिर किसी स्थानीय निकाय की वितरण व्यवस्थाओं के वास्तविक स्तर का पता चलता है और जल विभाग की दिक्कतों को भी जाना जा सकता है। यह बेसलाइन की तरह होता है, जिससे भविष्य के लक्ष्यों के बेंचमार्क तय करने में मदद मिलती है। इसके बाद शहरी स्थानीय प्रशासन चौबीस घंटे जल वितरण के लिए पायलट प्रयोग के दूसरे चरण की ओर क़दम बढ़ा सकता है।

दूसरे चरण के सुधारों में व्यक्तिगत मीटर लगाए जाने और उनसे कम से कम 80 प्रतिशत की राशि संग्रहण के लिए मानक तय करना, जल कर का टैरिफ तय करना और गन्दगी एवं ठोस कचरे के प्रबंधन की व्यवस्थाएँ शामिल हैं। तीसरे चरण में सभी सुधारों को लागू करते हुए चौबीस घंटे जल आपूर्ति करना, पूर्ण दक्षता के मीटरिंग और टैक्स की वसूली, और सीवेज सिस्टम की स्थापना जिसमें सीवेज ट्रीटमेंट प्लांट शामिल है।

चेंज मैनेजमेंट यूनिट्स इंजीनियरों, ड्राफ्सटमैन और ज़मीनी स्तर पर काम करने वाले कर्मचारियों (जैसे वॉल्व बदलने वाले या मीटर रीडिंग लेने वाले) की शंकाओं को दूर करके उन्हें जीआईएस की नई तकनीक अपनाने के लिए प्रोत्साहित करती है जो पानी के ऑडिट की दिशा में मौजूदा पाइपलाइन नेटवर्क के बेसमैप, सैटेलाइट चित्र और हाइड्रॉलिक मॉडलिंग को तैयार करने में मदद करते हैं।

मई 2013 तक 169 शहरी स्थानीय निकाय (इनमें महाराष्ट्र जीवन प्राधिकरण के 33 निकाय शामिल थे) पहले चरण के सुधारों को करने में व्यस्त थे। तैंतीस स्थानीय शहरी निकायों ने पहला चरण पूरा कर लिया था और उनमें से 15 ने दूसरे चरण के लिए अनुदान की राशि प्राप्त करने के लिए अपनी विस्तृत प्रोजेक्ट रिपोर्ट महाराष्ट्र सरकार के पास जमा कर दी थी। अन्य 136 निकाय पहले चरण को पूरा करने की ओर थे। मलकापुर और अमरावती के अलावा, जिन्होंने उत्कृष्ट परिणाम दिए हैं, जुड़वाँ शहर अम्बरनाथ और बदलापुर, जिनकी जनसंख्या लगभग 4,50,000 है, आठ वार्डों में दिन भर में औसतन पंद्रह से बीस घंटे जल आपूर्ति करने का लक्ष्य प्राप्त कर लिया था, जिससे राजस्व-हीन जल की मात्रा 50 प्रतिशत से घटकर 31 प्रतिशत हो गई।

जैसे ही एमएसएनए के अंतर्गत महाराष्ट्र के अधिकाधिक शहर जल और स्वच्छता की सतत व्यवस्था की माँग करेंगे, इसके रास्ते की चुनौती बढ़ती जाएगी। यह चुनौती स्थानीय निकायों और समुदाय के बीच आपसी संवाद और विश्वास पैदा करने की होगी, इससे सेवाओं के निर्धारित मानक पूरे होंगे और उपभोक्ता टैक्स देने को तैयार होंगे। शहरी निकायों की क्षमता बढ़ाने की चुनौती भी है, संस्थागत सुधार आकार लेते जाएंगे और जीआईएस तथा हाइड्रॉलिक मॉडलिंग का इस्तेमाल होने लगेगा। महाराष्ट्र ने जल और स्वच्छता की व्यवस्थाओं में सुधार के लिए लम्बा और स्थायी तरीका अपनाया है।

शहरी संरचना और सेवाओं के लिए गठित विशेषज्ञों की समिति ने, जिसकी अध्यक्षता करने का अवसर मुझे मिला, यह अनुमान लगाया कि इन शहरी क्षेत्रों में आधारभूत संरचनाओं के निवेश की कमी को दूर करने और जल तथा स्वच्छता की व्यवस्थाओं में सुधार के लिए 2012-13 से लेकर अगले बीस सालों के बीच 8,00,000 करोड़ रुपये ख़र्च करने होंगे। अर्थात 40,000 करोड़ प्रति वर्ष और यह राशि भारत सरकार, राज्य सरकारों, स्थानीय निकायों और निजी क्षेत्र से लानी होगी।

सबसे बड़ी चुनौती है प्लानिंग और मैनेजमेंट की क्षमता उत्पन्न करना ताकि धनराशि एकीकृत योजना के खाके के भीतर ही ख़र्च हो। जब तक JNNURM की अवधि है, यानी मार्च 2014 तक के समय को हर राज्य को जल और स्वच्छता की व्यवस्थाओं को एकीकृत तरीक़े से लागू करने के मामले में अपनी क्षमता को बढ़ाने में लगाना चाहिए। राज्य सरकारों को एमएसएनए जैसे कार्यक्रम विकसित करने होंगे। राज्य-व्यापी मुहिम जो क्षेत्रीय स्तर पर जल स्रोतों को साझा करने से जुड़ी हो और जिसमें नई तकनीक से सीखे गए सबक का इस्तेमाल हो।

4 चौबीस घंटे पानी : कर्नाटक के तीन शहरों में प्रयोग

गुलबर्गा, बेलगाम और हुबली-धारवाड़ कर्नाटक के छह बड़े शहरों में से हैं। गुलबर्गा चौदहवीं सदी में बहमनी सुलतानों की राजधानी था। बेलगाम और हुबली-धारवाड़ भी सांस्कृतिक विविधताओं से भरपूर हैं जिसका एक कारण महाराष्ट्र, गोवा और कर्नाटक के संगम पर स्थित होना भी है। ये दोनों शहर राष्ट्रीय राजमार्ग-4 पर, जो मुम्बई से बेंगलुरु होते हुए चेन्नै जाता है, स्थित हैं और एक-दूसरे से एक घंटे की दूरी पर हैं। हुबली-धारवाड़ बेंगलुरु के बाद राज्य के तेजी से विकसित होते शहरों में से हैं। इन शहरों ने भारत को सवाई गन्धर्व, भीमसेन जोशी, मल्लिकार्जुन और गंगूबाई हंगल जैसे हिन्दुस्तानी और कर्नाटक संगीत के महान कलाकार भी दिए हैं। कहा जाता है कि यहाँ के पानी में कुछ खास बात है।

इन शहरों में कृष्णा और भीमा नदियों की सहायक नदियाँ (हुबली में मालप्रभा और गुलबर्गा में बेन्नेथोरा) तथा झीलें जैसे हुबली में नीरसागर और उनकल, गुलबर्गा में भोसगा टैंक तथा बेलगाम में राकस्कोप्पा और हिडकल बाँध जल के प्रमुख स्रोत हैं। राज्य के उत्तरी हिस्से में स्थित तीनों शहरों का प्रबंधन चुने हुए नगर निगम के प्रतिनिधियों द्वारा किया जाता है। पिछले चुनाव मार्च सन 2013 में हुए थे।

सन 2007 तक इन तीनों शहरों में जल आपूर्ति की स्थिति देश के अधिकतर शहरों से भिन्न नहीं थी। सप्ताह में पाँचेक दिन एक या दो घंटे प्रति दिन के पानी की आपूर्ति होती थी। जनसंख्या के 50 प्रतिशत हिस्से को ही यह पानी उपलब्ध था। चूंकि हर घर में मीटर भी नहीं थे अतः सभी घरों से 90 रुपये प्रति माह की राशि ली जाती थी। आर्थिक रूप से समर्थ लोग अतिरिक्त पानी टैंकर से ख़रीदते थे, जिसकी दर 150 रुपये प्रति टैंकर थी। अन्य लोगों को जल-संग्रह के लिए टंकियों और विद्युत पम्पों (ताकि अधिक पानी खींचा जा सके) पर ख़र्च करना पड़ता था। ग़रीब तबके के लोग जिस दिन नल में पानी आता, उस दिन लाइन लगाकर खड़े होते और इसके कारण उस दिन की मज़दूरी से वंचित रह जाते।

सन 2008 में इन तीन शहरों ने चार वार्डों में चौबीस घंटे जल-आपूर्ति की योजना के पायलट पर विचार किया। हर वार्ड में यह काम सरकारी और निजी भागीदारी के तहत किया गया जिसकी लागत 64 करोड़ रुपये थी। इस परियोजना की कुल लागत पाँच साल की अवधि के लिए 237 करोड़ रुपये अनुमानित थी। इस परियोजना की लागत का बड़ा हिस्सा (77 प्रतिशत) विश्व बैंक से प्राप्त हुआ और बाकी हिस्सा कर्नाटक सरकार ने दिया। इसका परिणाम यह हुआ कि इन शहरों की 10 प्रतिशत जनता अर्थात 30,000 घरों को सामान्य जल कर पर चौबीस घंटे पानी किफ़ायती दर पर मिलने लगा। पानी की यह क़ीमत उस रक़म से कम है जो लोग टैंकरों या अन्य साधनों में ख़र्च किया करते थे या पानी के लिए लाइन में खड़े होकर अपनी मज़दूरी का नुकसान करते थे।

इस पायलट में हर वार्ड की सभी सम्पत्तियों को शामिल किया गया और उन्हें मीटर से जोड़ा गया, साथ ही इनका कम्प्यूटरीकृत रिकॉर्ड भी रखा गया। औसत मासिक बिल पानी की खपत के हिसाब से 160 से 180 रुपये है। हालांकि 70 प्रतिशत उपभोक्ता कम उपयोग की श्रेणी में थे और 80 से 100 रुपये की राशि बिल के रूप में अदा कर रहे थे। कर्नाटक शहरी संरचना विकास और वित्त निगम में तत्कालीन प्रबंध निदेशक अरविन्द श्रीवास्तव बताते हैं कि गुलबर्गा में इस परियोजना के प्रारम्भ होने के छह माह बाद भी उपभोक्ताओं को बिल तो वर्तमान उपयोग के

अनुसार दिया जा रहा था मगर वे पुरानी दरों से ही जल कर अदा कर रहे थे। फिर जब उनके ध्यान में आया कि जल कर की नई राशि पुरानी से कम है, तो उन्होंने स्वेच्छा से उपयोगिता आधारित नई बिलिंग प्रणाली से जुड़ने की इच्छा जाहिर की। इसने उन्हें जल के उपयोग में थोड़ी सावधानी बरतने के लिए भी प्रेरित किया। उपभोक्ताओं की शिकायतों और जिज्ञासाओं के निवारण के लिए उपभोक्ता सेवा केंद्र चौबीस घंटे काम करता है।

इस पायलट परियोजना के साथ कर्नाटक शहरी जल क्षेत्र सुधार परियोजना ने पायलट क्षेत्र में आने वाले सभी निवासियों के चौबीस घंटे जल-आपूर्ति करने में तकनीकी सम्भावना को सफलतापूर्वक दर्शाया है। इस परियोजना को सरकारी और निजी सहभागिता के माध्यम से जल आपूर्ति के लिए 13 अगस्त 2009 को भारत के राष्ट्रपति ने राष्ट्रीय शहरी जल आपूर्ति पुरस्कार दिया। परियोजना की सफलता के दो महत्त्वपूर्ण घटक हैं - 1. पूरे वितरण सिस्टम को बदलने पर भौतिक निवेश 2. परियोजना से जुड़ी संस्थाओं को सुदृढ़ करना, जैसे सूचना एकत्रित करना, मानक तय करना, प्रबंधन और रखरखाव की लागत निकालने के लिए पानी की क़ीमत तय करना और प्रतिपादन में सुधार के लिए अन्य मानकों को खोजना। पहले घटक के लिए परियोजना में एक सरल मगर खर्चीला रास्ता अपनाया गया। निवेश की चुनौती तब और जटिल हो जाती है जब लागत को देखते हुए वितरण संजाल को पूरी तरह बदलने के बजाय (जैसाकि पायलट प्रोजेक्ट में हुआ था) गिने-चुने बदलावों के साथ ही संजाल में जान डाली जाती है, जैसाकि इस परियोजना में हुआ। संस्थागत सुधार के दूसरे घटक में कर्नाटक शहरी जल आपूर्ति विभाग और ड्रेनेज बोर्ड तथा कर्नाटक शहरी संरचना विकास और वित्त निगम इन दो नगरीय निकायों को शामिल करने की योजना थी, मगर यह चुनौती अब भी मौजूद है।

इस परियोजना में एक फ्रेंच कम्पनी वेओलिया वॉटर को मौजूदा संजाल बदलने और सुधारने के लिए निवेश का काम सौंपा और इसका क्रियान्वयन किसी तीसरे पक्ष की निगरानी में तय किया गया। प्राइवेट सेक्टर की भागीदारी जवाबदेही पर केन्द्रित रही। एक ही पार्टी ने मौजूदा सिस्टम का आकलन, डेटा-सत्यापन, सिस्टम डिजाइन, निर्माण की निगरानी, संचालन और रखरखाव सभी कामों को किया। केवल वास्तविक निर्माण कार्य किसी अन्य पक्ष को दिया गया ताकि निजी जल कम्पनी क्रियान्वयन में सुधार पर ध्यान केन्द्रित रखे।

निजी कम्पनी को पानी की पर्याप्त मात्रा उपलब्ध करवाना कर्नाटक शहरी जल वितरण और ड्रेनेज बोर्ड की ज़िम्मेदारी थी। इस परियोजना ने इस धारणा को ग़लत साबित किया कि चौबीस घंटे पानी देने के लिए पानी की बहुत अधिक मात्रा में ज़रूरत होगी। प्रति दिन प्रति व्यक्ति पानी की खपत 135 लीटर आंकी गई थी मगर वास्तव में 100 लीटर प्रति व्यक्ति प्रति दिन की ही खपत हुई। हालांकि पानी

के कनेक्शनों की संख्या 60 प्रतिशत बढ़ी, पर कुल पानी की ज़रूरत 10 प्रतिशत घट गई।

यह परियोजना पूरी तरह से उत्कृष्ट प्रदर्शन पर आधारित थी और धन की अदायगी भी टारगेट (तय लक्ष्य) पूरे करने पर ही निर्भर थी। निजी सहभागी के लिए प्रबंधन शुल्क में से 60 प्रतिशत की अदायगी पहले की गई तथा शेष राशि का भुगतान प्रतिपादन पर आधारित रखा गया। इस अनुबंध में तय लक्ष्यों के समय पर या समय से पहले पूरा करने, परियोजना की लागत में कमी लाने और बिल द्वारा दिए जा रहे पानी के कनेक्शन की संख्या में वृद्धि करने पर 5.6 करोड़ रुपये के बोनस (प्रोत्साहन राशि) का भी प्रावधान रखा गया। प्रदर्शन के लिए तय लिए गए लक्ष्यों की पूर्ति न कर पाने पर 10 प्रतिशत के जुर्माने का प्रावधान रखा गया। निजी कम्पनी के तत्कालीन निदेशक केए जोसफ ने सगर्व बताया, "हर बार हर चरण में तय लक्ष्यों को पूरा किया गया।"

निजी भागीदार शत प्रतिशत उपभोक्ताओं को जल के कनेक्शन और उनके बिल उपलब्ध करवाने के लिए ज़िम्मेदार थे। जल की खपत के एवज में दिए गए बिलों के आधार पर कर का संग्रहण करना नगर निगम के जिम्मे था। इस परियोजना में आर्थिक रूप से असमर्थ लोगों का विशेष ध्यान रखते हुए उन्हें प्रति घर प्रति माह 8000 लीटर जल की मात्रा को कम दर पर उपलब्ध कराया गया साथ ही कनेक्शन शुल्क से छूट दी गई। मीटर की क़ीमत पहली बार में ही वसूलने के बजाय आसान मासिक किश्तों में ली गई। ग़रीब लोगों को अब पानी के लिए न तो लम्बी लाइन में खड़ा होना पड़ता, न ही अपने छोटे-छोटे घरों में बड़े-बड़े बर्तनों में उसे भरकर रखना पड़ता।

पानी की गुणवत्ता में सुधार का सीधा सम्बन्ध उस ख़र्च को कम करने से है, जो पानी से पैदा होने वाली बीमारियों के इलाज में भार बन जाता है। बर्कले विश्वविद्यालय ने असमय आपूर्ति और चौबीस घंटे की आपूर्ति से बच्चों की पानी से होने वाली बीमारियों पर पड़ने वाले प्रभावों को लेकर हुबली-धारवाड़ के 4000 घरों में एक तुलनात्मक अध्ययन किया। इस अध्ययन में पाया गया कि उन घरों के पाँच साल से कम उम्र के बच्चों में हैजा, टाइफाइड आदि का संक्रमण दूसरे घरों से कम हुआ, जहाँ पानी कभी-कभार आता है। बेलगाम नगर निगम के प्रसूति गृह में भी हैजे और दस्त के मरीज़ बच्चों की संख्या 2005-06 में 402 थी, जो 2008-09 में घटकर 177 रह गई।

मैंने हुबली-धारवाड़ की झुग्गी-बस्ती माधवपुर में रहने वाली महिलाओं से बात की और इस परियोजना के प्रति उनका उत्साह देखकर मेरे मन में खुशी की लहर दौड़ गई। एक राजनीति-प्रेरित व्यक्ति ने बीच में दखल देते हुए कहा कि चौबीस घंटे जल आपूर्ति अच्छी बात है, पर इसे कम दरों पर उपलब्ध कराना चाहिए। उन्होंने

यह भी कहा कि ये महिलाएँ रुपये का महत्त्व क्या जाने, वे तो रुपया कमाती ही नहीं। इस पर महिलाओं ने विरोध जताते हुए कहा कि पहली बात तो यह कि वे भी मज़दूरी करती हैं और रुपया कमाती हैं। दूसरा, पुरुष क्या जानें कि दूर-दूर से पानी ढोकर लाने में महिलाओं को कितनी मुसीबतों का सामना करना पड़ता है? उन महिलाओं के चेहरों पर सशक्तीकरण की झलक दिख रही थी।

कॉरपोरेटरों के साथ की गई मेरी चर्चा में शहरी स्थानीय निकाय का राजनीतिक संकल्प साफ़ झलकता था। सामाजिक मध्यस्थता का प्रयास भी निश्चित था। हुबली-धारवाड़ के तत्कालीन निगम आयुक्त पीएस वस्त्रद ने इस परियोजना में स्थानीय एनजीओ को शामिल करने के फ़ायदों पर रोशनी डालते हुए बताया कि इन संगठनों ने समुदायों के बीच जाकर उन्हें इस परियोजना के फ़ायदों के बारे में जागरूक किया। व्यापक संवाद की रणनीति ने भी इस परियोजना की सफलता में बड़ी भूमिका निभाई।

कर्नाटक सरकार ने 2011 में सरकारी और निजी सहभागिता के आधार पर इस परियोजना को तीन कॉरपोरेशनों के सभी इलाक़ों में शुरू करने का निर्णय किया। इसी बीच कर्नाटक शहरी जल आपूर्ति और ड्रेनेज प्राधिकरण ने 119 करोड़ रुपये के निवेश द्वारा इस परियोजना को विस्तारित करने और इसे तीन लाख लोगों तक पहुँचाने के लिए धनराशि की व्यवस्था की। जुलाई 2013 तक इन तीनों शहरों में दो लाख लोगों को इस परियोजना के अंतर्गत शामिल किया गया। संजाल की कुशलता 50 प्रतिशत से बढ़कर 90 प्रतिशत हो गई और कच्चे पानी की माँग 12-15 प्रतिशत तक घट गई।

कर्नाटक के चौबीस घंटे जल आपूर्ति के अनुभव से तीन महत्त्वपूर्ण सबक मिलते हैं। पहला, उपभोक्ताओं को यह बताना ज़रूरी है कि चौबीस घंटे साफ़ पानी देने के लिए सरकार को काफ़ी रुपया ख़र्च करना पड़ता है। इसका मतलब उपभोक्ताओं को समझना ज़रूरी है कि इस काम को अच्छे तरीक़े से चलाने के लिए कम से कम इसके संचालन और रखरखाव में लगने वाले ख़र्च को देना होगा। पर यह भी ज़रूरी है कि सरकारी अकुशलता की क़ीमत उपभोक्ताओं पर नहीं डालनी चाहिए। सच बात तो यह है कि लगातार जलापूर्ति, कुशल संचालन और रखरखाव के लिए सिस्टम को अपग्रेड करने के लिए निवेश की ज़रूरत होती है। और इस निवेश का पूरा लाभ लेने की ज़रूरत भी होती है। साथ ही उपभोक्ता शुल्क से योजना के क्रियान्वयन की राशि का बंदोबस्त होता है, वह सिस्टम के रखरखाव में काम आता है, साथ ही उपभोक्ता को पानी का उपयोग किफ़ायत से करने के लिए भी प्रेरित करता है। कर्नाटक के जल-प्रयोग का दूसरा सबक यह है कि केवल तकनीकी सफलता के प्रदर्शन के सहारे राजनीतिक मैदान में जीत नहीं मिलती। पूरे वितरण संजाल को बदल कर चौबीस घंटे की जलापूर्ति के प्रतिपादन की रणनीति ने उन

लोगों को प्रभावित किया जो मानते हैं कि भारतीय परिस्थितियों में चौबीस घंटे पानी की सप्लाई नहीं की जा सकती। पर राजनीतिक बहसें इस बात पर होती रहीं कि किस क़ीमत पर चौबीस घंटे की जल-आपूर्ति होगी, और क्या यह लागत किफ़ायती होगी। अंत में स्वार्थी तत्वों से निपटने की योजना भी होनी चाहिए और उपभोक्ता को ईमानदारी से क़ीमतों और ख़र्च के बारे में जानकारी दी जानी चाहिए ताकि राजनीति अच्छे इरादों पर भारी न पड़े।

5 नागपुर : सभी के लिए चौबीस घंटे पानी

नाग नदी के किनारे बसे नागपुर शहर का नाम इस नदी से जुड़ा है। भारतीय भूखण्ड के बिल्कुल मध्य बिन्दु पर यह शहर स्थापित है। अंगरेजों ने नागपुर में जीरो मील स्थान पर एक पत्थर का स्तम्भ बनाया, जहाँ से वे भारतीय उपमहाद्वीप के हर स्थान की दूरी को माप सकें। नागपुर संतरों के शहर के नाम से मशहूर है, क्योंकि यहाँ उच्च श्रेणी के संतरे उगाए जाते हैं। यह भारत के सक्रिय शहरों में से एक है और महाराष्ट्र की सर्दियों की राजधानी है।

महाराष्ट्र के उत्तरपूर्वी भाग में बड़ी संख्या में प्राकृतिक और मानव निर्मित झीलें हैं। नागपुर में ग्यारह झीलें हैं जिनमें से कुछ ऐतिहासिक महत्त्व की हैं। गांधी सागर झील को चाँद सुलतान ने 250 से ज़्यादा साल पहले बनवाया था। इसे शुक्रावती या जुम्मा तलाव के नाम से भी जाना जाता है। अम्बाजरी टैंक, तेलंगखेडी और गोरेवाडा झीलें, जो किसी जमाने में पीने के पानी का प्रमुख स्रोत हुआ करती थीं, अब सभी उपेक्षा की शिकार हैं। नागपुर को पानी के लिए चालीस किमी दूर स्थित कान्हा-पेंच नदी तक जाना होता है। पर हाल में महाराष्ट्र में मृतप्राय झीलों को पुनर्जीवन देने के लिए एक योजना लागू की गई है।

नागपुर, महाराष्ट्र के प्रमुख शहरों में पहला ऐसा शहर है, जहाँ जल प्रबंधन और चौबीस घंटे जल आपूर्ति की एकीकृत व्यवस्था लागू करने का विशेष प्रयत्न किया गया है। यहाँ पानी की मात्रा बढ़ाने के कई प्रयास करने के बाद अहसास हुआ कि जल वितरण व्यवस्थाओं को सुचारु बनाने और चौबीस घंटे जल आपूर्ति के लिए वितरण संजाल में रिसाव को ठीक करने की ज़रूरत है। इसके लिए सालों तक व्यवस्थित रूप से काम किया गया। इसके तहत नागपुर के बाजीप्रभु नगर के धर्मपेठ जोन में सरकारी और निजी सहभागिता के आधार पर सन 2007 में एक पायलट परियोजना शुरू की गई। इस परियोजना को सन 2009 में JNNURM की अनुदान योजना में शामिल किया गया। इसके बाद सारे शहर के लिए चौबीस घंटे जल आपूर्ति के लिए फरवरी 2009 में JNNURM द्वारा एक परियोजना को स्वीकृति मिली।

महाराष्ट्र सरकार ने सन 2000 से ही शहरी क्षेत्रों में जल आपूर्ति पर विचार-विमर्श शुरू कर दिया था और शहरों तथा कस्बों में जल आपूर्ति व्यवस्था की दक्षता का जायजा लेने के लिए सुखान्तकर समिति का गठन किया था। समिति ने सभी शहरों में जल ऑडिट कराने की सिफारिश की। राज्य सरकार ने वितरित किए गए जल की मात्रा और उसकी बिलिंग में आ रहे अंतर का अध्ययन करने के लिए 75 प्रतिशत का अनुदान देने का प्रस्ताव किया। सन 2003 में जल का ऑडिट कराने वाला नागपुर महाराष्ट्र का पहला शहर बना। इससे पहले शहर को पर्याप्त मात्रा में जल आपूर्ति किए जाने के प्रयास सफल नहीं हो सके थे, क्योंकि वितरण प्रणाली में रिसाव और अन्य खराबियों का प्रभाव था। जहाँ 2003-04 और 2004-05 के बीच पानी की मात्रा में बढ़ोतरी हुई, वहाँ इसके वितरण में कोई वृद्धि दिखाई नहीं दी जिससे यह स्पष्ट हुआ कि जब तक वितरण प्रणाली के रिसाव और अन्य खराबियों को दूर नहीं किया जाएगा, शहर के लिए पानी की कुल मात्रा बढ़ाने से कोई लाभ नहीं होगा।

नागपुर में किए गए जल ऑडिट से यह पता चला कि वितरित पानी का 52 प्रतिशत हिस्सा रिसाव के कारण बेकार बह जाता है। बड़े स्रोत से लाते-लाते क़रीब 30 प्रतिशत पानी बेकार बह जाता है। नागपुर के दस क्षेत्रों में पानी के वितरण के लिए लगाई गई 2100 किमी की पाइपलाइन में भी रिसाव की बड़ी दिक्कत मौजूद थी। रिसाव की तकनीकी दिक्कतें, पानी की अपर्याप्त मीटरिंग और बिल-राशि का ख़राब संग्रह परेशानी का कारण बन गया था। सबका मिला-जुला परिणाम यह हुआ कि पानी से आय कम होती चली गई। इससे व्यावसायिक नुकसान हुआ।

नागपुर नगर निगम ने जल वितरण प्रणाली में सुधार के लिए कई पहलें कीं। इनमें जल उपचार संयंत्रों में पम्पिंग स्टेशन की क्षमता को बढ़ाना, पुराने पम्पों को बदलना, सिस्टम का ऊर्जा ऑडिट कराना शहर में जल वितरण नेटवर्क में रिसाव को ठीक करना शामिल था। इन प्रयासों के फलस्वरूप नागपुर की जल वितरण क्षमता में 2005 से 2010 तक 32 प्रतिशत से 41 प्रतिशत की वृद्धि देखी गई।

इसी के साथ भारी मात्रा में पानी की उपलब्धता के लिए नागपुर नगर निगम ने कई अन्य परियोजनाएँ भी लागू कीं। शहर के बाहर 48 किमी दूर पेंच में स्थित पानी के स्रोत से कच्चे पानी को लाने के लिए जो नहरें बनी हुई थीं, उनके स्थान पर पाइप लगाए गए। इसी तरह पानी के दूसरे स्रोत कान्हन का भी विस्तार किया गया, जिससे कच्चे पानी की क़ीमत को 75 प्रतिशत तक घटाया जा सके। ये दोनों ही कार्य JNNURM के अंतर्गत किए गए। इसके कारण जल उत्पादन की क्षमता के 765 एमएलडी (मिलियन लीटर पर डे) बढ़ने और सन 2021 तक पानी की माँग की पूर्ति होने का अनुमान है। इससे नागपुर की कच्चे पानी की उत्पादन क्षमता 235 एमएलडी बढ़ी, पर प्राकृतिक स्रोतों पर अतिरिक्त भार नहीं बढ़ा। साथ ही सरकार

को भी इससे 300 करोड़ रुपये की बचत हुई जिसे जल के नए स्रोतों के विकास में इस्तेमाल किया जा सकेगा।

उपभोक्ताओं की बात करें तो वित्तीय स्थिरता बनाए रखते हुए चौबीस घंटे जल आपूर्ति करना शासन के लिए बड़ी चुनौती थी, हालांकि इस मामले में खासी प्रगति दर्ज की गई। सन 2007 में वेओलिया वॉटर इण्डिया को चौबीस घंटे जल आपूर्ति परियोजना के लिए 27.7 करोड़ रुपये की लागत पर प्रतिपादन आधारित प्रबंधन का जिम्मा सौंपा गया। इसके लिए धर्मपेठ डेमो जोन तक़रीबन 4 वर्ग किलोमीटर क्षेत्र में बसा था, जिसमें लगभग 180 किलोमीटर का पाइप संजाल था। इस इलाके में दस झुग्गी बस्तियों को मिलाकर दो लाख की जनसंख्या थी। निजी कम्पनी को पूँजीगत निवेश नहीं करना था। उसे कार्य शुरू होने के नौ महीनों के भीतर बेसलाइन मानक तय करने थे और पुनर्वास की योजना बनाकर मंजूरी के लिए देनी थी। बेसलाइन में उस क्षेत्र में पानी की आपूर्ति, पाइप संजाल की स्थिति, पानी की गुणवत्ता, लागत वसूली, बिलिंग के तहत पानी की मात्रा और गैर-राजस्व जल की मात्रा तथा उपभोक्ताओं की शिकायतों की स्थिति की जानकारी के लिए उपभोक्ताओं का डेटाबेस तैयार कराना प्रमुख था। पुनर्वास योजना सन 2009 और सन 2010 में चलाई गई जिसमें ज़मीन के नीचे बिछे 30 प्रतिशत पाइप बदले गए। सभी वैध कनेक्शनों में मीटर लगाए गए, जबकि झुग्गियों के कनेक्शनों में मीटर नहीं लगाए गए।

इस पायलट परियोजना को सन 2009 में शहरी विकास मंत्रालय की ओर से नेशनल अर्बन वॉटर अवार्ड दिया गया। इसकी उपलब्धियों में यह बात भी शामिल है कि अगस्त 2013 तक डेमो जोन में आने वाले 14,500 घरों को चौबीस घंटे पानी मिल रहा था। चूंकि सारे शहर को चौबीस घंटे जल आपूर्ति की योजना से जोड़ने का काम चल रहा है इसलिए डेमो जोन के तक़रीबन 2000 कनेक्शनों को चौबीस घंटे पानी देने का काम बाकी था। पानी का दबाव भी चार से पाँच गुना बढ़ चुका था, जिससे लोगों ने बूस्टर पम्प का उपयोग करना बंद कर दिया। बिल बनाने, बिल की राशि एकत्र करने और शिकायतों को सुनने के लिए उपभोक्ता सेवा केंद्र बनाया गया। प्रदर्शन क्षेत्र के अन्दर गैर-राजस्व पानी की मात्रा जो सन 2005 में 52 प्रतिशत थी, 2013 तक घटकर 28 प्रतिशत हो चुकी थी।

सन 2009 में शहर में जल आपूर्ति के क्षेत्र में किए जा रहे आधारभूत सुधार के अंतर्गत नागपुर ने जल कर की दर में वृद्धि प्रस्तावित की जिसे सारे शहर पर लागू किया गया। क्रियान्वयन और प्रबंधन की आंशिक लागत की वसूली को मद्देनज़र रखते हुए निम्नतम दर 3 रुपये से बढ़ाकर 8 रुपये की गई। इसका भारी विरोध हुआ क्योंकि नागपुर में पिछले नौ साल से दर में वृद्धि नहीं हुई थी। डेमो जोन में इस विरोध की तीव्रता बहुत अधिक थी क्योंकि औसत बिल की जगह पानी के वास्तविक इस्तेमाल पर आधारित बिल दिए जाने लगे थे। सभी कनेक्शनों को मीटर

से जोड़ा गया। चौबीस घंटे जल आपूर्ति के शुल्क को बढ़ाया गया। पहले उपभोक्ताओं को नियमित बिल प्राप्त नहीं होते थे, कई बार छह माह या साल भर की राशि एक साथ अदा करनी होती थी। अब कनेक्शनों को मीटर से जोड़े जाने और नियमित बिल आने का विरोध करना यह दर्शाता था कि उपभोक्ता न तो दर में वृद्धि के लिए मानसिक रूप से तैयार थे, न ही उन्हें इस बात की जानकारी थी कि सिस्टम में क्या बदलाव या सुधार हुए हैं। इसी के चलते 2009 मई और अक्टूबर में हुए सामान्य और राज्य के चुनावों में जल कर की दरों का बढ़ना एक बड़े मुद्दे के रूप में सामने आया।

इस विरोध के कारण नागपुर नगर निगम ने टैरिफ की दर को घरेलू उपभोक्ताओं के लिए 8 रुपये से घटाकर 5 रुपये कर दिया। सच यह है कि नागपुर का टैरिफ राज्य भर में सबसे कम है। उदाहरण के लिए नागपुर द्वारा तय की गई पाँच रुपये जल कर की दर महाराष्ट्र जीवन प्राधिकरण द्वारा नागपुर के आसपास के शहरों में वसूली जा रही 13 रुपये प्रति यूनिट से बहुत कम थी। नागपुर नगर निगम के तत्कालीन आयुक्त संजीव जायसवाल का कहना है कि "उपभोक्ताओं और सिविल सोसाइटी के विरोध के चलते बढ़ी हुई दरों को पीछे लेना आवश्यक हो गया था। पर आने वाले सालों में योजना के क्रियान्वयन और रखरखाव के ख़र्च को पूरा करने के लिए टैरिफ को बढ़ाने और उन्हें लागू कराने की चुनौती बनी रहेगी।"

जल कर की दर में वृद्धि में प्रारंभिक तौर पर सफलता हासिल न करने के बाद भी नागपुर नगर निगम ने इस योजना को बढ़ाते हुए सारे शहर को चौबीस घंटे जल आपूर्ति की सुविधा देने का निर्णय लिया। इसके माध्यम से निगम को आशा है कि सभी जल-आपूर्ति व्यवस्थाओं की जवाबदेही एक ही बिन्दु पर हो जाएगी। इस पहल को पच्चीस वर्षीय प्रतिपादन सुधार अनुबंध के रूप में डिजाइन किया गया। इसमें मौजूदा वितरण प्रणाली (ट्रीटमेंट प्लांट और डिस्ट्रीब्यूशन नेटवर्क) के संचालन और प्रबंधन के साथ-साथ संजाल के कुछ हिस्सों में बदलाव और उपभोक्ताओं के कनेक्शनों और मीटरों को बदलना शामिल है। JNNURM के अंतर्गत इस परियोजना की 70 प्रतिशत लागत के लिए अनुदान (ग्रांट) दिया गया। दूसरी ओर शहर द्वारा नागपुर एनवायरनमेंटल सर्विसेज लिमिटेड के नाम से एक कम्पनी का गठन किया गया जिसके संचालन का उत्तरदायित्व नागपुर नगर निगम का था। इसके पीछे यह विचार था कि जल के खातों को निगम के अन्य खातों से अलग किया जाए ताकि यह कम्पनी शहर में जल वितरण व्यवस्था और उसके प्रबंधन संबंधी हर पहलू पर विशेष रूप से ध्यान दे। कच्चे पानी और ऊर्जा की बढ़ी हुई मात्रा की लागत निकालने के लिए उपभोक्ताओं के लिए बढ़ी हुई दर लागू करना इस योजना में शामिल था।

नवंबर 2010 में नागपुर नगर निगम ने ऑरेंज सिटी वॉटर लिमिटेड (वेओलिया वॉटर इण्डिया प्रा.लि. और विश्वराज एनवायरनमेंट प्रा.लि. का संयुक्त उपक्रम) के

साथ एक अनुबंध किया जिसमें प्रति किलो लीटर बेचे गए पानी के लिए 7.90 रुपये की राशि निर्धारित की गई जिसका भुगतान उपभोक्ताओं से प्राप्त कर लिया गया। प्राइवेट ऑपरेटर स्वीकृत पूँजीगत लागत का 30 प्रतिशत देगा और यदि लागत बढ़ी तो उसका भार निगम पर पड़ेगा। 1 मार्च 2012 से निजी कम्पनी ने काम करना शुरू किया, जिसके पास प्रतिपादन में सुधार के लिए पुनर्वास के प्रयास करने के लिए पाँच वर्षों का समय है। प्रतिपादन का दायित्व इस अवधि के बाद ही शुरू होगा। इस कालावधि में कम्पनी को न्यूनतम 250 एमएलडी की राशि दी जाएगी, भले ही बिलिंग या संग्रह कितना ही हो। डेमो जोन के पायलट प्रोजेक्ट के विपरीत झुग्गी क्षेत्रों के सभी कनेक्शनों में मीटर लगेंगे, जो सारे शहर में इस परियोजना की मंजूरी के लिए सेंट्रल पब्लिक हैल्थ एंड एनवायरनमेंट इंजीनियरिंग ऑर्गनाइजेशन की शर्त है। निगम के सलाहकार दिनेश राठी कहते हैं कि यह परियोजना शहरी जल प्रबंधन के क्षेत्र में प्रोफेशनल दृष्टिकोण को विकसित करेगी। हालांकि सेवा प्रदाता की भूमिका एक निजी ऑपरेटर को दी गई है मगर इस परियोजना की मुख्य जवाबदेही स्थानीय प्रशासन और राज्य सरकार की ही है, जिन्हें यह सुनिश्चित करना है कि उपभोक्ता शुल्क द्वारा लागत की वसूली हो और संचालन में पारदर्शिता बनी रहे।

नागपुर में जल आपूर्ति में सुधार की इस महत्त्वाकांक्षी परियोजना को आने वाले समय में अन्य शहरों द्वारा भी अपनाया जाएगा। चुनौती है इस क्षेत्र में संस्थागत सुधारों में गति लाना और उपभोक्ताओं में जागरूकता लाना जिससे संचालन की लागत को उपभोक्ता शुल्क के माध्यम से वसूल किया जा सके और तंत्र को सक्षम और पारदर्शी तरीक़े से संचालित किया जा सके।

भाग IV

गंदा पानी और बाक़ी सब...

परिचय

भारतीय शहरों में सफ़ाई का इंतज़ाम घोर चिंता का विषय होना चाहिए, क्योंकि घरों या औद्योगिक केन्द्रों को मल-प्रवाह संजाल से जोड़ने और गंदे पानी की जलधारा में निस्तारण करने के पहले उपचार करने पर भारत में बहुत कम ध्यान दिया जाता है। शहरों में भूमिगत नालियों का जल-प्रवाह संजाल औसतन 30 प्रतिशत जनता को उपलब्ध है, और नदियों में बहाने से पहले उपचार यानी ट्रीटमेंट करने की व्यवस्था केवल 15 प्रतिशत के लिए है।

हमारे शहर अनुपचारित गंदगी को खुले नालों में बहाते हैं, जो नदियों और झीलों में जाकर मिलती है। उपचार यानी ट्रीटमेंट तीन तरह का होता है। प्राइमरी ट्रीटमेंट में ठोस, तैरते हुए और उसमें बिखरे कण दूर किए जाते हैं। सेकंडरी ट्रीटमेंट में वे जैविक तत्व दूर किए जाते हैं जो पहले उपचार में शेष रह गए हों। तीसरा उपचार ज़्यादातर हानिकारक पदार्थों को दूर करता है। सामान्यतः गंदगी को प्राइमरी और सेकंडरी ट्रीटमेंट की आवश्यकता होती है। शहरी स्थानीय निकायों ने उद्योगों द्वारा अवैज्ञानिक तरीक़े से फैलाए गए रासायनिक प्रदूषण की रोकथाम के लिए भी क़दम नहीं उठाए हैं। यह प्रदूषण अपशिष्ट पदार्थों के ढेर बनाने (डंपिंग) के कारण होता है। जब गंदा पानी ट्रीट किए बगैर झीलों या नदियों में डाला जाता है, तो उससे जल के प्राथमिक स्रोत दूषित हो जाते हैं। इस पानी को साफ़ करना आवश्यक है। शहरों को यह समझना होगा कि वॉटर सप्लाई की योजना सुरक्षित सीवरेज प्लान से अलग करके नहीं देखी जा सकती।

शहरों में जनसंख्या का घनत्व बढ़ने, आय बढ़ने तथा जीवन शैली बदलने के साथ ठोस कचरे, खासतौर से प्लास्टिक की मात्रा बढ़ती जा रही है। इसे भी बहा दिया जाता है और यह कूड़ा गटर में फंसकर उसे बंद कर नई दिक्कतें पैदा करता हैं। जब नाले भी कचरे से भर जाते हैं, तो वे बारिश के पानी को नहीं संभाल सकते और बाढ़ के पानी का उफन कर सड़क पर आना स्वाभाविक हो जाता है। बरसात के मौसम में डेंगू, मलेरिया, हैजा जैसी बीमारियों का फैलना कोई संयोग नहीं है। 2008 में शहरी विकास मंत्रालय ने राज्य और शहरों के स्तर पर गंदगी के निपटारे की चुनौतियों से जूझने के लिए राष्ट्रीय नगर स्वच्छता नीति बनाई। कई

शहर स्वच्छता की योजनाएँ लेकर भी आए, पर वे योजनाएँ काग़जों पर ही रह गईं।

इस भाग में दिए गए अध्ययन बताते हैं कि सूरत ने बाढ़ और महामारियों की चुनौतियों को कड़ा जवाब देते हुए गंदगी के प्रबंधन और स्वच्छता की व्यवस्था में आगे बढ़कर काम किया है। सूरत में स्वच्छता व्यवस्था का विवरण देने के साथ-साथ इस अध्याय में नवी मुम्बई का भी उल्लेख किया गया है। वहाँ चंडीगढ़ के बाद देश का सबसे बढ़िया वेस्ट वॉटर सिस्टम स्थापित किया गया है। हालाँकि नवी मुम्बई की कुछ निम्न वर्गीय बस्तियाँ इस सिस्टम में शामिल नहीं की जा सकीं। अन्य उदाहरणों में जयपुर, जहाँ वेस्ट वॉटर ट्रीटमेंट के क्षेत्र में साहसिक प्रयास किए गए हैं और त्रिची का उल्लेख है, जिसने खुले में शौच की समस्या से निपटने में जबर्दस्त सफलता हासिल की है।

त्रिची में झुग्गी-बस्तियों में रहने वाली महिलाएं सामुदायिक शौचालयों को 'शुल्क दो, उपयोग करो' के आधार पर चला रहीं हैं। अक्सर देखा गया है कि परियोजनाओं में महिलाओं का भारी योगदान रहा है। वे म्युनिसिपल प्रशासन के सहयोग से चलने वाले कार्यक्रमों के लाभ का प्रत्यक्ष रूप से अनुभव करती हैं। चेन्नई की परिधि पर बसे अलान्दुर नामक छोटे से कस्बे ने आपसी सहयोग का बढ़िया उदाहरण सामने रखा है और यह दिखाया है कि किस तरह आपसी सहयोग और धन-संग्रह से सीवेज नेटवर्क और सीवेज उपचार प्रणाली को ठीक किया जा सकता है और इसके रखरखाव और क्रियान्वयन की राशि का भी बंदोबस्त समुदाय के माध्यम से किया जा सकता है। हालांकि चेन्नई नगर निगम का हिस्सा बनते ही अलान्दुर कस्बे की सफ़ाई व्यवस्था अस्त-व्यस्त हो गई।

1 गंदे पानी के ट्रीटमेंट में सही साबित हुआ सूरत

हीरों की कटाई और पॉलिशिंग से जुड़े दुनिया के कुल कारख़ानों में से 42 प्रतिशत कारखाने सूरत शहर में बसे हैं। नब्बे के दशक और उसके बाद के कई सालों तक सूरत बाढ़ और महामारियों की वजह से बदनाम था। सूरत की कुल जनसंख्या में से तीन चौथाई लोग तटीय क्षेत्रों में रहते हैं और तापी नदी की बाढ़ से उनपर ख़तरा बना रहता है। सूरत शहर उकाई बाँध के अनुप्रवाह (डाउन स्ट्रीम) में बसा हुआ है। मॉनसून के समय भारी वर्षा के कारण बाँध से पानी छोड़े जाने पर यहाँ बाढ़ आ जाती है, जैसा सन 1998, 2004 और 2006 में हुआ था। सन 2006 में तो तक़रीबन 75 फ़ीसदी सूरत शहर पानी में डूब गया, जिससे जन-धन का भारी नुकसान हुआ। बेहद तबाही के कारण शहर को तुरंत ही हल ढूँढ़ने पर विचार करना पड़ा। सूरत नगर निगम ने तय किया कि शहर की भौगोलिक स्थिति के कारण आने वाली विपदाओं से निपटने का रास्ता खोजा जाए। निगम ने शहर के ड्रेनेज तंत्र को सुधारने, इसके तटबंध को सशक्त करने, नए जल निकास बनाने और जल प्रणाली को सुरक्षित रखने पर ध्यान केन्द्रित किया।

सूरत के रूपांतरण की कहानी तो आम सुनाई जाती है-प्लेग जैसी महामारी से पीड़ित शहर से बदल कर, देश के तीन सबसे साफ़ शहरों में एक। सफ़ाई व्यवस्था को दुरुस्त करके प्रगति करने की यह एक शानदार कहानी है। 2010-11 में भारत सरकार द्वारा किए गए देश के 423 शहरों के अध्ययन में सूरत को स्वच्छता के लिए तीसरा स्थान मिला। सन 2001 से 2008 तक जीडीपी (सकल आय) में प्रति वर्ष 11 प्रतिशत बढ़ोतरी को दर्ज करता हुआ सूरत भारत के सबसे तेजी से विकसित होते शहरों में से एक है। जब कोई शहर तेजी से विकास की ओर बढ़ता है, तो जनसंख्या में तेज वृद्धि के कारण सार्वजनिक सेवाओं की गुणवत्ता में कमी होने की संभावना होती है, पर सूरत इसका अपवाद है। उसने न केवल जनसंख्या वृद्धि का बेहतर प्रबंध किया, बल्कि बार-बार की जल परीक्षा (बाढ़) में खरा साबित होते हुए यह शहर उचित प्रतिक्रिया, लचीलेपन और स्थिरता के मॉडल के रूप में उभरा है।

सन 1998 की बाढ़ के पंद्रह साल बाद यानी मई 2013 में मैं जब सूरत गई तो मेरे सामने यह स्पष्ट था कि सन 1998 और सन 2006 की घटनाओं के सबक व्यर्थ नहीं गए हैं। श्री एसआर राव सन 1995 से सन 1997 तक सूरत म्युनिसिपल कमिश्नर रहे और बाद में भारत सरकार के कॉमर्स सचिव रहे। उनके नेतृत्व में सूरत ने भारत के दूसरे सबसे स्वच्छ शहर के लिए इनटेक (इंडियन नेशनल ट्रस्ट फॉर आर्ट एंड कल्चरल हेरिटेज) पुरस्कार जीता। श्री राव को सन 2006 में आई बाढ़ के बाद सन 2007 में सूरत की सफ़ाई के मेगा-अभियान के लिए गुजरात के मुख्यमंत्री ने खासतौर से बुलाया।

श्री राव को आज भी सूरत में स्नेह और आदर के साथ याद किया जाता है। उन्होंने नगर निगम में जो संस्थागत विरासत क़ायम की और सूरत के लोगों को जो अभिप्रेरणा दी उससे बदलाव की प्रक्रिया सतत रूप से चल पाई है। सूरत नगर निगम के सामने आ रही मुश्किल चुनौतियाँ जनता, प्रबुद्ध वर्ग, एनजीओ और राजनीतिक वर्ग के उत्साहपूर्ण रवैये और संपूर्ण सहयोग के कारण आसान हो गईं।

किसी शहर में लोक स्वास्थ्य को उन्नत बनाने के लिए कचरे और सीवरेज की प्रबंध-व्यवस्थाओं का पुख्ता होना नितांत आवश्यक है। इस बारे में भारतीय शहरों को जागरूक बनाने की आवश्यकता है। यदि भारतीय शहरों में कचरा रास्ते के किनारों पर ढेर में पड़ा रहेगा और वैज्ञानिक रूप से उसका निस्तारण नहीं होगा, यदि शौचालय न होने और सामुदायिक शौचालयों तक निजी शौचालय न होने के कारण लोग खुले में शौच करने के लिए मजबूर होंगे, यदि कचरा निस्तारण संजाल अनुपस्थित होगा और सीवरेज को ट्रीट किए बिना ही नदी-नालों में छोड़ा जाता रहेगा, यदि स्टॉर्म वॉटर ड्रेन को बारिश के समय जमा होने वाले पानी की हार्वेस्टिंग के लिए डिजाइन नहीं किया जाएगा और ठीक नहीं रखा जाएगा, यदि बंद गटरों की नियमित सफ़ाई विशेषतः बारिश से पहले न होने के कारण उनमें कचरे का जमाव होता रहेगा तब तक हमारे शहर उन्हीं दिक्कतों का सामना करते रहेंगे जिनका सामना सूरत ने सन 1998 या सन 2006 में किया।

आज सूरत की सूरत पूरी तरह से बदल चुकी है। यह शहर न केवल एकीकृत वेस्ट मैनेजमेंट के क्षेत्र में काम कर रहा है बल्कि जलवायु परिवर्तन के कारण आने वाली आपदाओं के प्रभावों को कम करने के लिए पहले से उपायों को तलाशने का काम भी कर रहा है। चूंकि तापी नदी सूरत के लिए जल का एकमात्र स्रोत है और विशेषज्ञों के अनुमान के अनुसार सन 2015 के बाद तापी नदी के पानी से गर्मी के मौसम में सूरत शहर के लिए आवश्यक जल की मात्रा की पूर्ति होना कठिन है, सूरत-वासियों ने घरेलू पानी के संरक्षण और घर से निकलने वाले गंदे पानी की रीसाइक्लिंग के महत्त्व को पहचाना है। सूरत शहर की लचीली रणनीति (स्ट्रैटजी) में इस मान्यता की छाप साफ़ दिखाई देती है।

सूरत नगर निगम के उस दृष्टिकोण से मैं बहुत प्रभावित हुई जहाँ सीवरेज नेटवर्क के विस्तार और रखरखाव की छोटी से छोटी बात पर ध्यान देने के साथ-साथ एक ओर गंदे पानी के प्रबंधन के लिए व्यापक और अत्यधिक कुशल प्रणाली को विकसित किया गया, वहीं दूसरी ओर इस प्रणाली को लंबे समय तक सुचारु रूप से चलाने के लिए कई पहलें भी की गईं। इन पहलों में बिजली बनाने के लिए बायो गैस का प्रयोग करना, पवन ऊर्जा और सौर ऊर्जा का प्रयोग करना, उद्योगों को पानी बेचकर राजस्व प्राप्त करने के लिए ट्रीटमेंट प्लांट स्थापित करना, पंदेसरा में सरकारी और निजी क्षेत्र की भागीदारी में वॉटर ट्रीटमेंट प्लांट की स्थापना करना, शामिल है। साथ ही जून 2014 तक अत्याधुनिक कॉनकॉर्ड ब्लू गैसीफिकेशन टेक्नोलॉजी के प्रयोग से ठोस कचरे को बिना भस्मीकृत (नॉन-इंसीनरेशन) किए स्वच्छ ऊर्जा के उत्पादन के लिए एक संयंत्र लगाए जाने की योजना पर काम हो रहा था, पर यह योजना अपने लक्ष्य में असफल रही।

सन 2008 से सूरत नगर निगम रॉकफैलर फाउंडेशन के एशियन सिटीज क्लाइमेट चेंज रेसिलिएंस नेटवर्क के साथ मिलकर और स्थानीय विशेषज्ञों की सहायता से शहर के लिए व्यवस्थित रणनीति विकसित करने के प्रयास में लगा है, जिसमें उन लोगों को पुनर्वासित करना भी शामिल है जो ग़रीब हैं और शहर के बाढ़ प्रभावित क्षेत्र में रहने को मजबूर हैं। निगम ने एक एसएमएस आधारित शहरी सेवा निरीक्षण प्रणाली के पायलट को जाँचकर उसे लागू किया है। शहरी स्वास्थ्य और जलवायु के बदलाव को मापने के लिए एक विशेष केंद्र की स्थापना की है, जिससे आत्यंतिक परिघटनाओं (एक्स्ट्रीम ईवेंट्स) के कारण स्वास्थ्य पर पड़ने वाले प्रभावों पर नज़र रखी जा सके। सबसे महत्त्वपूर्ण क़दम यह है कि इस शहर और उसके भागीदारों ने चेतावनी देने वाले (अर्ली वॉर्निंग) सिस्टम को भी स्थापित किया है, जिससे शहर के अधिकारी उकाई बांध पर हर पल निगाह रख सकें। यह आख़िरी इनोवेशन अगस्त 2013 में बहुत ही उपयोगी साबित हुआ जब तापी का पानी बढ़ने पर उकाई बांध से पानी छोड़ना पड़ा और बाढ़ को क़ाबू में कर लिया गया।

सतत विकास की दिशा में किए जा रहे इन बहुत से कार्यों में मैं सूरत नगर निगम द्वारा किए गए गंदे पानी (वेस्ट वॉटर) ट्रीटमेंट के क्षेत्र के काम और इसके द्वारा बायो गैस निर्मित करके ऊर्जा उत्पन्न करने के कार्य का विशेष उल्लेख करना चाहूँगी। निगम के इस प्रयास ने शहर के विविध उपयोगों के लिए विद्युत उपलब्ध कराई साथ ही पर्यावरण को बेहतर बनाने में भी योगदान दिया।

सूरत शहर समतल क्षेत्र में स्थित होने के कारण सीवरेज और बरसाती पानी के निकास के सिस्टम के लिए एक बड़ी चुनौती खड़ी करता है। पिछले दस साल में बरसाती पानी के निकास का ड्रेनेज सिस्टम स्थापित करने की दिशा में काफ़ी प्रयास हुए हैं, पर 2012-13 तक केवल 64 प्रतिशत हिस्सा कवर किया जा सका है। यह

भारत के बाकी शहरों से बेहतर है मगर यथेष्ट नहीं है। JNNURM ने सूरत के पुराने शहरी इलाके में, वेसु शहरी बस्ती और नए पूर्वी क्षेत्रों में बरसाती पानी के निकास के लिए नेटवर्क विकसित करने में काफ़ी मदद की है।

गंदे पानी के ट्रीटमेंट के क्षेत्र में सन 2006 तक सूरत की 92 प्रतिशत आबादी को शामिल किया जा चुका था, पर उस साल शहर का विस्तार होने से यह कवरेज घटकर 75 प्रतिशत रह गया। लगातार प्रयासों की मदद से 2010-11 तक सूरत ने फिर से इसे 90 प्रतिशत तक ले जाने में सफलता प्राप्त की। इसकी तुलना में भारत के अन्य शहरों में कवरेज 30 प्रतिशत के आसपास है। भारत में चंडीगढ़ ही अकेला ऐसा शहर है जहाँ शत प्रतिशत गंदे पानी को ट्रीट करने के बाद ही नदी-नलों में छोड़ा जाता है।

जब सूरत शहर में सीवर लाइन और राइजिंग मेन्स (प्रेशर पाइप जिनके द्वारा सीवरेज को सबसे नीचे के बिंदु से पम्प करके सीवेज नेटवर्क के द्वारा ट्रीटमेंट प्लांट या आउटफॉल पॉइंट तक लाया जाता है) का नेटवर्क 2012-13 में बढ़कर 1428 किलोमीटर हो गया, इसके साथ नगर निगम ने पैंतीस सीवेज पंपिंग स्टेशनों और नौ ट्रीटमेंट प्लांटों की स्थापना की है। एक बार फिर JNNURM का विशेष योगदान रहा है। इसके अंतर्गत सीवेज नेटवर्क और सीवेज ट्रीटमेंट प्लांटों को बढ़ाने सुधारने के लिए 432 करोड़ रुपये की राशि दी गई। पुराने शहर में तेईस पम्पिंग स्टेशनों और छह सीवेज उपचार प्लांट के संचालन हेतु सुपरवाइजरी कंट्रोल एंड डेटा एक्विजिशन (स्काडा) प्रोजेक्ट के लिए 30.6 करोड़ रुपये की राशि भी JNNURM का ही उपहार था। इसके माध्यम से सारे सिस्टम को एक केन्द्रीय दफ्तर द्वारा संचालित करना संभव हो गया जिससे ऊर्जा की बचत हुई और क्रियान्वयन में दक्षता आई।

सीवेज उपचार केन्द्रों में बनी बायो गैस का ऊर्जा उत्पादन के लिए उपयोग सूरत नगर निगम द्वारा सतत विकास के क्षेत्र में उठाया गया एक नवाचारी क़दम है। सूरत में कुल मिलकर ऐसे सात प्लांट हैं जिनके द्वारा 3.5 मेगावॉट बिजली का उत्पादन किया जा रहा है। पवन ऊर्जा द्वारा 20 मेगावॉट बिजली बनाई जा रही है। सूरत नगर निगम के आयुक्त एमके दास ने मुझे गर्व से बताया कि इन ग्रीन पहलों के जरिए निगम की पीक डिमांड (46 मेगावॉट) में से 30 प्रतिशत बिजली की आपूर्ति की जा रही है।

सूरत शहर अपने आप को रूपांतरित करने में व्यस्त है। धनी शहर होने से रूपांतरण में सुविधा रही है। अच्छे नेतृत्व में भी सूरत भाग्यशाली रहा है। यह भी सच है कि संकट की स्थितियाँ मन को केन्द्रित करने में मदद करती हैं। सूरत के भौगोलिक संकट टले नहीं हैं, पर इस शहर के निवासी ऐसी लचीली रणनीति तैयार करने में लगे हैं जिसके द्वारा उनकी राह में आने वाले संकटों का सफलतापूर्वक सामना किया जा सके।

2 नवी मुम्बई : गंदे पानी का फिर से इस्तेमाल

पानी का पुनर्प्रयोग आज के समय की बड़ी ज़रूरत है, खासतौर से उन शहरों में जहाँ काफ़ी उद्योग हैं और औद्योगिक संयंत्र गंदा पानी छोड़ते हैं। नवी मुम्बई यदि देश के सबसे अच्छे क्रिकेट स्टेडियम के लिए विख्यात है तो उसने सीवेज ट्रीटमेंट के मामले में भी नई राह दिखाई है। चंडीगढ़ के बाद यह शायद भारत का अकेला ऐसा शहर है, जहाँ ज़्यादातर गंदे पानी का उपचार किया जाता है, हालाँकि कुछ निम्न आय वर्ग के रिहायशी इलाके इस उपचार तंत्र के दायरे से अब भी बाहर हैं।

नवी मुम्बई की परिकल्पना 1960 के आसपास महाराष्ट्र सरकार ने मुम्बई महानगर के जवाबी (काउंटर-मैग्नेट्) शहर के रूप में की था। इसकी योजना बनाने में प्रसिद्ध वास्तुकारों जैसे चार्ल्स कोरिया, शिरीष पटेल और प्रवीण मेहता का मार्गदर्शन मिला। सन 1991 से सन 2011 के बीच इस शहर की जनसंख्या चौगुनी होकर 12 लाख तक हो गई। कृषि-भूमि को गैर-कृषि भूमि में परिवर्तित करके उनतालीस गाँवों को मिलाकर नवी मुम्बई को सिटी एंड इंडस्ट्रियल डेवलपमेंट कॉरपोरेशन (सीआईडीसीओ) ने विकसित किया। ये गाँव पहले ग्राम पंचायत के अधीन ही रखे गए। सन 1992 में 108 वर्ग किमी के क्षेत्र के साथ नवी मुम्बई म्युनिसिपल कॉरपोरेशन (एनएमएमसी) का गठन हुआ जिसमें सीआईडीसीओ द्वारा विकसित पाँच नोड्स और उनतालीस गाँवों में से उनतीस गाँवों को शामिल किया गया।

नवी मुम्बई के गाँवों की भूमि में, जिसमें से 20 प्रतिशत हिस्सा एनएमएमसी के अधिकार क्षेत्र में आता था, किसी भी तरह की नागरिक सुविधा का पूर्ण अभाव था। खुले में शौच करना सामान्य और प्रचलित दिनचर्या थी। सीवेज लाइंस नहीं के बराबर थी क्योंकि केवल नोडल एरिया को ही संजाल में घेरा गया था। ग्रामीण भूमि पर कुछ ही सार्वजनिक शौचालय थे। यहाँ तक कि नवी मुम्बई के विकसित क्षेत्रों में भी पुराने सीवेज ट्रीटमेंट प्लांटों में भी केवल प्री-ट्रीटमेंट की ही व्यवस्था थी, क्योंकि

इन प्लांटों की स्थापना के समय सेकंडरी उपचार की परिकल्पना तक नहीं थी।

आंशिक रूप से उपचारित और अनुपचारित मल-गंदगी को कई स्थानों पर, बरसाती पानी के निकास के लिए बनी नालियों द्वारा ठाणे कोल (क्रीक) में बहा दिया जाता था। इस क्षेत्र में बड़े उद्योग थे,जिनसे निकला औद्योगिक पानी भी इसी तरह से ठाणे क्रीक में जाकर एक बड़ी चुनौती खड़ी करता था। यह गंदा पानी भूमिगत जल के साथ मिलने लगा जिसके कारण पानी से जन्मी बीमारियां जैसे आंत्रशोथ, पीलिया वगैरह फैलने लगीं। जीवाणु, विषाणु, परजीवियों और विषैले रासायनिक पदार्थों के पानी में मिलने से स्वास्थ्य के लिए भयानक ख़तरा खड़ा हो गया।

सन 2006 की शुरुआत में एनएमएमसी ने इन चुनौतियों से निपटने के लिए कई पहलें कीं। सबसे पहले 2011-12 में जैव उपचार (सीक्वेंशियल बैच रिएक्टर या एसबीआर-आधारित सी-टेक तकनीक) की तकनीक से तीन सीवेज ट्रीटमेंट प्लांट शुरू किए गए। इसके लिए एनएमएमसी ने अपने राजस्व में से 200 करोड़ रुपये का निवेश किया। वाशी और नरुल में 100 एमएलडी की क्षमता वाले दो उपचार केंद्र स्थापित किए गए और 80 एमएलडी क्षमता का तीसरा केंद्र ऐरोली में लगाया गया। निगम ने सीवेज उपचार क्षमता को बढ़ाने के लिए JNNURM के अनुदान से इसी तकनीक पर आधारित अन्य तीन उपचार केन्द्रों की भी स्थापना की जो क्रमशः कोपर खैराने (87.5 एमएलडी), सानपड़ (37.5 एमएलडी) और बेलापुर (19 एमएलडी) में लगाए गए। इनकी लागत 155 करोड़ आई। पूरे सिस्टम को सुधारा गया ताकि सीवेज संग्रह के लिए शत-प्रतिशत अंडरग्राउंड सिस्टम का प्रयोग हो और उपचार के लिए आधुनिक तकनीक का इस्तेमाल किया जाए।

इस उपचारित पानी की गुणवत्ता महाराष्ट्र के प्रदूषण नियंत्रण बोर्ड द्वारा तय किए गए मानकों से भी बेहतर थी। आईआईटी रुड़की ने सन 2008 में नेरुल स्थित सीवेज उपचार केंद्र की गुणवत्ता का परीक्षण करवाया और इस निष्कर्ष पर पहुँचे कि इस उपचार केंद्र द्वारा उपचारित पानी की गुणवत्ता न केवल भारतीय मानकों के अनुरूप है पर गैर-पेय (नॉन पोटेबल यूज) पानी के पुनरुपयोग के लिए अमेरिका के पर्यावरण संरक्षण एजेंसी तथा कैलिफोर्निया के जल पुनर्चक्रण के मानकों को भी पूरा करती है।

इस उपचार केंद्र में अत्याधुनिक (स्टेट ऑफ़ ड आर्ट) तकनीक का इस्तेमाल करते हुए ऐसी प्रक्रिया का उपयोग किया गया है जो एक ही बेसिन में ट्रीटमेंट की सभी जैविक क्रियाओं को क्रमवार संपन्न कर देती है। इसमें पारंपरिक तकनीक की तुलना में जगह भी 50 प्रतिशत कम लगती है और ऊर्जा की खपत भी आधी होती है। स्काडा के अंतर्गत कम्प्यूटर संचालित कंट्रोल और ऑटोमेशन द्वारा यह सुनिश्चित किया जाता है कि सेंसर द्वारा पानी की अशुद्धियों का सही माप हो और उसके अनुरूप ही ट्रीटमेंट के लिए ऑक्सीजन की उपयुक्त मात्रा उपलब्ध कराई जाए। इसका

अतिरिक्त लाभ यह भी है कि सिस्टम पर सतत निगाह रखने के लिए किसी संचालक की आवश्यकता नहीं होती।

पहले तीन उपचार संयंत्रों के क्रियान्वयन और रखरखाव की संपूर्ण जवाबदेही एक निजी कंपनी को दी गई थी जिसके अनुबंध को तीसरे साल और (अगस्त 2014 तक) बढ़ाया गया था। नए उपचार संयंत्र JNNURM के अनुदान से बनाए गए थे और उनके क्रियान्वयन और रखरखाव की क़ीमत 1.5 रुपये प्रति क्यूबिक मीटर थी जो उपचारित पानी को बेचकर मिलने वाली राशि से बहुत ही कम थी। अत्याधुनिक तकनीकों ने एनएमएमसी को राजस्व अर्जन का नया जरिया दिया, जिसके कारण आने वाले सालों में अधिकाधिक पानी को पुनः उपयोग को लायक़ बनाने का लक्ष्य रखा गया।

चूंकि विकसित नोड्स पहले ही 348 किमी लंबी सीवेज परिवहन लाइन के अंतर्गत शामिल किए जा चुके थे और जो सात सीवेज उपचार संयंत्र से जुड़ी हुई थीं (छह संयंत्र एसबीआर तकनीक से और एक एरोबिक लैगून तकनीक से संचालित है)। अब शहरी सीवेज की रणनीति के अनुरूप सीवेज लाइंस को उन क्षेत्रों में ले जाने का प्रयास किया गया जो अभी तक उतने विकसित नहीं हो सके थे। इस एकीकृत योजना के लिए भी JNNURM द्वारा अनुदान दिया गया जो कि 353.7 करोड़ रुपये था और यह योजना मई 2013 में पूर्ण की गई।

दूषित जल के उपचार के लिए संयंत्रों और सीवेज लाइंस की स्थापना के साथ-साथ निगम ने जनता में स्वच्छता के महत्त्व को बताने के लिए अपने स्तर पर सघन जागरूकता का अभियान चलाया। इसके लिए नुक्कड़ नाटकों के आयोजन से लेकर जानकारी युक्त पर्चे बाँटने, इलेक्ट्रॉनिक मीडिया का उपयोग करके स्थानीय चौनल पर संदेश देने आदि सारे तरीक़े अपनाए। ऐसा करके निगम नागरिकों को अच्छी सेवाओं की माँग करने के लिए सक्रिय बनाया गया।

एनएमएमसी ने संपूर्ण क्षेत्र में 407 शौचालय बनवाए, जिनपर रखरखाव का भार कम था। इन शौचालयों की सफ़ाई, रखरखाव और संचालन के लिए ग्यारह एनजीओ की सेवाएँ अगले तीस सालों तक के लिए लेने का अनुबंध किया गया। इनमें से 75 प्रतिशत सार्वजनिक शौचालय भूमिगत सीवेज नेटवर्क से जुड़े हुए हैं और अब नवी मुम्बई ऐसा शहर है जहाँ खुले में शौच करना बंद हो चुका है। एनएमएमसी के आयुक्त विजय नाहटा सगर्व बताते हैं कि निगम को भारत सरकार द्वारा 2009-10 में अपशिष्ट जल प्रबंधन के क्षेत्र में सर्वश्रेष्ठ शहर का पुरस्कार मिला। नवी मुम्बई को सन 2008 में चौबीस घंटे जल सप्लाई के लिए राष्ट्रीय जल अवार्ड मिला और सन 2009 में पुनः यही पुरस्कार इस योजना में ग़रीबों को भी शामिल करने के लिए मिला।

चूंकि नवी मुम्बई ऐसा शहर है जिसे योजनाबद्ध तरीके से विकसित किया गया है अतः यहाँ अपशिष्ट जल के प्रबंधन के लिए किसी भी नई योजना को आकार देना आसान था। हाँ, जैसे ही ग्रामीण क्षेत्रों को नए योजनाबद्ध शहर की हद में लिया गया, स्वच्छता के क्षेत्र में जागरूकता अभियान संचालित करना सफलता प्राप्ति का एक महत्त्वपूर्ण घटक था। नवी मुम्बई की जनसंख्या 2011 से 2031 के बीच दोगुनी हो जाने का अनुमान है। ऐसे में शहर में सीवेज के 425 एमएलडी हो जाने की संभावना है। अतः इस चुनौती से निपटने के लिए अभी से योजना बनाना आवश्यक है, जिससे बढ़े हुए गंदे जल की संपूर्ण मात्रा को उपचारित किया जा सके।

3 द्रवावती नदी की खोज में जयपुर

जयपुर, राजस्थान की राजधानी, न केवल उन विदेशी पर्यटकों के लिए आकर्षण का केंद्र है जो आगरा, दिल्ली और जयपुर के 'गोल्डन ट्राएंगल सर्किल' के सिलसिले में आते हैं, बल्कि स्थानीय पर्यटकों के आकर्षण का केन्द्र भी है, जो इस शहर के इतिहास को जानने और इसके उत्सव धर्मी स्वभाव की झलक पाने के लिए हर साल बड़ी तादाद यहाँ आते हैं। जयपुर के पर्यटन कैलेण्डर में नवीनतम घटना जयपुर लिटरेचर फेस्टिवल है जो सन 2008 से हर जनवरी में संपन्न होता है। सन 2011 में सारी दुनिया से लगभग 10,000 लोगों ने जयपुर में आकर अपनी उपस्थिति दर्ज कराई थी।

जयपुर का इतिहास जानना आधुनिक शहरी योजनाकारों के लिए प्रासंगिक है। आधुनिक जयपुर आमेर के राजा महाराजा सवाई जयसिंह द्वितीय ने सन 1727 में बसाया था। उस समय जयपुर दुनिया के सबसे अच्छे नियोजित शहरों में से एक था। जैसा कि जयपुर की अधिकृत वेबसाइट पर बताया गया है, इस शहर को बसाने के लिए महाराज ने काफ़ी विचार-विमर्श के बाद एक बंगाली वास्तुकार विद्याधर भट्टाचार्य को यह काम सौंपा। उन्होंने जयपुर को विस्तृत ग्रिड प्रणाली के अंतर्गत बसाते हुए सड़कों, रास्तों और गलियों का निर्माण किया। साथ ही मुख्य बाज़ार के दोनों ओर एक जैसी दुकानें निर्मित की। यह सब कुछ नौ आयताकार *चौकियों* के अन्दर स्थित है। वाशिंगटन डीसी का निर्माण जयपुर के कई साल बाद हुआ, वहाँ भी इसी सिद्धांत को अपनाया गया था।

पुराने जयपुर शहर की शान का जायजा तब मिलता है जब आप उन सड़कों से गुजरें जिनके नाम देवताओं के नाम पर (जैसे *गोपाल जी का रास्ता*) या जयपुर के प्रसिद्ध परिवारों के नाम पर (जैसे *हल्दियों का रास्ता*) रखे गए हैं। इस शहर को गुलाबी शहर का नाम सन 1853 में मिला जब प्रिंस ऑफ़ वेल्स के स्वागत के लिए सारे शहर को गुलाबी रंग दिया गया था। पुराना शहर अब भी गुलाबी रंगा दिखाई

देता है। मगर अपनी यात्रा के दौरान मैंने कुछ इमारतों को गेरुआ रंगे देखा जो रंग गुलाबी रंग के साथ जुड़ी राजसी भव्यता को बरक़रार रखता है और धरती के समकालीन जैविक कार्बनिक टोन को भी प्रतिबिंबित करता है।

तीव्र आर्थिक विकास के चलते जयपुर शहर ने अपेक्षा से अधिक विस्तार किया है। इसकी जनसंख्या सन 2001 से सन 2011 तक 23,10,000 से बढ़कर 30,90,000 हो गई। पर्यटन के चलते अस्थायी जनसंख्या में भी भारी वृद्धि (6 लाख) दिखाई देती है। सन 2011 की जनगणना के अनुसार जयपुर भारत का दसवाँ बड़ा शहर है। भारत के अन्य शहरों के समान ही बढ़ती जनसंख्या के लिए सार्वजनिक सुविधाओं की वृद्धि और उनका रखरखाव जयपुर के लिए भी एक चुनौती के रूप में सामने आया है।

जयपुर की अधिकृत वेबसाइट पर बताया गया है कि आमेर में बढ़ती जनसंख्या और पानी की कमी के कारण आमेर के राजा को अपनी राजधानी 11 किमी दूर जयपुर में ले जानी पड़ी थी। चूंकि बढ़ती जनसंख्या और पानी की कमी एक लगातार चलने वाली समस्या रही है अतः यह देखना ज़रूरी है कि पानी की कमी की चुनौती से निपटने के लिए जयपुर के वर्तमान योजनाकारों ने किस तरह शहर में उत्पन्न हो रहे गंदे पानी के उपचार की योजना बनाई है।

जयपुर शहर में मल-गंदगी यानी सीवेज की मात्रा औसतन लगभग 260 एमएलडी है और सन 2015 तक इसके 300 एमएलडी हो जाने का अनुमान है। सन 2006 से पहले जयपुर में उत्पन्न होने वाले गंदे पानी के 45 प्रतिशत हिस्सों को सोक पिट्स में ही डाला जाता था। बाकी 55 प्रतिशत को शहर में बिछे सीवेज लाइंस के माध्यम से एकमात्र सीवेज ट्रीटमेंट प्लांट में, जो ब्रह्मपुरी में है और जिसकी क्षमता 27 एमएलडी है, भेजा जाता था। इसे राजस्थान के लोक स्वास्थ्य अभियांत्रिकी विभाग ने सन 1970 में बनाया था और इसमें केवल उत्तरी जयपुर से निकले सीवेज छोटे से हिस्से को ही उपचारित किया जा सकता था।

शहर से निकले ज़्यादातर गंदे पानी को सीधे 25 किमी लंबे अमानी शाह नाले में बहा दिया जाता था। यह नाला शहर के उत्तर पश्चिम से दक्षिण की ओर बहता है और शहर के लिए प्राकृतिक नाले का काम करता है। अपशिष्ट जल इस नाले (1800 मिमी व्यास) के एक बाहरी मुहाने पर मिलता है। कई स्थानों पर सीवर लाइंस सीधे ही नाले में मिल जाती हैं। किंवदंती है कि आज जहाँ यह नाला बहता है, वहाँ कभी द्रवावती नदी बहा करती थी।

सन 2006 तक किसान इसी नाले के गंदे पानी को सब्जियाँ उगाने के लिए इस्तेमाल करते थे। अनुपचारित पानी भूमि में भी रिसता रहता था जिससे भूमिगत जल भी दूषित हो रहा था। भूमिगत जल, सतह का पानी, उपजाऊ मिट्टी और वातावरण की दूषित हवा सभी ने जयपुर के निवासियों के समक्ष स्वास्थ्य की भारी समस्या उत्पन्न कर दी थी।

सन 2006 से सीवेज नेटवर्क को व्यवस्थित करने के लिए जयपुर में कई महत्त्वपूर्ण क़दम उठाए गए। शहर के घरों की रसोई और बाथरूम से निकलने वाले कूड़े और गंदे पानी को सीवेज नेटवर्क से जोड़ा गया। इसी के साथ क्रमशः एशियन डेवलपमेंट बैंक और JNNURM के आर्थिक सहयोग से गंदे पानी के ट्रीटमेंट प्लांट स्थापित किए गए। सन 2005 से अगस्त 2013 तक सीवेज नेटवर्क का विस्तार 50 प्रतिशत से 80 प्रतिशत तक हुआ जबकि पुराने शहर के सीवेज नेटवर्क से जुड़ाव भी 35 प्रतिशत से बढ़कर 80 प्रतिशत तक हुआ।

एशियन डेवलपमेंट बैंक का सहयोग ब्रह्मपुरी के सीवेज ट्रीटमेंट प्लांट को उन्नत करने में लिया गया साथ ही सन 2006 में बड़ा सीवेज ट्रीटमेंट प्लांट लगाने में भी। इसके अंतर्गत देलावास में, दक्षिणी जयपुर से निकलने वाले गंदे पानी को उपचारित करने के लिए, राजस्थान शहरी विकास परियोजना के द्वारा 62.5 एमएलडी क्षमता वाले संयंत्र का निर्माण किया गया। यह संयंत्र ब्रह्मपुरी के पुराने संयंत्र की तुलना में अधिक क्षमता वाला था। इसके परिणामस्वरूप शहर से निकलने वाला गंदा पानी अमानी शाह नाले में छोड़ने से पहले उपचारित किया जाने लगा और वहाँ से यह जल जयपुर से 15 किमी दूर स्थित रामचंद्रपुरा बांध में जाने लगा।

सन 2012 में 62.5 एमएलडी क्षमता का दूसरा उपचार संयंत्र देलावास में ही जयपुर नगर निगम द्वारा लगाया गया जिससे दोनों इकाइयाँ मिलकर देलावास में छोड़े जाने वाले समस्त अपशिष्ट जल को उपचारित कर सकें। इसके बाद 50 एमएलडी क्षमता का उपचार संयंत्र शहर के उत्तर में जयसिंहपुरा खोर में स्थापित किया गया। अगस्त 2013 तक इन सभी संयंत्रों द्वारा संयुक्त रूप से जयपुर शहर के 80 प्रतिशत अपशिष्ट जल को उपचारित किया जा रहा था।

देलावास के संयंत्र में उत्पन्न बायोगैस का उपयोग विद्युत उत्पादन में भी किया जा रहा है और इसके लिए ऊर्जा संयंत्र स्थापित किया गया है। इस ऊर्जा इकाई में 0.5 मेगा वाट बिजली का उत्पादन होता है जिसके द्वारा उपचार केंद्र में होने वाली ऊर्जा की खपत की पूर्ति आसानी से हो जाती है। जयपुर नगर निगम के तत्कालीन सीईओ लोकनाथ सोनी बताते हैं, "ऊर्जा संयंत्र आधुनिकतम तकनीक का बढ़िया उदाहरण है। इसकी मदद से जल उपचार संयंत्र को सतत रूप से चलाना संभव हो सका है। राजस्थान शहरी विकास परियोजना के प्रमुख अधीक्षक अभियंता हेमंत कुमार शर्मा ने उत्साह से मुझे ऊर्जा संयंत्र दिखाया और बताया कि देलावास के सीवेज संयंत्र को एशियन डेवलपमेंट बैंक की सूची में सर्वोत्कृष्ट परियोजना के रूप में दर्शाया गया है।

संपूर्ण संयंत्र केवल गंदे पानी को ही ट्रीट करने और संयंत्र की ऊर्जा आवश्यकता की पूर्ति के लिए बायो गैस बनाने का ही काम नहीं करता। यहाँ खाद भी बनाई जाती है। यह खाद और उपचारित पानी खेती के लिए उपयोग लाया जाता है। अपशिष्ट जल उपचार में उपयोग में आने वाली सक्रिय स्लज प्रक्रिया में गंदे पानी में से कंकड़ और अन्य ठोस अपशिष्ट को अलग करने के बाद खाद बनती है। इस प्रक्रिया में गंदे पानी का अवसादन, निर्जलीकरण के साथ-साथ बचे गाढ़े पदार्थ को इक्कीस दिनों तक पाचन किया जाना शामिल है। इस प्रक्रिया में गाढ़े पदार्थ से नमी, विशिष्ट कण और हाइड्रोजन सल्फाइड गैस को दूर करने के बाद बायो गैस बनती है। देलावास के 62.5 एमएलडी क्षमता वाले नए उपचार संयंत्र में बायो गैस को बेचकर संयंत्र को चलाने के लिए बिजली की ख़रीद के विकल्प भी तलाशे जा रहे हैं।

ऐसी सभी आधारभूत संरचना वाली परियोजनाओं में वितरण सेवाओं को कारगर बनाने के लिए क्रियान्वयन और रखरखाव बहुत महत्त्वपूर्ण होता है। जल उपचार संयंत्र और ऊर्जा उत्पादन संयंत्र में क्रियान्वयन और रखरखाव दोनों की ज़िम्मेदारी पाँच से पंद्रह वर्षों तक उन्हीं ठेकेदारों को दी गई थी, जिन्होंने इन संयंत्रों का निर्माण किया था। 80 प्रतिशत अपशिष्ट जल को उपचारित करने की इस राह में जयपुर काफ़ी आगे आ चुका है। यदि पुराने शहर के हर घर को जल्द से जल्द सीवेज नेटवर्क से जोड़ा जाना सुनिश्चित किया जा सके तो सारे शहर के लिए जल उपचार और स्वच्छता के लिए एकीकृत समाधान अपनाना आसान हो जाएगा।

4 त्रिची में बदलाव की लहर

हम भारतवासी जब किसी को खुले में शौच करते देखते हैं तो अपनी नज़र घुमा लेते हैं। हम इस बात पर कभी सोचने की जहमत उठाते ही नहीं कि अन्य देशों के मुकाबले खुले में शौच करना भारत में ही इतना आम क्यों है? यह न केवल देखने में ख़राब लगता है वरना लोक स्वास्थ्य के लिए भी हानिकारक है।

भारत की शहरी जनसंख्या का बड़ा हिस्सा झुग्गियों में रहता है और उनमें से अधिकांश के लिए खुले में शौच करना पसंद या नापसंद का मुद्दा नहीं है। उनके घरों में निजी शौचालय ही नहीं है और अच्छी हालत में काम करते हुए सार्वजनिक शौचालय तक इन लोगों की पहुँच नहीं है। टूटे हुए सेप्टिक टैंक और रिसते हुए ड्रेनेज पाइप के कारण सामुदायिक शौचालय उपयोग के लायक़ नहीं रह पाते। ऐसे में बच्चे पास के नाले या गटर के पास या खुले में जहाँ भी उन्हें जगह दिखाई देती है, शौच के लिए जाते हैं। महिलाओं को इस प्राकृतिक कार्य के लिए रात होने का इंतज़ार करना पड़ता है। तब भी इन्हें समूह बनाकर ही जाना पड़ता है क्योंकि अकेली महिला को हमले की आशंका बनी रहती है। जब बच्चों के पास न तो पिछवाड़े को धोने के लिए पानी हो, न ही हाथ धोने के लिए साबुन, तब उन्हें स्वच्छ रहने के लिए प्रशिक्षित करना बहुत ही मुश्किल हो जाता है।

मंदिरों के लिए प्रसिद्ध शहर तिरुचिरापल्ली, जिसे अधिकतर लोग त्रिची के नाम से जानते हैं, तमिलनाडु का चौथा बड़ा शहर है और यह कावेरी नदी के किनारे पर बसा हुआ है। इसकी जनसंख्या दस लाख के आसपास है, जिसमें 25 प्रतिशत लोग झुग्गियों में रहते हैं। यहाँ 211 वैध और 75 अवैध झुग्गी बस्तियाँ हैं। ये बस्तियाँ रेलवे की भूमि पर, सरकारी ज़मीन पर तथा वक्फ बोर्ड और निजी संस्थानों की भूमि पर बसी हुई हैं। सन 1990 के अंत तक त्रिची की झुग्गियाँ भी शौचालयों और स्वच्छता की भयावह स्थिति के कारण भारत की अन्य झुग्गियों के समान ही शोचनीय स्थिति में थीं। पर सन 2003 के आसपास स्थिति बदलनी शुरू हुई और त्रिची ने अब तक

मुड़कर नहीं देखा। इस शहर को स्वच्छता के लिए भारत सरकार के शहरी विकास मंत्रालय ने 2009-10 में छठे स्थान पर रखा।

त्रिची में बदलाव की हवा सन 2000 में ग्रामालय नामक स्वयंसेवी संस्थान द्वारा शुरू किए गए कार्यक्रम से आई। इसके अंतर्गत झुग्गियों की महिलाओं को स्वयं सहायता समूह बनाने के लिए लामबंद किया गया। साथ ही प्रशिक्षण के द्वारा स्वच्छता के प्रति जागरूकता का अभियान चलाया गया। इन्हें ब्रिटेन के एक स्वयंसेवी संस्थान वॉटर-एड का सहयोग मिला जिसने 25 सामुदायिक शौचालयों के लिए धन राशि की व्यवस्था की। इन्हें समुदाय की महिलाओं द्वारा 'पैसा दो, उपयोग करो' के सिद्धांत पर चलाया गया। स्वयं सहायता समूहों ने शी (सैनीटेशन हैल्थ एजुकेशन) नामक समूह स्वच्छता व स्वास्थ्य शिक्षा के लिए बनाए ताकि स्वच्छता के प्रति जागरूकता फैलाई जा सके, निवासियों के व्यवहार का आकलन किया जा सके और शौचालयों के रखरखाव को मॉनिटर किया जा सके। त्रिची नगर निगम ने भी झुग्गी बस्तियों में 75 नए शौचालय बनाए।

एक सामुदायिक शौचालय परिसर में दस से बारह महिला शौचालय और दस से बारह पुरुष शौचालय बनाए गए। इसी के पास आठ साल तक के बच्चों के लिए अलग शौचालय बनाए गए। हर शौचालय में लगे नल में चौबीस घंटे पानी आता है। कुछ शौचालयों में नहाने और कपड़े धोने के लिए कमरा भी बनाया गया है। हर परिसर को त्रिची नगर निगम द्वारा पानी वितरित किया जाता है, इसके अलावा हर स्थान पर एक बोरवेल की व्यवस्था भी की गई है। हर परिसर में भूमिगत टैंक बने हुए हैं जिनमें पानी भरने की व्यवस्था है। इसी के साथ ऊपर भी टंकी बनी है जिसमें पंप के द्वारा पानी पहुँचाया जाता है। नगर निगम द्वारा यह सुनिश्चित किया जाता है कि इन परिसरों में गर्मी के मौसम में भी टैंकर के माध्यम से पानी उपलब्ध रहे।

पानी को पंप करने में ख़र्च हुई बिजली की राशि पहले कुछ वर्षों तक निगम द्वारा वहन की गई। इसके बाद से सामुदायिक शौचालयों में बिजली की राशि घरेलू दर पर लागू की जाती है, व्यावसायिक दर पर नहीं।

जब वॉटर-एड ने सन 2000 में सामुदायिक शौचालय बनाए थे तब इनकी लागत तीन लाख रुपये प्रति शौचालय आती थी। सितंबर 2013 तक यह राशि 15 से 20 लाख रुपये तक पहुँच गई। सामुदायिक शौचालयों को चलाने और उनके रखरखाव करने में महिलाओं को मिली सफलता ने त्रिची नगर निगम को ऐसे और शौचालय बनाने के लिए प्रेरित किया और अब सभी 211 वैध झुग्गी बस्तियों में सामुदायिक शौचालय हैं। कुछ में एक से अधिक बने हैं। कुल 390 शौचालय 362 सीवरेज सिस्टम से जुड़े हुए हैं और बाकी 28 में सेप्टिक टैंक की व्यवस्था है। इनमें से 112 शौचालय ग्रामालय के साथ मिलकर स्वयं सहायता समूहों द्वारा 'पैसा

दो, उपयोग करो' के सिद्धांत पर चलाए जा रहे हैं और बाकी 47 अन्य स्वयं सेवी संगठनों द्वारा चलाए जाते हैं। बाकी के रखरखाव की ज़िम्मेदारी नगर निगम के वार्ड पार्षद की होती है। वेव (वीमैंस एक्शन फॉर विलेज एम्पावरमेंट) नामक स्वयंसेवी संगठन को त्रिची में सामुदायिक शौचालयों को चलाने और उनके रखरखाव के लिए बेंगलुरु की अर्घ्यम संस्था से अनुदान मिलता है। सन 2013 तक नगर निगम बड़े पैमाने पर इस प्रयास में लगा था कि सभी सामुदायिक शौचालयों का रखरखाव स्वयं सहायता समूहों द्वारा स्वयंसेवी संस्थाओं और वेव की सहायता से अच्छी तरह से होता रहे।

मैंने कमला नेहरू झुग्गी बस्ती के सामुदायिक शौचालय को देखा, जो बस्ती के अन्दर ही बना हुआ है। पश्चिमी देवथानम में मैंने एक और सामुदायिक शौचालय देखा जो बस्ती और सार्वजनिक मार्ग के बीच में था और झुग्गियों तथा आसपास के दूसरे लोगों के काम आता था। तीस वर्षीय महिला शण्मुगावल्ली जो कमला नेहरू नगर के सामुदायिक शौचालय की प्रभारी है, आत्मविश्वास से भरी थी। जैसे-जैसे स्वयं सहायता समूह में उसकी ज़िम्मेदारी बढ़ती जा रही थी, उसे अपनी दसवीं कक्षा तक की पढ़ाई कम लगने लगी और उसने पत्राचार से बीए करने के लिए नामांकन कराया था। उसकी सत्रह वर्ष की लड़की इंजीनियरिंग पाठ्यक्रम के लिए नामांकित हुई थी।

स्वयं सहायता समूहों द्वारा संचालित किए जाने वाले सामुदायिक शौचालयों के बाहर शी (सैनीटेशन हैल्थ एजुकेशन) समूह की सदस्याएं बारी-बारी से बैठती हैं और शौचालय का उपयोग करने आने वाले लोगों को टोकन देती हैं। वे सफ़ाई कर्मचारी को भी दिन में दो या तीन बार शौचालय साफ़ करने के लिए बुलाती हैं। कुछ शौचालय तो दिल्ली के सिनेमा हॉलों के शौचालयों से भी अधिक साफ़ थे।

इन शौचालयों को चलाने के लिए जिस तरह की व्यवस्था की गई है उससे यह स्पष्ट होता है कि ये महिलाएँ प्रबंधन के अर्थशास्त्र को अच्छी तरह से समझ चुकी हैं। लोगों से लिए गए सुविधा शुल्क का उपयोग बिजली का बिल चुकाने, सफ़ाई कर्मचारी और गार्ड को देने और बाकी छोटे-मोटे खर्चों के लिए किया जाता है। सामान्यतः सुविधा शुल्क 50 पैसे से 1 रुपया प्रति व्यक्ति लिया जाता है जबकि बच्चों, निःशक्त लोगों और वृद्धों के लिए यह सुविधा मुफ़्त है। प्राप्त और ख़र्च की गई राशि का लेखांकन कुशलता से किया जाता है जिसका लेखा परीक्षण त्रिची नगर निगम द्वारा किया जाता है।

सभी शी सदस्य वेव संस्था की सदस्यता के लिए एक छोटा सा चंदा भरते हैं। वेव की मासिक बैठकों में ये सदस्य मिलकर अपनी दिक्कतों को साझा करते हैं, एक-दूसरे के अनुभवों से सीखते हैं और मिल-जुलकर समस्याओं का समाधान

ढूंढते हैं। इन बैठकों में त्रिची नगर निगम का एक सदस्य भी उपस्थित रहता है। अब ये लोग अपने काम का दायरा बढ़ाते हुए ठोस अपशिष्ट पदार्थों के प्रबंधन और अन्य सार्वजनिक सेवाओं के बेहतर वितरण के क्षेत्र में भागीदारी करने का विचार कर रहे हैं।

इस कोशिश का पहले प्रतिरोध करने के बाद पुरुषों ने इस गतिविधि में शामिल होना तब शुरू किया जब उन्होंने देखा कि स्त्रियाँ बस्ती को साफ़ रखने की दिशा में कोशिश कर रहीं हैं और उनकी कोशिशें सफल हो रहीं हैं। पुरुष भी इन प्रयासों में साथ आने लगे। महिलाओं ने जल साफ़-सफ़ाई एवं स्वच्छता के लिए संगठन यानी एसोसिएशन फॉर वॉटर, सैनीटेशन एंड हाईजीन (अवाश) की शुरुआत की ताकि पुरुष भी अपने आवास के इर्द-गिर्द पानी और स्वच्छता की स्थिति को बेहतर बनाने में सहयोग कर सकें। बेंगलुरु की संस्था अर्घ्यम् के आर्थिक सहयोग के द्वारा ग्रामालय ने अवाश समितियों की स्थापना की। पुरुषों को जल और साफ़-सफ़ाई की समितियों यानी वॉटसन (वॉटर एंड सैनीटेशन) समितियों के माध्यम से शहर की झुग्गियों में पानी और सफ़ाई की प्रगति को मॉनिटर करने की भूमिका मिली।

त्रिची नगर निगम ग्रामालय के कार्यकर्ताओं के साथ मिलकर खुले में शौच और गंदगी फैलाने के दुष्प्रभावों के प्रति जागरूकता फैलाने का कार्य कर रहा है। निगम ने बस स्टैंड के आसपास कैमरे लगाने और खुले में मूत्र त्याग करने वालों पर 20 रुपये जुर्माना वसूलने की योजना बनाई है। तत्कालीन नगर निगम आयुक्त टीटी बालासैमी इस लंबे समय से अपेक्षित परिवर्तन को संभव बनाने के लिए स्वयंसेवी संस्थाओं और समुदाय के सहयोग की तारीफ कर रहे थे। ग्रामालय की कार्यकारी निदेशक गीता जगन कहती हैं, "नगर निगम, स्वयंसेवी संगठन और समुदाय ने साथ-साथ प्रयास करके त्रिची में सफ़ाई की तस्वीर को बदल डाला है।"

त्रिची ने महिलाओं की अगुवाई में तय किया जा रहा रास्ता दिखाया है। प्रशिक्षण, जागरूकता और संस्थाओं के प्रयासों के द्वारा वे स्वयंसेवी संस्थाओं से धन इकट्ठा करने में सफल हुईं, साथ ही पुरुषों को भी साफ़ रहने की आदतों के लिए काम करने के अभियान में शामिल किया।

5 सफ़ाई की बदलती तस्वीर : अलान्दुर की यात्रा अभी जारी है

अलान्दुर चेन्नई के कांचीपुरम जिले का एक उपनगर है, और अपने प्राचीन मंदिरों के लिए प्रसिद्ध है। यहाँ सन 2003 तक भूमिगत सीवर लाइन की कोई व्यवस्था नहीं थी। चेन्नई के बाहर के 80 प्रतिशत महानगरीय इलाक़ों की तरह अलान्दुर के घर भी सेप्टिक टैंक और सोक पिट्स पर निर्भर थे। अक्टूबर 2011 में अलान्दुर को चेन्नई नगर निगम में शामिल किया गया मगर सफ़ाई व्यवस्था के रूपांतरण की कहानी इससे पहले की है। निगम में विलय के बाद तो यह व्यवस्था बिगड़ी ही है।

अलान्दुर के शहरी परिदृश्य का रूपांतरण एक व्यवस्थित ढाँचागत परियोजना के अंतर्गत किया गया, जिसमें समग्र भूमिगत सीवरेज नेटवर्क और ट्रीटमेंट प्लांट की व्यवस्था थी। इसके साथ ही म्युनिसिपल भूमि पर सामुदायिक शौचालयों के लिए भी प्रावधान किए गए। इस परियोजना को पाँच वर्षों के छोटे से अंतराल में सन 2000 से सन 2005 के बीच पूरा किया गया और इसके साथ ही अलान्दुर के निवासियों को निजी और सरकारी भागीदारी के अंतर्गत इस परियोजना के क्रियान्वयन की ज़िम्मेदारी लेने के लिए सशक्त बनाया। इस सहभागिता में अलान्दुर के निवासी भी हितग्राही बने।

सन 1990 के अंत में अलान्दुर के निर्वाचित मेयर के नेतृत्व और निगम के आयुक्त के सहयोग ने अलान्दुर के निवासियों को इतना उत्साहित किया कि परियोजना के क्रियान्वयन और रखरखाव के लिए वे अपना धन तक निगम को पेश करने को राजी हो गए, ताकि धन की कमी न पड़े। तमिलनाडु की सरकार ने भी ऐसा माहौल उपलब्ध करवाया जहाँ जनता से किए गए वादे पूरे हो सकें। मसलन सन 1998 के तमिलनाडु शहरी स्थानीय प्रशासन अधिनियम ने वित्त पोषण और लागत वसूली में मदद की।

जब मैं जून 2010 में अलान्दुर की सड़कों पर से गुजरी, तब इन प्रयासों के परिणाम साफ़ नज़र आते थे। 4800 एकड़ के छोटे से क्षेत्रफल में बसे इस शहर

में जिसकी जनसंख्या 1,50,000 थी, सफ़ाई की वैसी ही व्यवस्था थी जैसी किसी मध्यम वर्ग के शहर से अपेक्षित होती है। हवाई अड्डे से इसकी निकटता और मेट्रो रेल परियोजना द्वारा चेन्नई शहर के साथ जोड़े जाने की योजना के कारण अलान्दुर विकास की राह पर चल पड़ा। यह विकास उम्मीद से अधिक तेजी से हुआ। भूमि के एक टुकड़े (2400 वर्ग फुट) की क़ीमत जो सन 1996 में तीन से चार लाख थी, सन 2003 में बढ़कर पचास से साठ लाख तक पहुँच गई और इसके नगर निगम में विलय के बाद सन 2013 में यह क़ीमत एक करोड़ के लगभग पहुँच गई।

चेन्नई के महानगरीय इलाक़ों में जल आपूर्ति और सफ़ाई की व्यवस्था करना हमेशा से चेन्नई मेट्रोपोलिटन वॉटर सप्लाई एंड सीवरेज बोर्ड (मेट्रोवॉटर) की ज़िम्मेदारी रही है। अलान्दुर नगर पालिका ने सन 1990 के अंत में अपना कार्यभार ग्रहण किया। अलान्दुर के मेयर आरएस भारती ने स्वच्छता को सबसे प्रमुख आवश्यकता समझते हुए इसके लिए एक परियोजना पर विचार किया और इसके लिए बड़ा जागरूकता अभियान शुरू किया, जिसके मार्फ़त जनता का सहयोग प्राप्त करने की कोशिश की गई। जागरूकता के लिए अंग्रेज़ी और तमिल में पर्चे बंटवाने से लेकर समाचार पत्रों और टीवी की मदद लेने, स्वयंसेवी संस्थाओं के साथ बातचीत करने तथा अधिकारियों और पार्षदों द्वारा चुनाव प्रचार के समान जनसंपर्क, सब कुछ किया गया और जनता को स्वच्छता के महत्त्व को समझाने की पहल की गई।

नागरिकों का विश्वास हासिल करने के लिए समूची प्रक्रिया में पारदर्शिता ज़रूरी थी। नागरिक कल्याण संस्थाओं ने धन संग्रह अभियान शुरू किया जिसमें लोग अपनी हैसियत के अनुरूप 1000 से 5000 रुपये तक दे सकते थे। इस परियोजना के लिए एक अलग खाता खोला गया जिसका रखरखाव एक विशिष्ट समिति ने किया, जिसके अध्यक्ष निगम के आयुक्त थे और तीन रजिस्टर्ड नागरिक कल्याण संस्थाओं के प्रतिनिधि इसके सदस्य थे। खाते की स्थिति हर माह लोगों के सामने प्रदर्शित की जाती थी। ऐसे लोग जिनके बैंक खाते नहीं थे, सीधे ही कोषागार में रक़म जमा कर सकते थे। जो लोग एक साथ इतना धन नहीं दे सकते थे, उनके लिए किश्तों में राशि अदा करने का प्रावधान रखा गया। झुग्गियों में रहने वाले कई लोगों ने सीवेज नेटवर्क के लिए राशि देने के विकल्प को चुना।

इस संग्रहण का मूल लक्ष्य 3.4 करोड़ रुपये एकत्रित करना था, जबकि इससे कहीं ज़्यादा 12.4 करोड़ रुपये जमा हुए। इस धन को तमिलनाडु वित्त निगम में जमा करने से 2.5 करोड़ रुपये की अतिरिक्त रक़म ब्याज के रूप में भी मिली। राज्य सरकार की लचीली नीति को धन्यवाद देना चाहिए कि उसने इस राशि को सरकारी बैंक (जहाँ की ब्याज दर निजी संस्था से पाँच प्रतिशत कम थी) में जमा करने की बाध्यता नहीं रखी।

अलान्दुर के नागरिकों के बीच स्वेच्छा से अनुदान सर्वेक्षण सन 1997 में तमिलनाडु अर्बन इन्फ्रास्ट्रक्चर फाइनेंशियल सर्विसेज लिमिटेड (टीएनयूआईएफएसएल) नामक एक निजी एजेंसी ने किया जिसे इस परियोजना के लिए नोडल एजेंसी बनाया गया था। परियोजना की रूपरेखा बनाना, आवश्यक अध्ययन और सर्वे करवाना, अनुबंध का मसौदा तैयार करना और परियोजना के लिए वित्त की व्यवस्था करना इसकी जिम्मेदारियों में शामिल था। इस सर्वे में अलान्दुर के उन वर्ग के घरों को शामिल किया गया, जिनकी मासिक आय 1000 रुपये से 5000 तक की थी ।

इस सर्वे के निष्कर्षों को उचित टैरिफ बनाने के उपयोग में लाया गया। इस टैरिफ में क्रॉस सब्सिडी भी शामिल थी। अधिकांश निवासी 500 वर्ग फुट से 1500 वर्ग फुट क्षेत्र के अंतर्गत आए जिन्हें 80 रुपये प्रति माह की राशि अदा करनी पड़ी। पहले साल किसी भी उपभोक्ता से उपभोक्ता शुल्क नहीं लिया गया। 2009-10 में सुविधा शुल्क के मद में 3.4 करोड़ रुपये की राशि एकत्रित हुई और इसमें भी निगम को मुनाफा हुआ।

इस परियोजना की मूल लागत 34 करोड़ रुपये अनुमानित थी। इस राशि की व्यवस्था में आधी राशि भारत सरकार के मेगा सिटी कार्यक्रम के अंतर्गत 5 प्रतिशत की ब्याज दर पर ऋण के रूप में मिलनी थी और 1 करोड़ रुपये का अनुदान मिलना था। बची राशि का बड़ा हिस्सा यानी 13.6 करोड़ रुपया तमिलनाडु अर्बन इन्फ्रास्ट्रक्चर फाइनेंशियल सर्विसेज लिमिटेड (टीएनयूआईएफएसएल) की मध्यस्थता में वर्ल्ड बैंक द्वारा 16 प्रतिशत की ब्याज दर पर आने की बात तय थी और बची 3.4 करोड़ रुपये की राशि निवासियों द्वारा जमा किए गए अनुदान से पूरी की जाने की योजना थी। वास्तव में इस अभियान में उत्साही निवासियों ने 11.85 करोड़ रुपये एकत्रित किए जिसके कारण विश्व बैंक से केवल 3 करोड़ का ही ऋण लेना पड़ा।

कंसल्टिंग इंजीनियरिंग सर्विसेज कंपनी को इसका प्रोजेक्ट मैनेजमेंट सलाहकार बनाया गया। परियोजना में 137 किमी लंबी सड़क में सीवर लाइन डालना, एक पंप हाउस और 5650 मैनहोल बनाना और 23,700 घरों में सीवर कनेक्शन लगाना शामिल था। नेटवर्क निर्माण का ठेका एक निजी निर्माण कंपनी आईवीआरसीएल को दिया गया।

12 एमएलडी के सीवेज उपचार संयंत्र के निर्माण का बीओटी आधार पर ग्लोबल ठेका भी चौदह साल की छूट की अवधि के साथ आईवीआरसीएल कंपनी को ही मिला। सीवेज ट्रीटमेंट प्लांट के निर्माण में आने वाली 7 करोड़ रुपये की लागत भी इस निजी कंपनी ने वहन की। निगम ने इस संयंत्र और पम्पिंग स्टेशन की स्थापना के लिए 0.5 हेक्टेयर भूमि उपलब्ध कराई। भुगतान हेतु हुए समझौते में यह लिखा गया था कि संयंत्र में जितना अधिक सीवेज आएगा, इकाई राशि

(यूनिट रेट) की मात्रा उतनी ही कम होगी। इस कंपनी को 12 एमएलडी क्षमता वाला एक और संयंत्र सन 2030 तक बनाना है, जब शहर की जनसंख्या दुगुनी होने की आशा है। जोखिम कम करने के लिए टीएनयूआईएफएसएल के मार्फ़त ठेकेदार को राज्य सरकार की गारंटी प्रदान की गई।

अलान्दुर सशक्तीकरण की राजनीति का एक सुन्दर उदाहरण है। यह परम्परागत हक की राजनीति से हटकर एक अभिनव प्रयास है। इस परियोजना के प्रमुख मेयर ने मुझसे कहा, 'जिस परियोजना में जनता शामिल हो जाती है, उसे कोई राजनेता हानि नहीं पहुँचा सकता।' अलान्दुर की परियोजना डीएमके के शासन काल में शुरु की गई और अद्रमुक के शासन काल में मुख्यमंत्री ने इसे लोगों तक पहुँचाकर असलियत में बदला। इस परियोजना को सन 2008 में राष्ट्रीय शहरी जल परियोजना पुरस्कार मिला।

मगर अलान्दुर की स्थिति चेन्नई नगर निगम में विलयन के बाद बदहाली को पहुँच गई। विलय के बाद अलान्दुर में जल आपूर्ति और सीवरेज गतिविधियों का नियमन मेट्रोवॉटर द्वारा किया जाने लगा। आईवीआरसीएल कंपनी ने जो इस परियोजना में निजी सहभागी थी, 12 एमएलडी क्षमता का पहला सीवेज उपचार तंत्र बनाया जो अच्छी तरह से काम कर रहा है और इसकी रियायत की अवधि भी सन 2017 तक बढ़ा दी गई है। पर मेट्रोवॉटर ने आईवीआरसीएल कंपनी को संयंत्र के रखरखाव की राशि अदा करने में काफ़ी विलंब किया, अतः परियोजना का दूसरा चरण, जिसे योजनानुसार सन 2011 से शुरू होना था, समय पर नहीं हो पाया।

यह स्पष्ट नहीं है कि मेट्रोवॉटर अलान्दुर की बढ़ती हुई जनसंख्या के लिए सीवरेज ट्रीटमेंट की व्यवस्था पर क्या योजना बना रहा है। अलान्दुर परियोजना इस बात का उदाहरण है कि यदि प्रशासनिक और संस्थागत मुद्दों का निवारण नहीं हुआ तो किस तरह सरकारी और निजी सहभागिता के अंतर्गत अच्छी तरह से काम कर रही परियोजनाएं भी इनकी चपेट में आ जाती हैं। यह भारत का एकमात्र ऐसा शहर था जहाँ गंदे पानी के एकत्रीकरण, उपचार और निपटान के लिए और लागत वसूली के लिए व्यापक व्यवस्था की गई थी, पर विलय के बाद इस प्रणाली को निकाल बाहर किया गया प्रतीत होता है। अब जिस जनता ने सहकारी-निजी सहभागिता पर अपना विश्वास जताकर इस परियोजना को सफल बनाया था, उसी जनता द्वारा सुशासन की माँग किए जाने पर ही समय के साथ स्थिति में सुधार संभव हो सकेगा।

भाग V

कचरे का निस्तारण और पुनरुपयोग

परिचय

दिन में कितनी बार हम सड़क के किनारे रखे ठसाठस भरे कूड़ेदान के क़रीब से गुजरते हैं, यह विचार किए बिना कि इसका हमारे स्वास्थ्य पर क्या प्रभाव पड़ेगा। हमें तो केवल कूड़ा ही दिखाई देता है, पर इसके आगे क्या है, उसपर हम गौर नहीं करते। कचरे को कूड़ेदानों में से निकालकर ट्रांसफर स्टेशन तक ले जाया जाता है और वहाँ खुले में सड़ने और कचरा-पन्नी बीनने वालों के पैरों बिखरने के लिए छोड़ दिया जाता है। अंत में उसे शहर के बाहर बने कचरा निपटान क्षेत्रों में डाल दिया जाता है जहाँ कचरे के बड़े-बड़े पहाड़ खड़े होने लगे हैं (लैंडफिल्स के बजाय लैंड-हिल्स)। जैसे-जैसे शहरों की परिधि बढ़ रही है, कचरे के पहाड़ क़रीब आते जा रहे हैं। और इसके साथ हमारी सेहत के लिए खतरे भी हमारी ओर बढ़ रहे हैं।

भारत के शहरों में सड़कों के किनारों पर खुले कूड़ेदानों में पड़े कचरे के लिए कई तरीक़े सुझाए जाते हैं। ठोस कचरा प्रबंधन की वैज्ञानिक विधि के बारे में हम अक्सर सुनते हैं। यह विधि अपने नाम से बड़ी तकनीकी सी प्रतीत होती है मगर जब हम कचरे के प्रबंधन और निस्तारण (मैनेजमेंट एंड डिस्पोजल) के बारे में और गहराई से समझने का प्रयास करें तो हम अपने शहरों के स्वच्छ वातावरण में इन प्रयासों का महत्त्व समझ पाएंगे।

शहरी भारत हर दिन औसतन 180 हजार मीट्रिक टन कचरा पैदा करता है। बड़े शहर ज़्यादा कचरा पैदा करते हैं। महानगरों में कोलकाता में सबसे अधिक कचरा-11,520 टन प्रति दिन, मुम्बई में 11,124 टन, दिल्ली में 11,040 टन, चेन्नई में 6,118 टन और ग्रेटर हैदराबाद में 4,923 टन कचरा प्रतिदिन पैदा होता है। इस कचरे की संरचना भी कचरा प्रबंधन के लिए दिक्कत बनती जा रही है। उपलब्ध आंकड़ों के आधार पर पता चलता है कि कचरे की इस संरचना में प्लास्टिक और रबर की मात्रा सन 1996 में 0.6 प्रतिशत थी जो सन 2005 तक 9.2 प्रतिशत हो चुकी थी। लगातार बढ़ती आय और बदलती जीवन शैली के मद्देनज़र आने वाले समय में इस प्रतिशत के और बढ़ने का अनुमान है। प्लास्टिक पर्यावरण के लिए

एक बहुत बड़ा ख़तरा है और नॉन-बायोडिग्रेडेबल प्रकृति के कारण इसका निपटान करना बहुत कठिन है।

भारत सरकार ने सन 1986 के पर्यावरण (संरक्षण) अधिनियम के तहत अपने अधिकार का उपयोग करते हुए सन 2000 में नगर पालिका ठोस अपशिष्ट नियम को लागू किया। सुप्रीम कोर्ट ने भारत सरकार का ध्यान इस ओर आकर्षित करने और इस हेतु क़ानून बनाने में बहुत बड़ी भूमिका निभाई, अन्यथा यह ज़िम्मेदारी केवल राज्य सरकारों के कंधों पर थी। JNNURM ने भी शहरी क्षेत्रों में सार्वजनिक सेवाओं की स्थिति को सुधारने और विशेषतः ठोस कचरे के प्रबंधन पर ध्यान केन्द्रित किया और ऐसी गतिविधियों के लिए आर्थिक सहयोग प्रदान किया। ठोस कचरे के प्रबंधन के बारे में बने नियम ने देश भर के शहरी स्थानीय प्रशासन के लिए कचरे को इकट्ठा करने, उसे छांटने, ढँके हुए कूड़ेदानों में एकत्रित करने, ढँके हुए वाहनों में ले जाने, कचरे को तकनीक के जरिए खाद और ऊर्जा में बदलने तथा बचे हुए कचरे को गड्ढों में वैज्ञानिक नियमों के अनुसार दबाने की गतिविधियों को अनिवार्य बना दिया।

इस क़ानून को लागू हुए तेरह साल हो चुके हैं, पर आज भी ज़्यादातर शहर इसका उल्लंघन ही करते हैं। शहरों का प्रबंधन ठोस कचरे को जमाकर उसे वाहनों के द्वारा एक खुली जगह तक पहुँचाने तक ही सीमित है। कचरे का ट्रीटमेंट और उसका निपटान बहुत कम स्थानों पर किया जा रहा है। इस समस्या के असली समाधान के लिए सार्वजनिक स्थानों को स्वच्छ रखने के प्रति नागरिकों में जागरूकता पैदा करने की सख्त ज़रूरत है। एक बार यदि जनता के दिमाग में यह बात आ जाए तो ठोस कचरे का प्रबंधन बड़ा आसान हो जाएगा। दान की तरह सफ़ाई भी अपने घर से ही शुरू होती है और अच्छे सार्वजनिक स्वास्थ्य के हालात पैदा करती है।

JNNURM के अंतर्गत ठोस कचरे के प्रबंधन के लिए 2,315 करोड़ रुपये की क़ीमत की सौ परियोजनाएं मंजूर कीं गईं थीं, पर इनमें से केवल पच्चीस 2013 तक पूरी हो पाईं। इनमें से भी अधिकतर में किसी क्षेत्र विशेष में 'डोर टु डोर' कचरे के संग्रह पर ही जोर दिया गया, गीले और सूखे कचरे की छँटाई पर ध्यान नहीं दिया गया। गीले या विघटन योग्य (बायोडिग्रेडेबल) कचरे को बायो गैस और खाद बनाने के काम में लाया जा सकता है। यह बायो गैस रसोई में या ऊर्जा उत्पादन के लिए उपयोग में लाई जा सकती है। सूखे कचरे (जैसे पेपर, प्लास्टिक, धातु और काँच) को रिसाइकिल करके उपयोगी चीजों और अन्य पदार्थों में बदला जा सकता है। इसके बाद का बचा हुआ बेकार हिस्सा ही लैंडफिल्स में जाना चाहिए। चूंकि कचरे को अलग करने की आदत पैदा करने में समय लगता है इसलिए ऐसे समाधान खोजने की भी आवश्यकता है जिसमें ट्रीटमेंट से पहले कचरे को छांटने की व्यवस्था भी हो।

हाल के वर्षों में ऐसे ठोस कचरे के ट्रीटमेंट के लिए (जिसकी कैलोरोफिक वैल्यू कम होती है) यानी ऊर्जा तत्व कम होता है, बिजली बनाने के तकनीकी विकल्प

सामने आए हैं। पर इन्हें अभी पूरी तरह से जाँचा नहीं गया। कचरे को विघटित करके ऊर्जा बनाना और ईंधन के गोले बनाना, कचरे से ऊर्जा प्राप्त करने की पहली पीढ़ी के प्रयास हैं, पर ये पर्यावरण के लिए अच्छे नहीं हैं। इनके उपयोग को मान्यता नहीं दी गई। इन्हें अनियंत्रित माहौल में जलाने पर (पर्यावरण प्रदूषण नियंत्रण के उपकरणों के प्रयोग के बिना) हानिकारक गैसें निकलती हैं। कचरे से ऊर्जा प्राप्ति के दूसरे दौर के प्रयासों में सन 1980 में दिल्ली में लगा तिमारपुर संयंत्र और लखनऊ में सन 1990 में लगा संयंत्र बिना छाँटे कचरे के निपटान में सफल नहीं हो सके। कुछ साल बाद दिल्ली के ओखला संयंत्र में बिना छाँटे कचरे को सीधे जलाकर ऊर्जा का उत्पादन किया गया। इसके कारण वातावरण में दूषित गैसों की मात्रा के बढ़ने से पर्यावरण बढ़ा। इसे ठीक करने के लिए उपयुक्त प्रयास किए जाने आवश्यक हैं। कचरे से ऊर्जा बनाने के प्रोजेक्टों के सभी तत्वों को पहले पहचानना चाहिए। इसमें कचरे की प्रकृति और संरचना की पहचान, एकत्रीकरण की रणनीति और इसके प्रसंस्करण के लिए सबसे उचित तकनीक को चुनना और उसे बाज़ार के साथ जोड़ना शामिल है। यदि पब्लिक-प्राइवेट मॉडल चुना जाता है तो दोनों पक्षों की भूमिकाएँ स्पष्ट की जानी चाहिए। आदर्श स्थिति में इनकी भूमिकाएँ एक दूसरे की पूरक होनी चाहिए और इन्हें एक-दूसरे के साथ मिलकर काम करना चाहिए।

इस खंड में प्रस्तुत किए गए अध्ययन कई शहरों द्वारा अपनाए गए अनुकरणीय तरीक़ों को उजागर करते हैं जिनमें वे ठोस कचरे के प्रबंधन और उसके वैज्ञानिक तरीक़े से निपटारे की चुनौतियों से जूझ रहे हैं। ठोस कचरे के प्रबंधन के क्षेत्र में सबसे पहले सफलता हासिल करने वाला और उस सफलता को बनाए रखने वाला शहर राजकोट है। दूसरा छोटा शहर पम्मल है जो इस बात का उदाहरण है कि किस तरह कचरे के पृथक्करण पर ध्यान देते हुए कचरे के उत्पादन को कम किया जाए, उसका पुनः उपयोग किया जाए और उसका प्रबंधन किया जाए और इस सबके लिए समुदाय की भागीदारी सुनिश्चित की जाए। पुणे में अपनाई गई रणनीति में विविध तरीक़ों का प्रयोग किया गया जिसमें बायोमेथेनेशन प्लांट अधिक सफल रहे हैं। बिना छँटे कचरे से ऊर्जा निर्माण के संयंत्र जिसमें कॉनकॉर्ड ब्लू तकनीक का प्रयोग किया गया, को सिनगैस और बिजली बनाने में सफलता नहीं मिली। यहाँ आरडीएफ बनाया जा रहा है। पुणे में एकीकृत प्रणाली बनाते हुए इसमें स्थानीय निवासियों और कचरा बीनने वालों को भी जोड़ा गया। हर उदाहरण में अपनाया गया तरीक़ा हर शहर में उत्पादित कचरे की मात्रा और उसकी गुणवत्ता के साथ बड़े शहर में कचरे के परिवहन में आने वाली लागत पर भी निर्भर करता है। कानपुर ठोस कचरे के प्रबंधन में सरकारी और निजी सहभागिता का उदाहरण पेश करता है, जिसमें निजी सहभागिता से 15 मेगावॉट क्षमता का संयंत्र स्थापित किया गया जिसमें ईंधन के दहन की अत्याधुनिक तकनीक का इस्तेमाल किया गया। पर इस संयंत्र को कचरे की

अपर्याप्त मात्रा, ईंधन की कम ऊष्मीय मान और इसमें मौजूद नमी की काफ़ी मात्रा के कारण चुनौतियों का सामना करना पड़ा।

सन 2000 में लागू किए गए नगर पालिका ठोस अपशिष्ट प्रबंधन नियम के प्रवर्तन (एनफोर्समेंट) के लिए शहरों में ऐसी व्यवस्थाएँ निर्मित करनी होंगी जहाँ निर्मित कचरे के व्यवस्थित प्रबंधन करने या न करने के लिए पुरस्कार या जुर्माना देना होगा। अब कचरे से ऊर्जा तैयार करने के लिए कई विकल्प मौजूद हैं और सरकारी और निजी सहभागिता को भी अपनाया जा रहा है, यह आवश्यक है कि स्थानीय प्रशासन और इसके निजी सहभागियों के बीच के अनुबंध निष्पक्ष और पारदर्शी तरीक़े से हों ताकि सार्वजनिक सेवा की गुणवत्ता में सुधार को सुनिश्चित किया जा सके।

भारत में लैंडफिल्स का अनुभव बहुत अच्छा नहीं है। भूमि की कमी एक बड़ी चुनौती है। मुम्बई महानगर पालिका ने एक महत्त्वपूर्ण पहल करते हुए गोराई में एक वैज्ञानिक तरीक़े से निपटने के लिए कचरा स्थल बनाया गया और सन 2010 में वहाँ एक सैनिटरी लैंडफिल बनाया गया, पर कचरे की अनुमानित मात्रा और गुणवत्ता दोनों ही अनुमान से बाहर चले गए जिससे इस प्रोजेक्ट की आर्थिक स्थिरता नहीं बन पाई। कोयम्बटूर ने कुछ खुले कचरा स्थलों की वैज्ञानिक कैपिंग तक अपने आप को सीमित रखा, पर कचरा संग्रह के लिए किसी लीचेट प्रणाली की व्यवस्था नहीं की।

इन उदाहरणों से जाहिर है कि कचरे को कम करने, उसे अलग-अलग करने और उसका पुनरुपयोग करने को सबसे अधिक महत्त्व दिया जाना चाहिए। इसके बाद बची गन्दगी का निपटान किया जाना चाहिए जिसके लिए कचरा दाह गृह और लैंडफिल्स जैसे तरीक़ों का उपयोग करना चाहिए।

1 राजकोट : कचरे का उपयोग करें, शहर को साफ़ रखें

राजकोट भारत के सबसे स्वच्छ शहरों में से एक है। राजकोट के लोग जीवन के प्रति अपने उत्साह के लिए प्रसिद्ध हैं। इन्हें राजकोट की सड़कों पर अपने रंगीन पहनावे में देर रात तक घूमते-फिरते देखा जा सकता है, जिसके कारण राजकोट को रंगीलू शहर की उपाधि भी मिली है। यहाँ की दुकानें दोपहर में थोड़ी देर के लिए बंद रहती हैं, ताकि देर रात तक उन्हें खुला रखा जा सके। यह बात खाने-पीने के शौकीनों के लिए और भी सटीक बैठती है क्योंकि खाना-पीना यहाँ की प्रचलित गतिविधि में शामिल है। इसके कारण शहर को साफ़ रखने का काम और भी चुनौती भरा हो जाता है, पर राजकोट ने शहर की सफ़ाई भी कर दिखाई है।

राजकोट नगर निगम (आरएमसी) देश के उन कुछ नगर निगमों में से एक है जिसने एक दोहरा अभियान शुरू किया, जिसमें एक ओर जनता को कचरे से होने वाली हानियों के बारे में जागरूक किया गया तो दूसरी ओर सार्वजनिक सेवाओं को सुधारने की दिशा में भी प्रयास शुरू किए गए। नगर निगम सरकारी और निजी भागीदारी के द्वारा हर घर से कचरे को इकट्ठा करता है और उसका वैज्ञानिक तरीक़े से निपटान करता है। राजकोट नगर निगम ने सन 1990 के दशक में ही शहर की सड़कों की सफ़ाई के लिए एक निजी कंपनी की सेवा लेनी शुरू कर दी थी। इसके साथ ही शहर के विभिन्न भागों में 'शुल्क अदा करो और उपयोग करो' के सिद्धांत पर बनाए गए सार्वजनिक शौचालयों ने राजकोट को देश के दस सबसे साफ़ शहरों में शामिल कर दिया था।

राजकोट JNNURM द्वारा ठोस कचरे के प्रबंधन के लिए अनुदान पाने वाला पहला शहर था। इसे मिली 8.7 करोड़ रुपये की अनुदान राशि में से 5 करोड़ रुपये का उपयोग ठेले, साइकिल रिक्शा, कूड़ेदान, हाइड्रॉलिक डम्पर और कचरे के एकत्रीकरण और परिवहन के लिए गाड़ियाँ आदि ख़रीदने के लिए किया गया। बची राशि का उपयोग उपचार के बाद बचे हुए कूड़े को दबाने के लिए लैंडफिल्स बनाने में किया गया।

सन 2005 तक राजकोट के केवल 25 प्रतिशत घरों का कचरा आरएमसी के द्वारा उठवाया जाता था। सन 2013 में लगभग हर घर से कचरा इकट्ठा करवाया जाने लगा। इसके लिए आरएमसी ने सखी मंडल के नाम से महिलाओं के 52 स्वयं सहायता समूहों को साथ लिया। हर मंडल में दस सदस्य थे।

यूनीफ़ॉर्म में सजी-धजी और गले में सीटी लटकाए हुए सखियाँ अपने काम के लिए तत्पर नज़र आती हैं। सन 2013 में हर सदस्य को एक घर के लिए 13 रुपये की राशि अदा की जाती थी। सखियाँ सुबह 7 से 10 बजे तक काम करती हैं और क़रीब 250 घरों से कचरा एकत्रित करके प्रतिमास 3800 से 5000 रुपये तक कमा लेती हैं। इसके लिए वे ठेलों का इस्तेमाल करती हैं जिनमें गीले और सूखे कचरे के लिए खाँचे बने हैं। इस कचरे में से पुनः उपयोग की जाने वाली सामग्री को वे बेच सकती हैं और अपनी आय को बढ़ा सकती हैं। बचे हुए कचरे को वे शहर के निर्दिष्ट स्थानों पर बने ढँके हुए कूड़ेदानों में डालती हैं। कचरा एकत्रित करने के लिए घरों से कोई शुल्क नहीं लिया जाता ताकि उन्हें गीला और सूखा कचरा अलग करने के लिए प्रेरित किया जा सके।

इस व्यवस्था में धीरे-धीरे एक और स्वयं सहायता समूह मित्र मंडल को भी शामिल किया गया जिसमें महिला और पुरुष दोनों शामिल थे। ऐसे 162 समूह हैं जिनमें प्रति समूह में 9 सदस्य हैं। वे 100 घरों से कचरा इकट्ठा करते हैं और वहाँ की सड़कों को भी साफ़ करते हैं। उन्हें प्रति घर के लिए 35 रुपये दिए जाते हैं। चूंकि हर सदस्य कचरे में पड़ी वस्तुओं को बेचकर 500 से 1500 रुपये तक की अतिरिक्त राशि कमाता है, इसे मिलाकर उनकी आय 4000 से 5000 रुपये प्रति माह हो जाती है। सखी और मित्र मंडल मिलकर शहर की 70 प्रतिशत जनता को सेवाएँ प्रदान करते हैं। बचे हुए घरों से कचरा उठाने के लिए छोटे ट्रक इस्तेमाल किए जाते हैं।

सन 2007 में आरएमसी ने दो स्थानान्तरण केंद्र स्थापित किए जहाँ से कचरे को शहर से 22 किमी दूर स्थित निपटान केंद्र पर ले जाया जाता है। इसके लिए दो ठेकेदारों को ठेके की नीलामी के द्वारा कचरे के परिवहन का ठेका दिया गया। इससे एकत्र हुए कचरे को दो स्थानों पर खुले में डालना बंद हुआ। एकत्रित कचरे को नगर निगम के कर्मचारियों और निजी ठेकेदारों के द्वारा ढके हुए कूड़ेदानों से स्थानांतरण केन्द्रों तक ले जाया जाता है।

राजकोट के अभियान के दो और विशेष घटक थे, एक, सड़क पर किसी भी तरह का कचरा न डालना और प्लास्टिक के थैलों के इस्तेमाल को पूरी तरह से ख़त्म करना। इस अभियान के आरंभिक चरणों में आरएमसी ने दुकानदारों को 6000 कूड़ेदान अपनी ओर से दिए जिससे उन्हें सड़क पर कूड़ा न फेंकने के लिए प्रेरित किया जा सके। धीरे-धीरे दुकानदारों के लिए कूड़ेदान रखना आवश्यक बना दिया गया। इसके अलावा 4000 कूड़ेदान सभी प्रमुख सड़कों पर रखे गए। बाज़ारों

से कचरे को इकट्ठा करने के लिए चलित वाहन सारे दिन घूमकर यह काम करते हैं।

अप्रैल 2008 से सार्वजनिक स्थलों पर कचरा फैलाने, प्लास्टिक की थैलियाँ उपयोग में लाने और कचरे को अलग-अलग न करने पर जुर्माना लगाया जाने लगा। इससे आरएमसी को प्रति वर्ष 35 से 40 लाख रुपये जुर्माने के रूप में मिलते हैं। 'एक दिन एक वार्ड' अभियान के अंतर्गत शहर के तेईस वार्ड में निगम के विभिन्न विभागों के अधिकारी एक-एक दिन जाते हैं और वार्ड की स्थिति का जायजा लेते हैं। कोई शिकायत हो तो उसके निवारण का प्रयास करते हैं। शहर में 23 वार्ड हैं। यहाँ यह भी प्रथा है कि निगम आयुक्त स्वयं शहर में स्वच्छता व्यवस्था का निरीक्षण करते हैं। कुछ स्कूलों के छात्र भी आरएमसी के साथ मिलकर 'दंड' वसूल करने के काम में सहयोग देते हैं।

जब मैं हॉकर्स जोन के सब्जी बाज़ार में गई तो वहाँ ख़रीदारी कर रहे लोगों ने गर्व और उत्साह से अपने कपड़े के रंगीन थैले दिखाए और बताया कि किस तरह वे प्लास्टिक के थैलों को त्याग रहे हैं। खुले बाज़ार का फर्श भी बहुत साफ़ था। सब्जीवालों को खुली सड़क से हटाकर चारदीवारी से घिरे खुले प्लॉट पर केवल 25 रुपये प्रति माह प्रति ठेले के हिसाब से जगह दी गई थी। इससे सब्जीवालों ने उस रिश्वत से छुटकारा पाया, जो उन्हें सड़क पर ठेले लगाने के लिए मजबूरन देनी पड़ती थी।

इस बाज़ार के साथ ही सामुदायिक शौचालय बने हुए हैं जिनका संचालन 'शुल्क दो और उपयोग करो' के सिद्धांत पर किया जाता है। उपयोग शुल्क 50 पैसे से 2 रुपये तक है और महिलाओं और बच्चों के लिए ये निशुल्क हैं। सारे शहर में कुल मिलाकर 141 शौचालय बनाए गए हैं जिनमें से 84 शौचालय झुग्गियों में बनाए गए हैं और इनमें बच्चों के लिए विशेष इंतज़ाम किया गया है। आरएमसी सात उच्च स्तरीय शौचालय भी बना रहा है जो बीओटी के आधार पर संचालित होंगे और उनका उपयोग शुल्क 2 से 5 रुपये होगा। इसके लिए राजस्व की व्यवस्था इसके विज्ञापन के अधिकार बेचकर की जा रही है।

ठोस अपशिष्ट का उपचार और निपटान करने के काम सरकार और निजी कंपनी हांजेर बायोटेक एनर्जी प्राइवेट लिमिटेड मिलकर कर रहे हैं। हांजेर को बीओटी का यह ठेका सन 2003 में हुई ठेके की नीलामी के बाद अपशिष्ट प्रबंधन संयंत्र लगाने के लिए दिया गया था। यह देश भर में अपनी तरह का पहला संयंत्र था। आरएमसी ने हांजेर को शहर से 22 किमी दूर बसे नाकरावाडी गाँव में 30 एकड़ ज़मीन 1 रुपया प्रति वर्ग मीटर की दर से पट्टे पर दी। इस संयंत्र में शहर से रोज़ 350-400 मीट्रिक टन कचरा पहुँचाया जाता है। निगम संयंत्र को रोज़ 2 लाख लीटर पानी और आवश्यक विद्युत देने के लिए प्रतिबद्ध है। इस संयंत्र का निर्माण जून 2005 में शुरू हुआ और अप्रैल 2006 में इससे काम शुरू किया गया।

हांजेर अपना मुनाफा अपशिष्ट पदार्थों को उपचारित करके निकालता है। रोज़ आने वाले 400 मीट्रिक टन कचरे से लगभग 100 मीट्रिक जैविक टन खाद बनाई जाती है, 20 मीट्रिक टन कचरे को पुनः उपयोग के लायक़ बनाया जाता है, 60 मीट्रिक टन को रेत और ईंटों में बदला जाता है और 80 मीट्रिक टन कचरा लैंडफिल्स में जाता है। हालाँकि यह मात्रा कचरे की मात्रा और गुणवत्ता पर निर्भर करती है।

संयंत्र में कचरे का पृथक्करण मशीनों के द्वारा किया जाता है। कुल कचरे का 20 से 30 प्रतिशत हिस्सा गीले कचरे के रूप में होता है जिसका उपयोग जैविक खाद बनाने के लिए किया जाता है। कचरे में सूखे कचरे की मात्रा अधिक (30 से 40 प्रतिशत) होती है और इसका उपयोग हरित कोयला (पर्यावरण मित्र कोयला) बनाने के लिए किया जाता है। जैविक खाद को देश के बाज़ारों में बेचने के अतिरिक्त इसका निर्यात पक़िस्तान और ओमान को भी किया जाता है। हरित कोयले को पास ही की सिरैमिक फैक्ट्री और सीमेंट फैक्ट्री में बेचा जाता है। कचरे का 25 से 30 प्रतिशत हिस्सा निर्माण से जुड़े रोड़ी-पत्थर के रूप में होता है, जिसे इको-ब्रिक्स (पर्यावरण मित्र ईंटें) बनाने के लिए इस्तेमाल किया जाता है, जबकि रीसाइकिलेबल वेस्ट (जो 3 से 5 प्रतिशत है) को अलग करके बेचा जाता है। प्लास्टिक के कचरे से प्लास्टिक के गोले बनाकर सिंचाई के काम आने वाले पाइप आदि के काम के लिए बेचे जाते हैं। बचा हुआ 10 से 15 प्रतिशत हिस्सा बेकार होता है।

राजकोट अपने अभिलेखों में और भी सुधार करने में जुटा हुआ है। सन 2013 में भारत सरकार ने JNNURM के अंतर्गत राजकोट में ठोस कचरे के प्रबंधन के लिए 41.7 करोड़ रुपये की परियोजना को स्वीकृति दी। इससे घर-घर से कचरा एकत्रित करने के लिए रिफ्यूज कॉम्पैक्टर और मिनी टिपर्स ख़रीदने में मदद मिलेगी। आरएमसी शहरी क्षेत्रों में कृषि को बढ़ाने का भी प्रयास कर रही है ताकि जैविक खाद शहर में घरों, गृह प्रबंधन समिति और वार्ड में उपयोग में लाई जा सके। शहर में कचरा कम उत्पादित करने के प्रति जागरूकता अभियान चलाने के साथ-साथ निगम जैविक खाद और ईंधन के लिए घरेलू बाज़ार की भी तलाश में है।

हांजेर ने कचरा उपचार संयंत्र के पास ही एक वैज्ञानिक लैंडफिल बनाया है। इसके लिए आरएमसी ने JNNURM के अनुदान में से राशि दी थी। इस परियोजना में मेड़ बनाना, जियो टेक्सटाइल की परत बनाना और लीचेट (कचरे से रिसने वाला गन्दा पानी जो भू जल को भी ख़राब करता है) के लिए नालियाँ बनाना शामिल है। इस स्थान पर भी सन 2012 से काम शुरू हो चुका है।

हांजेर के साथ हुए अनुबंध के मुताबिक़ लैंडफिल पर केवल 10 से 15 प्रतिशत कचरा जाएगा। निगम सन 2000 के नियम को ध्यान में रखते हुए हांजेर को लैंडफिल पर पहुँचने वाले कचरे के लिए 200 रुपये प्रति टन के हिसाब से राशि अदा करता है। निगम ने हांजेर को 30 लाख रुपये अग्रिम राशि के रूप में दिए, जिनका

समायोजन लैंडफिल के स्थान की कचरे की भराई से किया जा रहा है। 45000 करोड़ टन कचरा अब तक लैंडफिल तक सफलता से पहुँचाया जा चुका है जो लैंडफिल की कुल क्षमता का 70 प्रतिशत है। यदि ज़मीन के पट्टे का निर्धारण खुली नीलामी द्वारा किया जाता है और राजस्व द्वारा लागत की भरपाई न हो पा रही हो तो नकारात्मक पट्टे (निगेटिव लीज रेंटल) द्वारा इसे हासिल किया जा सकता है।

राजकोट ने दिखा दिया है कि साफ़ रहने में दोहरा लाभ है।

2 सफ़ाई हो तो पुणे जैसी

पुणे मुम्बई के बाद महाराष्ट्र का दूसरा सबसे बड़ा शहर है और इस बात का सुन्दर उदाहरण है कि किस तरह शहर में बढ़ते हुए कचरे की मात्रा का प्रबंधन किया जा सकता है। महाराष्ट्र की सांस्कृतिक राजधानी कहलाने के साथ ही पुणे को पूर्व का ऑक्सफोर्ड भी कहा जाता है, चूँकि यहाँ कई गुणवत्ता पूर्ण शिक्षा संस्थान स्थापित किए गए हैं जो आप्रवासियों, विदेशियों और भारत भर के विद्यार्थियों को अपनी ओर आकर्षित कर रहे हैं। यह शहर हमेशा से ही महत्त्वपूर्ण औद्योगिक केंद्र रहा है मगर पुणे शहर में विशेषतः सूचना और प्रौद्योगिकी और मोटर वाहन उद्योग की जिस तरह प्रगति हुई है, उसने इस शहर के विकास में आधुनिकता का रंग भर दिया है।

जनसंख्या की वृद्धि और बढ़ती हुई संपन्नता का सीधा सा अर्थ है ठोस कचरे की मात्रा में वृद्धि होना-पुणे में प्रति दिन 1500-1600 मीट्रिक टन ठोस कचरा उत्पन्न होता है। इस कचरे की संरचना में तेजी से बदलाव भी आ रहा है। इसमें प्लास्टिक और अन्य अविघटनकारी (नॉन-बायोडिग्रेडेबल) पदार्थों की मात्रा बढ़ती जा रही है जो विकसित हो रहे मध्यम वर्ग के उपभोग के बदलते स्वरूप को दिखाती है।

पुणे नगर निगम कचरे की समस्या के कई तरह के समाधानों को अपनाने का प्रयास कर रहा है जिनमें समुदाय और कचरा बीनने वालों के साथ समन्वय स्थापित करने के पारंपरिक तरीक़े से लेकर अत्याधुनिक तकनीक के उपयोग द्वारा कचरे को ऊर्जा में बदलने जैसा अति आधुनिक तरीक़ा भी शामिल है। बेकार कचरे के निपटान के लिए वैज्ञानिक तरीक़े से लैंडफिल भी बनाए जा रहे हैं। जहाँ कचरा बीनने वालों के संगठन कचरे को एकत्रित करके, उसका पृथक्करण और रीसाइकल करके सफ़ाई में सहयोग देते हैं वहीं औद्योगिक संगठन इसके लिए आधुनिक तकनीक को अपनाकर अपने हिस्से का काम कर रहे हैं।

कुछ समय पहले पुणे की हालत भी भारत के अन्य शहरों जैसी ही थी जहाँ सड़क के किनारे कचरे के ढेर पड़े रहते हैं, कूड़ेदानों से कचरा बाहर फैलता रहता था जिसमें से कचरा बीनने वाले लोग पन्नियाँ और प्लास्टिक की वस्तुएं खोजते थे और कचरे को यहाँ-वहाँ बिखेर देते। कचरे को कूड़ेदानों से स्थानांतरण केन्द्रों तक ले जाने में काफ़ी समय लगता था और अंत में इसे शहर से 22 किमी दूर उराली नामक डम्पसाइट पर पटक दिया जाता था।

यह परिदृश्य भारत सरकार द्वारा सन 2000 का क़ानून बनने से बहुत पहले अर्थात 1990 से बदलना शुरू हुआ। इस बदलाव की प्रेरणा दी पुणे के एसएनडीटी विश्वविद्यालय की दो प्राध्यापकों ने, जिनके नाम हैं पूर्णिमा चिकरमाने और लक्ष्मी नारायण। उन्होंने शहर के निवासियों से कचरे को छाँटने और गीले और सूखे कचरे को अलग करके डालने का निवेदन किया, जिससे कचरा छाँटने वाले लोगों को सारे कचरे को बिखेरना न पड़े, और वे उन वस्तुओं को उठा सकें जिन्हें वे बेच सकते हैं। उनके इस प्रयास ने सन 1993 में कचरा उठाने वालों की समिति काग़ज काँच पत्र काष्ठकारी पंचायत (केकेपीकेपी) को जन्म दिया। इसके साथ ही पुणे नगर निगम और पिंपरी चिंचवड ने इन्हें फ़ोटो पहचान पत्र देने भी शुरू किए जिससे उन्हें कचरा छाँटने की अनुमति मिल सके और पुलिस की प्रताड़ना से मुक्ति मिले।

जब पुणे नगर निगम ने सन 2000 के ठोस कचरा प्रबंधन नियम को लागू करने के लिए एकीकृत रणनीति तैयार करने की क़वायद शुरू की तो उन्होंने पाया कि कचरा बीनने वालों के साथ व्यवस्थाएँ और घरों में कचरे को अलग करने की आदत

के विकसित होने से यह काम बहुत आसान हो गया। सन 2007 में निगम और काग़ज काँच पत्र काष्ठकारी पंचायत ने मिलकर 'स्वच्छ' (सॉलिड वेस्ट कलेक्शन एंड हैंडलिंग) के नाम से कचरा बीनने वाले और अन्य शहरी ग़रीब लोगों की कोऑपरेटिव सोसायटी स्थापित की, जिसके सदस्यों को हर घर, दुकान, दफ्तर से कचरा इकट्ठा करने की ज़िम्मेदारी दी गई। जो घर इस मुहिम में शामिल नहीं किए जा सके, उन्हें निगम द्वारा कूड़ेदान उपलब्ध कराया गया, जिसमें उन्हें कचरा इकट्ठा करना था।

'स्वच्छ' के सदस्य हर घर से अपनी सेवाओं के लिए शुल्क लेने हेतु अधिकृत हैं। वे जोड़े में काम करते हैं और 250-300 घरों से प्रतिदिन कचरा इकट्ठा करते हैं, उस कचरे को अलग-अलग करते हैं और उसमें से रीसाइकल हो सकने वाली वस्तुओं को छांटते हैं और रीसाइकल न हो सकने वाले कचरे को फीडर बिंदु पर एकत्रित करते हैं। वहाँ से यह कचरा घंटा ट्रकों द्वारा इकट्ठा किया जाता है। कुल मिलकर एक दिन में 600 टन ठोस कचरा इकट्ठा किया जाता है, जिसमें से 10 टन कचरा जैविक खाद में बदला जाता है और 180-200 टन कचरे को हाउसिंग सोसाइटी द्वारा प्रदत्त स्थान पर ही रीसाइकल किया जाता है। 'स्वच्छ' की पहले दो सालों की कार्य प्रणाली में ही 42 प्रतिशत कचरे को लैंडफिल से हटाते हुए जैविक खाद में बदला गया जिसका उपयोग किसानों ने खेतों में किया।

पुणे नगर निगम के 'स्वच्छ' के साथ पाँच वर्ष के अनुबंध में पुणे नगर निगम ने 8.6 करोड़ रुपये की राशि इस परियोजना के प्रबंधन और प्रशासनिक कार्य के लिए इस शर्त पर देने पर सहमति दी कि कचरे का एकत्रीकरण शत प्रतिशत सुनिश्चित किया जाए। अब तक 40 प्रतिशत घरों तक पहुँच बनाई जा चुकी है और निगम ने संस्था को 3.94 करोड़ रुपये प्रबंधन और प्रशासनिक कामों के लिए तथा 75 लाख रुपये कर्मचारियों के यूनीफ़ॉर्म, दस्तानों, पहिया गाड़ी, बिल्ले, कचरा छांटने के छप्पर आदि के लिए दिए है ताकि कचरा इकट्ठा करने वालों की स्थिति बेहतर हो सके। दूसरी ओर निगम को कचरा इकट्ठा करने और उसे लैंडफिल तक ले जाने की लागत (जो 12 करोड़ रुपये प्रति वर्ष अनुमानित है) नहीं देनी पड़ रही है यानी 12 करोड़ रुपये प्रति वर्ष की बचत हो रही है।

1 जून 2010 से पुणे नगर निगम ने खुले में कचरा डालना बिलकुल प्रतिबंधित कर दिया। शहर में उत्पादित सारा कचरा वैज्ञानिक विधि से उपचारित किया जाता है। नगर निगम का एक और महत्त्वपूर्ण क़दम पुणे के सबसे बड़े वॉर्ड कतरज में फरवरी 2011 में शून्य कचरा (जीरो गारबेज) परियोजना का शुभारंभ करना है। यह प्रयास तीन संस्थाओं, स्वयंसेवी संस्था जनवाणी, एक कंपनी क्युमिंस इंडिया और 'स्वच्छ' का समन्वित प्रयास है जिसमें इन्होंने परियोजना की योजना, उसके लिए वित्त पोषण और मानव संसाधन सभी की व्यवस्था की। इसके परिणामस्वरूप पहले इस वॉर्ड में लैंडफिल को भेजे जाने वाले कचरे की मात्रा 10 टन हुआ करती थी, अब हर दिन

केवल 2 टन कचरा लैंडफिल को भेजा जाता है। इस परियोजना को आईएसओ-प्रमाणीकरण मिला है और ठोस अपशिष्ट प्रबंधन के क्षेत्र में यह प्रमाणीकरण पाने वाली यह पहली परियोजना है। इस प्रारूप को सफलता से लागू करने के बाद निगम अब इसे चयनित प्रभागों में लागू करने की योजना बना रहा है जिससे पुणे को संपूर्ण स्वच्छ शहर बनाया जा सके। निगम का सहयोगी जनवाणी, इस क्षेत्र में काम करने वाले कई हितग्राहियों के साथ मिलकर काम कर रहा है।

पुणे नगर निगम ने सत्रह बायो-मीथेनेशन प्लांट स्थापित करके एक और महत्त्वपूर्ण पहलक़दमी की है। इनकी कुल क्षमता 90 टीपीडी (टन पर डे) है, जिनमें से सोलह संयंत्र 5-5 टीपीडी और एक संयंत्र 3 टीपीडी के हैं। संयंत्र की तकनीक का चयन नीलामी बोली द्वारा किया गया और सफल ठेकेदारों को संयंत्रों के क्रियान्वयन और रखरखाव का पाँच साल का ठेका दिया गया। गीले कचरे को इन संयंत्रों तक ले जाने की ज़िम्मेदारी निगम की है।

बायो-मीथेनेशन संयंत्र कार्बनिक अपशिष्ट को पर्यावरण हितैषी तरीक़े से उपचारित करते हैं। शहर में कुल 80-90 प्रतिशत कचरा इकट्ठा किया जाता है जिसमें से 45 प्रतिशत को अलग-अलग किया जाता है। पुणे नगर निगम ने गीले कचरे के एकत्रीकरण के लिए अलग वाहन दिए हैं। यह गीला कचरा बायो-मीथेनेशन संयंत्रों को भेजा जाता है जिसकी कुल मात्रा 300-350 टीपीडी होती है। ऐसे हर संयंत्र के लिए निगम 600 वर्ग मीटर की भूमि 5000 लीटर पानी और विद्युत कनेक्शन उपलब्ध कराता है। पानी और बिजली निशुल्क दिए जाते हैं।

इस संयंत्रों में कचरे को दो चरणों में उपचारित किया जाता है। पहले चरण में बंद पात्रों में आक्सीजन की अनुपस्थिति में उपचारित करने से सूक्ष्म जीव कार्बनिक पदार्थों को स्थिर अवशेष में तोड़ देते हैं और इस क्रिया में जो बायो गैस निकलती है उसमें मीथेन काफ़ी होती है। इस गैस का उपयोग प्रति दिन 400 किलोवॉट बिजली बनाने के लिए किया जाता है। इससे आसपास के क्षेत्रों की सड़कों की बत्तियाँ जलाई जाती हैं। ठोस अवशेष खाद के रूप में इस्तेमाल किया जाता है और बचा द्रव पदार्थ पोषक पदार्थों से भरपूर उर्वरक होता है जिसके उपयोग से ज़मीन की उर्वरा शक्ति को लौटाया जा सकता है।

पुणे के तत्कालीन निगम आयुक्त महेश पाठक ने बताया, "इन संयंत्रों से निकाली खाद को बेचकर और यहाँ बनाई गई बिजली के द्वारा 1.9 करोड़ रुपये की आय हुई, इसके अलावा कचरे के परिवहन और लैंडफिल में डालने की लागत में भी 2.1 करोड़ रुपये की बचत हुई और इन सबसे पर्यावरण को जो लाभ हुआ, वह तो अतिरिक्त बोनस के समान है।"

बायो-मीथेनेशन संयंत्रों के अलावा बिना छांटे कचरे को उपचारित करने के भी प्रावधान रखे गए हैं। हांजेर बायोटेक मिश्रित कचरे के उपचार के लिए उरुली

और फरसुंगी की पुरानी डम्पिंग साइट्स पर 1000 टीपीडी की क्षमता वाला संयंत्र संचालित कर रहा है जिसमें कचरे से ईंधन और खाद बनाए जाते हैं। उपचार के बाद बचे अवशेष (जो कुल कचरे का 20 प्रतिशत होता है) कंपनी द्वारा विकसित किए गए वैज्ञानिक लैंडफिल में डाले जाते हैं। (सन 2016 में प्रबंधन और प्रशासनिक दुविधाओं के कारण इस संयंत्र को बंद कर दिया गया है।)

उच्च स्तरीय तकनीक के उपयोग का भी यहाँ किया गया है जिसके अंतर्गत रामटेकड़ी औद्योगिक क्षेत्र में सरकारी और निजी भागीदारी के अंतर्गत गैर-भस्मीकरण (नॉन-इंसीनरेशन) तकनीक पर आधारित कचरे से ऊर्जा बनाने के संयंत्र की स्थापना की गई है। रोकेम सैपरेशन सिस्टम प्राइवेट लिमिटेड ने इस संयंत्र को स्थापित करने में 140 करोड़ रुपये का निवेश किया है। कॉनकॉर्ड ब्ल्यू तकनीक पर आधारित यह संयंत्र 2.5 एकड़ के क्षेत्रफल में फैला है। पुणे नगर निगम ने कंपनी को यह भूमि पट्टे पर दी है। इस अत्याधुनिक तकनीक में, जिसके अधिकार (पेटेंट) कॉनकॉर्ड ब्लू के प्रबंध निदेशक प्रयास गोयल के पास है, बिना छांटे कचरे द्वारा ऊर्जा बनाई जाती है और इस प्रक्रिया में पर्यावरण में गैसों के उत्सर्जन के लिए पर्यावरण सुरक्षा एजेंसी और यूरोपीय मानकों को पूरा किया जाता है।

बिना छांटे कचरे से, जिसमें जैव-विघटनकारी और गैर-विघटनशील दोनों ही तरह के पदार्थ होते हैं, सिनगैस (सिंथेसाइज्ड गैस) बनाई जाती हैं। यह कार्य इस कचरे को ऑक्सीजन की अनुपस्थिति में अधिक तापमान पर गरम करके और उसमें बनी गैस को संशोधित करके किया जाता है, जिससे स्वच्छ हाइड्रोजन की अधिकता वाली गैस बनती है जिसका उपयोग ऊर्जा उत्पादन के लिए किया जाता है। बायो गैस के विपरीत (जिसमें कचरे को सूक्ष्म जीव जैविक गतिविधियों द्वारा मीथेन में बदलते हैं) इस गैस को तापीय प्रक्रिया द्वारा बनाया जाता है जिससे प्रक्रिया के अंत में कचरे का कोई अंश बाकी नहीं बचता। इसके अलावा सिंगैस में हाइड्रोजन की अधिकता होने के कारण यह बायो गैस की तुलना में अधिक स्वच्छ ईंधन है। (कचरे की निम्न गुणवत्ता के कारण, यह प्रणाली सफल नहीं रही। अतः कंपनी ने इसे 2015-16 में बंद करने का फैसला किया।)

हमारी जीवन शैली में प्लास्टिक की मात्रा बढ़ने के कारण हमें इसके निपटान के लिए भी ऐसे उपाय खोजने हैं जो पर्यावरण के लिए हानिकारक न हो। अपने गैर-विघटनशील प्रकृति के कारण प्लास्टिक को लैंडफिल में दबाया नहीं जा सकता। प्लास्टिक को जलाने से इसके पीवीसी घटकों में से डाईऑक्सिन और फ्यूरेन जैसी हानिकारक और जहरीली गैसें निकलती हैं जो कि जीवों के लिए अत्यंत हानिकारक हैं। कॉनकॉर्ड ब्लू तकनीक में कचरे को बिना जलाए ऊर्जा में बदला जाता है जिससे डाईऑक्सिन और फ्यूरेन जैसी गैसों का उत्सर्जन स्वीकृत से भी कम मात्रा में होता है। पुणे नगर निगम ने अगले तीस वर्षों तक प्रतिदिन 700 टन बिना छँटे कचरे

को संयंत्र स्थल तक पहुँचाने और कंपनी द्वारा इस कचरे को उसी दिन उपचारित करने के लिए अनुबंध किया गया है। निगम को 300 रुपये प्रति टन के हिसाब से उपचार शुल्क अदा करना होता है जबकि कंपनी इसमें उत्पादित ऊर्जा को किसी अन्य ख़रीदार को बेचने हेतु स्वतन्त्र है। कार्बन क्रेडिट्स को निगम और कंपनी दोनों के द्वारा आधा-आधा बाँटने का समझौता किया गया था। लेकिन कुछ सालों में यह प्रमाणित हो गया कि कुछ कारणवश यह अत्याधुनिक तकनीक सफल नहीं हो पाई।

चूंकि पुणे के क्षेत्रफल में आसपास के 28 गाँवों को शामिल किया गया, शहर की जनसंख्या 3.9 करोड़ से बढ़कर 5 करोड़ हो गई है। अतः ठोस अपशिष्ट के प्रबंधन और निपटान के क्षेत्र में चुनौती और भी बढ़ गई है। पुणे नगर निगम को भविष्य की तैयारी करने के लिए शहर के महत्त्वपूर्ण हितग्राहियों को इस योजना में शामिल करना आवश्यक होगा।

3 पम्मल ने कचरा कम किया : सामुदायिक सहयोग का उदाहरण

पम्मल तमिलनाडु के क़ांचीपुरम जिले का एक छोटा सा कस्बा है। इसकी स्थायी आबादी 85000 और अस्थायी आबादी 15000 है। यह कस्बा चेन्नई एयरपोर्ट से एक घंटे की दूरी पर है, और सन 2005 में ही पंचायत से म्युनिसिपैलिटी बनाया गया था। इतने कम समय में ही इस शहर ने दिखा दिया है कि सामुदायिक सहयोग से किस तरह ठोस कचरे के प्रबंधन की दिक्कतों को दूर किया जा सकता है।

किसी भी दूसरे शहर की तरह पम्मल भी सड़क के किनारे या कूड़ेदानों से बाहर यहाँ-वहाँ बिखरे पड़े, सड़ते कचरे की समस्या से दो-चार हो रहा था। चूँकि पम्मल में भूमिगत सीवेज प्रणाली नहीं है, नगरपालिका बारिश के पानी के निकास के लिए सड़क के दोनों ओर बड़ी नालियों का निर्माण करती आई थी। इसके साथ गंदे पानी के प्रबंधन के लिए कोई प्रणाली न होने से यह समस्या और विकराल हो गई थी।

सन 1993 में पम्मल के एक वार्ड की मध्यम वर्ग की महिलाओं के समूह ने अपने आसपास के वातावरण को साफ़ रखने की दिशा में स्वयं क़दम उठाने का निश्चय किया। उन्होंने तय किया कि वे अपने वार्ड के 260 घरों से कचरा इकट्ठा करने के लिए एक साइकिल रिक्शा ख़रीदेंगी और उस कचरे को सड़क पर रखे कूड़ेदान में डालेंगी। इसके लिए हर घर से 10 रुपया प्रतिमास लिया जाएगा। जब कूड़ेदान के निकट रहने वाले लोगों ने इस पर आपत्ति की तो इस समूह ने कचरे की मात्रा को कम करने के लिए इसकी अधिकाधिक मात्रा को रीसाइकल करना शुरू किया। उन्होंने रसोई के कचरे को अन्य कचरे से अलग करना शुरू किया और धन्वंतरि गार्डन के एक पेड़ के नीचे उसे दबाकर खाद बनानी शुरू की। इसका अर्थ था सड़क के कूड़ेदानों में कम कचरा और उसे उठाने और निपटान की व्यवस्था करने वालों के लिए भी काम का कम होना।

सन 1994 में इन महिलाओं ने एक स्वयं सहायता समूह बनाया और शंकर नेत्र चिकित्सालय द्वारा उन्हें कुछ भूमि दान में दी गई जहाँ वे कचरे से जैविक खाद

बनाने के काम को बढ़ा सकीं। एक बैंक से 40,000 रुपये का ऋण लेकर उन्होंने एक वर्मीकम्पोस्टिंग शेड स्थापित किया और कचरे से धन निर्माण की प्रक्रिया शुरू हुई। यह प्रक्रिया सन 2000 के म्युनिसिपल सॉलिड वेस्ट रूल्स आने से बहुत पहले की थी। इन नियमों के तहत 1. घर-घर से छँटा हुआ कचरा इकट्ठा करने और, 2. इस कचरे को रीसाइकल करके खाद बनाने पर जोर दिया गया था ताकि कम से कम अवशेष को लैंडफिल में भेजा जाए।

पम्मल के इस स्वयं सहायता समूह को एक बड़ा अवसर 2004-05 में मिला जब पेप्सिको ने इसे कचरा इकट्ठा करने के लिए और कचरे को छांटने और रीसाइकल करने की आधारभूत संरचना बनाने के लिए 13.25 लाख रुपये का अनुदान दिया। इसके बाद उन्होंने सात वॉर्ड में काम करना शुरू किया। सन 2006 तक यह काम सभी 21 वॉर्ड तक फैल चुका था। इस वृद्धि को देखते हुए संसाधनों के विस्तार के लिए पेप्सिको ने 17 लाख रुपये की राशि और उपलब्ध करवाई।

स्वयं सहायता समूह से एनजीओ में बदलने की प्रक्रिया सन 2006 में हुई जब इसका पंजीकरण एक्स्नोरा ग्रीन पम्मल के नाम से किया गया। कस्बे की पंचायत ने

समुदाय, स्थानीय प्रशासन, स्कूल और व्यापारिक संस्थाओं को एक साथ लाते हुए कस्बे में ठोस कचरे के प्रबंधन के नियम को लागू करने का जिम्मा इस एनजीओ को दिया और इसके लिए 1.1 एकड़ की भूमि का टुकड़ा उपलब्ध करवाया।

सन 2047 तक भारत में ठोस कचरे की मात्रा का 26 करोड़ टन प्रतिदिन तक पहुँचने का अनुमान है। प्लास्टिक कचरे की मात्रा तेजी से बढ़ी है और सन 2030 तक इसकी आज से दस गुना हो जाने की संभावना है। एक्स्नोरा ग्रीन पम्मल ने आने वाले ख़तरों के प्रति जागरूकता बढ़ाने का काम किया है। उसने हमें दिखाया है कि यदि समुदाय पहले कचरे की मात्रा कम करने की पहल करें, उसके बाद कचरे को अलग-अलग करने के काम में सहयोग करें ताकि इसे आसानी से रीसाइकल और उपचारित किया जा सके और अंत में बचे हिस्से का सही तरीक़े से निपटारा करें, तो ठोस कचरे के प्रबंधन की चुनौतियों को आसानी से हल किया जा सकता है।

एक्स्नोरा ग्रीन पम्मल कचरा प्रबंधन और व्यापार विकास के क्षेत्र में अपनी क्षमता बढ़ा रहा है, साथ ही लोगों में पर्यावरण की स्वच्छता और सुरक्षा के लिए कचरे की मात्रा घटाने और कचरे को रीसाइकल करने के लिए भी जागरूकता बढ़ाने का काम कर रहा है। इसने अपनी गतिविधियों को उन सभी लोगों के साथ जोड़ा है जो कचरे को रीसाइकल करने के काम में जुटे हैं।

रसोई से निकले कचरे को वर्मिकम्पोस्ट (जैविक खाद), चारकोल ईंधन और बायो गैस में बदला जाता है। तैयार कम्पोस्ट को (प्रतिदिन लगभग 750 किग्रा जैविक खाद बनती है) बाज़ार में एक्सऑरको ('ExOrCo') ब्रांड के नाम से बेचा जाता है। इसमें से आधी खाद आसपास के किसानों को बेची जाती है। ख़रीदार इस खाद को 15 रुपये प्रति किलो (फुटकर) और 7 रुपये प्रति किलो (थोक) के और हिसाब से ख़रीद सकते हैं। हर रोज़ 300 किग्रा खाद बिकती है। भारतीय प्रदूषण नियंत्रण बोर्ड ने एक्सऑरको खाद का परीक्षण किया और पाया कि इसमें केवल प्रति किग्रा 11 मिलीग्राम सीसा है जो कि सुरक्षा मानकों (100 मिग्रा प्रति किलो) से बहुत कम है। प्रतिदिन 50 क्यूबिक मीटर बायो गैस निर्मित होती है। सूखी पत्तियों को चारकोल ईंधन में बदला जाता है। हर दिन लगभग 10 किलो ईंधन बनाया जाता है जिसे आसपास की कपड़े धोने की दुकानों (लांड्रियों), सुनारों और चाय की दुकानों को बेचा जाता है। प्लास्टिक की पतली थैलियों को रीसाइकल करके हाथ के थैले, ऑफ़िस फ़ाइल, वॉल हैंगिंग आदि बनाए जाते हैं। एक्स्नोरा ग्रीन पम्मल को पर्यावरण में कार्बन के उत्सर्जन को 8000 टन कम करने के लिए सन 2011 में ईईएसओ प्रमाणपत्र दिया गया।

जो साधारण सा अभियान सन 1993 में अपने घर के आसपास को साफ़ करने के लिए शुरू किया गया था, आज वह सिविल सोसाइटी के अभियान में बदल चुका है और पर्यावरण की स्वच्छता के लिए काम कर रहा है। इस स्वयं सहायता समूह

ने पर्यावरण की पुकार का उत्तर देते हुए तमिलनाडु राज्य की सीमाओं से परे जाकर ठोस अपशिष्ट के प्रबंधन के लिए ऐसे मॉडल को अपनाया जो स्थानीय परिस्थितियों में काम कर सके। इस समूह के 500 'हरित दूत' भारत के चार राज्यों के छह स्थानों पर पाँच लाख आधा करोड़ नागरिकों को अपनी सेवाएँ दे रहे हैं। इसमें तमिलनाडु में मंगडू (मंदिरों का शहर जिसकी जनसंख्या 40,000 है), हरियाणा में पानीपत, आंध्र प्रदेश में संगरेडी तथा पश्चिम बंगाल में कमरत्थी और पनिहत्ती शामिल हैं।

सन 2006 तक पम्मल के आवासी कचरा ले जाने के लिए प्रतिमास 10 से 25 रुपये प्रति घर दिया करते थे। उसके बाद नगर पालिका ने इस ज़िम्मेदारी को अपने कंधों पर लेते हुए अपने बजट में इसे शामिल किया। पम्मल के घरों में उत्पन्न गीले और सूखे कचरे को छाँटकर एक्स्नोरा ग्रीन पम्मल तक भेजा जाता है। इसके उपचार की लागत का वहन एक्स्नोरा ग्रीन पम्मल उठाता है। पानीपत और संगरेडी के लिए वित्तीय सहयोग पेप्सिको ने कॉरपोरेट सोशल रेस्पांसिबिलिटी प्लान के तहत दिया है, जिसने एक्स्नोरा ग्रीन पम्मल के साथ अनुबंध किया है। कमरत्थी और पनिहत्ती के लिए नगर पालिकाएं कचरे के उपचार पर आने वाले ख़र्च का वहन करती हैं, एक्स्नोरा ग्रीन पम्मल और एक निजी कंपनी बायो विजन इसके प्रबंधन की लागत और समुदाय कचरे के एकत्रीकरण की लागत का वहन करता है।

सन 2012 में जब मैं पम्मल गई तो वहाँ पेप्सिको कंपनी द्वारा गीले और सूखे कचरे को अलग-अलग करने के लिए महीने भर तक चलाया जा रहा अभियान अपने शबाब पर था। इस अभियान में त्रिची की प्रसिद्ध मुगुवरी टीम का सहयोग लिया जा रहा था जो पराई और ओइल जैसे नुक्कड़ नाटक और लोक नृत्यों द्वारा लोगों को जागरूक करने का काम कर रहे थे। इस प्रदर्शन के साथ क्षेत्र में काम भी तेजी से जारी था। इसमें नागरिकों को एक सफेद थैला दिया जाता और उन्हें यह भी समझाया जाता कि किस तरह उन्हें सूखे कचरे को अलग करके 'हरित दूत' को देना है। इनमें से कुछ 'हरित दूतों' को मैंने काम करते देखा जो घर-घर जाकर सीटी बजाते और कचरा इकट्ठा करते। कुछ अन्य लोग सड़कों की सफ़ाई में लगे थे। इस महीने भर लंबे अभियान की उत्साही समन्वयक रम्या लोयोला कॉलेज की स्वर्ण पदक विजेता विद्यार्थी है।

एक्स्नोरा ग्रीन पम्मल और इसके प्रतिभावान संस्थापक और नेता मंगलम बालासुब्रम्हण्यम को इस कार्य के लिए मिले अनेक पुरस्कारों के साथ-साथ 2008-09 में ठोस अपशिष्ट प्रबंधन के क्षेत्र में नवाचारी और आशाजनक कार्य करने के लिए यूएन हैबिटेट-दुबई पुरस्कार मिला। उन्होंने इस क्षेत्र में निजी कंपनियों द्वारा निभाई जा सकने वाली भूमिकाओं की बात करते हुए अपने अनुभवों के आधार पर इस बात पर जोर दिया कि समुदाय की भागीदारी इसका अहम् हिस्सा था। वे कहती हैं, "टन के हिसाब से ठोस कचरे के परिवहन और प्रबंधन के लिए प्रबंधकों को पुरस्कार देने

से समस्या हल नहीं होगी। इसके लिए समुदाय को शामिल करना ही होगा जिससे कचरे की मात्रा में कमी लाई जा सके और उसे अलग-अलग भी किया जा सके।"

जहाँ तक ठोस अपशिष्ट प्रबंधन के अर्थशास्त्र की बात है, एक्स्नोरा ग्रीन पम्मल के अनुभव से यह स्पष्ट हुआ है कि इसके उपचार की आधी लागत तो कचरे की रीसाइक्लिंग से ही निकल जाती है। बाकी बची लागत को समुदाय के सहयोग से या स्थानीय प्रशासन या कॉरपोरेट सोशल रेस्पांसिबिलिटी बजट के सहयोग से पूरा किया जा सकता है। इस महत्त्वपूर्ण क्षेत्र में सरकार को करने के लिए ऐसे कई काम है जिनका सार्वजनिक स्वास्थ्य सेवाओं पर अच्छा प्रभाव हो सकता है। हरित कर ऐसे कामों के लिए राशि जुटाने का काम कर सकता है मगर इससे भी ज़्यादा ज़रूरी यह है कि स्थानीय प्रशासन इसके लिए समुदाय को जागरूक करें, उन्हें कचरा कम करने, कचरे का पृथक्करण करने और उसे रीसाइकल करने की चुनौतियों का सामना करने के लिए तैयार करें। इतना हो जाने पर बचे हुए कचरे का निपटान करना उतना मुश्किल नहीं रह जाता। पम्मल ने इस दिशा में पहला क़दम उठाया है और सभी को रास्ता दिखाया है।

4 एकीकृत ठोस अपशिष्ट प्रबंधन : कानपुर प्रयोग

हम भारतीय सड़क के किनारे पर रखे कूड़ेदानों से बाहर निकलते और चारों ओर फैलते कचरे को देखने के इतने आदी हो चुके हैं कि हमें यह दृश्य परेशान नहीं करता। दूसरी ओर हम एक ऐसी आशा को मन में संजोए हुए रहते हैं कि कभी न कभी कोई न कोई तो आएगा, जिसके पास हमारी इस समस्या का समाधान होगा और हमें स्वास्थ्य के लिए ख़तरा बन रही इस मुसीबत से छुटकारा मिलेगा। कानपुर का एकीकृत ठोस अपशिष्ट प्रबंधन कार्यक्रम इस दिशा में एक नई उम्मीद का संचार करता है, पर फ़िलहाल वह खुद ही समस्या ग्रस्त है।

गंगा के पश्चिमी तट पर स्थित कानपुर शहर भारत के सबसे बड़े राज्य उत्तर प्रदेश का एक महत्त्वपूर्ण औद्योगिक नगर है। इस शहर की जनसंख्या 36 लाख है और कुल क्षेत्रफल 260 वर्ग किलोमीटर है। यह शहर 110 नगर पालिका वार्ड में बँटा हुआ है। कानपुर में कपड़ा, चमड़ा, उर्वरक और शस्त्र उद्योग हैं और सभी प्रदूषण के कारक है।

सन 2010 तक कानपुर में ठोस अपशिष्ट प्रबंधन की स्थिति भारत के अन्य किसी शहर से बेहतर नहीं थी। रोज़ शहर में उत्पन्न 1500 टीपीडी कचरे को जमा करना, उसे ढोना और ट्रीटमेंट करना कानपुर नगर निगम की ज़िम्मेदारी थी। शहर में कचरा एकत्रीकरण के लिए तमाम केंद्र थे इनमें 400 से अधिक खुले कूड़ेदान थे। 132 वाहन और 3000 सफ़ाई कर्मचारी इस कार्य के लिए तैनात थे, जिन पर कचरा इकट्ठा करने और उसके परिवहन की ज़िम्मेदारी थी। वे यह कचरा शहर से कुछ किलोमीटर दूर एक अधिकृत स्थान पर डालते थे। इस कार्य में 42 करोड़ रुपये प्रति वर्ष ख़र्च होते थे। कचरे का वैज्ञानिक रूप से निपटारा भी किया जाना चाहिए, यह विचार भी किसी के मन में नहीं था। कचरे के एकत्रीकरण और परिवहन के लिए अनुदान राज्य वित्त निगम द्वारा दिया जाता था। कचरे में से रीसाइकल हो सकने वाली वस्तुओं को छांटने के लिए कचरा बीनने वालों का समुदाय भी शामिल था।

सन 2008 में कानपुर ने शहर में ठोस अपशिष्ट के प्रबंधन के लिए सरकारी और निजी सहभागिता से काम करने का निर्णय किया। ठेके की नीलामी के द्वारा कानपुर नगर निगम ने कचरे के प्रबंधन के लिए ए टू जेड इन्फ्रास्ट्रक्चर नामक निजी कंपनी के साथ बीओटी अनुबंध किया। 110 करोड़ रुपये की परियोजना के लिए JNNURM के अनुदान द्वारा प्रारंभ में 56.6 करोड़ की राशि दी गई। कचरा प्रबंधन के लिए 1500 टन प्रतिदिन की क्षमता वाला एक संयंत्र स्थापित किया गया जिसमें एक टिपिंग प्लेटफ़ॉर्म, पूर्व-पृथक्करण इकाई, एक जैविक खाद निर्माण इकाई, एक व्युत्पन्न ईंधन इकाई (रिफ्यूज-डिराइव्ड फ्यूल यूनिट), एक प्लास्टिक पृथक्करण इकाई, एक चारकोल ईंधन निर्माण इकाई। साथ ही 46 एकड़ ज़मीन पर एक सुरक्षित लैंडफिल था, जो पहले म्युनिसिपल डम्पिंग ग्राउंड होता था। निजी कंपनी को इसे तीस साल के लिए लीज पर मुफ़्त में दिया गया।

इसके बाद अक्टूबर 2009 में ठेके की नीलामी के द्वारा कचरे को इकट्ठा करने और उसके परिवहन का अनुबंध भी इसी निजी कंपनी को मिला। इससे ऐसे हालात पैदा हुए जिनमें कचरे का एकत्रीकरण और परिवहन की गतिविधियों को कचरे के उपचार और निपटारे के साथ जोड़ा जा सकता था और उससे राजस्व भी प्राप्त किया जा सकता था। कंपनी को क़रीब 77लाख घरों, सब्जी बाज़ार और सामान्य बाज़ार से कचरा इकट्ठा करना होता था। कचरा इकट्ठा करने के लिए वाहन, जिसमें कचरा कॉम्प्रेशर भी शामिल था, निगम द्वारा JNNURM के अनुदान द्वारा उपलब्ध कराए गए।

कचरा एकत्रित करने के लिए निगम ने मासिक शुल्क प्रति घर 30 से 40 रुपये, उद्योगों के लिए 1000 से 6000 रुपये और शहर के ग़रीबों के लिए 15 रुपये तय किया। यह शुल्क ए टू जेड कंपनी द्वारा इकट्ठा किया जाना था। लोगों को कचरा एकत्रीकरण के लिए प्रेरित करने के लिए पहले तीन माह कोई शुल्क नहीं लिया गया। इसके बाद शुल्क के रूप में एकत्र की गई राशि में कुछ अस्पष्टता थी कि जमा की गई राशि को किस तरह जोड़ा जाए। कंपनी ने जुलाई 2012 में शुल्क के रूप में 75 लाख रुपये की राशि एकत्र की जबकि निगम आयुक्त विक्रम सिंह को, जो इस सहभागिता के प्रणेता थे, लगा कि यह राशि अनुमानित से कम है। उनके अनुसार यह राशि 1.5 करोड़ रुपये के आसपास होनी चाहिए थी। इस अस्पष्टता के कारण कुछ ही महीनों में इस अनुबंध के टूटने की नौबत आ गई।

इस एकीकृत परियोजना के अंतर्गत कचरे को उपचार संयंत्रों तक ले जाया जाता, उसे अलग-अलग किया जाता और उपचार के तहत उसे कई क़ीमती मूल्यवान वस्तुओं में बदला जाता जैसे- अच्छी गुणवत्ता वाली जैविक खाद, आरडीएफ, चारकोल से बनने वाले इंटरलॉकिंग टाइल्स जिनका उपयोग फुटपाथ पर लगाने के लिए किया जाता है, आदि। कचरे के उपचार और रीसाइकल की वस्तुओं को बेचने के बाद

लैंडफिल में जाने के लिए बहुत कम कचरा (लगभग 2 प्रतिशत) बाकी रहता था। कानपुर नगर निगम 456 रुपये प्रति मीट्रिक टन टिपिंग शुल्क (कचरा ढोने का शुल्क) के नाम पर अदा करता था। ए टू जेड कंपनी के प्रबंध निदेशक अमित मित्तल टिपिंग शुल्क नाम को निरर्थक बताते हैं और कहते हैं कि उसे कचरा एकत्रीकरण और परिवहन शुल्क कहना चाहिए।

जुलाई 2012 में कानपुर यात्रा के समय मुझे यह देखकर आश्चर्य हुआ कि कानपुर की सड़कों पर कचरे का एक अंश तक नहीं है। पहले जब मैं कानपुर आई थी तो शास्त्री नगर, सिविल लाइंस और एमजी कॉलेज के पास बने कूड़ा एकत्रीकरण केन्द्रों पर कचरे के ढेर मिला करते थे। अब इन स्थानों को समुदाय की मदद से पार्क में बदल दिया गया। इनमें से एक सबसे बड़ा ढलाव (कूड़ेदान) न केवल पार्क में बदला गया, बल्कि यहाँ सार्वजनिक आर्ट गैलरी भी बनाई गई। ग्यारह कलाकारों ने उस स्थान पर बनी गैलरी की दीवारों को अपनी सुन्दर चित्रकारी से सजाया। यही स्थान एक समय में लोगों के स्वास्थ्य के लिए बड़ा ख़तरा बना हुआ करता था। इसके अलावा एक और कचरा एकत्रीकरण केंद्र को वॉर्ड दफ्तर में बदल दिया गया। सड़कों पर कुछ कूड़ेदान दिखाई देते हैं मगर अब उनका उपयोग नहीं किया जाता।

नई व्यवस्था के अंतर्गत घर-घर से कचरा इकट्ठा करने का काम सफ़ाई मित्रों द्वारा किया जाता, जिनके पास साइकिल रिक्शा होते और उनमें कूड़ेदान लगा रहता। वे स्वयं भी दस्ताने और मुँह के मास्क का इस्तेमाल किया करते। ए टू जेड के राजेश मेहरा बताते हैं कि "कुछ कचरा बीनने वाले (लगभग 130) तो अब सफ़ाई मित्र के रूप में नियमित वेतन पाने लगे हैं, उनके पास एटीएम कार्ड है और सामाजिक सुरक्षा और स्वास्थ्य योजनाओं का भी लाभ उन्हें मिल रहा है। उनके बच्चों ने स्कूल जाना शुरू कर दिया है। हम और कर्मचारियों को भरती करने की योजना बना रहे हैं।" कचरे को सीधे ही रिफ्यूज कॉम्पैक्टर ट्रक में डाला जाता है जिसमें एक साथ 40 से 50 कूड़ेदानों का कचरा समा सकता है। कचरे को ढुलाई के वक्त दबाया जाता है ताकि ज़्यादा से ज़्यादा गाड़ी में आ जाए। हर वाहन में जीपीएस सुविधा है और वाहन कहाँ रुकता है, कहाँ से कचरा लेता है आदि सारी क्रिया-विधि पर नज़र रखी जाती है और उसे रिकॉर्ड किया जाता है। इससे किसी तरह की धोखाधड़ी और ईंधन चोरी की आशंका समाप्त हो जाती है।

मुझे पता चला कि कानपुर का कचरा प्रबंधन संयंत्र कार्बनिक कचरे से जैविक खाद बनाने वाला सबसे बड़ा संयंत्र है। कानपुर में एकत्र किए जाने वाले कचरे का पचास प्रतिशत कचरा बायो-डिग्रेडेबल है। जैविक खाद का उत्पादन करना उन सभी संयंत्रों के लिए आवश्यक है जो निगम के ठोस कचरे के प्रबंधन का काम करते हैं। ए टू जेड संयंत्र में निर्मित जैविक खाद की गुणवत्ता बढ़ाने के लिए आर एंड डी प्रयोगशाला की सहायता ली गई और इस खाद को कृभको, आईपीएल, कोरोमंडल,

ग्रीन स्टार आदि उर्वरक मार्केटिंग कम्पनियों द्वारा बेचा जा रहा है, इसके अपने ब्रांड वसुंधरा नाम से भी इसकी बिक्री की जा रही है। चूँकि सन 2006 में सुप्रीम कोर्ट के आदेश के अनुसार सरकार को रासायनिक उर्वरकों के साथ ही कम्पोस्ट खाद को भी बाज़ार में लाना पड़ेगा, और ये उर्वरक नियंत्रण आदेश 2010 के तहत लागू हुए हैं, इस कारण जैविक खाद की माँग और भी बढ़ी है।

सन 2011 में इस एकीकृत व्यवस्था में एक क़दम और आगे को बढ़ाया गया जब ए टू जेड कंपनी ने 110 करोड़ रुपये की लागत से कचरे से ऊर्जा का संयंत्र लगाया जो कि एशिया का सबसे बड़ा एकीकृत संयंत्र था जिसके द्वारा कचरे के एकत्रीकरण, उपचार और निपटान के बीच की सहक्रिया या तालमेल का लाभ उठाने का प्रयास किया गया था। इस संयंत्र की क्षमता 15 मेगावॉट थी और इसमें जर्मनी की अत्याधुनिक तकनीक सीएफबीसी (सर्कुलेटिंग फ्लूइडाज्ड बैड कम्बश्चन) का उपयोग किया गया था। हालांकि जैसा पहले बताया जा चुका है, कानपुर का पचास प्रतिशत कचरा बायो-डिग्रेडेबल है, अतः ऊर्जा निर्माण के लिए केवल 750 टन कचरा ही उपलब्ध था। इस संयंत्र में ब्वॉयलर ठोस कचरे से बने ईंधन आरडीएफ के इस्तेमाल द्वारा उच्च ताप (800-900 डिग्री सेल्सियस) पर चलाए जाते हैं और यह सुनिश्चित किया जाता है कि संयंत्र द्वारा नाइट्रोजन या सल्फर के ऑक्साइड, डाईऑक्सिन और फ्यूरेन जैसी गैसें उत्सर्जित न हो। भारत में यह सीएफबीसी तकनीक का पहला प्रयोग है और एशिया का भी यह 100 मेगावॉट से कम का पहला संयंत्र है जिसमें इसका इस्तेमाल किया गया है। इस संयंत्र को क्योटो प्रोटोकॉल के अंतर्गत आने वाले क्लीन डेवलपमेंट मिकैनिज्म (सीडीएम) परियोजना में प्रमाणित कार्बन उत्सर्जन की मात्रा में कमी के लिए कार्बन क्रेडिट्स के लिए युनाइटेड नेशंस फ्रेमवर्क कन्वेंशन फॉर क्लाइमेट चेंज से रजिस्टर किया गया है। कानपुर नगर निगम को सन 2011 में ठोस अपशिष्ट प्रबंधन के क्षेत्र में उत्कृष्ट शहर का पुरस्कार भी JNNURM योजना के तहत मिला है।

इसके उत्कृष्ट प्रदर्शन के बाद भी सन 2012 के अंत में यह परियोजना गिरावट की शिकार होती गई। सबसे पहली दिक्कत कचरे के एकत्रीकरण और परिवहन की सेवाओं और उनके लिए शुल्क अदा करने में देरी से शुरू हुई। ए टू जेड कंपनी के अनुसार जनवरी 2013 के बाद राशि समय पर न मिलने से इस परियोजना के क्रियान्वयन में शिथिलता आने लगी और मार्च 2013 तक यह परियोजना पूरी तरह से ठप्प हो गई। कंपनी का कहना है कि तय रक़म समय पर अदा नहीं की गई और निगम का कहना है कि कंपनी ने तय मानकों के मुताबिक़ काम नहीं किया। यह परियोजना अब भी चल रही है, पर पहले जैसे व्यापक पैमाने पर नहीं।

जैविक खाद बनाने की सुविधा पर भी वित्तीय मार का असर पड़ा है। उर्वरक कम्पनियों के पास भरपूर भंडार है और उसे ख़त्म करने की अनिवार्यता के कारण

वे मार्केट से कुछ भी नहीं ख़रीद रहे। चूंकि जैविक खाद का उत्पादन करना ठोस कचरे के उपचार की पहली शर्त है अतः इसका उत्पादन हो तो रहा है, पर बिक्री के अभाव में गोदाम में इसके ढेर बढ़ते जा रहे हैं।

कचरे से ऊर्जा निर्माण का संयंत्र भी तकलीफ में है। इसके लिए आरडीएफ की कमी तो हो ही रही है, कचरे का कैलोरी मान भी कम है और उसमें नमी मौजूद है। सन 2013 में मई और जून तक काम करने के बाद, जब गर्मियों में आरडीएफ धूप में सूख जाता है, बारिश के मौसम में संयंत्र में जुलाई 2013 से कोई काम नहीं हुआ। अपने चरम में इस संयंत्र में 11 मेगावॉट तक ऊर्जा उत्पादित की जा रही थी। चौबीस घंटे खुश्क और साफ़ आरडीएफ की प्राप्ति के लिए कंपनी संयंत्र में ड्रायर, गर्म हवा पैदा करने वाले यंत्र, श्रेडर और बैलिस्टिक सैपरेटर लगा रही है।

यह स्पष्ट है कि इस सरकारी और निजी सहभागिता को तूफानों से गुजरना पड़ा, पर आशा है कि यह मंजिल की ओर बढ़ रही है। यह भी संभव है कि राज्य का राजनीतिक परिदृश्य बदलने के बाद इस सहभागिता के लचीलेपन की परीक्षा ली जाए। ऐसा प्रतीत होता है कि यदि अनुबंध में जिम्मेदारियों के बंटवारे और जोखिम पर विवाद उठें तो उनके निपटारे जैसी बातें और स्पष्ट होतीं , तो कुछ दिक्कतों को आने से रोका जा सकता था। कानपुर को न केवल इस सहभागिता से लाभ लेने के लिए त्वरित ढंग से काम करना चाहिए, बल्कि शहर के लोगों को भी शहर में तरल कचरे की चुनौती से निपटने के लिए एक साथ आना चाहिए और गंगा के पवित्र पानी से गन्दगी को निकाल बाहर करना चाहिए।

5 गोराईं का सैनिटरी लैंडफ़िल : करके सीखने का अभिनव प्रयोग

जब आप मुम्बई के पश्चिमी घाट पर 48 एकड़ के क्षेत्र में स्थित गोराईं के सुन्दर हरे-भरे मैदानों को देखते हैं तो यह सोचना कठिन होता है कि कुछ साल पहले यह सुन्दर स्थान 23 लाख टन कचरे का ढेर हुआ करता था। इस ढेर की औसत ऊँचाई 26 मीटर यानी किसी पाँच मंजिला इमारत के बराबर हुआ करती थी। इस स्थान को हरे-भरे इलाके में तब्दील करने और वनस्पतियों से आच्छादित करने से यहाँ के आसपास के निवासियों की जीवन शैली पर बहुत बड़ा असर पड़ा है।

भारत में नगर पालिकाएं अपने बजट का 10 से 50 प्रतिशत हिस्सा ठोस अपशिष्ट प्रबंधन के लिए ख़र्च करती है मगर इस राशि का अधिकांश हिस्सा सफ़ाई कर्मचारियों के वेतन और कचरे के परिवहन में ही ख़र्च हो जाता है। बहुत कम राशि कचरे के वैज्ञानिक रूप से उपचारित किए जाने के लिए बचती है। जहाँ कचरे को जमा करने और ढोने की निराशाजनक स्थिति के बारे में सभी जानते हैं, तो कचरे को जमा करने और उसके ट्रीटमेंट के प्रति नकारात्मक रवैये के भयंकर परिणामों को अब तक समझा नहीं गया है। सार्वजनिक स्थानों पर खुले कूड़ेदानों में पड़ा कचरा सार्वजनिक स्वास्थ्य और पर्यावरण के लिए बहुत बड़ा ख़तरा है।

मार्च 2007 में कोर्ट ने आदेश दिया कि गोराईं में कचरा इकट्ठा किया जाना बंद किया जाए। जब यह आदेश आया प्रतिदिन 1200 टन कचरा इस स्थान पर फेंका जा रहा था। इस स्थान को सन 1972 से कचरा फेंकने के लिए उपयोग में लाया जा रहा था और यहाँ खड़ा कचरे का पहाड़ सार्वजनिक स्वास्थ्य के लिए भारी ख़तरा बन गया था। कचरे के पहाड़ से निकलती दुर्गन्ध के कारण आसपास रहने वाले लोग अपने घरों की खिड़कियाँ चौबीस घंटे बंद रखने पर मजबूर थे। इस कचरे से निकले हानिकारक घटकों के कारण इस स्थान के ठीक पास की खाड़ी में लगी झाड़ियों की संख्या भी घटने लगी।

धन्यवाद देना चाहिए म्युनिसिपल कॉरपोरेशन ऑफ़ ग्रेटर मुम्बई (एमसीजीएम) द्वारा शुरू की गई सरकारी और निजी सहभागिता को जिसने यह विश्वास दिलाया कि गोराईं के कूड़ा स्थल के वैज्ञानिक उपचार के बाद यहाँ जमा किए कचरे से कई दशकों तक लाभ कमाया जा सकता है। इस परियोजना के लिए भारत सरकार और महाराष्ट्र सरकार के कई अधिकारियों की अनुमति आवश्यक थी और यह सहमति सन 2000 के ठोस अपशिष्ट प्रबंधन के क़ानून के तहत दी गई जिसके अंतर्गत शहरी स्थानीय प्रशासन को कचरा एकत्रित करने, उसे पृथक करने, उपचारित करने और बचे अवशेष को लैंडफिल तक ले जाने की ज़िम्मेदारी अनिवार्य रूप से वहन करनी थी।

सैनिटरी लैंडफिल बड़े और गहरे भूमिगत गड्ढे बनाए जाते हैं, जिनमें कचरे के उपचार के बाद बचे हुए अवशेष को संपूर्ण रूप से नष्ट करने और हवा के संपर्क में आने से बचाने के लिए जियो टेक्सटाइल पदार्थ और अधिक घनत्व वाली पॉलिथीन की चादरों के बीच ढककर दबाया जाता है। इस स्थल पर दबे कचरे से निकलती मीथेन गैस के लिए फ्लेयरिंग सिस्टम का इस्तेमाल किया गया है और इस क्षेत्र को हरे आवरण से ढक दिया गया है। गोराईं में इस परियोजना की शुरुआत सन 2010 में 50 करोड़ की लागत से की गई थी और वैज्ञानिक क्लोजर चौबीस माह में पूरा हुआ। लेकिन इस परियोजना में गोराईं सैनिटरी लैंडफिल कार्बन क्रेडिट को प्राप्त न कर सका, जैसा कि इसके द्वारा दावा किया गया था। और इस असफलता से कुछ पाठ सीखे जा सकते हैं।

एमसीजीएम ने निविदा के माध्यम से आईएलएंडएफएस नामक एक प्राइवेट कंसल्टेंट कंपनी को परियोजना विकास और पर्यावरणीय परामर्शदाता नियुक्त किया। निर्माण का ठेका यूनाइटेड फॉस्फोरस लिमिटेड (यूपीएल) और मैसर्स वान डेर वेल स्ट्रोटगैस बीवी के नेतृत्व में एक कंसोर्शियम को पंद्रह साल के लिए दिया गया। साइट के संचालन और रखरखाव का जिम्मा भी कंसोर्शियम के ऊपर था जिसकी लागत 12 करोड़ रुपये तय की गई। निगम को उम्मीद थी कि वह मीथेन के एकत्रीकरण और दहन के द्वारा कार्बन क्रेडिट अर्जित करेगा और यह सीडीएम (क्लीन डेवलपमेंट मिकैनिज्म) के तहत दुनिया के सबसे बड़े कार्बन एडवांस ट्रांजैक्शंस में एक होगा। उम्मीद की जाती थी कि कूड़े में उपस्थित लीचेट या निक्षालक को एकत्र करके वर्सोवा स्थित ट्रीटमेंट प्लांट तक ले जाया जाएगा।

गोराईं भारत की पहली डंपिंग क्लोजर परियोजना थी, जिसे यूएनएफसीसीसी में रजिस्टर किया गया। मुम्बई महानगर पालिका को एशियन डेवलपमेंट बैंक (एडीबी) से कार्बन क्रेडिट्स के लिए 24.5 करोड़ रुपये अग्रिम राशि के रूप में मिले। इस परियोजना में कुल कार्बन क्रेडिट में 72 करोड़ रुपये अपेक्षित थे (परियोजना की लागत से अधिक) जो कि दस साल की अवधि में 12 लाख टन कार्बन डाई ऑक्साइड

ग्रीन हाउस गैसों की मात्रा में कमी लाने के एवज में आने वाले थे। गणनाओं की गड़बडी के कारण यह अपेक्षा पूरी न हो सकी। यहाँ तक कि महानगर पालिका को एडीबी को वापस देने के लिए कार्बन क्रेडिट बाज़ार से ख़रीदने पड़े।

गोराईं का मामला अन्य स्थानीय निकायों के लिए एक बड़ी सीख है। कार्बन क्रेडिट्स अर्थात किसी कचरा भूमि के बंद होने के बाद कार्बन उत्सर्जन में आई कमी की सही गणना के लिए क्लोजर के पहले डंपसाइट के प्रबंधन, क्लोजर के समय उपस्थित कचरे की मात्रा और गुणवत्ता और क्लोजर के बाद निकली गैस का सही अनुमान आवश्यक है। गोराईं के कार्बन क्रेडिट्स की गणना का फ़ॉर्मूला मशीन से दबाए गए कचरे के लिए बनाया गया जो कि गोराईं के मामले में उचित नहीं था। चूँकि गोराईं का खुला कचरा स्थल सन 1972 से क़ायम था अतः यहाँ निष्क्रिय कचरा जैसे निर्माण कार्य का मलबा भी बड़ी मात्रा में था। इसके अलावा यहाँ खुला स्थान होने से अक्सर आग लगाई जाती थी जिससे कचरे से कार्बनिक पदार्थ और मीथेन पहले ही निकल चुके थे। रजिस्ट्रेशन के समय गोराईं में मीथेन बनाने के लिए 1 करोड़ मीट्रिक टन कचरे के होने का अनुमान लगाया गया था मगर बाद में यह मात्रा केवल 30 लाख मीट्रिक टन ही निकली। कार्बन क्रेडिट्स की गणना में चूक के पीछे वास्तविक कारण कचरे की मात्रा और उसकी गुणवत्ता के मापने में ग़लती का होना ही था। कचरा एकत्रीकरण के लिए बनाए गए कुओं का रखरखाव, लैंडफिल में बनने वाली गैस का एकत्रीकरण और एकत्रीकरण की प्रणाली का डिजाइन आदि बातों ने भी लैंडफिल में बनने वाली गैस के एकत्रीकरण की मात्रा को प्रभावित कर अनुमान की तुलना में कम किया।

शहरी भारत में ठोस कचरे के प्रबंधन की चुनौती केवल कचरे से ठसाठस भरे कूड़ेदानों और कूड़े के बड़े-बड़े ढेरों के ख़तरों से निपटने तक सीमित नहीं है। हालांकि गोराईं के वैज्ञानिक क्लोजर में केवल एक स्थान पर सालों से पड़े कूड़े के ढेर को निपटाने का लक्ष्य रखा गया और यह प्रयास नाकाम रहा। परिस्थिति की पुकार है कि मुम्बई के एकीकृत अपशिष्ट प्रबंधन की रणनीति की समग्रता से समीक्षा की जाए। इसमें सरकारी और निजी भागीदारी के आधार पर ठोस अपशिष्ट प्रबंधन के क्षेत्र में एक व्यापक योजना बनाने की आवश्यकता है जिसमें ऐसा फ्रेमवर्क हो जिसमें कई परियोजनाओं को शामिल किया जाए। उदाहरण के लिए बड़े-बड़े लैंडफिल जैसे कंजुर (4000 टीपीडी) देवनार (2000 टीपीडी) और मुलुंड (500 टीपीडी)। कार्बन क्रेडिट्स के अलावा एकीकृत रणनीति में विविध परियोजनाओं द्वारा राजस्व प्राप्त करना, जैसे कार्बनिक कचरे द्वारा जैविक खाद और बायो गैस का उत्पादन कर उसका उपयोग विद्युतीय ऊर्जा उत्पादक यंत्रों में किया जा सकता है। निर्माण मलबे से बनी टाइल्स फुटपाथ पर लगाने के काम आ सकती हैं, आदि। गोराईं के कचरा बीनने वालों के लिए कोई विशिष्ट योजना नहीं बनाई गई थी अतः मुम्बई महानगर

पालिका ने कंजुर, देवनार और मुलुंड में विकसित नए लैंडफिल क्षेत्रों में काम करने वालों के लिए पुनर्वास कार्यक्रम बनाया, जिसमें सामग्री बीनने के उनके कौशल का उपयोग करने की पूरी संभावना रखी गई।

गोराईं अनुभव करके देखने और सीखने का एक अच्छा उदाहरण है। विशेषकर केवल डेटा के आधार पर कार्बन क्रेडिट्स के बारे में धारणा बनाते समय कचरे की मात्रा और गुणवत्ता के कारण क्या दिक्कतें हो सकती हैं, इसे समझा जाना चाहिए। भारत के शहरी क्षेत्र जो किसी लैंडफिल के क्लोजर का काम कर रहे हैं उन्हें गोराईं की सीख को अपनाना चाहिए।

6 कोयंबतूर अपना कचरा किस तरह इकट्ठा करता है

कोयंबतूर तमिलनाडु का दूसरा सबसे बड़ा शहर है और तेजी से विकसित होते शहरी संकुलों में से एक है। पश्चिमी तमिलनाडु में नोयल नदी के तट पर स्थित इस शहर का एक नाम कोयंपुथुर है जिसका अर्थ है कोयन का नया शहर। कोयन एक समय में यहाँ के स्थानीय मुखिया का नाम था। जहाँ भारत के कई शहर ठोस अपशिष्ट प्रबंधन के क्षेत्र में कचरे को इकट्ठा करने और उसका परिवहन करने के तक ही सीमित होकर रह गए हैं, कोयंबटूर ने कचरे के उपचार और निपटान से अपना काम शुरू किया है, हालांकि अभी कचरे के एकत्रीकरण के क्षेत्र में काफ़ी काम बाकी है। कोयम्बटूर के कई कचरा स्थलों को वैज्ञानिक तौर से बंद करने से कई स्थल पार्क और छोटी पहाड़ियों में तब्दील हो गए हैं।

कपड़ा और इंजीनियरिंग उद्योग के साथ ही अपनी शैक्षणिक संस्थाओं के लिए पहचाने जाने वाले इस शहर की आर्थिक स्थिति हाल के वर्षों में विद्युत आपूर्ति की स्थिति में गिरावट के कारण बहुत ख़राब हुई है। औद्योगीकरण और शहरीकरण के कारण शहर का विस्तार हुआ और इसकी परिधि फैलती गई जिसमें शहर के आसपास के बड़े गाँव और छोटी-छोटी नगर पालिकाएँ इस क्षेत्र में शामिल हुई और कोयंबटूर सिटी म्युनिसिपल कॉरपोरेशन (सीसीएमसी) का हिस्सा बनी। अक्टूबर 2012 तक इस शहर का क्षेत्रफल पहले की तुलना में दुगने से अधिक (105 वर्ग किमी से 257 वर्ग किमी) हो गया और इसकी जनसंख्या जो सन 2001 की जनगणना के अनुसार 1 करोड़ थी, बढ़कर 1.6 करोड़ हो गई।

भौतिक सीमा बढ़ने के साथ ही तेजी से बढ़ती जनसंख्या और बढ़ते औद्योगीकरण ने शहर के सामने कचरे की बढ़ती मात्रा की चुनौती भी उपस्थित की। यदि इस कचरे का ठीक तरीक़े से प्रबंधन और निपटारा न हो तो यह ठोस अपशिष्ट शहर के निवासियों के स्वास्थ्य के लिए एक बड़ा ख़तरा बन सकता है। कचरा प्रबंधन के लिए कोयंबटूर नगर निगम का तरीक़ा अन्य स्थानीय निकायों द्वारा अपनाए गए तरीक़ों से भिन्न था। घर-घर से कचरे के एकत्रीकरण, समुदाय में

कचरे के पृथक्करण के प्रति जागरूकता जगाना, कचरे को उसके उपचार के स्थान तक ले जाना जो अधिकतर भारतीय शहरों में किया जाता है। कोयंबटूर ने पहले कचरे के ढेर का उपचार और निपटान करने को प्राथमिकता दी।

सन 2007 से पहले कचरे के मामले में कोयंबटूर की स्थिति अन्य शहरों से भिन्न नहीं थी और कचरे के ढेर की ओर किसी का ध्यान नहीं जाता था। कूड़ेदानों में पड़े कचरे को असावधानी से खुली गाडियों में इकट्ठा किया जाता था और गैर-ज़िम्मेदाराना तरीक़े से कचरा डंपसाइट पर ले जाकर डाल दिया जाता था। ये डंपसाइट लैंडफिल की अपेक्षा लैंडहिल बन गए थे। शहर के विस्तार के साथ कभी शहर के बाहर होने वाले डंपसाइट अब शहर के निकट आने लगे और लोक स्वास्थ्य के लिए बड़ी चुनौती बन गए।

सन 2007 में JNNURM ने सभी स्थानीय निकायों को एक वीक्षण शक्ति दी और सभी को साथ आकर काम करने का भी प्रस्ताव दिया। JNNURM के अनुदान के लिए ठोस अपशिष्ट प्रबंधन और उसका निपटान आवश्यक शर्तें थीं। कोयंबटूर नगर निगम ने सक्रियता से काम किया और फरवरी 2007 में यह पहला नगरीय निकाय बना जिसे एकीकृत अपशिष्ट प्रबंधन के लिए अनुमति मिली। JNNURM के अंतर्गत पहला सरकारी और निजी सहभागिता के माध्यम से चलाया जाने वाला प्रकल्प भी कोयंबटूर के खाते में आया। निगम के सहायक अभियंता श्रवण कुमार ने, जो पिछले बीस सालों से अपशिष्ट प्रबंधन के प्रभारी रहे हैं, मुझे संयंत्र दिखाते हुए उत्साह से बताया कि JNNURM के आगमन के बाद ठोस अपशिष्ट प्रबंधन के क्षेत्र में निगम ने आश्चर्यजनक रूप से विकास किया है। उन्होंने उत्साह से अन्य स्थानीय निकायों से ली गई सीखों की भी चर्चा की।

ठोस अपशिष्ट प्रबंधन प्रकल्प की कुल लागत 96.5 करोड़ रुपये थी जिसमें 50 प्रतिशत सहयोग भारत सरकार द्वारा, 20 प्रतिशत तमिलनाडु राज्य शासन को और बाकी 20 प्रतिशत कोयंबटूर नगर निगम को देना था। इस कुल लागत में से 26.3 करोड़ रुपये की राशि कचरे के एकत्रीकरण और परिवहन के लिए रखी गई। सबसे अधिक हिस्सा अर्थात 68.9 करोड़ रुपया कम्पोस्ट प्लांट (कचरे के ट्रीटमेंट की व्यवस्था) और लैंडफिल विकसित करने, तीन पुराने डंपसाइट की कैपिंग करने, मशीनों की सुविधा वाले चार नए स्थानांतरण केंद्र स्थापित करने और कचरे को उपचार केंद्र तक ढोने के काम के लिए उपयोग में लाने का निर्णय किया गया।

निजी क्षेत्र के सहभागी को नीलामी बोली द्वारा चुना गया और नगर निगम का हिस्सा पब्लिक-प्राइवेट पार्टनरशिप के माध्यम से एकत्रित किया गया। निगम ने निजी कंपनी को 25 एकड़ की भूमि बीस साल के लिए एक रुपया प्रति वर्ग मीटर किराए पर दी। यह अनुबंध डीबूट (डिजाइन-बिल्ड-ओन-ऑपरेट-ट्रांसफर) प्रणाली पर आधारित था। निगम द्वारा कंपनी को कम से कम 700 टीपीडी कचरा प्रतिदिन

उपलब्ध कराया जाना था और इस कचरे की ढुलाई, ट्रीटमेंट और निपटान में आने वाले ख़र्च की गणना के बाद टिपिंग शुल्क निर्धारित किया गया। प्रति मीट्रिक टन के लिए औसत शुल्क सन 2008 में 668 रुपये, सन 2012 में 947 रुपये और सन 2013 में 1036 रुपये निर्धारित हुआ और अनुबंध के मुताबिक़ यह राशि सन 2027 में बढ़कर 3710 रुपये हो जाएगी।

जब सन 2013 में मैं कोयंबटूर गई तो मैंने कवुनडंपलायन स्थित डंपसाइट के चार एकड़ हिस्से को हरे बगीचे में बदला हुआ देखा। सन 2003 तक 33.4 एकड़ की इस डंपसाइट में कचरा लाकर पटका जाता था। कई साल बीतने पर यहाँ क़रीब 30,000 क्यूबिक मीटर कचरा इकट्ठा हो गया था जो दो मीटर ऊँचे ढेर के रूप में दिखाई देता था। कैपिंग की प्रक्रिया में कचरा हटाकर इस क्षेत्र को बुलडोजर की मदद से खोदा गया और दबाया गया जिसके लिए गैस ड्रेनेज की मोटी परतों, जियो टेक्सटाइल परतों, वानस्पतिक परतों और सछिद्र एचडीपीई पाइप से बनी गैस की झुर्रियों का इस्तेमाल किया गया। हालांकि कचरे से रिसने वाले तरल पदार्थ (लीचेट) के उपचार के लिए कोई काम नहीं किया गया, शहर के इंजीनियरों का मानना था कि कचरा बहुत पुराना है अतः किसी ताजा सड़न के उत्पन्न होने की संभावना नहीं थी। इस डंपसाइट की कैपिंग करने से निगम को 20 एकड़ ज़मीन वापस मिली, साथ ही इस क्षेत्र की ज़मीन की क़ीमत भी बढ़ी।

दुखद बात यह थी कि नई हासिल ज़मीन पर बिल्डरों ने फिर से निर्माण कार्य का मलबा डाल दिया था। इसे डंपसाइट तक पहुँचाने के लिए सरकार को फिर जनता के धन का इस्तेमाल करना पड़ा। पहले खबरें थीं कि इस भूमि का उपयोग आधुनिक थोक सब्जी बाज़ार बनाने के लिए किया जाएगा, पर वैसा हुआ नहीं।

ओंड़ीपुदुर में स्थित दूसरी डंपसाइट में, जो 1.89 एकड़ में फैली थी और सन 2006 तक काम में लाई जा रही थी, 15367 क्यूबिक मीटर कचरा लाकर डाला गया जो 2 मीटर ऊँचा हो गया था। इसे भी कैप करके छोटी हरी पहाड़ी में बदला गया। वेल्लालूर में स्थित 250 एकड़ के बड़े क्षेत्र में भी 12,50,000 घन मीटर कचरा 2 मीटर ऊँचे ढेर की शक्ल ले चुका था। इसकी वैज्ञानिक तरीक़े से कैपिंग की जा रही थी। इन स्थानों पर भी कचरे से रिसने वाले तरल (लीचेट) को जमा करने के लिए कोई तरीक़ा काम में नहीं लाया जा रहा था।

वेल्लालूर में एक वैज्ञानिक लैंडफिल बनाया गया है जिसे 25 वर्षों तक काम में लाया जा सकता है। इसे निजी ऑपरेटर ने बनाया है जिसका चुनाव ठेके की नीलामी प्रक्रिया के द्वारा किया गया था। ट्रीटमेंट के बाद बचे निष्क्रिय पदार्थ इस लैंडफिल में डाले जाते हैं। चूँकि कचरा उपचार संयंत्र लैंडफिल के निकट ही बनाया गया है अतः कचरे को एकत्रित करके इस संयंत्र तक लाया जाता है जहाँ रीसाइकल हो सकने वाले कचरे को छांट लिया जाता है। ज्वलनशील पदार्थों को टुकड़े-टुकड़े

करके आरडीएफ बनाने के काम में लिया जाता है। बायो-डिग्रेडेबल पदार्थों से कम्पोस्ट खाद बनाई जाती है।

कोयंबटूर नगर निगम ने ऑनलाइन ट्रक निरीक्षण तंत्र भी विकसित किया है जिसमें रेडियो आवृत्ति का उपयोग किया जाता है। ये रेडियो आवृत्ति कचरा स्थानांतरण केन्द्रों और वेल्लालूर के उपचार और निपटान संयंत्र में स्थित वेब्रिज से जुड़ी हैं।

पीलामिडु के स्थानांतरण केंद्र में इलेक्ट्रॉनिक वेब्रिज लगा है जहाँ कचरा एकत्रीकरण वाहनों से कचरा तोलकर खाली किया जाता है और उपचार संयंत्रों तक ले जाने के लिए उसे बड़े वाहनों में भरा जाता है। इसके लिए तैनात हर ट्रक में रेडियो आवृत्ति के टैग लगाए गए हैं जो इलेक्ट्रॉनिक रूप से प्रोग्राम्ड हैं। जैसे ही ट्रक वेब्रिज पर रुकता है, इस ट्रक का नंबर, किस वॉर्ड से आ रहा है, चालक का नाम, समय, कचरे का वज़न आदि सारी जानकारी स्वयमेव दर्ज हो जाती है। इससे निगम को हर ट्रक द्वारा लगाई गई फेरियों की संख्या और कचरे की मात्रा का पता लगाने में आसानी होती है। इस कचरे को ढके हुए वाहन में उपचार संयंत्र और बाद में लैंडफिल तक ले जाना निजी कंपनी की ज़िम्मेदारी है।

कोयंबटूर में सरकारी-निजी सहभागिता के अंतर्गत कचरे के उपचार और निपटान का काम सुचारु रूप से हो रहा है मगर निगम अब घर-घर से कचरा इकट्ठा करने और लोगों में कचरे को अलग-अलग करके डालने के प्रति जागरूकता फैलाने की दिशा में काम करना चाहता है। म्युनिसिपल एसोसिएशन ऑफ़ नेपाल के साथ अप्रैल 2012 में किया गया अनुबंध 'शून्य' (जिसमें वार्ड 23 में कचरे की मात्रा शून्य होगी) इस दिशा में बढ़िया शुरुआत है। कोयंबटूर नगर निगम इस नवाचार को आगे बढ़ाने के लिए पुणे में किए गए प्रयासों की तर्ज पर सिविल सोसाइटी और कचरा बीनने वालों के साथ मिलकर काम कर सकती है।

भाग VI

अपने शहर में आवागमन

परिचय

चाहे दिनचर्या की आम ज़रूरतें हों जैसे घर से दूध की दुकान तक दूध लेने के लिए पहुँचना या सुबह की सैर के लिए पार्क या बगीचे तक पहुँचना, या मनोरंजन के लिए सिनेमाघर या मेले, बाज़ार की ओर जाना। या दिन की सबसे बड़ी चुनौती का सामना करना यानी बस और ऑटो रिक्शा या गाड़ी से बिना अधिक समय नष्ट किए दफ़्तर पहुँचना-आवागमन के लिए हमें परिवहन के साधनों की आवश्यकता पड़ती है। हम अक्सर इस बात को महसूस ही नहीं करते कि हमारे आवागमन को सहज, सरल और आरामदायक बनाने के लिए शहर की योजना बनाने वालों को कितनी मशक्कत करनी पड़ती है।

शुरुआत उपलब्ध भूमि के उपयोग से होती है, जिसमें अनुमान लगाया जाता है कि कितनी भूमि घर, व्यापारिक केंद्र, दफ्तर परिसर और मिश्रित रूप में उपयोग में इस्तेमाल की जाएगी। इसमें स्पष्ट निहितार्थ होते हैं कि शहर के निवासियों के आवागमन का कितना भार परिवहन पर आएगा। आदर्श स्थिति यह है कि लोगों का कार्य स्थल उनके घर से ज़्यादा दूर नहीं होना चाहिए। योजनाकार और नीति निर्माताओं को भूमि की बसावट की योजना ऐसी बनानी चाहिए जिसमें निवासियों की गतिशीलता को ध्यान में रखा जा सके। दुःख की बात है कि भारत के शहरों की योजना बनाते समय इन महत्त्वपूर्ण पहलुओं की उपेक्षा की गई।

हमारे कई शहरों में पैदल चलने वालों के लिए फुटपाथ की कोई व्यवस्था न होने से वे घूमने के अपने अधिकार से वंचित रह जाते हैं। साइकिल चलाने से, जो अच्छे सामुदायिक स्वास्थ्य का आसान सा उपाय है, लोग वंचित कर दिए जाते हैं क्योंकि कहीं भी साइकिल चलाने के लिए अलग लेन की व्यवस्था नहीं है। शहरों के फैलने से जगहों के बीच बढ़ती दूरी, सड़कों की खस्ता हालत और यातायात की शोचनीय व्यवस्था भी साइकिल की सवारी को अलोकप्रिय बनाती है। पैदल चलने वालों और गैर-मोटराइज्ड वाहनों के प्रति अनादर के भाव के साथ ही सार्वजनिक यातायात व्यवस्था की बुरी हालत भी निजी वाहनों के उपयोग को प्रोत्साहित करती है। इसी के कारण ऐसे हालात पैदा हुए हैं जिनसे भारत के शहरों का शुमार दुनिया के सबसे ज़्यादा सड़क दुर्घटनाओं वाले शहरों में होता है।

जब सड़कें बढ़िया हों और यातायात व्यवस्था चुस्त-दुरुस्त हो तो कोई भी दूरी छोटी लगती है। इसी तरह यदि आरामदायक, विश्वसनीय और सस्ती सार्वजनिक परिवहन सुविधाएँ उपलब्ध हों तो कौन भीड़-भाड़ वाली सड़कों पर अपनी गाड़ी में बैठकर घर से दफ्तर और दफ्तर से घर की यात्रा करना चाहेगा? सार्वजनिक परिवहन सुविधाएँ बेहतर होंगी तो लोगों को यह बताने की आवश्यकता नहीं पड़ेगी कि ईंधन की बचत और वायु प्रदूषण को कम करने के लिए हमें निजी वाहन को छोड़कर सार्वजनिक परिवहन को अपनाना चाहिए। चूंकि आर्थिक रूप से असमर्थ लोगों के पास सामान्यतः निजी वाहन नहीं होते इसलिए उनका जीवन पूरी तरह से सार्वजनिक परिवहन सेवाओं पर ही निर्भर करता है। सार्वजनिक परिवहन सेवा के महत्त्व को जितना भी बताया जाए, कम है। महिलाओं के लिए, जिन्हें एक समय में कई काम करने होते हैं, सार्वजनिक परिवहन के प्रभावी, सुरक्षित और आरामदायक साधन उपलब्ध होने पर, घर और बाहर दोनों मोर्चों पर जिम्मेदारियों को संभालना आसान हो सकता है।

भारतीय शहर सार्वजनिक परिवहन सेवाओं में किस स्तर पर आते हैं? यह तथ्य चौंकाने वाला है कि भारत के 7900 से अधिक शहरों और कस्बों में से केवल 500 शहरों में बस द्वारा आवागमन की व्यवस्था है। बाकी शहरों में लोग परिवहन के लिए मिनी बस, ऑटो रिक्शा, टेम्पो और कभी-कभी टैक्सी पर निर्भर हैं। सन 2008 से छह शहरों, अहमदाबाद, भोपाल, इंदौर, राजकोट, जयपुर और दिल्ली, में बस रैपिड ट्रांसपोर्ट सिस्टम (बीआरटीएस) की सेवाएँ शुरू की गईं जिसमें से दिल्ली बीआरटीएस अपनी योजना, तैयारी और फैलाव में कमी के कारण कई चुनौतियों से जूझा। कई अन्य शहरों में मेट्रो की शुरुआत की जा रही है। कोलकाता वह पहला शहर था जहाँ मेट्रो को मास रैपिड ट्रांजिट सिस्टम के रूप में शुरू किया गया था। इसके बाद दिल्ली, बेंगलुरु, मुम्बई और जयपुर में इसकी शुरुआत की गई। जैसा कि पहले भी उल्लेख किया जा चुका है, हमारे शहरों में भूमि के एकीकृत उपयोग और परिवहन व्यवस्था को योजनाबद्ध तरीके से लागू किया ही नहीं गया, परिणाम यह हुआ कि रोज़मर्रा के काम-काज के लिए लगने वाले फेरों की संख्या बहुत ज़्यादा है। और यात्रा के लिए विकल्प कम है। हर शहर के लिए एक व्यापक परिवहन योजना बनानी होगी जिसमें मेट्रो, बस, ऑटो रिक्शा और निजी वाहनों को शामिल करते हुए शहर के हर हिस्से तक पहुँचने की सुविधा दी जाए, साथ ही कम दूरी तय करने के लिए परिवहन के अन्य साधनों का उपयोग किया जाए।

कुछ शहरों ने सार्वजनिक परिवहन सेवाओं की गुणवत्ता को बढ़ाने के क्षेत्र में नई राह दिखाई है। अहमदाबाद का बीआरटीएस भारत का पहला संपूर्ण परिवहन तंत्र था जो 70 किमी के दायरे में फैला। यह सबसे लम्बा कॉरिडोर था जो पूरी तरह से चल रहा है और शहर की व्यापक परिवहन योजना का खास हिस्सा है। बेंगलुरु

की सार्वजनिक परिवहन सेवा आर्थिक रूप से असमर्थ लोगों की ज़रूरत को पूरा करती है और संपन्न लोग भी इसका लाभ उठाते हैं। बेंगलोर मेट्रोपोलिटन ट्रांसपोर्ट कॉरपोरेशन ने अपनी अधिकृत भूमि का इस्तेमाल यातायात और ट्रांजिट मैनेजमेंट सेंटर बनाने में किया, जिससे राजस्व प्राप्ति संभव हो सकी। इंदौर और भोपाल भी अन्य भारतीय शहरों की ही तरह लंबे समय तक बिना सार्वजनिक परिवहन सेवाओं के रहे, उन्होंने हाल में उन पाँच प्रतिशत शहरों के समूह में शिरकत की है जहाँ स्थानीय जनता के लिए सार्वजनिक परिवहन सेवाएँ उपलब्ध हैं। ये दोनों शहर भी अपनी व्यापक परिवहन योजना के अंतर्गत सार्वजनिक परिवहन सेवाओं की चुनौतियों को हल करने में जुटे हैं। इन्होंने भी बस त्वरित परिवहन प्रणाली की शुरुआत की है। इस अध्याय में दी गई केस स्टडीज में इन शहरों के अनुभवों को भी स्थान दिया गया है।

सार्वजनिक परिवहन के क्षेत्र में हैदराबाद मेट्रो एक नई पहल का उदाहरण है। यह पब्लिक-प्राइवेट पार्टनरशिप में बनने वाली दुनिया की सबसे बड़ी मेट्रो रेल परियोजनाओं में एक है। इस परियोजना को आंशिक वित्तीय सहयोग देने के लिए भूमि की क़ीमतों को मुक्त कर दिया गया। हैदराबाद अपने राजस्व का आधा हिस्सा इस भूमि पर बने निर्माण के किराए और मेट्रो स्टेशन के आसपास लगे विज्ञापनों के शुल्क से प्राप्त करता है। बाकी बचा हिस्सा किराए से प्राप्त किया जाता है। यह विवाद का मुद्दा हो सकता है कि भूमि की क़ीमतों को मुक्त करना रियायत पाने वालों के लिए या किसी स्थानीय प्रशासन के लिए या किसी विशेष उद्देश्य से चलाए गए वाहनों के लिए कितना उचित होगा। महत्त्वपूर्ण बात यह है कि ऐसा करने से परियोजना की आर्थिक मदद की जा सकती है। परिवहन से ही संबंधित एक दूसरे आयाम के तहत तमिलनाडु का राज्य स्तरीय सड़क सुरक्षा कार्यक्रम जीआईएस और आईटी का इस्तेमाल कर रहा है जिससे सड़क दुर्घटना स्थल की त्वरित जानकारी ली जा सकती है और तुरंत आवश्यक सहायता भी प्रदान की जा सकती है। साथ ही संबंधित विभागों जैसे पुलिस, यातायात, परिवहन और हाइवे के प्रबंधन को भी त्वरित और सक्षम बनाया जा सका है।

साफ़ है कि अभी बहुत कुछ किया जाना बाकी है और यह काम भारत के हर शहर में किया जाना आवश्यक है। बल्कि शहरों के अन्दर और कस्बों, गाँवों और शहरों के बीच भी परिवहन सेवाओं को सुचारु बनाए जाने की आवश्यकता है। विस्तृत राष्ट्रीय अर्थव्यवस्था का लाभ तभी लिया जा सकता है जब देश भर के बाज़ार एक कुशल और आधुनिक परिवहन व्यवस्था द्वारा आपस में जुड़े हुए हों। इसी के साथ विकास की प्रक्रिया की स्थिरता के लिए आवश्यक है कि ऊर्जा साधनों की कुशलता को प्राथमिकता में रखा जाए और अच्छी लोक परिवहन सेवा को लागू किया जाए।

1 बस की सवारी को गति देता अहमदाबाद

सारी दुनिया में मेट्रो के साथ बीआरटीएस का विकास शहरी परिवहन योजना का अनिवार्य हिस्सा बन चुका है। 14 अक्टूबर 2013 को अहमदाबाद के बीआरटीएस ने अपनी चौथी वर्षगाँठ मनाई और इसके परिचालन के परिणाम बहुत सुखद रहे हैं। इसमें 160 बसों का एक बेड़ा शामिल है जो 89 किमी लंबी सड़क पर दौड़ता है और प्रतिदिन 1,32,000 यात्रियों को यहाँ से वहाँ ले जाता है।

बीते दशक में अहमदाबाद की तीव्र वृद्धि अपने साथ दिक्कतें भी लेकर आई। शहर की परिवहन व्यवस्था पर अचानक बोझ आ पड़ा। सड़कों पर निजी वाहनों की बढ़ती हुई संख्या से वायु प्रदूषण और ध्वनि प्रदूषण तीव्र गति से बढ़ा। अहमदाबाद म्युनिसिपल कॉरपोरेशन (एएमसी) और अहमदाबाद शहरी विकास प्राधिकरण ने इस चुनौती का सामना करने के लिए सन 2005 में शहर के लिए एकीकृत परिवहन योजना बनाई। इसमें परिवहन के विविध साधन जैसे मेट्रो, क्षेत्रीय रेल सेवा, एक बीआरटीएस और नियमित बस सेवाओं को शामिल किया गया। इसका उद्देश्य परिवहन सेवा में सन 2015 तक सार्वजनिक साधनों की भागीदारी को बढ़ाकर 40 प्रतिशत करना था, जो सन 2005 में 7 प्रतिशत थी। सन 2013 तक अहमदाबाद अपने इस लक्ष्य की ओर धीमे-धीमे अग्रसर होते हुए 24 प्रतिशत की भागीदारी सुनिश्चित कर चुका था।

सन 2007 में JNNURM ने 88.5 किमी लम्बे और बसों के लिए डेडिकेटेड कॉरिडोर के साथ भारत के पहले बीआरटीएस के निर्माण के लिए शहर को अनुदान देना स्वीकृत किया। बीआरटीएस की कुल लागत 1000 करोड़ रुपये में से 35 प्रतिशत भारत सरकार द्वारा, 15 प्रतिशत गुजरात सरकार द्वारा और बाकी 50 प्रतिशत हिस्सा एएमसी द्वारा देने का समझौता हुआ।

बीआरटीएस की योजना और संरचना का खाका अहमदाबाद के सेंटर फॉर एनवायरनमेंटल प्लानिंग एंड टेक्नोलॉजी (सीईपीटी) विश्वविद्यालय ने बनाया। इस

परियोजना की आधारभूत संरचना के निर्माण का दायित्व एएमसी पर था तथा स्थापना और प्रबंधन को देखने के लिए निजी सहभागी के रूप में अहमदाबाद जनमार्ग लिमिटेड (एजेएल) को विशिष्ट उद्देश्य संस्थान के रूप में नियुक्त किया गया। इसकी प्रबंध समिति में अहमदाबाद निगम आयुक्त अध्यक्ष के पद पर थे और सदस्यों के रूप में शहर के महापौर, परिवहन समिति के अध्यक्ष, यातायात पुलिस के उप आयुक्त तथा अहमदाबाद नगर निगम (एएमसी) में विपक्ष के नेता प्रमुखतः शामिल थे।

कुल 466 वर्ग किलोमीटर में बसे अहमदाबाद शहर में सुव्यवस्थित सड़कों का जाल बिछा हुआ है, जिनमें पाँच रिंग रोड और सत्रह रेडियल सड़कें शामिल हैं। ज़्यादातर खास मार्ग शहर के प्रमुख चौराहों से मिलते हैं और इन्हें या तो दाईं दिशा की विकसित प्राथमिक चौड़ी सड़कों या सेकंडरी सड़कों से जोड़ा गया है। इस कारण इसके बीच में बीआरटीएस को शामिल करने की क्षमता थी और मौजूदा ढाँचे में बिना ज़्यादा बदलाव किए आसानी से यातायात को व्यवस्थित किया जा सका।

जनमार्ग के ब्रांड को विज्ञापित करने के लिए जुलाई से सितंबर 2009 के बीच 13 किमी के क्षेत्र में मुफ़्त परिवहन परीक्षण शुरू किए गए और जनता तथा अन्य विशेषज्ञों के सुझाव लेकर उनके आधार पर योजना को संशोधित भी किया गया। अहमदाबाद नगर निगम के तत्कालीन आयुक्त और एजेएल के अध्यक्ष आईपी निगम कहते हैं, 'निर्भरता ही सिस्टम की सफलता का स्रोत है।'

बीआरटीएस कॉरिडोर में बसें सुबह 6 बजे से रात के 11.30 बजे तक चलती हैं। व्यस्तता के समय में ये दो से चार मिनट के अंतराल पर और सामान्य समय में छह से आठ मिनट के अंतराल पर चलती हैं। व्यस्ततम समय में भी बस की औसत गति 26 किमी प्रति घंटे होती है जो देश में सर्वाधिक है।

बीआरटीएस की बसों के टिकट की दर प्रति 5 किमी के लिए 12 रुपये है (सन 2010 में यह 5 रुपये थी) जो कि सामान्य बसों (सिटी बस) की तुलना में 25 प्रतिशत अधिक है। पर गैप कम हुआ है, क्योंकि सन 2010 में औसत अंतर 40 प्रतिशत था। बीआरटीएस का प्रति बस प्रतिदिन का औसत धन संग्रह 11,480 रुपये है जबकि सिटी बस का औसत 4900 रुपये है। सेंटर फॉर एनवायरनमेंटल प्लानिंग एंड टेक्नोलॉजी विश्वविद्यालय द्वारा किए गए सर्वेक्षण के मुताबिक़ क़रीब 50 प्रतिशत लोग जो सिटी बस का उपयोग करते थे, 30 प्रतिशत लोग जो ऑटो रिक्शा का उपयोग करते थे और 16 प्रतिशत लोग जो दो पहिया वाहन या कारों का इस्तेमाल करते थे, अब बीआरटीएस से सफर करने लगे हैं।

अहमदाबाद नगर निगम ने सहायक इंफ्रास्ट्रक्चर उपलब्ध कराया जिसमें 114 बस स्टेशन, दो डिपो और टर्मिनल तथा बसों के समय पर नज़र बनाए रखने के लिए केंद्रीय स्तर पर प्रबंधित होने वाले और स्टेट ऑफ़ द आर्ट तकनीक वाले

कंट्रोल रूम शामिल हैं। निगम इस निवेश पर रिटर्न नहीं वसूल कर रहा। स्वचालित टिकट प्रणाली और यात्री सूचना प्रणाली को, जिससे बस स्टॉप पर यात्रियों को बस के आगमन का सही समय पता चलता है, आउटसोर्स (बाहरी संस्था की मदद से) किया गया है।

सन 2009 में राष्ट्रीय प्रतियोगी निविदा नीलामी के बाद चार्टर्ड लॉजिस्टिक्स को सतहत्तर बसें चलाने का ठेका दिया गया। बस संचालक से अपेक्षा थी कि वह तय मानकों के अनुरूप बसें उपलब्ध कराए, और एजेएल द्वारा दी गई समय तालिका के अनुसार उन्हें चलाएँ। इसके लिए उसे 52 रुपये प्रति किमी की दर से क्रियान्वयन और रखरखाव के लिए राशि उपलब्ध कराई गई जिसमें प्रति वर्ष सारे बस बेड़े के लिए 72,000 प्रति बस के हिसाब से रक़म अदा की जानी निश्चित की गई। चूंकि विश्वसनीयता ही इस बस सेवा का मूल आधार था अतः सेवा की गुणवत्ता का मापन किया गया और कमी पाए जाने पर जुर्माना भी लिया गया।

एजेएल को JNNURM द्वारा 223 यूरो-4 मानक वाली वातानुकूलित बसों और एक लो फ्लोर उच्चतम क्षमता वाली बस की ख़रीद के लिए अनुदान दिया गया। इन बसों के रखरखाव और संचालन का दायित्व नीलामी बोली द्वारा दो निजी कंपनियों को दिया गया। अहमदाबाद बीआरटीएस संजाल की लंबाई अब 89 किलोमीटर की हो गई है, जैसाकि योजना में प्रस्तावित था। इसके राजस्व प्राप्ति के स्रोत किराया, सेवा में कमी पर जुर्माना, विज्ञापन और पे एंड पार्क प्रणाली हैं। विज्ञापन के अधिकार कॉरिडोर के कुछ ही क्षेत्रों में दिए गए हैं।

इसके अलावा परिवहन फंड शुरू करने का भी प्रयास किया गया जिसके द्वारा एजेएल के क्रियान्वयन के प्रबंधन हेतु राजस्व का कुछ हिस्सा उपलब्ध हो पाया। प्रमुखतः बीआरटीएस कॉरिडोर पर मानकों के अतिरिक्त निर्मित फ्लोर स्पेस इंडेक्स की रक़म परिवहन फंड को दे दी गई। इसी तरह से विज्ञापन शुल्क भी इस फंड में गया। क्रियान्वयन के बढ़ाने से एजेएल की प्रति इकाई क्रियान्वयन क़ीमत घटती जाएगी, ऐसी स्थिति में विज्ञापन से आय की संभावनाओं का पूरी तरह से लाभ उठाए जाने से राजस्व प्राप्ति की धाराएँ बढ़ती जाएंगी।

दिसंबर 2013 तक JNNURM के अंतर्गत 576 फीडर बसें प्राप्त की गईं। अहमदाबाद मेट्रोपोलिटन परिवहन सेवा इन बसों को पूरक सुविधाओं के रूप में इस्तेमाल कर रही है। फीडर बसें यात्रियों को बीआरटीएस स्थानक एवं अन्य प्रमुख स्थलों के बीच लाने-ले जाने का काम करती हैं। इससे बीआरटीएस के अंतिम मील तक परिवहन सुविधा दी जा रही है, जो अति आवश्यक भी है।

जनमार्ग की एक अनूठी विशेषता यह भी है कि हर साल 1 अप्रैल के दिन ईंधन की क़ीमत और पिछले वित्त वर्ष की गणनाओं के अनुसार बस किराए में स्वतः

वृद्धि हो जाती है। इससे क़ीमत की वसूली में उछाल बना रहता है।

दिसंबर 2009 में अहमदाबाद बीआरटीएस को भारत सरकार द्वारा बेस्ट मास रैपिड ट्रांजिट सिस्टम पुरस्कार दिया गया। जनवरी 2010 में इसने यूएस स्थित ट्रांसपोर्ट रिसर्च बोर्ड का सस्टेनेबल ट्रांसपोर्ट अवार्ड जीता और इसे जीतकर यह दक्षिण एशिया का पहला शहर बना जिसे यह महत्त्वपूर्ण अंतर्राष्ट्रीय पुरस्कार मिला। अहमदाबाद बीआरटीएस को सन 2010 में भारत सरकार द्वारा शहरी परिवहन में सुधार के लिए उत्कृष्ट नवाचारी परियोजना का पुरस्कार भी दिया गया। 2011 में इसे भारत सरकार द्वारा सर्वोत्कृष्ट आईटीएस परियोजना के लिए राष्ट्रीय पुरस्कार मिला। 2012 में संयुक्त राष्ट्रसंघ के दोहा समिट में इसे मोमेंटम फॉर चेंज पुरस्कार मिला।

भारत के अधिकांश शहरों में एक कुशल और किफ़ायती परिवहन व्यवस्था की तुरंत आवश्यकता है। सीईपीटी के प्रमुख योजनाकार प्रो शिवनंदन स्वामी के अनुसार शहरी भारत में परिवहन व्यवस्था को विकसित करने का तात्पर्य बीआरटीएस या मेट्रो के बीच चुनाव करने से नहीं है। आवश्यकता है एक ऐसी एकीकृत परिवहन व्यवस्था की जो लोगों की माँग के अनुरूप हो और उनकी सामाजिक-आर्थिक स्थिति तथा बढ़ती हुई आकांक्षाओं से भी मेल खाती हो। अहमदाबाद बीआरटीएस ने त्वरित परिवहन के क्षेत्र में एक सतत प्रारूप विकसित करके नई दिशा दिखाई है।

2 बेंगलुरु की बस की सवारी

भारत के शहरों और कस्बों में एक जगह से दूसरी जगह जाना आसान बात नहीं है हालाँकि भारत की राजधानी दिल्ली में मेट्रो से सार्वजनिक परिवहन के क्षेत्र में निस्संदेह ही बड़ा अंतर आया है। परन्तु अब भी अधिकांश भारतीय शहरों में नागरिकों के लिए बस और रेल जैसे लोक परिवहन के साधनों की संख्या न केवल सीमित है बल्कि असुरक्षित, अस्वच्छ और अविश्वसनीय भी है।

बेंगलोर मेट्रोपोलिटन ट्रांसपोर्ट कॉर्पोरेशन (बीएमटीसी) 1997 में कर्नाटक स्टेट रोड ट्रांसपोर्ट कॉरपोरेशन (केएसआरटीसी) से अलग हुई स्वायत्त संस्था है, और देश भर के परिवहन निगमों से अलग हटकर बेंगलुरु के विविध आय वर्ग के निवासियों की आवश्यकता को ध्यान में रखते हुए उन्हें विविध प्रकार की बसों की सेवा प्रदान कर रही है। सन 1997 से पहले इस शहर की बस सेवाओं की स्थिति अन्य किसी भारतीय शहर के समान ही थी। इनका दायरा भी सीमित था। कर्नाटक राज्य परिवहन निगम के दो विभाग शहर भर में बस सेवा चलाने के लिए ज़िम्मेदार थे जो प्रति वर्ष 30 करोड़ के घाटे में चल रहे थे। बीएमटीसी के अलग होने के बाद यह परिदृश्य बदला। इससे न केवल बस सेवा की स्थिति सुधरी, बल्कि 2012-13 तक लगातार लाभ भी अर्जित किया गया। बीएमटीसी के लाभ में 2012-13 में अचानक कमी आई जिसके लिए उत्तरदायी विशेष बातों पर आगे ध्यान रखा जाना चाहिए।

सन 2001 से लेकर सन 2007 तक बेंगलुरु का कुल क्षेत्रफल 531 वर्ग किमी से बढ़कर 800 वर्ग किमी हो गया था। इसकी जनसंख्या भी सन 2001 में 57 लाख से बढ़कर सन 2007 में 84 लाख हो गई थी। पंजीकृत वाहनों की संख्या 16 लाख से बढ़कर 45 लाख हो गई थी। इनमें से 88 प्रतिशत निजी वाहन थे। इस रूपांतरण ने जिसमें शहर की जनसंख्या, क्षेत्र और आर्थिक स्थिति में वृद्धि के मद्देनज़र किसी व्यवस्थित परिवहन योजना के ना होने से बेंगलुरु को ऐसा अव्यवस्थित शहर बना दिया था जहाँ सड़कों पर नित लंबे-लंबे जाम और उनमें फंसी वाहनों की क़तारें नज़र

आती थीं। लोक परिवहन की इन चुनौतियों का सामना करने के लिए बीएमटीसी ने ठोस क़दम उठाए।

बीएमटीसी के पास 6,431 बसों का एक बेड़ा है जो रोज़ 80,825 फेरियाँ लगाता है, और अलग-अलग टिकट दरों के अनुरूप अलग-अलग सेवाएँ प्रदान करता है। साथ ही 14 लाख सर्विस किलोमीटर तय करते हुए बीएमटीसी ग्रेटर बेंगलुरु महानगर के 48 लाख यात्रियों के परिवहन का भार उठाता है। यह अपने यात्रियों की पसंद के मुताबिक़ उन्हें विविध श्रृंखला की सेवाएँ उपलब्ध कराता है। इसके अलावा शहर में लगभग 5,509 सामान्य बसें भी चलाई जाती हैं।

बसों के किराए और सेवाएँ विविध आय वर्गों की सुविधा के मुताबिक़ तय की गई हैं। अक्टूबर 2012 तक कम आय वर्ग के लिए चलाई जा रहीं अटल श्रेणी की बसों के लिए किराया पहले 2 किमी के लिए न्यूनतम 3 रुपये से लेकर अगले 50 किमी तक 11 रुपये था। इसी दूरी के लिए वातानुकूलित वज्र बस का, जो लो फ्लोर व्यक्तिगत परिवहन की बराबरी करती है, किराया 10 से 90 रुपये तक है। इसके अलावा पुष्पक बस सेवा कॉरपोरेट काम करने वाले लोगों की पहली पसंद हैं, इनमें पैर रखने के लिए अधिक स्थान, अच्छी गुणवत्ता की सीटें, सिर टिकाने को स्थान आदि मौजूद हैं। इसके अलावा बिग-10 बस सेवा शहर के ग्यारह प्रमुख व्यस्ततम उपनगरीय इलाक़ों को जोड़ती है।

इन सेवाओं को यात्रियों के लिए सुविधाजनक बनाने और उन्हें बस सेवा की

ओर आकर्षित करने के लिए मासिक पास की व्यवस्था की गई है। इसे आकर्षक बनाने के लिए इसके साथ एक लाख का जीवन सुरक्षा बीमा, 20,000 रुपये तक की चिकित्सा की व्यवस्था और इसी तरह के कुछ प्रलोभन दिए जा रहे हैं। 2002-03 में मासिक पास बनवाने वाले यात्रियों की संख्या 1,18,832 थी, जो 2012-13 में 3,14,635 हो गई। इसी तरह दैनिक पास बनवाने वालों की संख्या इन्हीं वर्षों में 41,000 से बढ़कर 1,26,250 हो गई।

बस परिवहन की गुणवत्ता के सुधार में बसों के बेड़े के आधुनिकीकरण, इनकी बढ़ती संख्या और अच्छे रखरखाव ने महत्त्वपूर्ण भूमिका निभाई। सन 1997 में कर्नाटक राज्य परिवहन निगम के पास 2098 बसें थीं जिनकी औसत आयु सात वर्ष थी और सबसे पुरानी बस बीस साल पुरानी थी। सन 2013 में बेंगलुरु में देश की सबसे कम उम्र बसें थीं, जिनकी औसत आयु 5.4 वर्ष थी। बस डिपो की संख्या 39 करने और उन्हें सारे शहर में फैलाने से बसों को निकटतम डिपो पर रखे जाने की सुविधा मिली और बसों का समय और दूरी दोनों ही कम हुई। इसके साथ ही बस चलाने से पहले उनकी जाँच की प्रणाली भी स्थापित की गई जिसे सहयोग देने के लिए मोबाइल वर्कशॉप की भी व्यवस्था की गई, जिनमें तीव्र गति से चलने वाले वाहनों और उन्हें चलाने वाले मिकेनिक थे। परिणामस्वरूप बसों में ख़राबी की संख्या में तेजी से गिरावट आई। ब्रेक डाउन का जो अनुपात सन 1996 और सन 1997 के बीच .64 प्रति 10,000 किमी पर का था, वह 2012-13 में .08 रह गया।

जैसे-जैसे बीएमटीसी ने अपनी सेवाओं का दायरा शहर में बढ़ाना शुरू किया, सुरक्षा एक प्रमुख चिंता का विषय बन गई, क्योंकि शहर को किसी सुव्यवस्थित योजना के अंतर्गत नहीं बसाया गया था। हालांकि सड़क दुर्घटनाओं का अनुपात जो 1997-98 में प्रति लाख किलोमीटर .32 था, 2012-13 में घटकर .08 रह गया। इसी तरह दुर्घटनाओं की कुल संख्या भी सेवा का दायरा बढ़ाने के बावजूद 2003-04 से 2012-13 तक 472 से घटकर 378 रह गई।

बीएमटीसी की किराए की नीति में क्रॉस सब्सिडी का एक घटक भी शामिल किया गया है जिसके अंतर्गत अधिक किराया देने वाले लोग कम किराया देने वालों को सब्सिडी देते हैं। अर्थात उनके द्वारा दिए गए किराए की राशि से कम आय वर्ग के लोगों को सब्सिडी मुहैया कराई जाती है। इसके अलावा बीएमटीसी राजस्व वसूली की अन्य संभावनाओं को भी उपयोग में ला रहा है। यह ठीक भी है क्योंकि सड़क परिवहन हेतु लिया जा रहा किराया परिवहन के सभी खर्चों की पूर्ति करने में सक्षम नहीं हो पाता अतः राजस्व प्राप्ति के अन्य स्रोत तलाशने की आवश्यकता हमेशा बनी रहती है। 2012-13 में बीएमटीसी को दो भारी चुनौतियों का सामना करना पड़ा जिन्होंने इसकी वित्त व्यवस्था पर बहुत ही विपरीत प्रभाव डाला। नवंबर 2012 में डीजल के दाम बढ़ने के बाद भी बीएमटीसी को राज्य सरकार की ओर से किराया

दरें बढ़ाने की अनुमति नहीं मिली जिसके कारण इसे चार माह तक (अप्रैल 2013 जब तक किराया दरें नहीं बढ़ाई गई) प्रति माह 30 करोड़ रुपये का घाटा सहना पड़ा। साथ ही कर्नाटक सरकार ने विद्यार्थियों के पास के लिए दी जाने वाली सब्सिडी के 50 प्रतिशत को पूरा करने का अपना वायदा भी पूरा नहीं किया जिससे निगम पर 100 करोड़ रुपये के लगभग क़र्ज़ हो गया। इन दोनों घटनाओं के कारण 2012-13 में बीएमटीसी को 148 करोड़ के भारी घाटे को सहना पड़ा।

बीएमटीसी ने भूमि पर इनोवेटिव निवेश किया है। उसके पास 1,400 एकड़ की भूमि का मालिकाना हक था। अचल संपत्ति में निवेश कर बीएमटीसी ने इस भूमि के मूल्य में वृद्धि की। एक राष्ट्रीय पायलट प्रकल्प में बीएमटीसी को JNNURM से बेंगलुरु में दस ट्रैफिक एंड ट्रांजिट मैनेजमेंट सेंटर (टीटीएमसी) खोलने के लिए अनुदान मिला। इन केन्द्रों में बस टर्मिनल, बस बे और रखरखाव डिपो तो थे ही, साथ ही यात्रियों के लिए कुछ आवश्यक आधारभूत सुविधाएं जैसे एटीएम, दुकानें, बेंगलुरु वन आदि देने का भी प्रयास किया गया था। बस टर्मिनलों पर व्यावसायिक गतिविधियाँ जैसे दुकानें, कैफेटेरिया और अन्य परियोजनाओं एवं यातायात-परिवहन प्रबंधन केंद्रों के काम करने से राजस्व बढ़ाने की अपार संभावनाएं हैं।

बीएमटीसी ने अपने क्रियान्वयन को सुचारु बनाने के लिए आईटी का भरपूर उपयोग किया है। डिपो की सभी प्रणालियाँ जैसे टिकट, स्टोर, लेखांकन आदि सभी कम्प्यूटरीकृत हैं। माल और सेवाओं की प्राप्ति के लिए ठेकों की ई नीलामी की जाती है। जीपीएस और जीआईएस के साथ वाहन की गतिविधि और यात्रियों की सूचना पर पायलट करने के बाद बीएमटीसी ने इसकी सभी सेवाओं में जीपीएस और जीआईएस के इस्तेमाल की प्रक्रिया भी शुरू की।

सभी बीएमटीसी डिपो आधुनिक उत्सर्जन टेस्टिंग तकनीक से लैस हैं। भारत सरकार के साथ हुए एक क़रार के अनुसार डीजल में सल्फर की मात्रा 250 पीपीएम (पार्ट्स पर मिलियन) से घटाकर 50 तक लाई गई है। सभी नई बसें जो संख्या में 350 हैं, यूरो 4 स्तर की हैं। क़रीब 4000 बसें यूरो 3 स्तर की हैं। बीएमटीसी उस व्यक्ति को 1000 रुपये की राशि पुरस्कार स्वरूप देता है जो किसी भी बस के प्रदूषण फैलाने की अवस्था में सड़क पर चलने की शिकायत करता है। हर माह का चौथा दिन बस दिवस के रूप में मनाया जाता है। इस दिन शहर के नागरिकों को अपने निजी वाहन घर पर छोड़कर सार्वजनिक वाहनों से सफर करने के लिए प्रेरित किया जाता है। बस दिवस के दिन वायु में प्रदूषण दस प्रतिशत तक घटता देखा गया है। इसके साथ ही वायु में कार्बन मोनो ऑक्साइड और सूक्ष्म कणों की मात्रा में भी भारी कमी सामने आई है।

सन 2002 में सस्ती सार्वजनिक सेवा के लिए यूआईटीपी एशिया पैसिफिक पुरस्कार प्राप्त करने के साथ शुरुआत करके बीएमटीसी ने अब तक साल दर

साल ढेरों पुरस्कार जीते हैं जिनमें 2006-07 का बैंकॉक का अंतर्राष्ट्रीय गोल्ड स्टार मिलेनियम अवार्ड, सन 2009 का प्रधान मंत्री सार्वजनिक सेवा उत्कृष्टता पुरस्कार शामिल है। बीएमटीसी के तत्कालीन प्रबंध निदेशक यू त्रिपाठी, जिन्होंने इन परिवर्तनों का नेतृत्व किया था, गर्व से कहते हैं, "बेंगलुरु की सार्वजनिक परिवहन में सुधार का श्रेय वाहन चालकों, कंडक्टरों, मिकेनिक्स और प्रबंधन को जाता है।" वे तत्कालीन अध्यक्ष गोकुलराम की भूमिका का भी उल्लेख करते हैं, जिन्होंने प्रारंभिक दौर में कड़े प्रतिरोध की अवस्था में भी अपने कर्मचारियों का मनोबल ऊँचा रखा।

राज्य सरकार के लिए यह ज़रूरी है कि अच्छी तरह से चल रहे सार्वजनिक उपक्रम पर किसी फौरी वजह से अनावश्यक वित्तीय बोझ ना डाले, क्योंकि ऐसे उपाय इस तंत्र की लंबे समय की सम्भावना को खतरे में डालते हैं। बीएमटीसी द्वारा दिए गए सबक का जिक्र सारी दुनिया में हो रहा है और अब हमारे परिवहन निगमों के लिए समय आ गया है कि वे बेंगलुरु के उदाहरण से सीखें और कुछ नया करने का प्रयास करें।

3 इंदौर में सवारी के लिए पीपीपी टिकट

इंदौर मध्य प्रदेश का सबसे बड़ा महानगर है और इसकी जनसंख्या 25 लाख के आसपास है। मध्य भारत के औद्योगिक और व्यापारिक शहर के रूप में इंदौर तेजी से विकसित हो रहा है। सन 2006 तक इंदौर की दशा सार्वजनिक परिवहन के मामले में बड़ी शोचनीय थी। वहाँ परिवहन के साधनों के रूप में 550 निजी मिनी बसें, 500 टेम्पो और 10,000 ऑटो रिक्शा चला करते थे। सन 2006 में सरकारी और निजी सहभागिता के नवोन्मेषी प्रयासों और दूसरे प्रयासों के कारण इंदौर शहर के चौदह मार्गों पर 93 बसें चलतीं जो रोज़ 85,000 यात्रियों को सुविधा मुहैया कराती थीं। हालांकि संचालन और रखरखाव को लेकर कुछ चुनौतियाँ भी बनी हुई हैं। सार्वजनिक परिवहन के क्षेत्र में बड़े क़दम के रूप में इंदौर ने 120.4 किमी के प्रस्तावित बीआरटीएस कॉरिडोर में से एबी रोड पर जून 2013 में 11.4 किमी का टुकड़ा बसों के लिए सफलता पूर्वक तैयार कर लिया। इस मार्ग पर सोलह बसें चलती हैं जो प्रतिदिन 30,000 यात्रियों को ले जाती हैं। बीआरटीएस के इस हिस्से का अनुमोदन और वित्त पोषण JNNURM ने किया।

इंदौर सिटी ट्रांसपोर्ट सर्विस लिमिटेड (आईसीटीएसएल) की स्थापना दिसंबर 2005 में इंदौर नगर निगम और इंदौर विकास प्राधिकरण द्वारा शहर में प्राइवेट सेक्टर की भागीदारी में परिवहन व्यवस्था को उन्नत बनाने की दृष्टि से की गई थी। इसे सन 2008 में अटल इंदौर सिटी ट्रांसपोर्ट सर्विस लिमिटेड (एआईसीटीएसएल) का नाम दिया गया। इस कंपनी ने निजी कंपनी और मार्केटिंग एजेंट्स के साथ मिलकर इंदौर परिवहन निगम के सहयोग से 230 बस स्टॉप निर्मित किए, निजी सहभागी की राय लेकर बसों के किराए का निर्धारण किया और अच्छी सेवाओं के लिए आधुनिक तकनीक जैसे जीपीएस सेवाओं को शुरू किया।

दिसंबर 2005 में निविदा नीलामी के द्वारा पाँच बस परिचालन कंपनियों को सहभागी के रूप में चुना गया और उन्हें शहर के विविध हिस्सों में बस चलाने के

लिए पाँच वर्ष का लाइसेंस दिया गया। बाद में इसे और तीन वर्ष के लिए बढ़ाया गया। शुरुआत में निजी परिचालक द्वारा बैंक के सहयोग से 37 बसें ख़रीदी गईं। सन 2011 में JNNURM के सहयोग से और बसें ख़रीदी गईं जिनमें वे बसें भी शामिल थीं जिन्हें बीआरटीएस में चलाया जाना था।

26 जनवरी 2006 से बस सेवा शुरू की गई और समय के साथ इसका विस्तार होता रहा। सभी बसों की स्थिति, गति और समय की जाँच के लिए एक केन्द्रीय नियंत्रण कक्ष बनाया गया है जो जीपीएस सुविधा से लैस है। पचास बस स्टॉप पर यात्री सूचना केंद्र बनाए गए जो एलईडी मॉनिटरों पर बसों के नम्बर, उनके शुरू होने की जगह, गंतव्य, आगमन स्थिति, समय आदि की सूचना देते हैं। इसके परिणामस्वरूप शहर की परिवहन व्यवस्था में आशानुकूल बदलाव आया।

सात साल में किराए की दरों को पाँच बार संशोधित किया गया है। सबसे ज़्यादा मासिक पास उपयोग में लाया जाता है जिसकी दर सन 2010 में 420 रुपये थी, जिसे सितंबर 2013 में बढ़ाकर 600 रुपये किया गया। इसे लेने के बाद व्यक्ति पूरे माह किसी भी बस में, किसी भी मार्ग पर कितनी भी यात्रा कर सकता है। सभी बसों में दैनिक पास भी दिए जाते हैं। जितनी दूरी उतनी राशि के टिकट सुविधा के अंतर्गत कंडक्टर पाम टॉप मशीन द्वारा टिकट छाप कर देते हैं। इंदौर नगर निगम बूढ़े और ग़रीब लोगों के लिए एआईसीटीएसएल को टिकटों में रियायत हेतु सब्सिडी देता है।

एआईसीटीएसएल की शुरुआत में लगाई गई 25 लाख की राशि के अलावा इंदौर सिटी बस सेवा ने अपनी आधारभूत संरचना को स्थापित करने व उसके रखरखाव का ख़र्च खुद उठाया है। एआईसीटीएसएल का कुल लाभ 2006-07 में 34 लाख था और 2012-13 में बढ़कर 1.66 करोड़ हो गया।

हर निजी ऑपरेटर ने एआईसीटीएसएल के साथ समान राजस्व साझा करने के लिए एक सी रूपरेखा वाला अनुबंध किया है। एआईसीटीएसएल निजी चालकों से नीलामी राशि के अलावा 20 प्रतिशत राजस्व पास पर और 40 प्रतिशत विज्ञापनों पर वसूल करती है। निजी चालकों को किराए के रूप में रोज़ की अर्जित राशि अपने पास रखने की सुविधा है।

सेवाओं की मार्केटिंग एक विक्रेता द्वारा की जाती है जिस पर बस के पास बेचने की ज़िम्मेदारी है। शुरुआत में नई प्रणाली के प्रति जागरूकता बढ़ाने, सूचना देने और पास बनाने के लिए 15 केंद्र (कियॉस्क) स्थापित किए गए थे। एआईसीटीएसएल द्वारा पास पर 20 प्रतिशत राजस्व लिया जाता है जिसमें से 12.2 प्रतिशत नए पास पर और 17 प्रतिशत पुराने पास को नवीनीकृत करने के लिए जाते हैं। बची हुई राशि विक्रेता को मार्केटिंग के लिए और पास विक्रय के प्रबंधन हेतु दी जाती है। विक्रेता

एआईसीटीएसएल को हर माह 15,000 पास बनवाने की गारंटी और 40 लाख रुपये की मासिक आय देने को प्रतिबद्ध है, जिसे एआईसीटीएसएल और वेंडर के बीच बाँटा जाता है। इस तंत्र की कार्य प्रणाली में धीरे-धीरे गिरावट आती गई और सितंबर 2013 तक एआईसीटीएसएल के परिसर में केवल एक पास विक्रय केंद्र चालू हालत में रह गया था, जो 5000 से भी कम मासिक पास बेच पाता था जिससे 25 लाख रुपये के आसपास राजस्व की प्राप्ति होती थी।

अलग-अलग मार्गों की बसों के लिए अलग-अलग रंग (कलर कोड) निर्धारित किए गए हैं। कर्मचारी एक सी यूनिफ़ॉर्म पहनते हैं। बसों के चालकों को टाटा मोटर्स के इंजीनियरों द्वारा प्रशिक्षित किया जाता है जबकि कंडक्टरों को इंस्टीट्यूट ऑफ़ मैनेजमेंट स्टडीज के विशेषज्ञों द्वारा कस्टमर सेवा का प्रशिक्षण दिया गया है। यातायात विभाग यातायात के नियमों और ड्राइविंग शैली का प्रशिक्षण देता है। सभी बसें एक ही परिसर में रखी जाती हैं। संचालन में एकरूपता बनाकर रखी जाती है जिससे ज़्यादातर मालूम नहीं पड़ता कि ये बसें विभिन्न संचालकों द्वारा चलाई जा रही हैं। सन 2006 में छह संचालकों को चुना गया था जिनमें से केवल एक भुगतान करने और अपने मार्ग की समय सारणी का अनुसरण करने में असफल रहा। जीपीएस के द्वारा प्राप्त जानकारी के आधार पर उस संचालक को एआईसीटीएसएल द्वारा अनुबंध से निकाल बाहर किया गया। विलय और मालिकाना बदलाव के बाद अब केवल तीन संचालक सेवाओं से जुड़े हैं।

बसों का रखरखाव एक ऐसा कमज़ोर पक्ष है जो इस पब्लिक-प्राइवेट भागीदारी के बने रहने पर सवाल खड़े करता है। निजी संचालकों ने पहले वर्ष रख रखाव के लिए टाटा मोटर्स के साथ वार्षिक अनुबंध (एएमसी) किया था, पर आगे के वर्षों में यह चल न सका क्योंकि समय के साथ इसकी लागत बढ़ती जा रही थी। दूसरे चरण में बसों का रखरखाव अनुबंध की अनिवार्य शर्त है और कोई कमी पाए जाने की अवस्था में भारी जुर्माने की व्यवस्था की गई है। एआईसीटीएसएल के सीईओ संदीप सोनी ने बताया कि संस्था द्वारा बसों के रखरखाव के लिए भौतिक संरचना का निर्माण कर लिया गया है और बस संचालक इस वर्कशॉप में मशीनों की व्यवस्था करेंगे और बसों का रखरखाव व सुधार यहीं किया जाएगा।

इंदौर शहर में अभी नई सड़कें बनाने और मौजूदा सड़कों को सुधारने की दिशा में ठोस प्रयास किए जाने बाकी हैं। इसकी नींव डाली जा चुकी है और इस पर सार्वजनिक सेवा प्रणाली इसके सहारे खड़ी की जा सकती है। उदाहरण के लिए एआईसीटीएसएल को विश्व बैंक की ग्लोबल एनवायरनमेंटल सुविधा के अंतर्गत यातायात संकेत नियंत्रण और स्वचालित टिकट किराया एकत्रीकरण केंद्र बनाने के लिए बड़ी राशि अनुदान के रूप में मिली है। साथ ही वर्तमान बीआरटीएस कॉरिडोर को बढ़ाने के प्रयास भी किए जा रहे हैं। 120 किमी लंबे बीआरटीएस की मूल लागत

868 करोड़ रुपये थी जो सन 2013 तक बढ़कर 2400 करोड़ रुपये हो गई। इस पायलट से कोई निष्कर्ष निकलता है तो यही कि यह निम्न आय वर्ग के लोगों के जीवन में बदलाव लाने का वाहक बनेगा।

इंदौर के बीआरटीएस में इक्कीस मीडियन स्टेशन है जहाँ से हर दिशा में चार से छह मिनट के अंतर पर एक बस निकलती है। आइबस के रूप में इस सेवा की शुरुआत 12 जून 2013 में की गई और कुछ ही महीनों में इसने देश भर में शहरी परिवहन सेवा के सारे बेंच मार्क को पार कर लिया। सोलह आइबस जो सुबह 7 बजे से रात के 10.30 बजे तक चलती हैं, हर दिन 30,000 यात्रियों को परिवहन सुविधा उपलब्ध कराती है। सिटी बसों की तुलना में आइबस ने बीआरटीएस कॉरिडोर में यात्रियों के समय में 26 प्रतिशत की कमी दर्ज कराई है, अर्थात हर यात्री के लिए पाँच मिनिट की बचत। एक बार बसों की संख्या में इजाफा हो जाए, फिर इस 11.5 किमी लंबे मार्ग पर रोज़ क़रीब 70,000 यात्रियों के यात्रा करने का अनुमान है। आइबस सार्वजनिक परिवहन सेवा में एक छोटा मगर निर्णायक क़दम है जिससे सार्वजनिक परिवहन सेवा का हिस्सा कुल परिवहन में 4 प्रतिशत से बढ़कर 40 प्रतिशत हो गया है।

राज्य परिवहन निगम की अनुपस्थिति में एआईसीटीएसएल ने अपनी सुविधाओं का दायरा बढ़ाते हुए इंदौर से लगे तीन अन्य क्षेत्रीय मार्गों पर भी बस सेवा का विस्तार किया। हालांकि इसपर जनता की अच्छी प्रतिक्रिया मिली है, पर अन्य निजी वाहन चालकों द्वारा उठाई गई आपत्तियों और वैधानिक अड़चनों के कारण अन्य मार्गों पर इसके विस्तार पर रोक लग गई है।

भारत ने लंबे समय तक शहरों में सार्वजनिक परिवहन सेवाओं की आवश्यकताओं को दरकिनार किया है। पर अब ट्रैफिक कंजेशन तथा पर्यावरण प्रदूषण की चुनौतियाँ नज़रें गड़ा रही हैं कि हम और कितनी देर यों ही इंतज़ार करेंगे?

4 भोपाल को भविष्य में जाम से मुक्ति

कुछ समय पहले तक भोपाल भी भारत के अन्य शहरों की ही तरह था जहाँ सार्वजनिक परिवहन सेवा की बहुत थोड़ी मौजूदगी दिखाई देती थी और निजी वाहनों की संख्या तेजी से बढ़ती जा रही थी। पेट्रोल की बड़ी मात्रा में खपत और इससे बढ़ते हुए वायु प्रदूषण का अंदाज़ शहर में घूमते हुए आसानी से लगाया जा सकता था। लोगों को परिवहन के लिए मिनी बस, टेम्पो और ऑटो रिक्शा पर निर्भर करना पड़ता था। ये साधन भी उन्हीं स्थानों के लिए उपलब्ध होते थे जहाँ अधिक सवारियाँ अर्थात अधिक किराया मिलता था। बाज़ार-संचालित परिवहन प्रणाली का एक उदाहरण यह था कि नादरा बस स्टैंड से ग्रैंड होटल तक के 1.5 किमी लम्बे रास्ते के लिए 500 मिनी बसों को परमिट दिए गए थे। इसके विपरीत बहुत कम मिनी बसें नए विकसित किए गए इलाक़ों जैसे मिसरोद, पिपलानी और खजूरी से भोपाल के बीच चला करती थीं।

भोपाल अपने इस दृश्य में बदलाव लाता हुआ दिखाई देता है। भोपाल की 19 लाख की जनसंख्या और 2 लाख के क़रीब आने-जाने वाली प्रवासी आबादी है। नजदीकी इलाक़ों जैसे कोलार, मंडीदीप (दक्षिण भोपाल से 20 किमी दूर रायसेन जिले में) के बसने से भोपाल ने मुख्य शहर को इन क्षेत्रों से जोड़ने के लिए सड़कों के निर्माण और परिवहन सुविधाओं को विकसित करने की योजना के महत्त्व को समझा। अब तक सारे भारत में शहर की योजनाओं में इन आयामों को शामिल किया ही नहीं जाता था। ऐसे में भोपाल द्वारा सार्वजनिक परिवहन के क्षेत्र में किए गए प्रयासों की तारीफ की जानी चाहिए।

भोपाल में सड़कों की स्थिति सुधारने के लिए सबसे पहले सघन प्रयास शुरू किए गए जिससे एक ओर जहाँ सुव्यवस्थित सार्वजनिक परिवहन को शुरू करने में सहायता मिल सके तो दूसरी ओर बसों और अन्य साधनों की संख्या को बढ़ाया जा सके। इस अभ्यास की एक प्रमुख विशेषता यह है कि भोपाल नगर निगम द्वारा ये प्रयास एकीकृत रूप से किए जा रहे हैं। इसके लिए जून 2013 में भोपाल नगर

निगम द्वारा राज्य सरकार को लोक परिवहन की स्थिति में सुधार करने और गैर मशीनी वाहनों और पैदल यात्रियों को बढ़ावा देने के लिए एक योजना सौंपी गई जिसे व्यापक गतिशीलता योजना या कॉम्प्रीहेंसिव मोबिलिटी (सीएमपी) प्लान कहा गया। भोपाल और इंदौर की इन योजनाओं पर राज्य सरकार कार्यवाही कर रही है। पर भोपाल इसी इंतज़ार में नहीं बैठा। इस बात को समझते हुए कि यह काफ़ी समय ख़र्च करने वाला कार्य है, इसने कई क्षेत्रों में सटीक योजना के साथ काम करना शुरू कर दिया है, जिसके साक्ष्य देखे जा सकते हैं।

भोपाल नगर निगम शहर के मध्य से गुजरने वाले बीआरटीएस पर खास ध्यान देते हुए सड़कों की स्थिति सुधारने में का काम कर रही है। मिसरोद से बैरागढ़ तक 24 किमी लंबा और 30 मी चौड़ा कॉरिडोर JNNURM के अंतर्गत स्वीकृत किया गया है। आधारभूत संरचना कार्य के पूरे हो जाने, छोटे पुल और पुलियों को चौड़ा करने और बस स्टॉप तथा साइनेज बनाने के बाद यह कॉरिडोर 27 दिसंबर 2013 को लोगों के उपयोग के लिए खोला गया। यह JNNURM का भोपाल शहर को दिया गया उपहार था। कई धार्मिक स्थल जैसे मस्जिद, मंदिर आदि जो बीआरटीएस के 7 किमी के टुकड़े में आ रहे थे, उन्हें अन्यत्र बसाया गया। हरे-भरे शहर की खासियत को बनाए रखने के लिए कॉरिडोर के आसपास 300 से ज़्यादा बड़े पेड़ और 6000 छोटे पौधों को लगाया गया। मिसरोद से बैरागढ़ के बीच के एक हिस्से की चौड़ाई कम थी अतः 2.5 किमी के स्ट्रैच में बस की लेन का संकेत देने वाले कर्बसाइड बोलार्ड (मार्ग विभाजक) लगाए गए हैं, बाकी क्षेत्र में अलग-अलग लेन हैं।

बस मार्ग निगम द्वारा किए गए लंबे अध्ययन और सर्वे के बाद तय किए गए हैं। सिटी बस सेवाओं के निरीक्षण और एकीकृत किराया एकत्रीकरण के लिए आईटीएस (इंटीग्रेटेड ट्रांसपोर्ट सिस्टम) के उपयुक्त हार्डवेयर और सॉफ़्टवेयर का उपयोग किया जा रहा है। जहाँ केन्द्रीय नियंत्रण कक्ष जीपीएस की मदद से बसों की स्थिति और गति पर नज़र रखता है वहीं बस स्टॉप पर लगे एलईडी मॉनिटर द्वारा यात्रियों को आने वाली बस के नम्बर और अनुमानित समय की जानकारी दी जाती है।

भोपाल सिटी लिंक लिमिटेड (बीसीएलएल) की स्थापना सन 2006 में शहरी परिवहन के विशेष उद्देश्य से की गई थी और इसके कलेक्टर इसके एक्जीक्यूटिव डायरेक्टर थे। सन 2008 में भोपाल नगर निगम ने बीसीएलएल का नियंत्रण अपने हाथ में लिया और सिटी बस सेवा के क्षेत्र में सरकारी और निजी सहभागिता के रास्ते खोजने शुरू किए। 'नेट कॉस्ट अनुबंध' के जरिए एक निजी बस संचालक को सन 2010 से अगले पाँच वर्षों के लिए चुना गया। यह अनुबंध आठ वर्षों तक बढ़ाया जा सकता था। नगर निगम द्वारा संचालक को आधारभूत संरचना (जैसे बस डिपो जिसमें वहाँ रखने और उनके रखरखाव और सुधार की व्यवस्था हो) उपलब्ध

कराई जानी थी। संचालक को बसों की 30 प्रतिशत लागत का वहन करना था, साथ ही चार माह की छूट के बाद निश्चित राशि निगम को देनी थी। इससे निगम को JNNURM के अंतर्गत नई बसें ख़रीदने के लिए अपना अंश देने में सहायता मिली। वातानुकूलित बसों के लिए ठेका दूसरी कंपनी को दिया गया जिसने जुलाई 2013 से सितंबर 2013 तक पूर्व परीक्षण हेतु बसें चलाईं।

सितंबर 2103 तक 205 स्टैंडर्ड बसें और 20 वातानुकूलित बसें बीआरटी सहित सभी मार्गों पर दौड़ने लगी थीं। सभी मार्गों को पाँच श्रेणियों में बाँटना और अलग-अलग गति वाले वाहनों के बीच होने वाले संघर्ष और गड़बडियों से बचाना एक कठिन काम था। इसके लिए मॉडर्न बसें जो बीसीएलएल द्वारा चलाई जा रही थीं उन्हें प्रमुख और मध्य मार्गों पर चलाया गया, मिनी बसों को सत्रह पूरक मार्गों पर तथा अन्य चार पहिया वाहन जैसे टाटा मैजिक आदि को फीडर मार्ग पर चलाया गया।

नेट कॉस्ट अनुबंध के अंतर्गत निजी संचालक परिवहन सेवा की गुणवत्ता और मात्रा को उपलब्ध कराता है, निगम द्वारा तय किए गए किराए को एकत्रित करता है और लाभ साझा करने की प्रक्रिया के अंतर्गत निगम को एकमुश्त राशि देता है। जहाँ संचालक को यह छूट है कि वह अपनी परिवहन क्षमता बढ़ाकर लाभ कमा सकता है, वहीं निरीक्षण की सम्पूर्ण ज़िम्मेदारी निगम पर है। भारत में बस सेवा के अंतर्गत सरकारी और निजी सहभागिता में नेट कॉस्ट अनुबंध एक प्रचलित परिपाटी बन चुका है। हालाँकि अहमदाबाद और दिल्ली इसके अपवाद भी हैं। मध्यम अवधि में ग्रॉस कॉस्ट अनुबंध में किया जाना अधिक उचित जान पड़ता है क्योंकि इससे संचालक को भी मार्केट विकसित करने का अवसर मिलता है।

एक विभाग की सीख दूसरे विभाग के भी काम आती है। निगम ने ठोस अपशिष्ट प्रबंधन के लिए चलाए जाने वाले पचास वाहनों में भी जीपीएस युक्ति का उपयोग करना शुरू कर दिया। बाद में इसे 225 कचरा वाहनों, पानी के टैंकरों और आग बुझाने वाले वाहनों में भी लगाया गया। निगम के वाहनों की सेवाओं को समय की पाबंद और कुशल बनाने के लिए एक वृहत योजना भी बनाई गई है। वाहनों की ट्रैकिंग करने के परिणामस्वरूप प्रति दिन 2000-3000 लीटर डीजल की बचत हो रही है। इससे प्रति वर्ष डीजल पर निगम की 4 करोड़ की राशि बच रही है।

सरकारी और निजी सहभागिता के ढाँचे के भीतर बहुद्देश्यीय योजना के लिए सड़क और लोक परिवहन को एकीकृत विकास योजना द्वारा विकसित करना और इसके साथ बीआरटीएस को विकसित करना भोपाल द्वारा चुना गया रास्ता था। भोपाल अन्य विकसित होते शहरों के लिए एक उदाहरण है कि किस तरह सार्वजनिक परिवहन योजना को शहरी विस्तार के केंद्र में रखने पर नागरिकों के लिए अच्छी जीवन स्थितियाँ निर्मित की जा सकती हैं।

5 रास्ता दिखाती हैदराबाद मेट्रो

650 वर्ग किमी के क्षेत्र में फैला हैदराबाद शहर भारत के सबसे बड़े महानगरीय क्षेत्रों में से एक है। सन 2011 की जनगणना के अनुसार 68 लाख की शहरी और 78 लाख की महानगरीय आबादी के साथ यह शहर भारत का चौथा सबसे अधिक आबादी वाला शहर है और आबादी के सर्वाधिक घनत्व वाला छठा शहरी क्षेत्र है। तेजी से बढ़ते शहरी क्षेत्र की माँग को पूरा करने के लिए 72 किमी के क्षेत्र में फैला मेट्रो रेल प्रकल्प एक अभिनव प्रयास है। शहर में उत्पादन में निवेश की आमद को दिखाते हुए अनुसंधान-विकास (आर एंड डी), आईटी और बायोटेक उद्योगों ने शहर के मौजूदा इंफ्रास्ट्रक्चर में विस्तार का प्रयास शुरू कर दिया था। शहरी परिवहन व्यवस्था को दुरुस्त करने के लिए जो समय लगता है उसे देखते हुए मेट्रो रेल परियोजना, जिसकी शुरुआत मई 2012 में हुई और मई 2017 में इसके पूरे हो जाने का अनुमान है, कोई जल्दी का काम नहीं है।

इस परियोजना में स्टेट ऑफ़ आर्ट तकनीक का उपयोग कड़े तकनीकी विनिर्देशों, प्रदर्शन के मानक और सुरक्षा मानकों के आधार पर किया गया। उदाहरण के लिए सिग्नलिंग प्रणाली के रूप में कम्युनिकेशन बेस्ड रेल नियंत्रण प्रणाली विकसित की गई जो कि दिल्ली मेट्रो के 'डिस्टेंस टू गो' प्रणाली की तुलना में ज़्यादा बड़े रेल यातायात को संभालने करने की क्षमता रखती है। मेट्रो स्टेशनों का निर्माण भी तीन खंभों के आधार से निर्मित संरचना के बजाय, जिसमें नीचे की सड़कें ढककर सुरंग जैसी बन जाती हैं, एक खंभे के आधार से बनी ब्रैकेट संरचना के आधार पर किया जा रहा है।

हैदराबाद के कुछ इलाक़ों में इस बात को लेकर असंतोष है कि मेट्रो लाइन भूमिगत नहीं बनाई जा रही, कम से कम उन स्थानों पर तो इसे भूमिगत होना ही चाहिए जहाँ ऐतिहासिक स्मारक आदि बने हुए हैं, जो कि हैदराबाद में बहुतायत में हैं। हैदराबाद मेट्रो रेल परियोजना के तत्कालीन प्रबंध निदेशक एनवीएस रेड्डी बताते हैं कि मेट्रो रेल लाइन डालते समय सभी स्मारकों जैसे चारमीनार, सलारजंग

संग्रहालय और अन्य पुरातत्व के महत्त्वपूर्ण स्मारकों से 500 फुट की दूरी बनाकर रखी गई है। उनका कहना है कि भूमिगत रेल के बजाय भूमि के ऊपर बने मेट्रो में बिजली की बचत होती है। इसके अलावा भूमिगत मेट्रो स्टेशन बनाने के लिए कट एंड कवर तकनीक का उपयोग करना पड़ता है। हैदराबाद का भू भाग पथरीला और कठोर है अतः यह कार्य हैदराबाद जैसे पथरीले क्षेत्र के लिए तकनीकी और वित्तीय कारणों से उपयुक्त नहीं है।

मेट्रो के लिए सभी डिजाइन और उन्हें बनाने के लिए दिए जाने वाले ठेके तय किए जा चुके हैं। मेट्रो के डिब्बे, सिग्नल, रेल, फास्टनरों और टेली कम्युनिकेशन प्रणाली आदि के लिए ऑर्डर दिए जा चुके हैं। 2748 खंभों में से 2217 बनाए जा चुके हैं। मियापुर और उप्पल दोनों ही प्रमुख डिपो और उप्पल तथा कुतुबुल्लापुर के कास्टिंग यार्ड में कार्य गति पर है। 8 किमी और 12 किमी के पहले व दूसरे पट्टे पर काम पूरा हो चुका है।

भारत के सघन यातायात वाले क्षेत्रों में परिवहन के लिए आधुनिक संरचनाओं को बनाना इंजीनियरों की उपलब्धि है। यह प्रयास और भी सराहनीय हो जाता है जब इसे ऐसे नवाचारी वित्तीय डिजाइन के अनुरूप बनाया जाए, जिसमें बहुत कम सार्वजनिक धन की आवश्यकता हो। यह उन शहरी क्षेत्रों के लिए भी नई राहें खोलता है जहाँ के स्थानीय नगरीय निकाय वित्तीय संसाधनों की पूर्ति के क्षेत्र में पूरी तरह से असमर्थ हों।

मेट्रो रेल परियोजना की शुरुआत योजना आयोग द्वारा बनाए गए शहरी परिवहन हेतु मॉडल कंसेशन एग्रीमेंट के अंतर्गत निविदा नीलामी के द्वारा की गई। 14,132 करोड़ रुपये की कुल लागत में से भारत सरकार ने 1458 करोड़ रुपये की राशि कुल लागत के 10 प्रतिशत के रूप में व्यवहार्यता अंतर निधि के रूप में स्वीकृत की। बची हुई 12,674 करोड़ रुपये की राशि निजी भागीदार एलएंडटी मेट्रो रेल (हैदराबाद) द्वारा दी जा रही है। आन्ध्र प्रदेश सरकार ने भूमि अधिग्रहण, सड़कों को चौड़ा करने, रियायत और पुनर्वास और उपयोगिताओं के स्थानांतरण हेतु 1980 करोड़ रुपये की राशि मंजूर की है। समस्त रियायती अवधि में सरकार इसके अतिरिक्त कोई वित्तीय सहयोग नहीं करेगी। पैंतीस वर्षों की रियायती अवधि (जिसे और पच्चीस साल के लिए बढ़ाया जा सकता है) के अंत में सरकार इस परियोजना को अपने हाथ में ले लेगी अर्थात यह रियायत केवल भूमि के उपयोग के लिए है, इसका मालिकाना हक सरकार के पास ही रहेगा।

मेट्रो के संचालन के लिए एक राजस्व आधारित प्रारूप पर काम किया गया है, जिसमें मेट्रो स्टेशन पर सही और संभाव्य यात्री किराए, पट्टे के किराए और अचल संपत्ति के विकास की दरों को शामिल किया गया है। ट्रांजिट-ओरिएंटेड विकास पर आधारित यह व्यापारिक मॉडल मेट्रो स्टेशन को आर्थिक गतिविधियों के केंद्र बनाता है, मेट्रो के यात्रियों की संख्या बढ़ाता है, सड़कों पर भीड़-भाड़ में कमी लाता है और सिस्टम की आर्थिक मज़बूती को बढ़ाता है। दुनिया का कोई भी मेट्रो सिस्टम केवल यात्री किराए पर नहीं चल सकता। दुनिया के चार सबसे अधिक लाभ कमाने वाले मेट्रो (सिंगापुर, हांगकांग, टोक्यो और ताइपे) भी अपने राजस्व का कुछ हिस्सा मेट्रो स्टेशन पर संपत्ति के विकास द्वारा हासिल करते हैं। इसी की तर्ज पर हैदराबाद मेट्रो अपने राजस्व का लगभग आधा हिस्सा मेट्रो स्टेशन पर किए जा रहे विकास द्वारा प्राप्त किराए से तथा विज्ञापनों, पार्किंग और अन्य विविध स्रोतों से प्राप्त करेगा। राजस्व का बाकी आधा हिस्सा यात्री किराए के माध्यम से मिलेगा।

मेट्रो का किराया हैदराबाद में बसों के किराए को ध्यान में रखते हुए तय किया गया है। निजी संचालकों द्वारा यात्रियों से अधिक शुल्क लिए जाने से बचाने के लिए और इस वृहत सरकारी-निजी सहभागिता को किसी राजनीतिक और अधिकारिक व्यवधान से बचाने के लिए यात्री किराया और वृद्धि के मानक व सूत्र पहले ही तय

करके अधिसूचित कर दिए गए हैं। सन 2014 में मूल किराया 2 किमी के लिए 8 रुपये होगा और अधिकतम 19 रुपये 18 किमी से अधिक की दूरी के लिए होगा। हैदराबाद का न्यूनतम किराया सन 2014 में वही है जो दिल्ली में सन 2011 में था और जो मुम्बई में सन 2014 तथा चेन्नई में सन 2015 के लिए अनुमानित था। किराया वृद्धि फ़ॉर्मूला के अनुसार पहले पंद्रह साल तक प्रति वर्ष किराए में 5 प्रतिशत से लेकर 60 प्रतिशत तक की वृद्धि (थोक मूल्य सूचकांक में वृद्धि के आधार पर) की जा सकती है।

दुनिया भर में क़रीब 200 रेल आधारित शहरी परिवहन तंत्र हैं। इनमें से ज़्यादातर का निर्माण सरकारों ने किया है, क्योंकि भले ही वे हानि आधारित प्रोजेक्ट हों, पर बड़े शहरों की जीवन क्षमता और प्रतिस्पर्धा को बनाए रखने के लिए इनका होना आवश्यक है। आधे से भी कम सिस्टम पब्लिक-प्राइवेट पार्टनरशिप में बने हैं।

हैदराबाद प्रोजेक्ट दुनिया भर के उन सबसे बड़े मेट्रो रेल प्रोजेक्टों में से एक है, जिनका निर्माण पूरी तरह से प्राइवेट इकाई द्वारा किया जा रहा है। यह दिखाता है कि निजी संपत्ति के बड़े हिस्से का उपयोग करते हुए किस तरह पारदर्शिता, कुशलता और प्रतिस्पर्धात्मक तरीक़े से काम करना संभव है। इस प्रोजेक्ट को सन 2013 में छठे ग्लोबल इंफ्रास्ट्रक्चर लीडरशिप फोरम द्वारा ग्लोबल इंजीनियरिंग प्रोजेक्ट पुरस्कार से न्यूयॉर्क में सम्मानित किया गया। भारत सन 2006 से इंफ्रास्ट्रक्चर निर्माण के क्षेत्र में प्राइवेट पार्टनरशिप में सबसे ज़्यादा निवेश पाने वाला देश बना रहा है, जिसने अकेले 2011-12 में 2,20,000 करोड़ रुपये के कुल निवेश को आकर्षित किया। हैदराबाद मेट्रो द्वारा दिखाए गए रास्ते से अन्य शहरों को प्रेरणा लेनी चाहिए और परिवहन संरचनाओं के निर्माण हेतु निजी सहभागियों को आकर्षित करना चाहिए।

6 सड़कों पर पूर्ण सुरक्षा : तमिलनाडु

भारतीय शहर तेजी से पैदल चलने वालों के लिए असुरक्षित होते जा रहे हैं। हर साल यहाँ बड़ी संख्या में लोग सड़क दुर्घटनाओं के शिकार हो जाते हैं और या तो अपनी जान से हाथ धो बैठते हैं या फिर शरीर जख्मी कर बैठते हैं। दुनिया में सड़क दुर्घटनाओं के क्षेत्र में भारत पहले स्थान पर है जहाँ हर साल क़रीब 1,30,000 लोग दुर्घटनाओं में अपनी जान गँवाते हैं और क़रीब 5,00,000 या इससे अधिक लोग घायल हो जाते हैं। अधिक दुर्घटनाएँ शहरों में होती हैं। सड़कों पर वाहनों की अधिकता, ख़राब और अपर्याप्त यातायात व्यवस्था, अलग-अलग गति के वाहनों के लिए अलग लेन का न होना, सड़कों की खस्ता हालत, वाहन चालकों का अशिक्षित होना और अंधाधुंध गति से वाहन चलाना, ख़राब यातायात संकेत और यातायात के नियमों के पालन की स्थिति का ख़राब होना, यही कारण हैं जो लोगों के जीवन के लिए ख़तरा बन गए हैं।

तमिलनाडु राज्य की स्थिति भी सड़क दुर्घटनाओं के मामले में बहुत ही ख़राब थी। इस राज्य में वाहनों की संख्या में तेजी से इजाफा हुआ। सन 2007 में यहाँ 82 लाख वाहन थे, जिनकी संख्या सन 2012 तक बढ़कर 1.6 करोड़ हो गई। पर अब तमिलनाडु ने सड़कों पर असुरक्षा की स्थिति से निपटने के लिए एक नवोन्मेषी क़दम उठाया है और इसमें आईटी का बेहतरीन तरीक़े से उपयोग किया गया है। अब इस पहल के नतीजे भी सामने आने लगे हैं। अप्रैल 2007 में तमिलनाडु सड़क सुरक्षा नीति बनाने वाला पहला राज्य बना। इस नीति के क्रियान्वयन के लिए सन 2009 में एक सड़क सुरक्षा योजना बनाई गई जिसमें सड़क दुर्घटनाओं की जाँच आईटी प्रणाली द्वारा की जाती है। इस परियोजना को अंतर्राष्ट्रीय सलाहकारों की मदद से आकार दिया गया और विश्व बैंक द्वारा इसे वित्त पोषित किया गया।

इस योजना का प्रमुख तत्व एक सॉफ़्टवेयर पैकेज है, जिसे सड़क दुर्घटना डेटा प्रबंधन तंत्र कहा जाता है। यह किसी भी सड़क पर, जैसे राष्ट्रीय राजमार्ग,

राज्य मार्ग, जिले की प्रमुख सड़कों, शहर की भीतरी सड़कों आदि पर हुई दुर्घटना की विस्तृत सूचना प्रदान करता है। यह जीआईएस आधारित सिस्टम उपयोग में आसान है और राज्य के सभी 1400 पुलिस स्टेशन में इसे लगाया गया है, साथ ही उपयोगकर्ताओं को इसके इस्तेमाल का प्रशिक्षण भी दिया गया है।

दुर्घटना स्थल को देखने के बाद ड्यूटी पर तैनात पुलिस कर्मचारी दुर्घटना की विस्तृत सूचना एक वैब आधारित रिकॉर्ड फ़ॉर्म में दर्ज करता है। इन सूचनाओं में वाहन का रजिस्ट्रेशन नम्बर, दुर्घटना के शिकार लोगों की संख्या, मृत व्यक्तियों की संख्या, घायलों की संख्या और उनकी स्थिति, सही स्थान और सड़क की स्थिति, हेल्मेट और सीट बेल्ट का इस्तेमाल किया गया या नहीं, चालक नशे में तो नहीं था आदि जानकारियाँ शामिल होती हैं।

जब सूचनाएँ ऑनलाइन उपलब्ध करा दी जाती हैं, तो अन्य विभागों के कर्मचारी अन्य आवश्यक जानकारियाँ दर्ज कर लेते हैं। उदाहरण के लिए परिवहन विभाग वाहन चालक की शैक्षणिक योग्यता, लाइसेंस संख्या, आयु और वाहन की स्थिति दर्ज करते हैं, राजमार्ग विभाग लोकेशन, सड़क की स्थिति, वर्गीकरण आदि को दर्ज करते हैं।

इस सिस्टम को एक पावरफुल एनालिसिस इंजन का सपोर्ट है जिसमें किलोमीटर, ग्रिड और क्लस्टर विश्लेषण से जानकारी मिलती है, जिससे दुर्घटना संभावित क्षेत्रों की पहचान करने में मदद मिलती है। इसके साथ ही संबंधित विभागों जैसे पुलिस, सड़क निर्माण विभाग और परिवहन विभाग के बीच समन्वित तरीक़े से काम करने की प्रणाली को विकसित किया गया है ताकि ये हॉट-स्पॉट्स (चिह्नांकित क्षेत्रों) में बार-बार होने वाली दुर्घटनाओं के कारणों का पता लगाया जा सके।

अपने दो साल के क्रियान्वयन में इस सिस्टम ने 3000 दुर्घटना-प्रवण (एक्सीडेंट-प्रोन) क्षेत्रों की पहचान की है। इस डेटा से कुछ अन्य बातों को जानने में भी मदद मिलती है जैसे क्या किसी दुर्घटना संभावित स्थान पर वाहन एक ही तरफ़ से टकराता है या इस क्षेत्र में दुर्घटनाएँ शाम या रात के समय में ही होती हैं और इस समय चालक नशे में धुत होते हैं आदि। तमिलनाडु सड़क विभाग परियोजना के तत्कालीन परियोजना निदेशक गणेशन कुमार कहते हैं, "इस परियोजना की सफलता समन्वित प्रतिक्रिया को सुनिश्चित किए जाने पर निर्भर करती है।"

सड़क सुरक्षा योजना को क्रियान्वित करने के लिए केन्द्रीय नोडल एजेंसी स्टेट ट्रैफिक प्लानिंग सेल है। इस तंत्र का प्रबंधन करने और सरकार को रिपोर्ट देने की प्रारंभिक ज़िम्मेदारी पुलिस के एडीशनल डायरेक्टर जनरल पर है। हर दुर्घटना स्थल पर जिले से संबंधित विभाग का कम से कम एक अधिकारी जानलेवा दुर्घटना की स्थिति में चौबीस घंटों में और सामान्य दुर्घटना की स्थिति में तीन दिनों के भीतर

पहुँचता है। विभाग के लोग स्थिति का मुआयना करते हैं और जल्दी से जल्दी सुधारात्मक क़दम उठाते हैं।

राजमार्ग विभाग सड़कों की स्थिति को सुधार कर दुर्घटनाओं में कमी लाने का प्रयास कर रहा है। जिन स्थानों पर आमने-सामने की टक्कर अधिक होती है वहाँ डिवाइडर बनाना, सड़कों के असुरक्षित जोड़ को ठीक करना, सड़क पर रोशनी की व्यवस्था करना, सड़क संकेत लगाना, सड़क के किनारे चमकीली पट्टियों वाले पेड़ लगाना आदि, इन सुधारों में शामिल हैं। परिवहन विभाग ने सड़क सुरक्षा के क्षेत्र में जागरूकता लाने के लिए भारी वाहन चालकों के लिए रिफ्रेशर क्लास की व्यवस्था की है। चेन्नई में यातायात पुलिस विभाग स्कूल, कॉलेज और आईटी कंपनियों में जाकर वाहन चालकों और अन्य लोगों द्वारा सड़क सुरक्षा के नियमों के पालन के प्रति जागरूकता फैलाने के काम में संलग्न है।

पहले दर्ज किए जाने वाले भारी-भरक़म एफआईआर डेटा के स्थान पर वास्तविक डेटा के दर्ज होने से पुलिस विभाग को महत्त्वपूर्ण यातायात जंक्शन पर पुलिसकर्मियों की नियुक्ति करने, वाहनों की गति पर नियंत्रण बनाए रखने के लिए गति की जाँच करने वाले यंत्रों को उपयुक्त स्थानों पर लगाने, सही स्थानों पर गति अवरोधक का निर्माण करने, यातायात संकेतों को ठीक करने और सीट बेल्ट और हेल्मेट लगाने के नियमों का पालन करवाने में सहायता मिलती है।

सही सूचनाओं की उपलब्धता से अधिकारियों को सड़कों की स्थिति में सुधार के लिए वित्तीय और आर्थिक औचित्य सिद्ध करने में मदद मिलती है। उच्च अधिकारियों तक नियमित रिपोर्ट पहुंचाए जाने की सुविधा के कारण तमिलनाडु में सड़क सुरक्षा का दायरा बढ़ा है। हर विभाग सड़क सुरक्षा के प्रति अपना दायित्व समझता है और लोग सही सूचनाओं को प्राप्त कर सकते हैं तथा सड़क सुरक्षा के कार्यों के क्रियान्वयन से संबंधित प्रश्न भी पूछ सकते हैं।

सड़क सुरक्षा कार्यक्रमों का प्रभाव सामने आने लगा है। राज्य ने सन 2006 से सन 2013 के बीच घातक सड़क दुर्घटनाओं की संख्या में प्रति 10,000 वाहनों के मान से 20 प्रतिशत की कमी करने का लक्ष्य रखा है। यह लक्ष्य पहले ही प्राप्त किया जा चुका है और आगे के लक्ष तय किए जा चुके हैं। वाहनों की संख्या बढ़ने के बावजूद प्रति 10,000 वाहनों पर सड़क दुर्घटनाओं की संख्या जो सन 2011 में 10 थी, सन 2012 में 9.7 हुई और जुलाई 2013 में 5.5 रह गई। चेन्नई में उपलब्ध डेटा से पता चलता है कि सड़क दुर्घटनाओं की संख्या सन 2011 में 10,297 थी, सन 2012 में यह संख्या 9981 हुई और सन 2013 के पहले नौ माह में घटकर 6975 रह गई। इस तरह चेन्नई और स्वयं तमिलनाडु अब अपने नागरिकों के लिए सुरक्षित स्थान बन गया है।

वास्तव में सार्वजनिक परिवहन सेवाओं की स्थिति अच्छी न होने का अर्थ है भारत के नागरिकों की बढ़ती हुई आर्थिक क्षमता के चलते निजी वाहनों की संख्या में तेजी से इजाफा होना। तमिलनाडु राज्य द्वारा सड़क सुरक्षा के क्षेत्र में उठाए गए क़दमों को अन्य राज्यों द्वारा भी दोहराया जाए, यह अत्यंत आवश्यक है।

आभार

इस पुस्तक के लिखने में अनेक लोगों का सहयोग रहा है, जिनमें शहरी विकास मंत्रालय के अधिकारी, राज्य सरकार के अधिकारी, शहरी स्थानीय प्रशासन, शहरी योजना पर शोध करने वाले शोधकर्ता और स्थानीय समुदाय के लोग शामिल हैं। मैं विशेष रूप से त्रिची की झुग्गियों की महिलाओं का शुक्रिया अदा करना चाहती हूँ जिन्होंने पानी और स्वच्छता के क्षेत्र में की गई पहलों पर अपने बहुमूल्य सुझाव दिए। मैं जानती हूँ कि नीचे दी गई सूची संपूर्ण नहीं है पर मैं सूची की पूर्णता के इंतज़ार में उन लोगों को भुला नहीं सकती, जिनका भरपूर सहयोग मुझे मिला है। भारत में शहरीकरण की चुनौतियों को समझने की इस यात्रा में जिन लोगों के ज्ञान और अनुभव का भरपूर लाभ मुझे मिला है मैं उन सभी व्यक्तियों का हृदय से आभार व्यक्त करना चाहती हूँ।

मैं आभारी हूँ विजय आनंदकट, एस अपर्णा, अरुणाभ बसु, एराच भरुचा, मंगलम बाला सुब्रह्मण्यम, शर्ली बैलेने, टीटी बालसमी, आरएस भारती, सीवाय भट्ट, रम्या भट्ट, सौम्य भट्टाचार्य, अजय छगती, पूर्णिमा चिकरमाने, मोहन बी दगांवकर, संजय दहसहस्र, जीएस पांडा दास, एमके दास, आईपी गौतम, केतकी घाटे, प्रयास गोयल, संदीप गोयल, एसएस हस्तक, राजेन्द्र होलानी, गीता जगन, सुरेश जगताप, दर्पण जैन, के जयराज, संजीव जायसवाल, संजय जाजू, राजीव जलोटा, केए जोसफ, शरद काले, अमिताभ कांत, राकेश कपूर, मोना खंदर, जगदीश खानोरे, ए उदय कुमार, सी मुरलीकृष्ण कुमार, के गणेशन कुमार, के.सरवना कुमार, शमिता कुमार, जी.लता, सतीश मगर, पूरब रजनीश मेहरा, अमित मित्तल, गुरु प्रसाद मोहपात्रा, देवश्री मुखर्जी, कमल चन्द्र नागर, विजय नाहटा, मंजुला नायक, लक्ष्मी नारायण, हेमंत निकम, केआर निरंजन, यूसी पड़िया, श्रीकर परदेशी, महेश पाठक, अंजुम परवेज, बिमल पटेल, देवांग पटेल, ईएच पठान, प्रकाश पाटिल, ब्रून पोइरसन, बीसी प्रकाश, आईएसएन प्रसाद, नीरभ प्रसाद, एस राजेंद्रन, एस रामचंद्रन, प्रकाश राणे, मुकुंद राव, एम राजेश्वर राव, यूए वसंत राव, दिनेश राठी, के अशोक रेड्डी, एनवीएस रेड्डी, अनुपम साह, जतिन शाह, मालिनी शंकर, हेमंत कुमार शर्मा, समीर शर्मा, मनोहर बी शिंदे, एन शिवशंकर, अरविंद श्रीवास्तव, विवेक श्रोतिया, संजय कुमार

शुक्ला, विक्रम सिंह, विपिन सिंह, रामनाथ सोनवने, लोकनाथ सोनी, संदीप सोनी, पीएन श्रीनिवासाचार्य, मनु कुमार श्रीवास्तव, उदय नारायण तिवारी, यू त्रिपाठी, एमवी तुषारामणि, पीएस वस्त्राद, श्रीनिवास चारी वेडाला, परेश व्यास, सुनील वाधवा, कमलेश याज्ञनिक, महेश जगड़े की।

मैं ICRIER की अर्बन रिसर्च टीम (Urban Research Team) का भी आभार व्यक्त करना चाहूँगी, जिन्होंने इस पुस्तक की रचना में मेरी मदद की। इसके हिन्दी अनुवाद के लिए मैं श्री प्रमोद जोशी की विशेष आभारी हूँ, जिन्होंने बहुत सूक्ष्मता से इस काम को पूरा किया। मैं उत्कर्ष पटेल का भी धन्यवाद व्यक्त करूँगी, जिन्होंने अपने रिसर्च सहयोग से अनुवाद की समीक्षा में मेरा हाथ बँटाया।

लेखक-परिचय

ईशर जज आहलूवालिया जानी-मानी अर्थशास्त्री हैं और इंडियन काउंसिल फॉर रिसर्च ऑन इंटरनेशनल इकोनॉमिक रिलेशंस (ICRIER) की अध्यक्ष हैं। वे भारत सरकार द्वारा 2008-2011 में अर्बन इन्फ्रास्ट्रक्चर एंड सर्विस के क्षेत्र में गठित की गई हाई पावर्ड एक्सपर्ट कमेटी की अध्यक्ष रही थीं। वर्तमान में ये ICRIER के शहरीकरण पर किए जा रहे शोध कार्यक्रमों का नेतृत्व करती हैं।

श्रीमती आहलूवालिया ने प्रेसीडेंसी कॉलेज कोलकाता विश्वविद्यालय से बीए किया, दिल्ली स्कूल ऑफ़ इकोनॉमिक्स से अर्थशास्त्र में एमए किया और मैसाच्युसेट्स इंस्टीट्यूट ऑफ़ टेक्नोलॉजी (MIT) से अर्थशास्त्र में पीएच-डी किया। उनका शोध भारत में औद्योगिक विकास, मैक्रो-आर्थिक सुधार और शहरी क्षेत्रों के विकास पर केन्द्रित रहा है। सन 2009 में शिक्षा और साहित्य में उनके योगदान के लिए उन्हें पद्मभूषण से अलंकृत किया गया।

उनका विवाह प्रसिद्ध अर्थशास्त्री और योजना आयोग के पूर्व उपाध्यक्ष मोंटेक सिंह आहलूवालिया से हुआ। वे दिल्ली में रहती हैं।